KB123513

일제강점 초기
일본어 민간신문의 문예물 번역집

4

부산 편(下)

일본학 총서 42
일제강점 초기 한반도 간행 일본어 민간신문의 문예물 연구 7

일제강점 초기
일본어 민간신문 문예물 번역집

부산 편(下)

고려대학교 글로벌일본연구원
일제강점 초기 한반도 간행 일본어 민간신문의 문예물 연구 사업팀

간행사

이 『일제강점 초기 일본어 민간신문 번역집』(전4권)은 1876년 강화도 조약 체결 이후부터 1920년 12월 31일까지 한반도에서 발행한 현재 실물이 확인되는 20종의 일본어 민간신문에 게재된 문예물 중 주요 작품을 선별하여 번역한 것이다. 이 번역집은 2016년부터 2019년까지 한국연구재단의 일반공동연구사업의 지원을 받아 수행한 연구 성과를 담은 결과물이다.

강화도 조약 체결 이후 수많은 일본인들이 한반도로 건너와 이주하였고 그들은 정보 교환과 자신들의 권익 주장을 목적으로 한반도 내 개항 거류지를 비롯해서 각 지역에서 일본어 민간신문을 발행하였다. 이들 민간신문은 당국의 식민정책을 위에서 아래로 전달하기 위해서 발행한 『경성일보(京城日報)』나 『매일신보(毎日申報)』와 같은 통감부나 조선총독부의 기관지와는 달리 실제 조선에서 생활하던 재조일본인들이 자신들의 필요에 의해서 창간한 신문들이었다. 예를 들어 조선총독부의 온건한 식민지 정책에 만족하지 못하여 강경파 정치단체의 도움을 받아 신문 창간에 이른 경우도 있으나 대부분 실업에 종사한 재조일본인들이 자신들의 정보 교환, 권인 주장, 오락 제공 등의 필요와 이익을 위해서 신문 창간에 이르렀다. 이렇듯 자신들의 권익을 위해서 창간된 일본어 민간신문은 재조일본인들의 정치·경제·문화 활동, 생활 상황, 일본 혹은 조선에 대한 그들의 인식을 여실히 보여주고 있고 지역 신문의 성격이 강했기 때문에 일본인을 중심으로 한 그 지역 사회의 동향을 살필 수 있는 중요한 자료라 할 수 있다.

이렇듯 일제강점기에 한반도에서 발행된 일본어 민간신문은 식민지의 실상을 파악할 수 있는 중요한 사료라 할 수 있지만 신문들이 산재해 있고 보존 상태가 열악하여 연구 축적이 많이 이루어지지 않은 것이 실상이다. 또한 이들 민간신문에는 다양한 문예물이 다수 게재되어 있어 당시 한반도에 거주한 재조일본인들이 향유한 대중문화·문학에 관한 연구도 당연히 많지 않다. 일본어 민간신문에 게재된 문예물을 통해 한반도 내 일본어문학의 실상과 더불어 재조일본인의 의식, 나아가 식민지에서의 제국문학의 수용 양상을 파악할 수 있을 것이다.

이에 본 〈일제강점 초기 한반도 간행 일본어 민간신문의 문예물 연구〉 사업팀은 현존하는 일본어 민간신문의 조사, 발굴, 수집에 힘을 썼고, 이들 민간신문에 실린 문예물을 목록화하여 『일제강점 초기 일본어 민간신문 목록집』(전3권)을 작성하였다. 『일제강점 초기 일본어 민간신문 번역집』은 이 목록집에서 정리한 문예물 중 주요 작품을 선별하여 번역한 번역집이다. 번역 선별에 있어서 본 사업팀은 다음과 같은 기준을 세우고 작품을 선정하였다.

① 주요 작가의 미발견 작품

일본에서 기간(旣刊)된 작품의 재게재가 아니라 한반도에서 간행된 일본어 민간신문에 처음으로 작품이 게재된 주요 작가의 미발견 작품들을 선정하였다.

② 시대적 상황이 반영된 문예물

개화기 및 일제강점 초기는 러일전쟁, 한일병합, 제1차 세계대전 등 한반도를 비롯한 전 세계가 격동의 시대로 접어들던 무렵이었다. 『조선일보』의 경우 러일전쟁, 『경성신보』의 경우 한일병합, 『부산일보』의 경우 제1차 세계대전 등 이들 민간신문은 국내외 정세의 변화와 함께한 매체들이며, 자연히 문예물에도 이와 같은 시대적 배경은 뚜렷이 반영되고 있다. 본 번역집에서는 이처럼 게재/연재 당시의 사회적 분위기의 영향이 명확히 드러나는 작품을 선별하여 번역 소개함으로써 일제강점기 사회상을 파악하기 위한 자료로 제공하고자 하였다.

③ 독자 참여 문예

당시의 일본어 민간신문에는 다양한 문예란을 마련하여 독자들의 참여를 모집했다. 그 중에서도 특히 단카(短歌)나 하이쿠(俳句) 등의 고전 시가는 연일 투고작을 게재함과 더불어 신년 등 기념일에는 전국적으로 응모 행사를 개최하여 순위를 가렸다. 이처럼 신문 특유의 독자 참여 문예물은 해당 신문 독자층의 지역적 분포 양상을 파악하는 유일한 단서이자, 일본어신문 독자층의 대부분을 구성하고 있었던 재조일본인 사회의 시선이 직접적으로 드러나는 귀중한 자료라 할 수 있다.

④ 장르적 다양성

이 시기에 간행된 신문에는 일반적인 소설 문예 외에도 고금동서를 망라한 다양한 장르의 문예물이 게재되었다. 특히 일제강점 초기 간행된 신문 문예란의 대부분이 역사적 가나표기(歷史的仮名遣い)를 사용하는 데에다 그 해독에는 고전문법에 대한 기본적 소양이 요구되기 때문에 한국인 연구자들의 자료 접근이 용이하지 않을 뿐 아니라 현대 일본어에 익숙한 연구자들조차 접근이 어려운 실정이다. 특히 고단(講談)이나 단카, 하이쿠 같은 장르는 일본 고전에 대한 이해 없이는 연구는커녕 자료 번역조차도 곤란하다고 할 수 있으므로, 본 번역집에서는 최대한 다양한 장르의 문예물이 번역 소개되어 당시의 신문 독자들이 즐겼던 대중문예의 다양성을 가늠할 수 있도록 하였다.

⑤ 일본어 문예물의 유통 경로

한반도에서 간행된 일본어신문에는 내지 일본에서 기간(既刊)된 문학이 재연재되거나 한국의 고전 소설, 혹은 서양 문학 등이 일본어로 번역되어 게재되는 등 당시 문학의 다양한 유통 경로를 보여주는 실례가 적지 않다. 본 번역집에서는 이처럼 양국 문예물의 유통 경로를 보여주는 작품을 선정하여 번역 소개하고자 하였다.

⑥ 각국의 번역 문학

일본 문학 장르, 일본인 작가의 창작물 외에도 「임경업전(林慶業の傳)」 등 조선의 위인을 소재로 하는 이야기나 「벌거벗은 임금님」 등 서구의 동화, 소설도 민간신문에 번역 연재되었다. 1905년 2월 14일에 게재된 「프랑스 기병의 꽃(佛蘭西騎兵の花)」이라는 표제의 작품도 코난 도일 원작의 영국 소설 『제라르 준장의 회상(The Exploits of Brigadier Gerard)』을 번역 소개한 것으로 이러한 자료를 발굴, 소개하는 것은 재조일본인 미디어 연구의 측면에서뿐만 아니라, 일본과 한국에서의 번역 문학 관련 연구에서도 중요한 의의를 가지고 있다고 판단하였다. 이에 본 번역집에서는 일본어 민간신문에 게재된 일본어 번역소설을 한국어로 번역하여 지금까지 한국어 신문이나 잡지를 주요 대상으로 삼았던 한국 근대 문학의 형성과 번역 연구 분야의 공백을 보완할 수 있을 것이라 기대하여 선정하였다.

이 『일제강점 초기 일본어 민간신문 번역집』은 총 4권으로 구성하였고 지역별로 나누어 분권하였다. 제 1권은 경성에서 발행한 『대한일보(大韓日報)』, 『대동신보(大東新報)』, 『경성신보(京城新報)』, 『경성약보(京城藥報)』, 『용산일지출신문(龍山日之出新聞)』, 『법정신문(法廷新聞)』, 『경성일일신문(京城日日新聞)』의 문예물을, 제 2권은 인천에서 발행한 『조선신보(朝鮮新報)』, 『조선신문(朝鮮新聞)』, 『조선일일신문(朝鮮日日新聞)』의 문예물과 대구에서 발행한 『조선(朝鮮)』과 평양에서 발행한 『평양신보(平壤新報)』, 『평양일일신문(平壤日日新聞)』 그리고 신의주에서 발행한 『평안일보(平安日報)』의 문예물을, 3권에서는 부산에서 발행한 『조선신보(朝鮮新報)』와 『조선일보(朝鮮日報)』의 문예물을 4권에서는 3권에 이어 부산에서 발행한 『조선시보(朝鮮時報)』, 『부산일보(釜山日報)』의 문예물을 번역 수록하였다. 또한 각 신문별로 가능한 다양한 장르의 문예물을 번역 수록하도록 하였다.

본 사업팀은 1920년 이전까지의 일본어 민간신문으로 번역 대상 시기를 한정하였는데 이는 기존의 식민지기 일본어문학 · 문화 연구의 시기적 불균형 현상을 보완하기 위해서 대상 시기를 일제강점 초기로 집중하였다. 2000년대 이후 한국에서는 일제강점기 재조일본인 연구 및 재조일본인 문학, 한국인 작가의 이중언어문학 작품의 발굴과 분석 등에 관한 연구가 활발히 이루어졌는데 이들 연구는 주로 총독부가 통치정책을 문화정책으로 전환하여 조선 내 언론 · 문화 · 문학 등이 다양한 양상을 보이기 시작한 1920년대 이후, 또는 중일전쟁 이후 국민문학, 친일문학이 문학과 문화계를 점철한 1937년 이후부터 해방 이전까지의 연구들이 주를 이루고 있다. 때문에 상대적으로 강화도 조약 이후부터 1920년까지 한반도 내 일본어문학 · 문화에 대한 연구는 많지 않으며, 또한 일제강점기 초기의 일본어 문학 · 문화 연구의 경우도 단행본, 잡지 혹은 총독부 기관지 연구에 편중되어 있다. 따라서 이 번역집 간행을 통해 현재 특정 매체와 시기에 집중되어 있는 식민지기 일본어문학 · 문화 연구의 불균형 현상을 해소하는데 일조할 수 있을 것이라 기대하고 있다. 나아가 기존의 '한국문학 · 문화사', '일본문학 · 문화사'의 사각지대에 있던 일제강점기 일본어문학 연구의 공백을 채우고 불균형한 연구 동향을 보완할 수 있기를 바란다.

마지막으로 이 『일제강점 초기 일본어 민간신문 번역집』이 간행될 수 있도록 지원해 준 한국연구재단의 일반공동연구지원사업단에 감사의 뜻을 전한다. 그리고 본 사업팀이 무사히 연구를 수행할 수 있도록 많은 편의를 봐주신 고려대학교 글로벌일본연구원의 서승원 전 원장님과 정병호 원장님께 감사의 말씀을 전한다. 그리고 한 글자 한 글자 판독하기 어려운 옛 신문을 상대로 사업기간 내내 고군분투하며 애써주신 본 연구팀의 이현희, 김보현, 이윤지, 김인아 연구교수님들, 많은 힘이 되어주시고 사업 수행을 끝까지 함께 해주신 김효순, 이승신 공동연구원 선생님들, 그리고 번역을 함께해주신 김계자, 이민희, 송호빈 선생님, 판독이 어려운 글자를 한 글자 한 글자 같이 읽어 준 연구보조원 소리마치 마스미 씨에게도 진심으로 감사의 뜻을 표하고 싶다. 그리고 이 번역집 간행을 맡아 주신 보고사와 꼼꼼하게 편집해주신 박현정 부장님과 황효은 과장님께도 감사의 말씀을 전하는 바이다.

2020년 4월

유재진

일러두기

1. 일본의 인명, 지명 등의 고유명사 표기는 기본적으로 국립국어원의 외래어 표기법을 따른다.

2. 본문 내의 서명 및 신문, 잡지명 등은 『 』, 기사나 평론, 수필, 시가 등의 제목은 「 」, 강조 혹은 인용문의 경우 ' ' 기호로 구분했으나, 문맥상 원문의 표기를 준수한 경우도 있다.

3. 판독이 불가능한 글자의 경우 □로 표시하였고, 문장의 경우 (이하 X행 판독 불가)로 표기하였다. 문맥이나 문장상으로 파악할 수 있는 경우도 있었으나, 가능한 한 억측이나 추측을 피하고자 하였다.

4. 일본 고유의 정형시[단카(短歌), 하이쿠(俳句) 등]의 경우 되도록 그 정형률 (5·7·5·7·7조나 5·7·5조 등)에 맞추어 해석하였다.

5. 본서의 모든 각주는 각 역자에 의한 것으로, 원저자에 의한 주는 본문 내에 병기하였다.

6. 원문의 오탈자의 경우 역자 임의로 수정, 보완하였으며, 부가적으로 해설이 필요한 경우 각주로 명기하였다.

7. 본문에 사용된 강조점은 모두 세로쓰기 원문의 방점을 그대로 옮긴 것이다.

8. 이하 국내 미소장 신문 자료의 경우 명시된 일본 도서관에 소장된 자료를 저본으로 사용하였음을 밝힌다.
   ① 도쿄 대학 대학원 법학정치학연구과부속 근대일본법정사료센터 메이지 신문 잡지 문고 원자료부(東京大学大学院 法学政治学研究科附属 近代日本法政史料センター 明治新聞雑誌文庫 原資料部) 소장 자료
   · 경성 지역-『대한일보(大韓日報)』, 『대동신보(大東新報)』, 『용산일지출신문 (龍山日之出新聞)』, 『법정신문(法政新聞)』
   · 인천 지역-『조선일일신문(朝鮮日日新聞)』
   · 평양 지역-『평양신보(平壌新報)』, 『평양일일신문(平壌日日新聞)』
   ② 일본 국립국회도서관(国立国会図書館) 소장 자료
   · 대구 지역-『조선(朝鮮)』
   · 신의주 지역-『평안일보(平安日報)』

차례

부산일보
釜山日報

【문원(文苑)】

교토(京都)로 유학 가는 장남을 전송하며(送長男遊學京都)

마쓰에 쇼슈(松江笙洲)

老軀送汝感無窮　이 늙은 몸 너 보내매 느꺼움 한없는데
前路須知雨又風　앞길에 비바람 붊을 모름지기 알거라
留笈洛都春色好　공부할 교토는 한창 좋은 봄날이니
錦鸞黃鳥在斯中　난새와 꾀꼬리도 그 안에 있겠지

(1915년 4월 25일)

【문원(文苑)】

면장협의회 자리에서 시 한 수를 지어 면장님들께 보이다(面長協議會席上賦一絕似各面長)

양산(梁山) 니시다 지쿠도(西田竹堂)

郡官講利策無遺　군청 관리 경제 대책 빈틈없건만
迂拙吾曹何所爲　세상 물정 어두운 우리 무슨 일 하랴
自笑書生餘舊態　구태의연 서생이라 스스로 비웃으며
半思民苦半思詩　절반은 백성 고충 절반은 시 생각

앞 시에 차운(次韻)하다(次韻)

최용건(崔鎔健)

吾曹簿案賴無遺　우리는 문서 꾸며 남김없이 의뢰하고
夏日如年自所爲　여름날 예년처럼 제 일을 할 뿐

如覺塵容非昔態　시속 세태 전과 다름 깨닫노라면
忽聞民苦却忘詩　백성 고충 듣자마자 시를 잊으리

(1915년 7월 23일)

【문원(文苑)】

부산일보가 휴간 없이 발행됨을 축하하며(祝日報無休刊)

하타나카 소도(畠中素堂)

事業文章日擴張　문장 사업은 나날이 확장돼도
經營慘憺不尋常　심각한 경영난은 심상치 않네
陸離紙面添光彩　눈부신 지면에 광채를 더하고
凜烈詞鋒挾雪霜　매서운 붓끝에 눈서리가 서렸다
應變臨機策時務　세태 변화 맞추어 시사 대책 세우고
破邪顯正擧朝綱　정도를 추구하며 국가 기강 드높이네
是非得失論無隱　시비득실은 숨김없이 논설하며
健筆縱橫警大方　굳센 글 종횡으로 대방가(大方家)를 경책하리

(1915년 8월 17일)

【문원(文苑)】

술회(述懷)

하타나카 소도(畠中素堂)

世間交通用黃金　세상살이 오며가며 황금이 필요한데
一富一貧感慨深　부귀빈천 오가는 삶, 감개가 깊다

却喜窮居無一物　기꺼이 은거하며 한 물건도 소유치 않으니
青山白鶴我知音　푸른 산 흰 두루미가 나의 지음(知音)이라네

(1915년 10월 19일)

【일간문림(日刊文林)】

휴일을 맞아 달성공원에서 꽃을 보며(暇日達城公園看花)

신석린(申錫麟)

名園暇日卜淸遊　이름난 공원 휴일 맞아 청유(淸遊)를 즐기자니
花氣醺人境轉幽　사람 취케 하는 꽃내음에 경치 더욱 그윽하다
聖世昇平春晝永　태평성대에 봄낮마저 기노라니
樽前歌詠興難收　술잔 앞에 두고 시 읊으며 흥(興) 거두기 어렵네

(1916년 4월 22일)

【일간문림(日刊文林)】

다이쇼(大正) 병진년(丙辰年) 음력 5월 여름에 부윤(府尹), 군수(郡守), 도사(島司)들이 모여 작은 연회를 연 자리에서 한 사람씩 시를 읊다

(大正歲次丙辰夏五月府尹郡守島司會同開小宴席上各賦詩)

경상북도 장관(慶尙北道長官) 스즈키 다카시(鈴木 隆)

諸賢扶我我心休　제현(諸賢)께서 나를 도와 내 마음 편안하고
半日偶忘俗務稠　많고 많은 세속 잡사 반나절 간 문득 잊네
官邸小酺相互尉　관저에서 연회 열어 서로를 위로하니
不風流處亦風流　풍류 없던 곳에도 풍류가 한가득

경상북도 참여관(慶尙北道參與官) 신석린(申錫麟)

半日官樓賜假休　반나절 관청에 휴식을 하사(下賜)하사

棠陰深處坐相稠　팥배나무 그늘 아래[1] 오밀조밀 앉아 있네

賢明刺史初筵上　현명하신 도지사님 첫 번째 연회 자리

華盖翩翩盡善流　수레 덮개 나부끼며 멋진 풍류 다하네

경상북도 사무관(慶尙北道事務官) 요시다 가쿠노신(吉田格之進)

精勵圖治暫不休　잠깐의 쉼도 없이 도정(道政)에 애쓰시사

扶桑槿域令名稠　일본과 조선에 높은 이름 가득하다

薰風五月陪淸醋　오월의 훈풍에 맑은 술 곁들이니

窓外閑看翠色流　창밖으로 푸른 바람 한가로이 흐르네

(1916년 6월 24일)

【문원(文苑)】

정사년(丁巳年) 가을, 지나와 조선을 유람하려 함에 출발을 맞아 감상을 적다(丁巳之秋, 將遊于支那朝鮮, 臨發記感)

긴도(琴堂) 마쓰모토 세이시(松本誠之)

誰道同文同種州　동문동종(同文同種)의 나라라고 누가 말했나

兩洋禍蘗此間稠　두 나라에 재앙이 요 근래 잦은 것을

燕山幾歷風雲險　화북(華北)은 험난한 풍운을 자주 겪으며

澤國頻年慘未休　강남(江南)은 해마다 참화가 그치질 않네

---

1) 중국 연나라의 소공(召公)이 팥배나무 아래에서 선정을 베풀었다는 고사에서 유래한 표현.

朔雪炎南應混一　북방과 남쪽은 마땅히 하나 되어야 하고
共和復辟儘存謀　공화주의 왕정복고 모두 꾀를 모아야 하리
日東孤客觀光志　일본의 외로운 나그네 관광에 뜻을 품고
將駕秋天韓海舟　가을날 조선행 배를 타려고 하네

(1917년 9월 13일)

[송호빈 역]

진기 거처 구연(2)/유자 된장(尋蟻居句莚(二)/柚味噌)

바로 추렴한 구를 깨끗이 베껴 호선한 결과 아래와 같았다.
やがて持寄句の清書を終り互選を始めた其の結果左の如くであつた

오점(五點)

세이우(青雨)

단출한 주방 익숙해진 시인의 유자 된장아
貧廚に慣れし詩人のゆ味噌哉

삼점(三點)

유메무라(夢村)

귀한 손님을 위해 조금 덜어 둔 유자 된장아
珍客に木守とりてゆ味噌哉

우이(雨意)

절 셋방살이 하고 있으니 된장 아침상이여
寺に宿借ればゆ味噌の朝餉哉

이점(二點)

이치미노(一簑)

선화보다도 유자 된장 자랑을 하는 승려여
禪話よりゆ味噌自慢の和尚哉

(1914년 12월 16일) (1914년 12월 20일)

진기 거처 구연(6)/겨울나무(호선)
尋蟻居句莚(六)/冬木立(互選)

삼점(三點)

순포(春浦)

회당에 우뚝 솟아있는 겨울의 잎 떨어진 나무
會堂の聳えて高し冬木立

덴난(天南)

옛길에 있는 쓸쓸한 능이어라 겨울나무들
舊道の御陵さびれや冬木立

우사보(右左坊)

교실 지도에 석양 비치고 있네 겨울나무들
敎室の地圖に入日や冬木立

이점(二點)

순포(春浦)

겨울나무들 비에 색 바래어진 붉은 신사 문
冬木立雨に褪せたる赤鳥居

진기(尋蟻)

겨울나무들 망 말리는 물가에 인기척 없네
冬木立網干す浦に人見えず

(1914년 12월 20일)

사사나키카이(대구) 笹鳴會(大邱)

　1월 15일 신년 연회를 유닌(友仁) 구락부에서 개최하고 여기에 모인 규세이(邱聲), 도쿠쇼(獨笑), 우손(雨村), 다카무라(嵩村), 시리쓰(士栗), 쇼스이(松翠), 추풍령(秋風嶺), 아타카(安宅), 구마가와(隈川) 9명이서 겸제 '눈'을 호선하였다. 그리고 술자리 동안 '고래', '휘파람새 울음소리(사사나기)'를 주제로 즉음하였다. 그리고 '가와즈카이'는 너무 흔한 느낌으로 여러 사람이 의견을 통일하여 회명을 '사사나키카이'로 바꾸었다.

　一月十五日新年宴を友仁具樂部に催す集まるもの邱聲、獨笑、雨村、嵩村、士栗、松翠、秋風嶺、安宅、隈川の九名にして兼題『雪』を互選し夫れより酒間『鯨』『笹鳴』を卽吟す而して蜻會はあまりに月並臭しとて衆議一決し會名を『笹鳴會』と改めたり

눈(雪)

규세이(邱聲)

술병 든 어린 중 절 문 들어가네 저녁 눈보라
酒壺提げし小僧山門に入る夕吹雪

아타카(安宅)

폭설에 오직 기차만 질주하는 넓은 들이여
大雪を唯汽車走る曠野かな

규세이(邱聲)

노천탕 나온 알몸에 가랑눈이 흩날리누나
野風呂出でし赤裸に粉雪繽紛と

고래(鯨)

추풍령(秋風嶺)

험준한 파도 끝에 잡은 고래에 들썩이는 등불
時化のあとの拾ひ鯨に騒ぐ灯や

다카무라(嵩村)

커다란 고래 잡아 올린 바닷가 마을 봄 풍경
大鯨揚げし漁村の春景色

규세이(邱聲)

거친 파도여 날뛰는 고래 놓친 머나먼 바다
浪荒れや狂ふ鯨の逸す沖

휘파람새 울음소리(笹鳴)

다카무라(嵩村)

남천 가지를 건드리면서 우는 휘파람새여
南天の枝動かして笹鳴きす

구마가와(隈川)

휘파람새의 우는 소리에 남천 열매 떨어지네
笹鳴に南天の實のこぼりけり

쇼스이(松翠)

목욕을 하고 뒷산으로 들어가니 휘파람새 우네
湯活して裏山に入れば笹鳴す

(1915년 1월 19일)

안동 도에이카이 하이쿠(安東塔映會俳句)
여한(즉음) 餘寒(卽吟)

스나무라(砂村)

돌아가는 말 안장에 눈이 있는 여한이어라
返り馬鞍に雪ある餘寒かな

구로다누키(黑狸)

행각승 모습 쓸쓸하여라 남은 겨울 추위여
旅僧の姿さみしき餘寒かな

교우(曉雨)

작은 새 오늘 아침은 미동 않는 여한이어라
小雀の今朝は動かぬ餘寒哉

동백(즉음) 椿(卽吟)

구로다누키(黑狸)

낡은 우물의 두레박을 주웠네 지는 동백꽃
古井戸の釣瓶拾ひし落椿

센#(泉#)

산속의 절에 울리는 종소리여 지는 동백꽃

山寺の鐘のひびきや落つばき

(1915년 3월 3일)

동래 온천 하이쿠 모임 구집(1) 東萊溫泉俳莚句集(一)
과제구 호선『여름밤』持寄句互選『夏の夜』

호스이(寶水)

여름밤이여 분위기를 바꾼 강가의 가게

夏の夜や趣考替たる河岸の店

우이(雨意)

여름밤이어 비어있는 집 훔쳐보는 좀도둑

夏の夜や留守を窺ふ小盗人

무류(夢柳)

초저녁 마신 술 깨지 않는 여름 새벽이로다

宵酒の醒めぬに夏の夜明哉

류#(柳#)

여름밤이여 모기를 잡는 소리 몽롱하구나

夏の夜や蚊を打つ響幽かなり

호스이(寶水)

짧은 여름밤 꿈 다 꾸지 못하고 날이 밝았네
短夜の夢も結ばず明にけり

고슈(香洲)

산장에서의 짧은 여름밤 피리 연습을 하네
山莊に短夜を笛の稽古かな

(1915년 7월 13일)

통영 도에이샤 하이쿠 기고(7월 10일 밤 세마 헤키운 거처에서) 統營塔影社俳稿 (七月十日夜瀨間碧雲居に於て)

낮잠(晝寐)

지센(耳洗)

낮잠 깨보니 날은 저물어 있고 비가 올 낌새
晝寐覺むれば日暮てあり雨催ひ

잇파쿠(一白)

낮잠을 자고 하나 완성하였네 낮잠 읊은 구
晝寐して一つ出來たり晝寐の句

매미(蟬)

야사오토코(やさ男)

소나기 가고 나뭇가지 끝 매미 청량한 소리
通り雨過ぎて梢の蟬涼しい

지쿠가(竹臥)

기우제 깃발 즐비하게 서 있는 매미의 숲
雨乞の旗林立す蟬の森

(1915년 7월 20일)

도에이샤 구고(塔影社句稿)
다듬이질(砧)

슨큐(寸九)

또렷한 소리 잠 못 자고 구 생각 밤 다듬이질
音冴えて不眠に句案小夜砧

도가죠(斗花女)

무상한 세상 이야기하며 하는 다듬이질아
夢の世を語りつうちつ砧か

잇파쿠(一白)

심야 희미한 다듬이질 소리 듣는 객지에서의 잠
夜更け砧のほそほそ聞く旅寝哉

추풍령(秋風嶺)

비가 머무는 한낮의 주막 다듬이질을 하네
雨滯在の酒幕晝砧せり

(1915년 9월 24일)

옥천 쓰키나미카이 하이쿠−부산 후지안 잇소 종장 찬(상)
沃川月竝會俳句−釜山不二庵一笑宗匠撰(上)

이치요(一洋)

보름달이여 고려 팔도에 닿지 않는 곳 없네
名月や高麗八道に隈もなき

반소(蕃相)

보름달이여 나뭇잎 피리 주인 그립구나
名月や柴笛の主なつかしき

(1915년 10월 1일)

헤키시 환영 구회(碧子歡迎句會)
9일 동래온천에서(九日東萊溫泉にて)

이미 알린 것처럼 9일, 가토 헤키고토 씨가 경성으로 가는 도중 이곳을 지나가게 되었다. 이에 이 지역의 신파, 구파 등 각파의 하이진은 동래온천 호라이칸에서 환영 구회를 열고 성대한 모임을 가졌다.

既報の如く九日河東碧梧桐氏京城行の途次當地通過に當地新舊名派俳人は東萊溫泉蓬萊館に於て歡迎句會を開き盛會なりし由。

참억새(芒)

우이(雨意)

참억새 밭을 다 걸어가 부르는 나룻배여라
芒原行き盡きて呼ふ渡舟かな

한눈에 보네 참억새에 저무는 오랜 산과 강

一望や芒に暮るる舊山河

무류(夢柳)

다 시들어서 담을 가려버리는 참억새로다

荒れ果てて垣を沒するすすき哉

(1915년 10월 12일)

후토카이 하이쿠/서리, 산다화, 두건, 복어,
군고구마–후토안 료스케 선
(不倒會俳句/霜、山茶花、頭巾、河豚、燒芋–不倒庵呂介 選)

도무라(都村)

복어(河豚)

호걸들 한데 모여 오는구나 복어 끓인 국

豪傑の寄り集るや河豚の汁

두건(頭巾)

두건을 하고 비파를 연주하는 법사로구나

頭巾きて琵琶彈ずる法師哉

산다화(山茶花)

동백꽃이여 다실에 한 송이여서 쓸쓸하구나

山茶花や茶室に一輪もの淋し

로스이(呂水)

서리(霜)

발 디딘 자국 남겨두는 참새여 지붕 위 서리

足跡を殘す雀や屋根の霜

(1915년 10월 24일)

삼랑진 공립소학교 5, 6학년생 구작/주제 매화
(三浪津公立小學敎五六年生句作/題梅)

하야시다(林田)

붉은 매화야 봄날 정원 커다란 신사 기둥 문

紅梅や春日の庭の大鳥居

노미(能見)

기차 대기 중 작은 매화 정원을 산책하누나

滊車待ちに梅の小庭の散步哉

쇼노(庄野)

붉은 매화야 거문고 소리 들려 오는 언덕 집

紅梅や琴の音流る丘の家

소에(添)

통도사구나 하얀 매화의 향기 나는 무풍교

通度寺や白梅香る舞風橋

(1916년 1월 16일)

부산의 눈 내린 아침(釜山に雪降れる朝)

진기(尋蟻)

바다 푸르른 절영도구나 눈이 내리는 아침
海青き絶影島や雪の朝

눈 내리는 날 조선말의 방울이 울리는 소리
雪の日や朝鮮馬の鈴の音

아카사키[1]여 범선이 움직이는 눈 오는 저녁
赤崎や帆舟の動く雪の夕

눈 내리는 밤 다듬이질하누나 아미마을[2]
雪の夜を砧打つなり峨嵋の里

첫눈이어라 산의 이름을 묻는 사람도 있네
初雪や山の名を問ふ人もあり

(1916년 1월 28일)

구마가이 교우 씨 송별석상에서의 구
(態谷曉宇氏送別席上句)

이번에 교우 씨가 집안 사정으로 안동으로 돌아가 쉬게 되어 25일 친한 벗들이 모여 송별의 연회를 열었다. 석상에서 읊은 구가 있음.
曉宇氏今回家事の都合にて安東に歸臥するより廿五日知人相寄り

---

1) 현재의 부산광역시 남구 우암동 일대.
2) 현재 부산광역시 서구 아미동을 가리킴.

送別の宴を催す席上句あり。

가는 봄(行春)

스나무라(砂村)

깊어가는 봄 점점 바람 세지는 노송나무밭
春暮れて風稍や高し檜木原

못자리(苗代)

로쿠닌(六人)

새벽 뜬 달에 못자리 일렁이는 잔물결이여
朝月に苗代水の小波かな

누에(蠶)

스나무라(砂村)

천잠이 잎을 갉아서 먹는 소리 듣는 밤이여
天蠶の葉を喰ふ音を聞く夜哉

(1916년 4월 30일)

동래온천에서(東萊溫泉より)

소생은 조선에서의 볼일을 마치고 내일 부산을 떠나야 하는데, 최근 발전한 동래온천에 유일하게 하나 있는 이치주라는 게이샤를 만나 나루토의 새로운 욕실에서 목욕을 하고 지치보와 하루나, 사유보, 그리고 하녀 히데 짱과 아회를 열었다.

小生は朝鮮の所用を了りて明日釜山を出立すべく近頃發展したるの東萊の溫泉に唯一人りの一十と云ふたるて藝者を觀て鳴戶の新ら

しき浴室に浴してと遅々坊と春渚と左右坊と仲居の秀チャンと雅宴
を張りました。

새로운 동래를 즐기며(新しき東萊に遊びて)

우사보(右左坊)

둥글게 머리 올린 여자도 있고 봄 다가오네
丸髷の女もありて春立てり

지치보(遅々坊)

봄 다가오고 비단나비 온천에 날아오누나
春立つや錦蝶いで湯に舞ひにけり

우사보(右左坊)

봉래온천에 여자 하나 있구나 이치주라는
蓬萊に一人りの女あり一十の

목욕을 하고 게이샤 시중 드는 봄 으스름달
湯を浴びて藝者は侍べる春の月

지치보(遅々坊)

봄날 밤이여 명랑하기도 하네 온천 게이샤
春の夜やうららかなりけり湯の藝者

(1917년 2월 6일)

김해의 가을 분위기(金海の秋色)

오슈(鷗舟)

봉황대에서(鳳凰臺にて)

개미 이따금 어깨에 올라오는 가을날 더위
蟻しばしば肩に上るや秋日暑し

낡은 단지에 소변을 보는구나 색비름
古甕に小便するや葉鶏頭

만장대에서(萬丈臺にて)

바다 저멀리 묘지의 까끄라기 해 지는구나
海遠く墓地の芒の夕日かな

왕릉에서(王陵にて)

절구가 놓인 왕릉 지키고 있는 맨드라미여
臼据えて御陵守る鶏頭かな

(1918년 10월 23일)

[김보현 역]

축 부산일보사 신년호 발행(祝釜山日報社新年號發行)

부산에서 고가 가쿠스이(在釜山 古閑鶴水)

아침 햇살이 들이 비쳐오는 나라의 국민도 축하하며 맞이하는 설
祝へ朝日の差し入る國の民も迎ふる御正月

가마 끓어오르고 새해 첫 해가 뜨네 등불을 걸어놓고 만드는 떡국
釜が沸き出す初日がのぼる灯かゝげて雜煮餠

보고해 알리는 것 업으로 하고 있네 추운 겨울날 밤의 종 울리는 소리
報知するのを勤めて冬の寒き夜頃を鈴の音

신문잡지에 나온 뜬소문들을 전부 털어버리네 설날 소나무 장식
新聞雜誌に出された浮名拂ひつくして松の內

나이를 먹었어도 옛날과 변함없이 마음 편히 해주는 설날 도소주
年は取つても昔の儘の心ゆたかな屠蘇の酒

화려하였던 표지 예전과 달라져서 지금은 진지하게 복수초구나
號の派手なる昔にかへて今は眞面目の福壽草

발차한다는 시간 알리는 벨소리도 여유롭구나 설날 소나무 장식
發車時間を知らせるベルの音も長閑な松の內

가면 갈수록 멋이 있는 해변의 매화 달뜬 밤에 들리는 파도의 소리
行けば行く程味ある浜邊梅の月夜の浪の音

(1915년 1월 1일)

부산 단카계의 다섯 재원(釜山短歌界の五才媛)

부산에서 고도모노 고쿠슈(在釜山 小供の黑主)

지시마(千島)

변덕스럽게 11월의 가을밤 종이 머리끈 사러 간다고 하는 여자로구나
氣まぐれに十一月の秋の夜を丈長買ひにゆく女かな

무대의 뒤편 가을밤의 등불을 보면서 어린 연기자 막간 동안 피리를 부네
樂屋裏秋の灯見つゝ幕間を小供役者は草笛を吹く

로코(露香)

무엇인가를 구원하는 마음의 깨달음 얻지 못한 초조함 탓에 울기만 하네
何ものか求むる心悟り得ずもどかしき故今日もひた泣く

미요지(美代治)

아름다운 책 상자에 과분한 글 숨기고서는 부끄러움 느끼는 봄날 밤이여
美しき文箱にあまる御文を隱しはぢらふ春の夜かな

신성한 절에 가는 것은 좋지만 너무나도 긴 이 검정 머리카락 어찌 해야 하나
おん寺へ行くはよけれど丈長き此の黑髮はいかにすべきぞ

유나미(夕なみ)

마키노시마 그 산의 그림자에 반짝거리는 별과 같이 그대는 존귀하여라

牧の島その山影にきらめける星の如くに君は尊き

나의 그대는 장부 중의 장부로 계시리라고 생각을 하는 이날 이때로구나

我が君は丈夫の中の丈夫にておはすどぞ思ふ此日此時

하나비라(花びら)

게으른 마음 갑작스럽게 내게 다가왔구나 옷 꿰매는 창문에 책 읽는 창문에

倦怠はふとしては身に身舞ひきぬ物縫ふ窓に文よむ窓に

(1915년 1월 1일)

오쿠라 옹의 노래(大倉翁の歌)

만선(滿鮮)을 순유하고 그저께 하루 경성에서 부산으로 와 철도 호텔에 투숙하고 계신 오쿠라 옹께서는 어제 나루토(鳴戶)에 있는 와카마쓰(若松) 부윤(府尹)의 오찬회에 참석하여 그 석상에서 다음과 같은 와카를 와카마쓰에게 전하였다.

朝鮮を巡遊し一昨一日京城より來釜し鐵道ホテルに投宿したる大倉小翁は昨日鳴戶に於ける若松府尹の晝餐會に臨み其の席上左の如き和歌を府尹に寄せたり。

부산포를 축복하며(釜山浦を祝して)

후쿠오카에서 도미카와 마쓰히로(福岡 富川松洋)

대륙에서 온 기차 당도해 멈춘 이곳 마을은 오랜 세월 끝없이 번성
하여 가겠지

大陸の汽車盡くる處此の里は千古つきせず榮へ行くらむ

새로운 세상 토끼해를 맞이한 정월 초하루 부윤의 집 앞을 장식하는
소나무

あら玉の兎の年の元日に府尹のかどをかざる若松

(1915년 2월 3일)

부산에 와서(釜山に來て)

고가 사다오(古閑貞雄)

나가사키의 그 옛날의 역사가 생각이 나는 쇠잔해 가는 거리 걸어가
누나

長崎の古き歷史の偲ばるゝおとろへてゆく街をあゆむ

홀로 계시는 어머니를 두고서 부산에 가는 친구와 밤새 술을 마시는
봄밤

一人ある母を殘して釜山に行く友と飮む更けし春の夜

(1915년 2월 19일)

구로바카이 영초(黑葉會詠草)

벗의 부산행을 배웅하며(友の釜山行を送りて)

후쿠오카에서 도미카와 마쓰히로(在福岡 富川松洋)

송별의 술잔 서로 교환을 하고 터벅터벅 눈 녹아있는 길을 돌아서
오는구나

送別の酒酌みかわしトボトボと雪解の路をかへり來し哉

노래 불러도 목소리 쉬지 않고 끝끝내 술도 취하지 않게 되어 이별
을 얘기하니

歌へども聲は曇りぬ酒ついに我が頬そめず別れを云ふに

울음이 섞인 목소리로 이별 그대 떠나고 진눈깨비가 섞인 비 내리는
저녁

涙聲さらばと云ひて君さりぬみぞれ交りに雨そそぐ宵

헤어진 뒤에 거리에서 마주친 젊은이 그대 얼굴에서 보이는 서럽고
슬픈 마음

別れ來て街に行き逢ふ若者の御身の顔に見ゆる悲しみ

(1915년 2월 20일)

시정 5년을 축하하며(始政五年を祝す)

동양척식주식회사 대구 출장소장(東洋拓殖會社 大邱出張所長)
안도 요시타카(安東義喬)

고려 사람의 집집마다 우러러보는 일장기 벌써 5년이라는 세월 되

었네

こま人の戸毎にあふぐ日の御旗早や五年も重ねつる哉

(1915년 9월 16일)

오쿠라 남작의 교카(大倉男爵の狂歌)

오쿠라 남작(大倉男爵)

부윤 와카마쓰 군을 위한 조선 산림 정책을 축하하며(府尹若松君の爲に朝鮮山林政策をことほきて)

곧 머지않아 역시 영원히 남을 숲이 되어가겠지 어린 소나무 심는 고려 사람들

やがて又千代の林となりぬらん若松植える高麗の人々

동래온천에서(東萊溫泉にて)

목욕을 하며 여행의 피곤함을 씻어내누나 우리도 지나에서 여기로 당도하였네

浴みして旅の勞れを流しけりわれも支那より此處にとうらい

후쿠다 군의 수복을 축하하며(福田君の壽福をことほきて)

가문의 복은 말할 것도 없으며 날이 밝으면 새롭게 나이 한 살 더 먹는 병사

家の名の福はもとより明ぬればあらたに年を一つ增兵衛

(1917년 12월 16일)

축 부산일보 10주년 기념(祝釜山日報十週年記念)

규소교진(牛草魚人)

축하하는 기념일 사람들 북적이고 봄 기분 나는 무대 연회의 장소
祝ふ記念日人賑やかに舞臺春めく宴會場

부산 좋은 곳이어 백천여 척의 선박 왔다 갔다 하는 항구이어라
釜山よい所百船千船往つ戻つする港

산은 초록 소나무 색으로 짙어 있고 바다는 짙은 남색 돛 조정하는 배
山は緑の松色濃く海は瑠璃色眞帆片帆

날마다 또 밤마다 기사 적는 문서와 붓 맺힌 물방울에 훈풍이 부네
日毎夜毎の記事書く文の筆の雫に風薫る

알리고 싶은 것은 너무나도 많지만 부모가 허락 않는 사이로구나
報知したいは山々なれど親の許さぬ仲じやもの

십 년을 하루처럼 돈 벌어온 임과 이제는 기쁘다는 새로운 가정
十年一日稼いだ主と今じや嬉しい新世帶

순환해가는 속세의 무거운 짐 알지 못하고 봄옷 가볍게 입은 꽃놀이 무리
週る浮世の重荷も知らで春衣輕げに花見連れ

소원이 이루어져 즐겁고 기쁜 가정 꽃도 피어나고 새 울어대누나
念が届いて嬉しい世帶花も咲くやら鳥も啼く

(1917년 4월 5일)

김해 영조(金海詠藻)

시라유리(白百合)

지긋이 하얀 토끼를 바라보며 멈춰 있으니 찬 나뭇잎의 이슬 이마에
떨어지네

つくづくと白兎ながめて佇めばひたゐに冷り木の葉露落つ

노랑 빨간색 하얀색 보라색의 옷 입고 있는 조선 아이가 마을 오고
가는 추석

黃に赤に白に紫の衣着たる鮮童往き來る邑の秋夕

다 말라버린 나팔꽃의 담장에 겨우 한 송이 남겨진 잔화에서 가을
쓸쓸한 느낌

荒れ果し朝顔垣に唯一輪の殘花に深めし秋の淋し味

(1918년 9월 24일)

김해 영조(金海詠藻)

사카구치 시에이(坂口紫纓)

처자식 배로 보내고 돌아갈 때 그 모래 자갈 발에 밟히는 소리 마음
동하는구나

妻と兒を船におくりて歸るさの砂礫踏む音に心よろめく

가을바람은 아내와 어린 자식 태우고 있는 고마마루[1]와 나를 떼놓
고 부네 애수

秋風は妻兒を乘せし高麗丸と我れをへだてて吹くや哀愁

---

1) 부산과 일본 시모노세키를 운항하던 부관연락선(釜關連絡船).

아키보(秋坊)야 뒤돌아서 부르니 갑판을 돌아 눈을 크게 떠보는 둥근 눈망울

秋坊とふり返り呼べば甲板にくるくる見張る愛しきつぶら眼

나의 아이를 태운 고마마루의 기적 소리가 멀리서 우는 것을 들으며 걷는 가을밤 길

吾兒のせし高麗の汽笛の遠鳴りをききつつ步む秋の夜の街

(1918년 10월 10일)

곳코카이 발회를 기뻐하며(國光會の發會を喜びて)

고메이(廣明)

마음이 맞는 동료끼리 의견을 나눠 와카의 심오한 경지까지 도달하자 하였네

おもふどちかたりかはして敷島の道の奧までゆかんとぞおもふ

눈 속의 말(곳코카이 1월 겸제(兼題))
雪中馬(國光會一月兼題)

고메이(廣明)

무사가 눈이 내린 넓은 들에서 훈련시키는 망아지 발버둥질 우렁차기도 하네

もののふが雪の廣野をのりならす駒のあがきのいさましきかな

호슌(芳春)

무사의 마음 이러한 것이겠지 내리는 눈을 향하여 내달리는 한 무리의 말들

武士の心もかくや降る雪をかさして走る駒の一むれ

기코(輝孝)

흰 모래 들길 헤치며 달려가는 말의 기세에 흐릿하게 보이는 봄 살짝 내린 눈

白砂の野路をけたてて行く駒のあがきにけぶる春のあはゆき

가메오(歌免於)

지나가는 말 남긴 발자국에도 흰 모래 같은 눈은 쌓이고 있는 들판 길이로구나

ゆく駒のふみにしあとも白砂に雪はつもりて野邊の道かな

센시(仙子)

내려 쌓이는 눈을 헤쳐 나가며 거친 들판 길 무탈하게 달리는 말의 용맹함이여

降りつもる雪をけたてて荒野路をことなくはしる駒ぞいさまし

(1918년 2월 21일)

곳코카이 구고(國光會句稿)
신년 소나무/1월 겸제(新年松/一月兼題)

고메이(廣明)

용두산의 산송에 불어오는 바람 소리도 고요하게 새해가 밝아오는

구나

龍頭の山松が枝を吹く風のおともしつかに年立ちにけり

새로운 세상 새해를 맞은 오늘 아침은 익숙한 산 소나무 색깔도 신
비롭네

あらたまの年立つけさは山松の見なれし色もめつらしきかな

깃센(吉仙)

새로운 세상 새해 첫날 정원의 색은 소나무 초록 빛깔로 아침 밝아
져 오는구나

新玉の年のはしめの園の色は松のみどりに明けそめにけり

가메오(歌免於)

작년과 같이 설날의 아침 해에 빛나는 노송 선명하게 보이는 새로이
맞이한 해

去年のまま初日に匂ふ老松のいろはえにけるあら玉のとし

기코(輝孝)

화창하게 떠오르는 새해 첫 해에 선명한 초록빛 영원토록 봄 같은
언덕의 소나무 밭

うらうらと昇る初日に深みどり千代にはるめく岡のまつばら

센시(仙子)

이끼가 짙은 용두산의 소나무밭에서 새해 첫 날 해 그림자를 우러러
보는구나

こけふかき龍頭山のまつ原に初日のかげをあふぐけふかな

데쓰코(哲子)

새로운 세상 세월 겹겹이 쌓인 소나무 가지 초록빛 더욱 짙게 무성
해 가겠지

新玉の年かさねつつ松が枝のみどりいや濃く榮えゆくらむ

곳코카이 결성을 듣고(國光會の組織を聞きて)

로쿠지로(鹿次郎)

여러 겹 겹친 구름 뜨는 나라의 서광 나타나 고려에도 감도는 시키
시마[2]의 꽃

八重立つ國の光のあらはれて高麗にも匂ふ敷島のはな

기국광회(寄國光會)

기코(輝子)

지당하게도 이름을 지었구나 와카의 길을 비추어 나아가자 나라의
서광 함께

うべしこそ名づけたりけれ敷島の道を照らさん國のひかりと

(1918년 2월 22일)

곳코카이 와카 기록(7)/바다 위 안개-3월 겸제(순서 무관)
(國光會和歌詠草(七)/海上霞-三月兼題(順序不同))

료이호(綾威穗)

드넓은 바다 안개 속을 휘젓고 가고 있구나 한가로운 어부의 작은

---

2) 일본을 가리키는 별칭.

고기잡이배

　海原の霞の中を漕ぎわけてゆくものどけしあまのつり舟

　　　　　　　　　　　　　　　　　　야마카스미(山霞)

　멀어져 가는 섬은 바다 안개에 휩싸여 가고 섬 그늘에 가려진 배를
세어 보네

　遙なる島は霞につつまれてしまがくれゆく船かぞへ見ん

　　　　　　　　　　　　　　　　　　지쿠호(竹芳)

　바람과 파도 잠잠해지는 사이 바다 끝 마치 꿈과 같이 안개에 사라
진 하얀 배여

　なぎわたるうち海の果に夢のごとかすみにきえし白きふねかな

　　　　　　　　　　　　　　　　　　엔슈(遠舟)

　새하얀 빛에 하늘도 안개 속에 파묻어져서 어부의 작은 배가 어렴풋
이 보이네

　白妙に空もかすみに埋もれてあまの小舟のほのぼのと見ゆ

　　　　　　　　　　　　　　　　　　지쿠조(竹條)

　굽어진 곳을 저어가는 어부의 낚시 배도 안개 계속 낀 채로 해가
저물어 가네

　わだ中に漕ぎてしあまの釣舟もうち霞みつつたそがれにけり

　　　　　　　　　　　　　　　　(1918년 4월 3일)

곳코카이 4월 겸제/깊은 산속의 벚꽃
(國光會四月兼題/深山櫻)

요시타카(佳隆)

작년 내린 눈 아직 남아있는 산 깊은 곳의 벚나무 꽃은 봄을 잊지
않고 있었네

去年雪いまだ消へ殘る山の奥に櫻は春を忘れざりけり

레이키치(禮吉)

길도 나있지 않은 산 깊은 곳에 숨어 화사한 향기 내뿜고 있는 산
속 벚나무의 꽃

みちもなき深山かくれに麗しく匂ひ出でたる山櫻花

고센(古仙)

속세의 때에 물들지 않은 깊은 산의 벚꽃을 나무하러 가는 겸 오늘
은 바라보리

世のちりに染まぬ深山の櫻花木樵がてらに今日ぞ眺めむ

지쿠호(竹芳)

향기의 뒤를 쫓고 뒷산을 따라 한창 펴있는 벚나무의 꽃을 더듬어서
왔구나

香をしたひ裏山つたひまさかりの櫻の花を尋ね來しかな

로쿠지로(鹿次郎)

전혀 세상에 알려져 있지 않은 막다른 무사의 모습 같네 깊은 산의
벚꽃은

絶て世に知られずはつる武士のさまにも似たり深山櫻は

도모키치(知吉)

마을 근처의 꽃은 어느덧 지고 말았지만 깊은 산은 지금이 한창때로구나

里近き花はいつしか散りしかど深山は今ぞ盛りなりける

(1918년 5월 4일)

곳코카이 5월 겸제(순서 무관)/석춘
(光會五月兼題(順不同)/惜春)

레이키치(禮吉)

아쉬움 속에 서둘러 떨어지는 꽃의 흔적들 없고 되돌아오지 않는 봄 애석하네

あかなくにはやもちりゆく花のあとおへとかへらぬ春をしそ思ふ

야마카스미(山霞)

꽃이 지고서 파란 잎으로 변한 나무 아래서 남아있는 봄 정취 그리는 오늘이여

花ちりて青葉となりし木の本に春の名殘ををしむ今日かな

도모키치(知吉)

깊은 산에는 남겨져 있는 꽃도 있는데 무슨 연유로 봄은 급히 가버린 것인 걸까

深山には殘れる花もあるものを何とて春は急ぎゆくらん

마사토쿠(政德)

아쉽다 하는 마음 남모른 채로 떠나는 봄은 지고 있는 꽃 뒤를 쫓아

가고 있구나

をしと思ふこころをよそに行春は散にし花のあとや追ふらむ

(1918년 5월 24일)

[김보현 역]

부산항을 떠나는 노래(釜山港を去るの歌)

가와시마 유이지로(川島唯次郎)

부산의 포구야 이제 안녕히	釜山の浦よいざさらば
칠년이고 팔년을 너의 안에서	七年八年汝がうちに
방황하던 이 사람 돌아가노라,	さすらひし子は歸るなり、
꿀을 찾아다니는 벌과도 같이	蜜を求むる蜂のごと
'자유'의 정원이길 그리며 왔고	『自由』の園をしたひ來し
희망도 마침내는 꿈이 됐으니,	希望もやがて夢なりき、
'자치'의 영예로움 없는 고장에	『自治』の譽のなき鄕に
번영이 어찌하여 드러나리오	繁榮のいかで現れん
지나버린 일들의 흔적을 보면,	過ぎにし事の跡見れば、
삼백 년도 더 지난 그 옛날 옛적	三百年の其むかし
장대한 꿈 깨져버린 사내대장부	壯圖破れし益良夫の
깊은 회한과 원망 떠오르노니,	深き恨みも偲ばれて、
아쉬움의 옷소매 무겁더라도	名殘の袖は重けれど
이제 헤어지련다 가는 봄날의	さらば別れん行春の
부산의 포구야 이제 안녕히.	釜山の浦よいざさらば。

(1915년 4월 14일)

부두의 새해(埠頭の新年)

가라스(烏)

새해의 부둣가에 바야흐로	新年の埠頭に今し
밤은 샜구나.	夜は明けぬ。
바닷바람 멈추고 오르는 햇살이,	海風なぎて昂る日の、

붉디붉게 하늘을 찌르노라.	赫々として天を突く。
아아 맹렬히 솟구치는 대양은	噫澎湃の大洋は
너를 맞이하여 미소짓노니	汝を迎へて頰笑めば
만 겹 천 겹의 작은 파도 밀려오는	萬波千波の小波寄する
조선반도 일각에	鮮半島の一角に
이곳에도 '나라로 보내는 축수'가 있구나.	
	此處にも「寄國祝」あり。
몇 만의 백성이 서로 화락하여	幾萬の民和樂して
함께 천황의 위광을 받으니	共に御稜威に浴すれば
보라, 민둥산 밑자락에서 퍼 올리는	♯よ、禿山の裾に汲む
술잔에도 행복 흘러넘치는 것을……	盃にも幸は溢るゝを……

(1916년 1월 1일)

고성 근처(古城のほとり)

교무세이(曉霧生)

1. 아아 달빛이여 어떻게 하면
   회고의 정을 사람에게 불러일으키는가
   가을 진영에 내린 화살 같은 서리
   감춰둔 검날의 빛을 받아 빛나니
   날아가는 기러기 삼경의 늦은 밤 달 그립고
   에이지(英兒)의 영혼조차 보고 싶구나.

2. 내 고향마을을 뒤로 하고서
   지금 현해탄 파도가 들이치는
   옛 왜관의 성터 헤매고 있자니

도요토미 공께서 한국 땅에 전투하신
부근에 가을바람은 차고
기러기 소리 몹시도 몸에 스미네.

3. 아아 세월도 변천하고 사람도 바뀌고
황폐해진 상태의 언덕 위를
돌아보기 몇 번이던가 생각에 잠기며
가슴 속 끓는 피는 끊어졌으니
부둣가에 떨어지는 달빛
그 빛을 받으며 누가 울려니.

一、あゝ月光よいかなれば
懷古の情を人に呼ぶ
秋陣營の征矢の霜
翳す劔に照り映えば
過雁三更月戀し
英兒の靈ぞ慕はるゝ。

二、我鄕關を後にして
今玄海の波寄する
古舘の城址彷徨へば
豊公が韓土に戰せし
あたりに秋の風寒く
雁が音いとも身に泌むる。

三、あゝ星移り人更り
荒れたるまゝの丘上を

顧望幾回沈思して
胸の血汐は絶えなんに
埠頭に落つる月影の
光りを浴びて誰か泣く。

(1916년 1월 17일)

현해탄을(玄海を)

가라스노코(烏の子)

현해탄을 넘어서	玄海を越えて
고마마루(高麗丸) 출범하려 한다.	高麗丸出でんとす。
선창에서 보라, 젊은 사람 전송하는	棧橋に見よ、若やかき人送る
소녀들의 눈에는 눈물 있구나.	少女の眼には涙あり。
달도 없는 밤의 아크등	月なき夜のアーク燈
찬란하게 그녀를 비추니	燦爛と彼女を射れば
부끄럽기도 하지, 전송하는 무리들	恥ずかしきかや、見送りの群をば
피하며 단 한 사람	避けて唯一人
말도 없이 서성이누나………	言葉なくして佇める……

(1916년 2월 7일)

삼천 호(三千號)

‥세이(‥生)

바람은 불고,
해는 높구나.
하늘은 높고 추운데 항구 거리를

지게꾼과 양복과 우산 쓴 사람
몸을 구부리고 저쪽으로 가지만
보라, 용두산(龍頭山) 산자락에
부산일보 사람들은
삼천호를 축하하며
술잔을 드노라………
분투하는 역사여
삼천 호라고 단숨에 말해 버리면 간단하나
그것을 꾸려낸 사람들의
검정이 사라지고 하양으로 바뀌며
하양과 빨강이 서로 섞이고
노랑이나 보라, 또는 갈색으로
몇 가지 빛이 지고 모이니
하나의 나무줄기
반도의 그 일각에
세운 공적,
보라
허공에 높이 걸렸구나.
빛나는 광휘에 비쳐
높이 드높이 빛나게
길거리 사람들 가는 길을
비춰도, 아직 알아차리지 못하고
지게꾼과 양복과 우산 쓴 사람에
얼굴 가리개 쓴 여자도 안경 쓴 이도 섞여
추위에 떨며 저쪽으로 서두르는
이때를 보라

부산일보 사람들은
자기 사명을 입 다물고
말하지 않으며
그저 삼천 호를 축하하여
술잔을, 그 용두산
산자락에 들어올리니………
소나무 그늘의 푸르름 속에
미소가 넘치고,
희망이 춤추는구나

風は吹く、
日は高し、
空寒くして港の街を
擔軍と洋服と深張は
身をば屈めて往方に行けど
見よ、龍頭の山麓に
日報の子等は、
三十號を祝ひて
盃をば揚ぐる……
奮闘の歴史よ
三千號と一息に云つて了へは短かきが
そを編み立てし人々の、
黒きが去りて白きが代り
白と赤とが飛び代へつ
黄や紫、又は茶と
幾多の影が散り集ひ

一つの樹をば
半島のその一角に
打ち立てし功績、
見よや
虚空に高く懸る。
燦たる光輝に映えて
高く／＼かゞやかに
路上の人の行手を
射れど、未だ氣が付かず
擔軍と洋服と深張に
御高祖頭巾も眼鏡も交り
寒さに震えて彼方に急ぐ
此の時見よや
日報の子は
己が使命を默して
言はず
たゞ三千號を祝ひて
盃を、その龍頭の
山麓に揚ぐる……
松蔭の青きが中に
微笑溢れ、
希望が踊る

(1916년 2월 13일)

[엄인경 역]

남자 접근 금지(男きんせい)

에미 스이인(江見水蔭)

1회-3회

(결호로 인하여 내용 확인 불가능)

4회

다케지(武次)는 "그럼, 그런 짐승 같은 짓에 찬성하란 말예요? 아버지 생각이에요? 누이도 그렇고요? 그런 거예요? 어떻게 작은 누이를 큰 누이 대신……그런 절름발이한테 시집보내겠다고요? 누이와 아버지는 왜 아무 말씀도 안 하세요? 어째서 호키(保木) 매형의 말도 안 되는 청을 물리치지 않는 거죠?" 하고 호되게 따져 묻는다.

스미코(純子)는 "그건 요시에(芳枝) 언니도 결코 옳다고 생각하는 건 아닐 거야. 아버지라고 좋겠어? 언니가 죽은 다음 여동생이 후처로 들어가는 경우는 있지만, 아직 버젓이 살아 있는데……. 하지만 다케야, 그런 게 인생이야. 언니도 자기 스스로가 가여워서 그런 결정을 내린 거야" 하며 눈물을 흘리며 말했다.

"자신이 가엾다고?"

"병들었잖아. 그런 몸으로 이혼당하고 집으로 돌아온다고 생각해봐. 옛날이면 또 모를까 지금 하기우치(萩內) 집안으로 돌아오면 아무래도 폐가 되지 않겠어?"

"그래도 어머니는 생각이 달라요."

"게다가 언니는 호키 집안의 부유한 생활에 젖어 있어서 갑작스레 다카자와(高澤)에서의 허름한 생활을 할 수 있을 리가 없어."

"생각해보니 그럴 수도 있겠네요."

"아무리 도덕적이지 않는 일이 닥쳐도 친정으로 돌아오는 것보단 해안가나 어디 다른 데로 거처를 옮겨서 다달이 보내주는 돈으로 어떻게든 생계를 꾸려나가는 편이 훨씬 나아. 어차피 남편이 누군가 새로운 부인을 맞이할 거라면 자신의 동생이 들어오는 편이 낫겠다는 그런 계산으로 조금도 반대하지 않았던 거겠지. 언젠가 언니가 날 보고 형부가 말한 대로 자기 집안으로 들어오라 해서 엄청 곤란했었거든."

"정말이지 큰 누님은 사람이 아냐."

"나도 언니가 그렇게 한심할 줄은 진짜 몰랐어. 그래서 이 얘기를 아버지한테 들려주면 얼마나 화를 내실까 싶어 집에 가서 다 털어놨었지."

"당연 아버지도……반대하셨죠?"

"아니. 아버지는 그건 어쩔 수 없는 일이라고 말씀하셨어. 요시에가 시집가자마자 바로 병이 걸려서 지금까지 야스키(保木)[1] 집안에 얼마나 폐를 끼쳤는지 모른다면서. '아마도 네 형부는 그간 여러모로 불편했을 거야. 진작 이혼당해도 이쪽은 뭐라 불평할 수 없을 만큼 면목이 없는 일이라고 생각하고 있던 참이니까……요시에는 요시에대로 요양을 시켜주고, 그래도 낫지 않으면 널 후처로 삼아준다면 정말 고마운 일이지. 그렇게만 된다면야 정말 좋겠다.'고 말씀하셨어."

"뭐라고요? 우리 아버지가 그렇게 말씀하셨다고요?"

"잘 들어. 다케야. 언니가 그런 마음이고 또 아버지가 그렇게 말씀하셨어도 어떻게 내가 그걸 받아들일 수 있겠어?"

"누이라면 그렇게 못하죠."

"그건 그냥 큰 언니가 죽기를 기다리라는 거잖아. 그럼, 하루라도 빨리 언니가 죽기를 기다리면 되겠네. 하지만 그런 인정머리 없는 짓이 어디 가당키나 해?"

---

1) 동일인물이나 원문에 '호키'라는 독음과 '야스키'라는 독음이 번갈아가며 달려 있다.

"큰 누님은 너무 잔인해. 자신이 병들어서 다 죽게 된 걸 조금이라도 더 살아보겠다고 작은 누이를 희생양으로 삼으려 드는 거잖아요."

"너도 그렇게 생각해? 다케야!"

"그런 바보 같은 짓이 어디 있어요."

"난 아무리 생각해도 그런 희생은 치를 수 없을 것 같아."

"아버지라고 그걸 모르겠어요."

"다케야! 거기에 인생의 함정이 도사리고 있는 거야. 아버지는 혹독한 생계에 시달리고 있어. 요시에 언니가 지금 그렇게 병든 몸으로 우리 집으로 돌아오면 더 이상 견디기 어렵다고 생각하신 거지."

"누이, 그게 다는 아녜요. 지금 어머니가 그걸 또 얼마나 싫어하실지. 이러쿵저러쿵 성을 낼 것도 생각하지 않을 수 없으니."

"한 마디로 생활난 때문인 거지. 자신이 절박할 땐 자식의 정조 따위 문제될 게 없다는 건가?"

"아아, 스미코 누이! 그게 사실이라면 정말이지 세상은 더럽고 추한 곳이에요."

남매는 서로를 꼭 끌어안고 또 다시 울기 시작했다.

(1915년 9월 16일)

5회-7회

(결호로 인하여 내용 확인 불가능)

8회

억지로 뿌리치고 도망치지 않으면 위험이 어디까지 쫓아올지 모른다. 스미코는 손에 들고 있는 양산으로 꼴도 보기 싫은 늙은 땡중의 면상을 후려갈기고 도망칠까 생각해봤다.

그러나 빠져나갈 틈이 보이질 않는다.

"그럼, 슬슬 주문을 걸어볼 터이니 잠시 눈을 감아주십쇼. 전 아주 청정무구하옵지요. 수상쩍은 짓은 절대로 하지 않아요. 제가 무슨 일을 벌일지 멋대로 상상하시면 아니 되옵니다. 실눈 뜨고 제 얼굴을 봐서도 안 됩지요." 하면서 들판 한가운데서 자신이 먼저 웅크리고 앉아 스미코도 그곳에 앉히려는 듯 세게 끌어당겼다. 스미코는 무언가 강력한 힘으로 땅속 깊은 곳까지 빨려 들어가는 것 같아 도저히 저항할 수가 없었다.

그때 마침 짙어진 안개는 점점 낮게 깔려 자연스레 공기까지 무거워져서 마치 머리 위로 무언가 뒤집어쓴 것 같아 불쾌감이 이만저만 쌓이는 것이 아니다.

늙은 땡중은 그것을 기회로 삼아 요상한 주문을 강행하려고 했다.

스미코는 더 이상 참지 못하고

"악!" 하고 외쳤다.

땡중은 그저 "히히히히히" 하고 웃기만 한다.

이때 깜짝 놀라 안개 속에서 벌떡 일어선 한 사람의 나그네가 있었다. 양복에 둘둘 말은 각반, 거기에 짚신 차림새다. 모자 아래로 목덜미가 햇볕에 타지 않도록 두건을 두르고 있다.

나이는 얼추 스물하고도 서넛쯤 됐을까. 코 아래로 입보다 작은 짧게 깎은 수염이 보인다. 피부 빛은 창백하지만 다정해 보이는 남자다. 한 손에 여행 가방을 들고 있고 또 다른 손에는 양산을 들고 있다. 깃이며 소매며 온통 땀범벅이다.

소리만 들리고 모습은 보이지 않아 눈보다 귀가 쫑긋 선다.

그리 멀지 않은 곳에서 풀이 짓밟히는 소리가 들린다. 누군가 도움을 청하는 소리가 들리는가 하면 누군가를 짓누르는 듯한 느낌이 든다.

날카로운 비명 소리가 비단 찢기는 듯 새어나오는 것을 누군가 바로 막는 모양이다.

'이거 보통일이 아니군' 하고 깨달음과 동시에 젊은 나그네의 몸은 떨려온다.

그러면서도 양손에는 마치 검이라도 휘두르려는 듯 양산을 꼭 쥐고 이리저리 휘두른다.

일단 "이봐" 하고 외쳐본다.

그러나 아무 대답이 없다.

"대체 왜 그래! 무슨 일이냐고!" 하고 재차 소리친다.

그때 어디선가 간신히 "살려……주세요……." 하는 들릴 듯 말 듯 다급한 외침이 들려온다.

나그네는 그 소리가 나는 쪽으로 달려갔다.

생각보다 거리가 가까워서 조금 달려가니 안개 속에서 마치 영화처럼 사람의 움직임이 감지된다.

나그네는 "이놈!" 하고 있는 힘껏 소리를 내질렀지만 그리 위엄에 찬 목소리는 아니었다.

흰옷을 걸친 늙은 땡중은 젊은 나그네는 "넌 뭐야. 아무 일도 아냐……. 남 일에 상관하지 마……."라고 말했다.

그 옆으로 삼베 끈으로 손이 뒤로 묶인 나그네에게 소녀가 이제 막 풀숲에서 일어서는 모습이 눈에 들어왔다.

나그네는 "당신, 지금 뭐 하는 짓이야?" 하고 양산을 검을 쥐듯이 잡고는 따졌다.

"쓸데없는 참견 말아. 이 여자는 내 여식이란 말이야."

"뭐라고? 딸이라고……?"

"애가 미쳐서 폭포라도 맞으면 좀 나아지려나 하고 데려왔다가 미쳐서 날뛰는 바람에 묶어둔 참이란 말이야."

스미코는 때마침 와준 나그네를 보고 기뻐서

"거짓말이에요! 거짓입니다! 이 사람은 나쁜 놈이에요!" 하고 외쳤다.

"저 봐요. 미쳤잖아요. 아비인 나를 나쁜 놈이라잖아요." 하고 히죽거리며 침착한 척 애쓰면서 쥐어짜는 듯한 웃음을 흘리면서, 손등으로 콧등에 흘러내리는 땀방울을 훔쳐낸다.

젊은 나그네는 반신반의하는 모양으로 그 자리에 멈춰 서서 눈만 깜빡인다. 이때 스미코는 힘껏 "거짓이에요. 거짓말이에요." 하고 외쳐대면서 손목을 풀어보려고 애를 쓴다. 그러나 워낙 꽁꽁 묶인 탓인지 매듭은 쉽사리 풀리지 않는다.

(1915년 9월 21일)

9회

젊은 나그네는 결심했다. 소녀의 말을 믿으면 큰 잘못은 없을 것이라 여겨 중늙은이한테 다가가서는

"네 이놈, 지금 지나가는 여자를 폭행하고 있는 거잖아?" 하고 꾸짖는다.

"그렇다 해도 네가 상관할 바는 아냐!" 하고 늙은 땡중도 지지 않고 되받아친다.

"그럴 수야 있나. 난 이 사람을 구해야만 해. 그리고 널 경관한테 끌고 갈 거야."

"지금 무슨 소릴 하는 거야. 건방진 놈. 그런 말이 어딨어? 난 너처럼 새파란 애송이들이 제일 싫어. 아무나 지나가는 사람한테 싸움을 거는 놈들 말이야. 어디 그 뿐인가. 이번엔 내 일을 방해하려 들잖아. 네 이놈, 어디 두고 보자. 쇠사슬로 몸을 꽁꽁 묶어 줄 테니……."

"그런 말도 안 되는 소릴 해봤자 누가 듣겠어? 과학이 발달한 현대

에 늙은 땡중이 지껄이는 염불을 누가 듣는다고!"

"좋아. 정 그렇다면, 내 기이한 주술을 보여주마."

늙은이는 말이 끝나기가 무섭게 눈썹 아래 눈알을 한데모아 몸속 깊은 곳에서 굉장한 빛을 끌어내어 요상한 손놀림으로 아홉 구(九)자를 긋는다.

중늙은이가 그러는 사이 젊은 나그네는 양산으로 그를 내리쳤다.

늙은이의 왼쪽 어깨가 맞았나 싶었는데 양산은 슝 하고 대여섯 칸정도 앞으로 날아갔다. 그 여파로 모자며 두건도 튕겨나갔다. 깔끔하게 두 갈래로 나뉜 머리카락이 모자 모양을 띠고 있다.

그러자 젊은이의 얼굴은 점점 창백해지고 손발이 심하게 떨려온다.

그 사이 스미코는 재빨리 매듭을 풀려고 애를 썼지만 좀처럼 풀리지 않는다.

아무래도 삼베 끈에 생명이 붙어 있는 것 같다. 주술로 무언가 신들린 것이 아닌가 싶을 정도로 꼼짝을 않는다. 평소라면 있을 수 없는 일이라고 믿지 않았을 일도 의심이 가기 시작했다.

그러나 늙은 땡중도 입으로는 꽤나 슈겐도(修驗道)의 기이한 주술에 정통한 듯 말하면서도 양산을 막아낸 뒤로는 아무런 조치도 취하지 못하고 있다. 그저 두 손가락으로 원을 그리며 배꼽 아래에 대고 이상한 자세를 취하고 있을 뿐.

이는 젊은이 쪽도 마찬가지로 주먹을 꼭 쥐고는 마치 복싱이라도 연출하는 듯 대기하고 있을 뿐 그저 씩씩거리고 있는 게 다다.

그 틈에 늙은이가 '얍' 하고 소리를 지르는가 싶더니 젊은이는 이내 쓰러졌다. 너무나도 싱거운 패배다.

늙은 중은 쓰러져 있는 사내 몸에 올라타서 멱살을 잡고는 "어때?" 하고 소리친다.

아래 깔린 자는 "이놈이!" 하며 일어서려고 몸부림을 친다.

"그렇게는 안 될 걸. 이제 숨통을 끊어놓을 일만 남았어. 앗하하 하" 하며 크게 웃어젖힌다.

자신을 도우려고 온 자가 이 모양이면 스미코의 마음은 불안하다. 그래도 자기 때문에 이런 일을 당했으니 딱하기 그지없다. 땡중한테 대적할 수는 없다 하더라도 젊은이한테 힘을 보태야만 한다.

간신히 푼 밧줄을 집어던지고 갖고 있던 양산을 높이 쳐들어 중늙은 이의 뒤로 돌아 뒤통수를 내리쳤다.

늙은이는 휙 하고 몸을 뒤로 돌려 그녀를 노려보며

"이년이, 어딜 끼어들어. 후환이 두려우면 가만히 구경이나 해. 똑똑 히 봤어? 지금 이 애송이가 나한테 힘없이 깨진 꼬락서니를. 추태가 따로 없군. 이놈이 날 팽개치고 널 구해내서는 은혜를 핑계로 널 어떻 게 꼬드겨볼 생각이었나 본데. 그렇게는 안 되지. 아가씨, 이런 새파란 애송이한테 애교 따위 부려봤댔자 아무 소용없어요. 나이가 좀 있어도 나처럼 건장한 남자를 따라야지. 이런 놈한테 어떻게 모든 걸 맡길 수 있겠어? 이렇게 하면 어때? 참을 만한가?"

늙은이가 목을 꾹꾹 누르니 밑에 깔린 젊은이는 그때마다 기침이 나서 무척이나 괴로운 모양이다.

스미코는 "그렇게 난폭하게 굴지 말아요. 아, 그렇게 하면……." 하 고 말렸다.

늙은 중은 "그럼, 숨통을 끊어놓는 일만은 그만두지. 그래도 내 일을 방해하면 안 되니까 일단 묶어두고 이제 너랑 얘기해볼까? 그 삼베 끈을 이리 가져와봐!" 하고 명령했다.

그 밧줄을 가져가면 분명 젊은 사내를 그 걸로 묶을 거다. 그런 다음 에 자기에게 또 요상한 짓을 벌일 게 뻔하다.

그렇다고 해서 밧줄을 가져가지 않으면 땡중이 그 남자를 또 얼마나 괴롭힐 것인가. 여기까지 생각이 미치자 스미코는 어찌해야 할지 도통 모르겠다.

그렇게 고민하고 있는데 뒤에서

"빨리 도망치세요. 걱정 말고 어서……." 하는 여자의 목소리. 또 다른 사람이 도움을 주러 왔나 하고 기쁜 마음에 뒤돌아보니, 열일곱, 여덟쯤으로 보이는 아가씨. 멍석을 들고 나무로 만든 삿갓을 쓰고, 손 등에서 팔까지 감색의 각반을 두른 복장.

(1915년 9월 22일)

10회

스미코는 "고마워요! 하지만 내가 도망치고 나면 이분이 어떤 일을 당할지……." 하고 젊은이를 염려한다.

"괜찮아요, 당신을 복종시키려고 남자를 인질로 삼은 겁니다. 신경 쓰지 말고 당신이 도망치면 저 사람도 자연히 풀려날 거예요." 하고 나그네 아가씨가 말했다.

이치상으로는 그 말이 맞는 것 같았다. 그러나 자신을 위해 달려든 사람이 지금 땡중한테 이 고초를 겪고 있는데 그를 버리고 나만 살자고 빠져나가는 것이 너무나도 몰인정한 것 같아 스미코는 주저하고 있는 참이다.

그런데 그녀가 소곤거린 그 말은 서로 뒤엉켜있던 두 사람의 귀에도 들어간 모양이다.

젊은이가 "전 걱정 마시고 어서 도망치세요." 하고 밑에 깔려 괴로워하면서도 외친다.

이때 나그네 아가씨,

"이런, 호색한 같은 늙은이. 이곳으로 순사가 달려오고 있는 줄도 모르고……." 하며 기지를 발휘했다.

"뭣? 순사가 온다고……. 너도 살려두면 안 되는 계집이구나." 하며 여자를 노려보며 위협하면서 점점 가까이 다가가는 것이 아닌가.

그 틈에 밑에 깔린 젊은이가 간신히 일으킨 몸으로 늙은이를 깔아뭉 갠다.

"이제 괜찮아요. 이 틈에 어서." 나그네 아가씨는 스미코의 손을 잡 고는 달리기 시작했다. 스미코도 더 이상은 주저하지 않고 그녀의 손 을 붙잡고 냅다 뛰었다.

고원을 내려가는 내리막길이라서 힘껏 달린다 해도 그다지 숨이 차 지는 않았다. 뒤를 돌아볼 틈도 없이 달리고 또 달렸다. 하긴 뒤돌아봤 댔자 짙은 안개로 아무것도 보이지 않을 터이다.

두 사람은 날이 개었더라면 들판 끝자락에 있는 촌락이 멀리서 내다 보였을 법한 곳까지 달려와서야 속도를 늦췄다.

스미코는 조금 전에 느꼈던 공포에서 어느 정도 벗어나자 그제야 자기편이 되어준 아가씨가 누군지 생각해 볼 여유가 생겼다.

머리는 대충 양 갈래로 틀어 올린 이초가에시(銀杏返し)로 묶고, 옷 은 시골에 어울릴 것 같은 색의 유카타(浴衣)지만, 피부는 하얗고, 신경 질적으로 생긴 꽤나 예쁘장한 소녀다.

에치고(越後)에서 약 팔러 온 행상인인 듯도 하다. 그도 아니면 신슈 (信州)로 가는 여공인가. 잘 모르겠다.

그런 아가씨가 "여기까지 왔으니 이제 괜찮겠죠?" 하고 입을 연다.

그러나 스미코는 "덕분에 살았습니다. 그런데 그분은 어떻게 됐을 까요?" 하며 역시 젊은이 걱정이 앞선다.

"그렇게 걱정할 필요 없어요. 그 늙은이 그 남자한테는 볼일이 없을 테니까요."

"혹시 아는 사람인가요?"

"아니요. 저 또한 일전에 쫓긴 적이 있어요. 나무 켜는 갈림길로 내

몰려서 봉변당할 뻔한 걸 어찌어찌 도망쳐서 몸을 숨겼지요. 이번엔 당신을 발견하고 달려든 거고요."

"아, 그렇게 된 거군요."

"세상이 어찌 되려는지. 인적 드문 곳만 골라서 혼자 있는 여자만 보면 희롱하려 드는 이상한 놈들이 설치고 다니니 말예요. 그놈도 그런 패거리예요. 정말로 끔찍하죠."

"부디 마을까지 함께 가주세요."

"물론, 함께 가지요."

"생각만 해도 털이 곤두선다니까요."

그때 갑자기 뒤에서 누군가 스미코의 어깨를 잡으며,

"털이 곤두선다는 게 무슨 뜻이야!" 하고 호통을 친다.

"앗" 하고 스미코는 무심결에 소리쳤다.

어느새 따라왔는지 땡중이 안개 속에서 나타나서는 금강석으로 만든 지팡이 끝으로 그녀 앞을 가로막고 나섰기 때문이다.

"이런 짐승 같은 놈!" 하고 외친 나그네 아가씨는 그 둘 사이에 끼어들어 금강석 지팡이를 손으로 뿌리쳤다.

늙은 중은 "또 너냐. 방해하는 게!" 하며 지팡이 끝으로 나그네 아가씨의 옆구리를 푹 하고 찔렀다.

아가씨는 "아악!" 하고 소리 지르며 쓰러졌다.

늙은이는 거기에는 눈길 한 번 주지 않고 뒤에서 스미코를 끌어안으려고 달려들었다.

바닥으로 쓰러진 아가씨는 삿갓으로 땅위에 있던 말똥을 쓸어 모아서는 땡중의 얼굴을 향해 뿌렸는데 거의 대부분 얼굴에 명중했다.

중은 소리 한 번 지르지 못하고 보기에도 민망한 꼴로 일어선다.

(1915년 9월 23일)

11회

지금이 도망칠 때다. 나그네 아가씨는 아픈 옆구리를 부여잡고는 멍석이 흐트러지지 않도록 주의하면서 앞장서서 달리기 시작했다.

스미코도 양산을 끌어안고 뒤를 따랐다.

"게 섯거라. 이년들. 어디 무사히 빠져나갈 성 싶으냐. 지금 당장 다리가 굳어져 한 걸음도 뗄 수 없게 될 거야!" 하고 등 뒤에서 외치는 늙은이의 목소리가 꽤 뒤 쪽에서 들려온다.

말뚱 뭉치가 눈을 못 뜨게 하여 달리지 못하는 건지 아니면 그 자신 굳게 믿고 있는 주술로 발을 묶을 수 있다고 여겨 요상한 주문이라도 외워볼 심산인지.

두 사람은 전보다 더 빨리 속도를 내서 달리고 또 달렸다.

그로부터 얼마 지나지 않아 신에쓰(信越)선 레일이 깔려 있는 곳에 다다랐기에 서둘러 건널목을 건넜다.

그러는 차에 하행선 화물열차가 들어와서 행여 바로 뒤에서 늙은이가 쫓아온다 해도 자연히 길은 막히고 만다.

나그네 아가씨는 "잠깐만요. 이대로 노지리(野尻)까지 갈 수 있으면 좋을 텐데……. 저 지금 옆구리가 너무 아파서 더 이상 뗄 수 없을 것 같아요. 어딘가 옆길로 새서 몸을 좀 숨기는 게 좋겠는데." 하고 말을 꺼낸다.

스미코는 "맞아요. 우선은 아무데나 몸을 좀 숨기고 아픈 데 먼저 살펴봐요." 하며 나그네 아가씨를 위로한다.

"그럼, 빨리 저쪽으로 가요."

"예. 가요."

길 왼편으로는 잡목으로 된 숲이 있고, 그 아래로 벼까라기며 덩굴이며 억새며 풀들이 꽤나 높이 자라 있어 몸을 숨기기에 적당하다.

나그네 아가씨는 아픈 몸을 이끌고 다시 한 번 앞장서서 풀숲을 가르며 달려 나갔다. 그 덕에 스미코는 쉽사리 뒤따를 수 있었지만 안개에 젖은 이삭 탓에 소매며 옷자락을 적시지 않을 수 없었다.

숲 안쪽으로 꽤 들어왔다.

나그네 아가씨가 "이쯤이면 괜찮겠죠. 여기서 좀 쉴까요?" 하고 멈춰 선다.

스미코는 "아픈 곳은 좀 어떠세요?" 하고 걱정이 되어 묻는다.

아가씨는 "예. 좀 아파요. 아직 아프기는 한데 좀 쉬면 낫겠죠. 이런 일은 종종 있었으니까……." 하고 대답하면서 풀숲 위에 멍석을 깔았다.

스미코는 "덕분에 살았습니다." 하고 처음으로 제대로 인사를 했다.

"아니, 그렇게 예의를 차릴 필요는 없는데……. 정말이지 끔찍한 늙은이예요."

"아까 그 젊은 분은 무사하신지."

"걱정 마세요. 저 늙은이는 바로 우리 뒤를 쫓아왔으니까. 남자 따위 신경 쓰겠어요?"

"그렇네요."

"여기 좀 누워서 쉽시다."

"아, 예……. 그런데 아픈 곳을 좀 주물러 드릴까요?"

나그네 아가씨는 "괜찮아요. 너무 걱정하지 마세요. 그보다는 여기 누우면 기분이 좋아져요." 하면서 몸을 옆으로 돌리고는 팔을 구부려 베개로 삼아 멍석 위에 피곤한 듯 잠이 들었다.

스미코는 그녀가 편하게 잘 수 있도록 가능한 자리를 좁혀 끝자락에 앉아서 다리를 풀 위로 뻗었다.

안개는 점점 짙어져서 나뭇잎이며 풀잎이며 죄다 비 맞은 것처럼 흥건하다.

때때로 수상쩍은 새가 숲속 깊은 곳에서 울어대는 소리가 혹시 그 늙은이는 아닌지 문득문득 놀라지 않을 수 없었다.

지금 이렇게 쉬고 있는 것도 사실은 염불 탓에 다리가 묶여서 그런 것은 아닌지 이런 생각으로 가슴은 아까 도망칠 때와 마찬가지로 벌떡 거린다.

이런 상황에도 나그네 아가씨는 쌕쌕거리며 잘도 잔다.

엄청 피곤한 게지.

아니면 대담하기가 이를 데가 없거나.

'도대체 이 아가씨의 정체는 무엇일까?' 하는 마음에 스미코의 걱정은 절로 늘어났다.

(1915년 9월 24일)

12회

다시 기차가 지나가나 싶더니 이번에는 바람이 불어온다. 숲속 깊은 곳에서 수목들이 울어대고 나뭇가지와 나뭇가지는 서로 부딪치며 요란하다.

스미코는 점점 불안해졌지만 나그네 아가씨는 아주 태평하게 잠들어 있다.

바람을 타고 큰 빗방울이 후드득후드득 내리기 시작하더니 작은 나뭇가지 끝에 매달린 잎사귀들을 때린다.

그러더니 나뭇잎 사이로 흘러나온 물방울이 잠들어 있는 여자의 얼굴에 한 방울 두 방울 떨어진다. 아가씨는 그래도 일어날 기미가 안 보인다.

스미코는 걱정이 되어 나그네 아가씨를 흔들어 깨웠다.

아가씨는 졸음을 참을 수 없다는 듯 눈을 가느다랗게 뜨고는 스미코의 얼굴을 슬쩍 쳐다보면서

"아아, 졸려. 좀 더 자게 내버려 두세요." 하더니 바로 다시 눈을

감아 버렸다.

스미코는 "비가 오고 있어서요." 하고 알려주었지만, "괜찮아요. 당신도 좀 더 주무세요. 자, 어서." 하며 잠이 덜 깬 상태로 마치 꿈속이라도 되는 양 손을 뻗어 옆에 안아 있는 스미코를 끌어안듯이 잡아당긴다.

평소 누군가 다른 사람과 함께 잠드는 버릇이 몸에 배어 있는 모양이다.

스미코는 그만 기분이 나빠져서

"이런 곳에서 잠들 수는 없어요. 비가 와요. 비가 온다고요." 하고 아까보다 더 세게 그녀를 흔들었다.

그러자 이번에서 눈을 번쩍 뜨고는

"아아, 정말 비가 내리네."

"그럼, 다른 곳으로 피하죠."

"그게 좋겠어요."

"저 늙은이가 쫓아왔다 하더라도 이미 지나쳤을 거예요."

"예. 게다가 이제 야지리 마을에 닿으면 별다른 큰일은 없을 거예요."

"그건 그렇고 아까 다친 곳은……."

"아, 이제 괜찮아요. 자는 동안 다 나았어요."

"그럼, 출발해볼까요?"

"이 멍석을 함께 걸쳐요."

"그리고 양산도 함께 써요."

동갑내기로 보이는 아가씨는 숲속을 빠져나와 몸을 꼭 붙이더니 한 장의 멍석을 두 사람 몸에 두르더니 양산도 받친다.

스미코는 그제야 "당신 이름이 뭐예요?" 하고 이름을 물어볼 기회를 얻었다.

아가씨는 "저요? 전 교(京)예요." 하고 대답한다.

"교 씨군요."

"아, 예……."

"지금 어디로 가는 건지요?"

"글쎄요……. 이쪽으로 가볼까요?"

"예……."

"사실 전 어디로 가야 할지 잘 모르겠어요."

"이런……."

진작 이 아가씨에게 무언가 사정이 있을 거라고 짐작은 했지만 갈 곳이 없는 처치라니 의외였다. 스미코는 더 이상 신상에 대해 묻는 것이 무섭기도 하고 한편으로는 사정이 딱하다는 생각이 들기도 했다.

이번에는 교가 먼저 말을 꺼낸다.

"전 정말이지 사는 게 불안해요."

이에 스미코도 "저, 무슨 일이 있었기에……. 사실 저 또한……곤란한 처지거든요." 하고 분위기 탓에 이렇게 말하고 만다.

"제 얘기를 들어주세요. 지금부터 말할 테니. 전 이제 당신이 남 같지 않거든요……." 하면서 몸을 더 꼭 붙인다.

빗방울은 점차 굵어져간다.

(1915년 9월 26일)

13회

설상가상 천둥도 내리친다.

한비(斑尾)며 묘코(妙高)며 구로히메(黑姬)며 온통 이런 산들로 둘러싸인 평평한 분지. 천둥소리 이리저리 울려 퍼지며 삼방, 사방에서 몰려들어 몸을 조이는 듯하다.

빗줄기도 완전히 굵어져서 장대비가 되어 폭포 아래에 서 있는 것과 다를 바 없다.

멍석이나 양산으로는 턱도 없다. 무슨 수로 퍼부어대는 이 비를 막을 수 있으랴.

다행히 그곳에 샘물을 나무통으로 길러 올리는 물레방아 헛간이 있어서 급한 대로 우선 처마 밑으로 달려갔다.

정말로 작은 물레방아여서 안에는 아무도 없다. 그러나 누가 곡물을 훔쳐가지 못하도록 문에는 자물쇠가 채워져 있어서 안으로 들어갈 수는 없다.

낮게 드리운 억새 지붕 처마 밑으로 머리가 닿을 듯 말 듯 간신히 자리를 잡고는 부서진 판자벽에 몸을 기댔다. 거세게 불어 닥치는 비바람을 피하기 위해 멍석을 방패로 삼았다.

이때 또 교가 마치 아교로 붙인 것처럼 스미코에게 찰싹 달라붙는다.

그러면서 "비가 뜸해질 때까지 이렇게 끌어안고 제 얘기를 들려드리죠." 하는 것이 아닌가.

스미코는 "예, 그러세요." 하고 대답은 했지만 천둥소리로 귀가 멀어서 아까만큼 이야기에 집중할 수는 없었다.

교는 "전 일본에서 태어나지 않았대요……." 하며 먼저 말을 꺼냈다.

스미코는 처음부터 예상치도 못한 말을 들었기 때문에 바로 얘기로 빠져들었다.

"그럼, 일본 사람이 아닌 거예요?"

"아니요. 그렇지는 않아요. 전 분명 일본인이니까. 지나(支那)에서 태어났다는군요……."

"중국에서?"

"예. 어머니는 일본인으로 오랫동안 지나에 살았답니다. 전 그때 태어난 거고요. 어머니는 제가 태어나고 얼마 지나지 않아 거기서 돌아가셨어요."

"그랬군요……."

"아버지는 젖먹이인 절 안고 어쩔 줄 몰라 하셨고요. 그래서 하는 수 없이 일본으로 돌아와서 절 외삼촌에게 맡기고는 다시 지나로 건너갔다는군요. 그게 마지막으로 행방불명이 되었다나요……."

"아버님은 무엇 하러 중국에 가신 건가요? 그리고 어머님은 어째서 그렇게 오랫동안 그곳에서 살았던 거고요."

"그걸 잘 모르겠어요. 어머니는 어떤 사람일까요? 아버지도 자세한 얘기는 들려주지 않았다는군요. 아버지는 사나다 고사쿠(眞田鑛策)라는 자로 나라를 위해 일찍부터 지나를 오갔던 모양입니다. 큰 사업을 벌일 생각으로 거기 머물렀는데…… 절 일본에 데리고 와서 다시 돌아간 것이 마지막으로 지금까지 생사조차 모릅니다."

"이런, 그렇군요……. 그럼, 아버지나 어머니를 제대로 잘 모르는 거네요."

"몰라요. 전혀 모르죠. 게다가 제가 외삼촌 집에서 얼마나 괴롭힘을 당했는데요. 그 집에 아이가 많았거든요. 거기에 생활이 넉넉한 편이 아니니……친자식한테는 먹을 것을 사서 먹여도 저한테는 아무것도 주지 않았어요. 전 철저히 차별을 받으며 자랐어요. 그런 사정을 일일이 설명하자면 끝이 없겠지만……추운 날 한밤중에 벌거벗겨진 채로 눈 속으로 쫓겨난 적이 한두 번이 아니거든요."

교는 눈가에 눈물까지 내비쳤다.

스미코도 몸에 사무쳐 눈물이 절로 나왔다.

천둥소리는 점차 자자들었다.

(1915년 9월 28일)

14회

스미코는 "이런, 너무나도 박복하군요. 얼마나 마음이 아팠겠어요."

하며 진심으로 위로한다.

그러자 교는 "참 불행한 인생이죠. 절 동정하시다니! 너무 기뻐요. 전 당신이 절 위해 눈물을 흘려주실 분인지 진작에 알아봤어요." 하면서 매우 기뻐한다.

그렇게 기쁜 와중에도 눈물은 하염없이 흘러내려 손등의 감색 각반이 빗방울을 맞은 것처럼 젖어 들고 있었다.

"사실은 저 또한 비슷한 처지예요."라고 스미코도 이야기를 시작했다.

그래도 교는 "그래요? 그럼, 그 얘기는 나중에 들려주세요. 지금은 제 얘기를 마저 할 테니." 하면서 전혀 아랑곳없이 말을 이어나간다.

"잘 들을게요. 그래서 어떻게 됐어요?"

"그 후로도 점점 커가면서 서글픈 일만 늘어났어요. 전 말이죠. 학교 근처에도 못 가봤어요. 겨우 아홉 살 나이에 남의 집 아기를 돌보러 가야 했으니까요. 열세 살에는 방직공장(製糸場)에 여공 일하러 보내졌고요. 그러다 열여섯에는……아카쿠라(赤倉) 온천장으로 심부름꾼으로 팔려서 말이죠……고생이 이만저만……사실 전 오늘 아카쿠라를 빠져나와 스기노사와(杉之澤)에 몸을 숨길 요량으로 길을 나선 거예요. 그런데 사정이 여의치 않아서 바로 이쪽으로 오는 도중에 조금 전 그 일을 보게 된 거죠."

"아카쿠라 온천이 어땠길래 도망친 거예요?"

"도저히 입에는 담을 수 없는 끔찍한 일이 있어서……정말로 끔찍한 얘기예요……당신한테는 숨길 필요 없겠지만 너무 끔찍해서…… 손님이 말이죠……아까 그 땡중 같은 늙은이가, 그 자보다 더 불그스름한 얼굴에 뚱뚱한 늙은이가……오늘밤 온천으로 찾아오면 전 어떤 일을 당할지 아무도 몰라요……그래서 전 이렇게 산을 넘어 이쪽으로 도망친 거예요……다구치(田口)나 간잔(關山) 쪽으로 도망치면 바로 꼬리가 잡히니까."

스미코는 그녀가 도망친 이유를 얼추 알아차렸다.

고아고 남의 집 아이를 돌봤고 여공에다 온천 여관의 심부름꾼, 거기에 제대로 된 교육을 받아본 적도 없는 여자의 몸으로 신통하게도 그 악마와 같은 소굴에서 빠져나온 것이다.

동정심은 점점 더 깊어갔다.

"용케도 도망쳤네요. 전 당신의 그런 결심에 감동받았어요." 하고 스미코는 진심에서 우러나서 말했다.

"그런가요? 그렇게 생각해주시면 고맙고요." 하고 교는 기쁜 표정을 감추지 못한다.

스미코는 이때다 싶어 "혹시라도 당신이 도쿄(東京)에 가볼 생각이 있다면……저와 함께 가면 어떨까 싶은데……다른 말이 아니라, 그렇게 되면 제가 좀 힘을 보탤 수도 있고 하니. 사실 제가 지금 몹시도 불안한 처지여서요." 하며 말을 꺼낸다.

천둥소리는 완전히 그쳤지만 비는 그치지 않고 여전히 내리고 있다.

교는 "이번에는 당신 얘기를 들려주세요." 하면서 손을 꼭 붙잡는다.

이 순간 스미코는 비로소 알아차렸다.

여공 간에는 우애가 이상한 쪽으로 발달해서 상식적으로는 이해하기 어렵다는 것을.

교는 그런 분위기에 저도 모르게 물 들어서 이런 상황 속에서도 상대에게 무리하게 동정을 요구하는 것이 아닌가. 한마디로 도가 지나친 동정 갈구증이 발병하는 것이다.

(1915년 9월 30일)

15회

이러한 자초지정을 알게 된 스미코는 너무 깊이 자신의 사정을 털어놓기가 무서워졌다. 그저 조용히 이 물레방아 헛간 처마 밑을 벗어나고 싶을 뿐이다. 그래서 교와 헤어지고 싶을 따름이다.

교는 이러한 스미코의 마음도 모르고 점점 몸을 가까이 다가와 등 뒤의 헛간 쪽으로 몸이 밀려들어갈 정도로 바싹 붙는다.

"자, 이번에는 당신이 말해 봐요. 분명 슬픈 이야기겠죠. 그런 얘기를 들으면 전 마치 제 얘기라도 되는 양 눈물이 나요. 그렇게 울고 나면 기분이 말할 수 없이 상쾌해지거든요. 남의 슬픈 얘기를 듣고 울면 그 얘기가 다른 사람의 얘긴지 내 얘긴지 분간할 수 없게 되어 머릿속이 지끈거리고 엄청 피곤해져요. 그때가 말로 다 할 수 없을 정도로 기분이 좋더라고요."라며 말투가 점차 신경질적으로 변한다.

스미코는 이제 와서 갑자기 신상 얘기를 접을 수도 없어서 한 집안의 사정을 대략 털어놓았다. 그러나 형부가 자신에게 패륜적인 혼담을 요구했다는 사실을 말하기에는 도저히 입이 떨어지지 않았다.

그런 까닭에 박복한 처지라는 이야기의 핵심은 결국 계모의 학대라는 진부한 줄거리로 마무리되고 말았다.

그래도 교는 진심이 묻어나는 눈물을 흘림으로써 동정을 표했다.

"이런 분과 함께 길동무를 하게 된 것도 인연이군요. 스미코 씨 우리 앞으로 친하게 지내요." 하면서 애정을 담아 입맞춤이라도 하려는지 두 손으로 볼을 힘껏 맞잡는다.

스미코가 저도 모르게 그 손길을 피해 옆으로 휙하고 얼굴을 돌렸을 때, 귓불에 뜨거운 입술이 닿은 듯 느껴졌다.

그러는 사이에 비는 그쳤다. 그러나 구름이 잔뜩 끼어 이제 곧 날이 저물 것만 같다.

"이제 노지리로 가볼까요." 하고 스미코가 먼저 앞장서서 망석을 거두며 처마 밑에서 나왔다.

그러자 교도 "그럼, 걸으면서 얘기하죠." 하면서 망석을 걸치며 그녀를 뒤따라 헛간에서 빠져나왔다.

비온 뒤의 진흙탕길, 교는 처음부터 짚신을 신고 있었지만 스미코는 코르크로 밑창을 댄 게타(下駄)을 벗고 맨발로 걸어가야만 했다.

교는 다정하게 스미코 뒤에서 치맛자락이 땅에 끌리지 않도록 들어 주었지만 스미코는 왠지 찜찜하다.

이런 식으로 꺼림칙한 동정을 점점 키워나가면 나중에는 이러지도 저러지도 못하게 만들어서, 무엇인가를 요구하는 것은 아닐까 그것이 걱정돼서 어쩔 줄을 몰랐다.

어째서 아까 '도쿄에 갈 거면 함께 가자.'는 둥 쓸데없는 말을 해버렸는지 후회막심이다.

교는 걸으면서 아까 말하다 빠뜨린 얘기를 연방 해댄다.

그 얘기를 들으니 다시 얼마간 동정심이 일어 끝까지 싫어할 수는 없는 사람이라는 생각이 든다.

그러는 사이 어느새 노지리 마을에 당도했다.

가시와라(柏原) 방면으로 쭉 가는 길이 갈라져 마을 중간쯤에서 논두렁길을 따라 걸어가자니 노지리 호수가 나왔다.

갈대가 사람의 키 보다 높게 우거진 숲 사이로 벤텐지마 섬(弁天島)이 거뭇하게 호수 위로 보인다.

건너편 낭떠러지로 저녁 해가 떨어질 채비를 하는 모양이다. 물고기가 물속에서 튀어 오르는 건지 아니면 개구리가 물속으로 뛰어드는 건지 이따금 호수 위에서 들리는 물소리가 여름에 어울리지 않게 쓸쓸하다.

이곳에 이르러서야 두 사람은 걸음을 멈추고 말이 없어졌다.

저 멀리 내다보이는 절에서 종소리가 울려 퍼진다.

그러자 교가 느닷없이 멍석을 집어던지면서 스미코의 어깨에 매달리듯 달라붙는다.

"이봐요. 스미코 씨. 이제 제가 갈 곳은 정해졌어요." 하고 말을 건넨다.

스미코는 "뭐라고요? 갈 곳이요?" 하고 깜짝 놀라며 되묻는다.

"당신도 도쿄 같은 곳에 가지 말아요."

"뭐라고요……."

"저와 함께 가요."

"어디를 말입니까?"

"저 호수 아래로!"

"네? 호수 아래?"

스미코는 찬물을 끼얹은 듯 오싹했다.

교는 온몸의 힘을 다해 스미코의 어깨에 매달리면서

"저와 함께 죽지 않을래요?" 하고 말하는 것이 아닌가.

(1915년 10월 1일)

16회

스미코는 오늘 처음 본 사람한테 별안간 '함께 죽어 달라.'고 말하는 교의 히스테리가 극에 달한 미치광이 소행에 어이가 없어 멍하니 그녀의 얼굴을 쳐다봤다.

교는 점점 더 세게 스미코를 부여잡고는

"저, 말이죠. 우리 같이 죽어요. 이 호수에서. 그편이 나아요. 고생하면서 살아봤댔자 아무 소용없어요. 그렇게 사느니 하루라도 빨리 죽는 편이 훨씬 좋지 않겠어요?" 하며 재촉한다.

죽고 사는 문제를 마치 점심 한 끼 해결하는 것처럼 간단히 치부하는 모양. 아무리 봐도 광적이다.

스미코는 "저, 교 씨. 그런 일로 죽음을 택하다니……. 그런 생각하면 못 써요……. 어째서 지금 이곳에서 그런 말을 제게 하는 겁니까?" 하며 마치 따지기라도 하듯 묻는다.

교는 "어째서라뇨? 지금, 여기니까 그렇죠. 이렇게 날이 저물 때 호수 끝에 서 있으니 죽어도 좋겠다는 생각이 들어요. 몸에 사무칠 정도로 죽고 싶다는, 뭐랄까 눈에 보이지 않는 무언가 이상한 존재가 가죽을 벗기고 고기를 씹어서 피와 함께 뼈에 찰싹 달라붙는 것 같은 느낌이랄까요. 당신처럼 예쁘고도 비극적인 비밀을 안고 있는 분과 함께 눈물을 나누며 서로 끌어안고 이 호수 바닥으로 빠져들고 싶어요. 부디 제 소원을 들어주세요." 하고 간곡히 부탁하면서도 스미코의 품속에서 뜨거운 눈물을 흘리는 것이었다.

스미코는 견딜 수 없이 두려웠다. 세상 사람들이 흔히 말하는, 사신에게 걸려들었다는 건 이런 경우를 두고 하는 말일 게다. 위험한 자와 함께 있으면 스스로도 분위기에 휩싸여서 자신 또한 해서는 안 될 생각을 할지도 모른다고 한껏 경계하면서

"이봐요. 교 씨. 그런 말 하지 말아요……. 죽는 건 언제든지 가능한 일이에요. 한번 태어난 이상 살아봐야죠." 하고 달래본다.

"언제까지 그렇게 살 건대요. 그러다 결국 죽을 거잖아요. 그러는 동안 끔찍한 일을 겪고 괴로움을 당하느니 한시라도 빨리 죽는 편이 낫잖아요."

"그렇다고 늘 괴로운 일만 있는 건 아니잖아요."

"전 죽을 때까지 괴로울 거라 생각해요. 제가 다른 사람에게 함께 죽자는 말을 꺼낸 건 이번으로 세 번째예요. 제 딴엔 이 사람이라면 함께 죽어도 좋겠다고 여겨 말을 꺼낸 건데 죄다 도망치고 말았어요. 한심하기가……상대는 모두 여자였어요. 전 여자끼리 정사하고 싶은 거예요. 당신은 이런 제 마음을 진짜로 모르겠어요?"

"여자끼리 동반자살이라……. 그것도 세 번째로 말이죠."

"그래요. 한 번은 오카야(岡谷)에서 같이 공장에 다니던 친구와 스와(諏訪) 호수에 뛰어들려 했지요. 또 한 번은 오타기리(大田切) 절벽에서

아이돌보는 여자아이와 함께 죽을 생각으로 계곡 아래로 뛰어내리려 했고요. 두 번째는 오다가다 만난 사람과 얘기를 나누던 중에 그럴 결심이 선 건데 처음에는 신기할 정도로 죽이 잘 맞아서 하루 종일 붙어 다녔어요. 허나 결국 일이 생각대로 되질 않았어요. 정녕 저와 함께 죽어줄 수는 없는 건가요?"

"그럴 만큼 깊은 사정이 있어야 함께 죽죠. 아니, 설령 죽을만한 사정이 있다 해도 생각을 고쳐먹어야줘."

"전 그런 게 싫어요. 죽고 싶으면 그냥 죽으면 그만이에요."

"나는 생각이 달라요."

"아아, 이제 더는 당신과 말하기 싫어요."

"죽음에 관해서는 서로 말하지 않는 편이 좋을지도 모르죠."

"이제 그만. 당신 같은 사람과 함께 길을 나선다는 건 정말이지 싫은……."

교는 지금까지 스미코를 끌어안다시피 하던 자세를 싹 풀더니 멍석을 집어 들자마자

"잘 가." 하는 한마디를 남기고는 내달리기 시작했다.

그렇다고 해서 혼자서 죽으러 가는 것도 아니다. 학교 뒤편을 향해 갈대가 무성한 좁다란 사이 길로 달려가는 모습이 황혼녘 달빛을 받아 어슴푸레 내다보인다.

(1915년 10월 3일)

17회

이상한 소녀였다.

스미코는 예상치도 못했는데 갑자기 그녀가 사라져줘서 안도의 한숨이 절로 나왔다.

정말 이 호수에 몸을 던져 죽으려는 게 그녀의 본심이었을까. 아니면 자신을 떠보기 위한 수작이었을까.

아니다. 다소 정신이 이상한 것은 틀림없다. 어느 날 갑자기 죽을 마음이 생기고 또 느닷없이 그만둘 생각을 한다. 도저히 그 속을 알 수 없는 복잡한 여자다.

만약 이쪽이 조금이라도 이상한 마음이 들어서 그녀의 꾐에 넘어간다면. 여자끼리 정사가 진작에 성사됐으리라.

그렇게 되면 나중에 사람들은 이를 두고 뭐라 할 것인가. 때때로 신문에 나오는 여자끼리 정사한 사건에 이런저런 죽음의 이유가 달려 있긴 했지만, 그 모든 것들이 틀린 건 아닐까. 사실은 지금 내 경우처럼 느닷없이 들이닥친 일은 아닐까?

아무 일 없어서 다행이라는 생각 한편에 쓸쓸함이 밀려와 몸에 사무친다. 이번에는 나 혼자서 호수 밑바닥으로 빨려들어 갈 것 같다.

차마 더 이상 이곳에 머물 수는 없다.

그렇다고 해서 홀로 이 밤길을 가시와라 정류장까지 걸어갈 용기는 나지 않는다. 도중에 땡중한테 붙잡히기라도 하면 그 길로 끝장이다. 또 한 가지 교와 마주쳐서 동반자살하자고 조를까봐 겁도 난다.

그래서 오늘밤은 이곳 노지리에서 묵고 내일 아침에 바로 출발하기로 마음먹고는 여기서 가까운 호반에 있는 숙소로 뒤에서 누가 쫓아오기라도 하는 양 달려서 들어갔다.

낡은 집들이 이어진 끝자락에 새로이 쌓아올린 것으로 보이는 건물 안에 좁다랗고 길게 들어선 방 가운데 하나로 들어섰다.

안은 꽤나 지저분하고 미닫이문은 찢겨져 있다. 다타미(疊) 위는 불에 그슬린 자욱이 남아 있고 벽에는 낙서 같은 것들이 함부로 쓰여 있다.

이보다 불편한 곳은 세상에 또 없을 것이다.

숙소의 심부름꾼은 또 어떻고. 워낙 퉁명스러워서 남이 묻는 말에 제대로 대답도 않는다.

그런 주제에 남자 손님한테는 비실비실 웃어대며 콧소리로 농담까지 주고받는다.

그 와중에 누군가 복도에 서서 이야기를 시작한다.

"이런, 큰일 날 아가씨가 다 있군요. 뭐요? 아카쿠라에서 사람을 죽이고 도망쳤다고요?" 하는 소리는 심부름꾼의 목소리다.

이어지는 "그게 아니라 목 졸라 죽이려 들었지만 어찌어찌 숨이 돌아와 살아났답니다. 그 사이 200엔인가 300엔 들어있던 주머니를 들고 튀었다는군요." 하는 손님인 듯한 남자 목소리.

"그 여자 나이는 어떻게 되는데요?"

"열일곱인가 여덟쯤으로 보이는……. 얼굴이 예쁘장하대. 어쨌든 그 죽을 뻔한 나그네는 에치고에 사는 숨은 부자로 그 여자를 설득하려 들었다나 뭐라나. 아무튼 이상한 관계임에는 틀림없겠지."

"그럼, 오늘밤 제가 당신의 숨통을 끊어놓으러 갈지도 몰라요……."

"와도 좋지만, 돈주머니는 텅텅 비었다는……."

"그래서 그 여자는 어떻게 됐어요?"

"경찰이 찾고 있긴 한데, 아직 잡히진 않은 모양이야. 구로히메(黑姬) 산으로 도망쳤다는 소문도 있고. 어쩌면 노지리로 내려올지도 모르지."

"아……그렇다면……."

갑자기 심부름꾼 목소리가 작아지면서 남자에게 뭐라고 속닥거린다. 그로부터 얼마 지나지 않아 찢어진 미닫이문 틈새로 들여다보는 이의 모습이 보인다.

스미코는 마음이 홀가분해졌다.

아카쿠라에서 살인미수를 저지르고 큰돈을 빼앗아 도망친 여자가 어쩌면 교가 아닐까.

아무래도 그 여자가 교인 듯싶다.

교의 소행이라는 생각이 들자 지금까지 의문으로 남아 있던 일들이 죄다 얼음 녹듯이 풀린다.

그런 자와 길동무를 하다니 그만두었기에 천만다행이다. 그러나 만약 일이 잘못되어 비슷한 또래로 보이는 내가 범인으로 몰려서 경찰에게 붙잡힐지도 모른다는 데까지 생각이 미치자 불안하여 견딜 수 없게 되었다.

(1915년 10월 5일)

18회

살인미수를 저지른 강도 여자로 의심해서인지 모르겠으나 숙소의 대우는 상당히 나빴다. 목욕을 권하기는커녕 잠옷조차 내주지 않는다.

다른 거처로 옮길까도 생각해봤지만 마을까지 나가야 한다. 스미코는 가는 도중의 적적함을 생각하고는 그만두기로 했다.

그러는 사이 허술하기 짝이 없는 식사가 나왔다. 심부름꾼은 스미코가 상을 물리자마자 바로 잠자리를 봐주고는 모기장을 제대로 펴주지도 않고 방을 나가 버렸다.

모든 것이 죄다 불결하여 도저히 잠을 청할 수가 없다. 스미코는 허리띠를 푸는 것도 잊은 채 생각에 잠겼다.

오늘 산기슭에서 마주친 늙은이가 되지도 않는 주술을 부린 것부터 호반에서 이상한 소녀가 동반자살을 하자고 졸라댄 것까지. 모든 일이 공포에서 시작하여 공포로 끝난 탓에 신경은 흥분되어 극도로 예민하다.

천장에 매달린 램프를 향해 모기가 날아든 소리조차 깜짝 놀라며 땡중이 다시 자기를 쫓아왔나 행여나 이상한 여자가 자기를 찾으러 되돌아왔나 하여 마음이 진정이 안 된다.

안쪽의 방 어디쯤에서 흥얼흥얼 술에 취한 손님의 노랫소리가 들려

오고 심부름꾼 여자의 난잡한 웃음소리도 흘러나왔지만, 어느새 그런 잡음도 잦아들었다.

그런데 이번에는 개구리 울음소리가 귀를 때린다.

스미코는 공포감, 외로움, 슬픔이 하염없이 밀려들어 괴로워하면서도 이제 어디로 가야 하나 곰곰이 생각에 잠긴다.

도교에 가면 그 다음엔 어떻게 하지?

맑고 깨끗한 처녀의 몸을 지키면서도 사회의 모진 풍파에 맞서 싸우려면 어떻게 해야 한단 말인가.

스미코는 앞으로 자신이 어떻게 처신해야 하는지 중대한 일을 앞에 놓고서도 문득문득 머릿속에 교가 떠올라 그때마다 그 아이가 그런 무서운 죄를 저질렀나 싶어 몸을 떨었다. 그녀는 도무지 생각에 집중할 수가 없다.

그때 문득 복도에서 발자국 소리와 함께 심부름꾼 여자의 목소리가 들린다.

"이쪽이 어떠신지요……."

"조용한 방이면 좋겠군." 하는 남자의 목소리.

늦은 밤에 손님이 찾아온 모양이다.

이윽고 그들이 스미코의 방 앞을 지나칠 때 얼핏 보니 산기슭에서 자신을 돕고자 달려온 젊은 나그네였다.

스미코의 입에서 "어?" 하는 소리가 절로 나왔다.

저쪽에서도 "어떻게?" 하고 바로 알아차린다.

"세상에나……."

"이것 참……."

두 사람은 '이런 우연이 다 있나!' 하고 놀라서는 얼굴을 마주보며 꼼짝 않고 서 있다.

심부름꾼은 이상하다는 표정으로

"일행이시면 방을 같이 쓰실 건가요?" 하고 묻는다.

젊은이는 "아니, 방은. 그러니까 제 것은 따로……뭐, 상관은 없지만……." 하고 말을 더듬는다.

그러자 심부름꾼이 "그럼, 바로 옆방에 묵으세요." 하고 다음 방으로 들어가 램프를 켠다.

이때 스미코가 "아무래도 당신에게 감사하다는 말씀은 꼭 드려야 할 것 같아요." 하고 말을 걸었다.

나그네도 "그보다는 이런저런 드릴 말씀이 있어요. 아까 그 일이 있은 다음에 무슨 일이 있었는지 말씀드려하니까요. 제 방도 이제 정해졌으니……." 하면서 다음 방으로 들어간다.

스미코는 갑자기 마음이 든든해졌다.

젊은 나그네는 심부름꾼을 향해

"식사는 이미 했으니 따로 필요 없어요. 나중에 가져와도 좋으니 맥주에 과일이나 뭐 안주될만한 것을 갖다 주세요." 하고 말해두고는 옷도 갈아입지 않고 바로 스미코를 찾아 옆방으로 향한다.

"이거, 당신도 무사해서 다행입니다. 정말로 꼴사나운 난폭한 늙은이였어요." 하고 이야기를 꺼낸다.

(1915년 10월 6일)

19회

그러고 보니 젊은 나그네의 옷에는 군데군데 붉은 흙이 묻어 있다.

넥타이도 커프스도 엉망이어서 오늘 있었던 격렬한 몸싸움이 새삼스레 떠오른다. 스미코는 미안해져서 몸 둘 바를 모르겠다.

"덕분에 살았습니다. 어떻게 인사를 드려야 할지 모르겠습니다. 저 때문에 아까 곤혹을 치르셨지요?"

"아니 뭐, 늙은이 주제에 어찌나 거세게 나오던지. 힘은 별로 없었지만. 이상한 수작도 부리고. 유도도 아니고 일종의 기술 같은 이상한 짓으로 사람을 괴롭혀서 진짜 힘들었어요." 하고 설명하는 것만으로도 이마에 삐질삐질 땀이 밴다.

"그 일을 당한 후에 어떻게 됐어요. 엄청 걱정했었는데……아까 그 아가씨가 당신은 건장하니 괜찮을 거라며 우리 먼저 도망치자고 제 손을 잡아끄는 바람에……."

"전 아무 일 없었어요. 그 늙은이한테 저 따위 안중에도 없었거든요. 애초부터 당신이 목적이었으니까. 당신이 무사했으니 그걸로 됐어요. 전 아무래도 상관없어요."

"그러고 나서 무슨 일이라도 당하셨어요?"

"뭐, 한번은 제가 그 늙은이 배에 올라타고 혼내주기는 했지만요."

"바로 그 순간 저희들이 도망쳤어요. 바로 철도 건널목까지 따라잡히기는 했지만요……정말 아슬아슬했어요."

"제가 기절하고 나서군요."

"어머나, 기절했었어요?"

"전 아무것도 기억이 안 나요……어딘가……어딘가 졸려서 바로 기절했으니까. 얼굴로 빗방울이 떨어져서 간신히 깨어나고 보니 늙은이는 보이질 않았어요. 당신 뒤를 쫓아 달려갔을 테니까……."

"어머나, 참으로 큰일 날 뻔했네요."

"예. 정말이지 죽을 뻔했어요."

그가 이렇게 말하자 스미코는 점점 더 미안해져서 어쩔 줄을 몰랐다. 자신을 구해내려고 하마터면 죽을 뻔한 사람이다. 어떻게 고마움을 표해야 할지. 미안하다고 해야 하나 아니면 위로를 해야 하나 도저히 말로는 표현할 길이 없다. 이상하게도 울음이 나올 것만 같다.

젊은이는 젊은이대로 스미코가 너무 미안해하는 모습을 보니 도리어 이쪽 마음이 안 좋다.

"이런, 제가 좀 더 힘이 세면 좋았을 텐데. 결국 늙은이한테 져 버려서. 그래도 당신이 무사하니 다행입니다. 상한 기분을 추스르며 어찌어찌 여기까지 오긴 했지만. 아니, 이젠 괜찮아요. 다시 기분이 좋아졌어요. 더는 제 걱정은 안 하셔도 되는데……." 하며 스미코를 안심시키려고 애썼다.

"정말이지 당신은 제 생명의 은인입니다……. 이 일은 평생 잊지 않겠어요……." 하며 몇 번이고 감사를 표한다.

"그렇게 말씀하시면 제가 민망합니다. 사실 제가 당신을 구한 것도 아니고. 미야모토 무사시(宮本武藏)나 이와미 주타로(岩見重太郎)처럼 될 수는 없으니……."

"당신의 존함이라도……알려주시면……."

"앗, 제가 잊고 있었군요. 여기 명함이요."

(1915년 10월 7일)

20회

스미코는 "이오리(伊織) 씨군요. 전 당신의 성함을 평생 잊지 못할 거예요." 하고 말하면서 그한테 명함을 받아 자신의 주머니에 간직한다.

이번에는 이오리가 "당신의 이름은……." 하며 묻는다.

그러자 "전 달리 명함이 없어서……저, 하기우치 스미코(荻內純子)라고 합니다." 하고 답한다.

"스미코 씨군요……."

"예……."

"전 간잔천(關山川) 상류에 지진의 폭포라는 곳을 구경하러 가는 길에 수력전기 발전소에 지인이 있어서 그곳을 방문하러 가던 참이었습니다. 당신이 그곳을 찾은 이유는……사람들의 발길이 드문 곳인데……여자 홀로 길을 나서다니 꽤 대담하시네요."

"제 아비 집이 다카자와에 있어서 그곳으로 가는 길이었는데 그만……."

"예, 그러셨군요. 그럼 이젠 어디로?"

"도쿄로 가려고요."

"아, 그럼 피서 차 쉴 겸해서 고향을 방문하려던 겁니까?"

"글쎄……그런 셈이죠."

"그럼, 학교는 어디 다니시는데요."

스미코는 "학교라……." 하고 잔뜩 움츠러들 수밖에 없었다. 그도 그럴 것이 학교에 다닐 나이에 형부 집에서 병든 언니 옆에서 하는 일 없이 지내고 있으니까. 이렇게 다른 사람이 자기에게 무슨 일을 하냐고 물으니 마음이 불편해서 죽을 지경이다.

이오리는 스미코가 입속말로 웅얼거리고 있는 줄도 모르고 또 질문을 던진다.

"전 여학교 한두 곳에서 교편을 잡고 있어요. 지리와 역사를 가르치죠. 그래서 어느 여학교든 학교 사정에 대해서는 대체로 잘 알고 있고…… 그래서 얼핏만 봐도 이 사람이 어느 학교 학생인지 금방 알 수 있지요. 이상하게도 잘 맞혀요. 아까 그 땡중의 주술처럼 말이죠…… 어디 당신도 한번 맞혀볼까요?" 하고 웃으면서 눈꼬리와 얼굴을 뚫어져라 쳐다본다.

학교를 다니고 있지 않는 터라 이오리가 제아무리 혜안을 가졌다 해도 맞힐 수는 없는 법. 저쪽이 입을 열면 바로 실패로 끝나고 말 터이니 그것을 딱하게 여긴 스미코는

"저, 전 아직 학교에……못 갔어요." 하고 털어놓는다.

그러자 이오리는 "아, 그럼 이번 학기부터 새로 들어갈 모양이군요.

그렇다면 들어갈 학교를 미리 생각해둬야 해요. 개중에는 아주 이상한 학교도 있으니까." 하며 친절하게 알려준다.

스미코는 "아니……뭐……나중에 잘 생각해봐서……." 하고 애매하게 대답한다.

그래도 이오리는 아랑곳 않고 "그럼, 도쿄에 친척이라도 계시는지요?" 하고 또 묻는다.

이번에는 형부네 집으로는 가지 않을 생각. 그렇다고 해서 어디 갈 곳을 따로 정해놓은 것도 아니다. 어쩌면 남한테 이삼일은 더 신세를 져야 하나 생각하고 있을 정도니까.

앞으로 어떻게 할지는 기차 안에서 생각하고 싶다.

남의집살이를 해야 하나 사무원이 돼야 하나 아직 아무것도 정해진 바 없다.

아버지와 말다툼하다가 홧김에 집을 나온 것이라, 이런 질문을 들어도 대답할 수가 없다.

절로 한숨이 나오면서 눈물이 나오려 하여 얼른 고개를 숙여 눈물을 감췄다.

이오리는 그런 스미코의 처지가 대충 짐작이 됐는지 피우고 있던 엽궐련을 재떨이에 털어 넣으며

"저, 실례되는 질문입니다만, 당신……지금 무언가 큰 걱정거리가 있군요." 하고 던진 질문은 급기야 급소를 찌르고 말았다.

(1915년 10월 8일)

21회

이 사람이 이렇게 걱정스러운 듯이 묻자, 스미코는 지금 자신이 처해 있는 처지를 그에게 털어놓아야겠다고 생각했다.

그러나 아무리 그렇다고 해도 형부의 패륜적인 요구를 남에게 알릴 수는 없다. 게다가 생계를 꾸려갈 길이 막막한 아버지가 그 청혼을 받아들일 의사가 있다는 사실은 더욱 입에 담을 수 없는 일이다.

"당신 말이 맞아요. 사실 전 앞으로 어떻게 해야 할지 잘 모르겠어요." 하고 말을 꺼내고는 낮에 물레방아 헛간 처마 밑에서 교에게 말한 정도보다 조금 더 자세하게 자신의 사정을 털어놓았다.

이오리는 그녀의 일이 마치 자기일이라도 되는 양 듣고 있다.

그녀가 말하지 않은 것까지도 헤아리는 듯 이따금 맞장구까지 쳐주는 모습에 스미코는 너무나도 기뻤다.

그런데 말하는 중간에 몸집이 제법 큰 나비가 날아 들어와 램프의 불이 꺼져버렸다.

심부름꾼을 불렀지만 좀처럼 오지 않는다.

그래서 어둠 속에서 이야기를 이어나갔다.

이오리는 "이런, 그래서 도쿄로 가시는군요. 정말 불안하시겠어요. 미안한 말인데, 이렇게 당신 얘기를 들은 이상 전 이제 더 이상 그저 지나가는 나그네로 남을 수는 없습니다. 부족하지만 그래도 저와 상의해주실 수는 없는지요? 당신이 머물만한 곳은 얼마든지 있어요. 당신을 집안으로 들여서 공부도 할 수 있도록 친절하게 돌봐줄 사람이 어딘가……지금 제 머릿속에 언뜻 떠오르는 가정만 해도 두세 군데는 있어요. 잘 생각해보면 더 있을 거예요." 하고 말한다.

스미코는 "고맙습니다. 당신이 그렇게 말씀해 주시니 얼마나 기쁜지 모르겠어요. 밤만이라도 공부할 수 있게 해주시면 어떤 일이라도 하겠으니……." 하며 돕고자 하는 이오리의 말에 답례를 한다.

어두운 실내에 재떨이 속 불씨 하나가 보인다. 그러다 그 불이 공중으로 붉게 피어올라 반짝하고 빛을 발한다. 이오리가 엽궐련을 피우고 있는 것이다.

그러나 스미코한테 그것은 칠흑 같은 바다 위에 표류하는 자가 등대의 불빛을 발견한 것처럼 의지가 되었다.

그러고 있는데 심부름꾼이 맥주와 복숭아를 들고 들어왔다.

"이런, 이렇게 어두운 데 계셨어요?" 하고 냉소적인 말투로 말한다.

이오리는 "아무리 불러도 안 오잖아. 부르지도 않은 벌레는 잘도 찾아와서 불을 껐지만 말이야……." 하며 조금 강하게 말한다.

심부름꾼은 "이거 참, 죄송하게 됐습니다. 전 또 맥주를 어서 가져오라고 재촉하시는 줄로만 알고 말이죠." 하고 얼마간 의기소침해져서는 가져온 술과 안주를 옆방에 놓고 불 켜진 그쪽 방 램프를 이쪽으로 들고 온다.

이오리는 "그럼, 내일 또……오늘밤 피곤하실 테고……저도 몸이 좀 쑤시고 하니……." 하고 말한다.

스미코는 스미코대로 "절 도와주시다가 그렇게 된 걸 생각하면 정말로 송구스럽습니다." 하고 절로 고개가 숙여진다.

그러자 이오리는 "무슨 그런 말씀을. 당신……그런 생각 하지 마세요. 얘기는 내일 다시……." 하며 인사를 남기고는 옆방으로 사라졌다.

이오리는 혼자서 맥주를 마시는 모양이지만 스미코에게 술을 따르라고 할 만큼 세파에 닳고 닳은 기운은 스미코에게 보이지 않았다.

(1915년 10월 9일)

22회

스미코는 심부름꾼이 올 때까지 마냥 기다릴 수만도 없어서 반만 쳐진 모기장을 손수 내리고 그 안에 들어가 잠옷도 없어 허리띠만 풀고 잠을 청하기로 했다.

옆방의 이오리도 모기장 안으로 들어가는 소리가 난다.

그런데 때때로 부채를 부치는 소리가 들리는 것을 보니 아직 잠이 들지 못한 모양이다.

스미코도 시간이 갈수록 잠이 깨어서 잠을 못 이룬다.

게다가 모기장에 찢어진 곳이라도 있는지 모기가 떼로 몰려와서 한뎃잠 자는 것과 별반 다르지 않다.

그래도 모기 정도면 어떻게든 참겠다. 그런데 아까 그 늙은이가 이곳으로 숨어들어와 요상한 주문을 외우면서 모기장 구멍으로 들어올 것만 같다.

만약 오늘밤 이곳에서 교와 함께 묵었다면 지금쯤 무슨 얘기를 나누고 있을까? 그런 생각을 하자 왠지 부끄러운 생각이 들어서 몸이 저절로 오그라든다.

하염없이 그런 생각에 빠져있자니 나중에는 늙은이와 이상한 소녀가 엉켜서 하나의 인격이 되었다. 구로히메의 산기슭과 노지리 호반이 겹쳐져서 그녀가 누워있는 모기장 안이 초원처럼 느껴지기도 하고 물속처럼 생각되어 흡사 진드기한테 물려 가려운 것 같이 온몸이 저려온다. 그 고통이란 이루 말로 다 할 수 없다.

저도 모르게 비명이 나왔다.

그때 누군가 "스미코 씨! 스미코 씨!" 하고 그녀를 깨워서 깜짝 놀라 정신은 차렸지만 아직 잠이 덜 깬 상태라 누가 자신을 깨웠는지는 잘 모르겠다.

이어서 "가위에 눌린 모양이군요. 정신 좀 차려보세요. 괜찮습니까?" 하는데 목소리의 주인은 이오리였다.

그런데 그런 그가 너무나도 머리맡에 가까이 다가와 있는 것이 아닌가. 당황한 스미코는 엉겹결에 침상 위로 자세를 고쳐 앉는다.

이오리는 "아니, 정신을 차리셨으면 됐습니다. 무언가에 쫓기는 듯 너무 괴로워하기에……" 하면서 자리를 뜨지 않는다.

가위에 눌린 자신을 깨우려고 일부러 온 모양이다.

스미코는 흐트러진 모습을 보인 것은 아닌가 하여 얼굴이 뜨거워졌다.

"고맙습니다……. 이제 괜찮아요." 하는 스미코는 점점 몸이 굳어온다.

이오리는 엽궐련을 피우는지 중간 중간 말이 없다.

스미코도 따로 할 말은 없었다.

그러자 이오리는 "이런, 내 정신 좀 봐라. 주무셔야죠. 아직 새벽이 오려면 멀었으니." 하며 방을 나선다.

스미코는 그가 나간 뒤에도 이오리의 다정함에 대해서 생각했다.

아까와 마찬가지로 잠을 이루지 못하게 만드는 생각이지만 이번에는 도쿄에 가서 어떻게 할지에 대한 생각이다.

이 사람의 도움으로 어딘가 가정집에 들어가서 공부만 할 수 있다면 얼마나 행복할까 그런 달콤한 생각을 하면서.

이때 옆방의 이오리는 잠이 든 모양인지 부채 소리도 들리지 않는다.

결국 잠들지 못한 스미코는 동트기를 기다려 덧문을 열고는 정원용 게타(下駄)를 신고 밖으로 나왔다.

신선한 공기를 들이마시지 않으면 질식해서 죽어버릴 것만 같아서 였다.

산골마을에서 흔히 볼 수 있는 아침 풍경으로 온통 안개로 뒤덮여있 다. 호수가 어디 붙어 있는지도 도통 모르겠다.

(1915년 10월 10일)

제23회

그런 안개 속을 이따금씩 바람이 헤치고 지나가는 모습을 보고 있자 니 마치 형체를 띤 것같이 여겨졌다.

안개의 농담이 자연스레 그림이 되어 소용돌이처럼 보이기도 하고 번개처럼 보이기도 한다. 또 어떤 때는 사람 모양 같기도 하다.

갑자기 흰옷을 걸친 땡중이 눈앞에 나타날 것 같기도 하고 느닷없이 멍석을 든 괴소녀가 뒤를 쫓아올 것만 같아 스미코는 마음을 진정시킬 수가 없었다.

한 방울 두 방울 호숫가 수면 위로 물방울 떨어지는 소리가 들린다. 갈대 잎사귀 스치는 소리도 난다.

그렇게 걷다보니 벤텐지마 어귀 부둣가까지 와버려서 스미코는 깜짝 놀랐다. 그래서 되돌아가려는데 뒤에서 누군가 다가오는 사람이 있다.

자세히 보니 숙소에서 빌린 유카타(浴衣)를 입은 이오리였다.

스미코는 "이런, 벌써 일어나셨어요." 하고 묻는다.

이오리는 "당신이야말로 일찍 일어나셨네요." 하면서 부두에 매여 있는 작은 배 위로 뛰어오른다.

그러고는 젖어있는 가로 목에 아무렇지도 않게 걸터앉는다.

스미코는 "여관 사람들은 아직 안 일어났겠죠?" 하고 묻는다.

"정말로 게으른 사람들이에요. 아침밥 얻어먹으려면 한참 기다려야 해요. 당신도 이리 올라와 좀 쉬어요. 잠시 기다리면 안개가 걷히고 아침햇살이 호수 위를 비추는 장관을 보게 될 테니."

그러자 "벌써 걷힐 시간인가요?" 하면서 스미코도 배에 오른다.

배와 부두로 이어진 다리 사이로 거인이 혀를 차는 듯한 소리를 내며 파도가 친다. 절벽 아래로 가지를 드리운 버드나무 잎사귀에 맺힌 안개 방울이 한두 방울씩 떨어져서, 비가 오나 하고 착각하게 했다.

이오리는 팔을 뻗어 갈대 잎을 붙잡고는 절벽 쪽으로 배를 몰면서

"어제 당신과 얘기를 나눈 뒤에 저 혼자 이런저런 생각을 해봤어요. 그런데 당신을 맡아줄 아주 좋은 집이 떠올랐지 뭐예요. 이 사실을 빨리 알려주고 싶어서 아침에 눈을 뜨자마자 당신을 찾았는데 벌써 뜰 쪽으로 나간 뒤라서. 그래서 당신 뒤를 따라 여기까지 왔어요." 하

고 말을 꺼낸다.

스미코는 "아, 그러셨구나" 하며 내심 기뻐한다.

이렇게 날 신경써주는구나 싶자 이오리라는 사람을 점점 더 의지하고 싶어진다.

이오리는 "모 박사 댁입니다만, 주인은 지금 해외에 나가서 집을 비워 없고 부인이 아홉 살 따님과 둘이서 집을 지키고 있지요. 그 댁 따님을 돌보면서 집안일도 좀 거들 수 있는 가정교사가 필요하다는 얘길 들은 적이 있는데. 아아, 왜 진작 그 얘기가 떠오르지 않았을까요. 그랬으면 이리저리 궁리하지 않아도 됐을 텐데. 어젯밤 바로 당신에게 그런 사실을 알려드리고 싶었어요." 하며 손에서 갈대 잎을 놓는다.

그러자 배는 본래 있던 곳으로 돌아가 호수 위에서 흔들린다.

스미코는 "그렇게만 된다면 얼마나 기쁘겠어요." 하며 벌써 모 박사 댁으로 들어간 것처럼 고마워한다.

"저쪽도 당신 같은 분이 들어온다고 하면 분명 좋아할 거예요. 전 나중에 양쪽 모두한테 인사를 받게 되겠네요."

"별로 큰 도움이 안 될지도 모르지만 최선을 다해서……아무쪼록 잘 부탁드립니다."

"그럼, 저와 함께 도쿄로 돌아가면 바로 그 박사 댁을 찾아뵙는 건가요? 아니면 일단 친척 댁에 머물다가 나중에 기회를 봐서 찾아뵙는 건가요?"

이오리는 이렇게 물으면서 스미코의 얼굴을 지긋이 바라본다. 마치 그녀의 마음속을 들여다볼 것처럼.

스미코는 바로 그 댁으로 가고 싶었지만 그렇게 말하면 너무 달라붙는 것 같아 잠시 머뭇거린다.

"글쎄요." 하고 입속에서 웅얼거린다.

(1915년 10월 11일)

24회

스미코는 이오리를 향해 말하기를 도쿄에 당도할 때까지 동행해 주십사 그리고 거기에 도착하면 잠시 언니네 집에 들렀다가 다음날에 이오리 집으로 갈 테니 이후 박사 댁으로 데려가 주십사 하고 부탁했다.

땡중이나 괴소녀에게 당한 것을 생각하면 누군가로부터 보호를 받지 않으면 불안하다. 가령 기차를 타려 해도 혼자서는 도저히 엄두가 나지를 않는다.

그러는 사이 안개도 걷히기 시작했다. 여관 사람들도 이제는 일어난 듯하여 스미코는 이오리와 함께 배에서 뭍으로 올랐다.

이오리는 배를 매어둔 밧줄을 풀고 어디 벤텐지마라도 놀러 가고 싶은 모양이다.

아침밥을 먹고 나서 날씨가 너무 더워지기 전에 두 사람은 여관을 떠났다.

자동차도 마차도 다니지 않는 토지다. 미리 부탁하면 말을 탈 수 있을지도 모르지만 그리 불편한 것도 아니라서 이들은 걸어서 갔다.

북국(北國) 가도로 이어지는 지극히 평탄한 길을 1리 남짓 걸어서 가시와라역에 당도했다.

이오리는 어느 하이진(俳人)이 살았다던 헛간을 보고 싶어 하는 눈치였다. 그러나 역에서 훨씬 더 들어가야 해서 스미코를 위해 그만두기로 했다.

기차를 타고 오르막길에 접어들자 이오리의 얼굴이 갑자기 굳어졌다.

스미코는 걱정이 되어

"왜 그러세요?" 하고 물었다.

그러자 이오리는 "뭐, 별일은……제가 잘못했죠. 어젯밤 맥주와 복숭아를 먹어서……제가 배탈을 자초했으니까요……." 하고 대답한다.

"이런, 세상에……. 약이라도……."

"아니요. 뭐, 만성인지라 시중에 파는 약으로는⋯⋯."

"어제 그런 일을 당했으니 그럴 법도 하죠."

이오리는 "꼭 그런 건 아녜요⋯⋯." 하고 말은 이렇게 하면서도 복부를 움켜쥔다.

스미코는 이 모든 일이 꼭 자기 탓인 것만 같아 안절부절 못한다. 어떻게든 그의 몸을 낫게 해주고 싶었다. 그러나 역을 지날 때마다 이오리의 안색은 더 나빠졌다.

다음 역은 나가노(長野)다.

그러자 이오리는 "스미코 씨 전 이런 상태로는 도저히 도쿄까지 갈 수 없을 듯해요. 배를 좀 따뜻하게 한 연후에 친구인 의사한테 받아놓은 처방전이 있으니 그걸로 어떻게 좀 괜찮아지면⋯⋯당신은 이 기차로 먼저 가세요." 하며 말을 꺼낸다.

그렇기는 한데 그를 버려두고 혼자서 갈 수는 없다.

스미코는 "그럼, 저도 나가노에서 내려서 치료를 돕겠어요. 아픈 사람을 혼자서⋯⋯." 하고 말한다.

이오리는 기쁜 듯이

"그렇습니까⋯⋯. 정 그러시다면⋯⋯지금 제가 얼마나 마음이 든든한지 모르실 거예요." 하고 말하는 사이 기차는 나가노 역에 들어섰다.

스미코는 이오리의 손을 잡고 기차에서 내렸다.

이오리는 스미코의 손을 꼭 잡았다. 서로 둘도 없는 의지가 된 것이다.

(1915년 10월 12일)

25회

이오리와 스미코는 인력거를 타고 젠코지(善光寺) 대문 건너편 후지야(藤屋)라는 여관으로 들어갔다.

앞문은 그리 내세울만한 것이 못되었지만 안쪽으로 쑥 들어가도 건물이 계속 이어져 있어서 도대체 방 수가 얼마나 되는지 헤아릴 수가 없다.

두 사람은 안쪽에 새로 지은 이층을 지나갔는데, 그 앞으로도 별채가 또 있어서 여차하면 길을 잃기 십상이다.

대개의 경우 손님은 출입구 쪽에 묵을 것이다. 게다가 지금은 오전이니까 그다지 손님도 없을 것이고. 그래서 두 사람이 안내를 받은 이층은 손님이 거의 없었다.

이오리는 재빨리 심부름꾼 사내에게 잠자리를 봐 달라 시켰다. 그리고는 처방전을 건네면서 약을 구해오라 일렀다.

기차 안에 있을 때보다는 얼굴이 편해 보인다.

이오리는 "여관 사람들이 수상하게 생각할 거예요. 여기 도착하자마자 곧바로 잠자리에 든다고 했으니까⋯⋯." 하고 베개를 고쳐 베며 말을 건다.

그러자 스미코는 "어디 아픈 곳이 있나보다 하고⋯⋯그닥 이상하게 보지 않을 거예요." 하고 말한다.

"그건 당신이 함께 있어서 바로 받아준 거구요. 병든 자가 혼자서 어디 묵겠다고 하면 보통의 경우 숙박을 거절당할 테니까요. 당신이 간병도 해주고 절 책임진다고 생각하니까 여관 측도 안심하고 받아준 거지요. 말하자면 제가 당신의 덕을 보고 있는 셈이지요."

"이렇게라도 도움이 되지 않으면 어제 당신이 저에게 베풀어주신 은혜를 갚을 길이 없어요."

"그건 그렇고 이곳 사람들은 우리 둘을 어떤 사이로 볼까요?"

"에구머니나⋯⋯."

"오누이 사이로 보려나?"

"그렇겠죠."

"다른 식으로 오해하는 건 아닌지······."

"다른 식이라면······ ."

이오리는 "뭐랄까, 신혼여행이라고 보여도 뭐 어쩔 수 없지 않을까요?" 하며 빙긋 웃는다.

이렇게 농담을 건넬 정도니까 이제 몸은 좀 나아졌나보다 싶어 마음이 한층 가벼워졌다. 그래서일까 스미코는 기쁜 마음 이외에 이 농담에 다른 의미가 있을 거라고는 생각하지 못했다.

이오리는 다시 말을 걸어,

"어때요, 당신도 여기 좀 누워서 쉬는 게······ " 하고 자리를 권하면서 이불 밖으로 쑥 하고 손을 내민다.

그러고 보니 스미코의 무릎에서 조금만 팔을 뻗으면 닿을 듯한 곳에 옻칠한 목침 하나가 잠옷 위에 놓여 있다.

스미코는 그제야 이곳 사람들이 우리를 부부로 알고 있음을 알게 되었다. 그러자 갑자기 마음이 불편해졌다.

정말이지 오늘밤만큼은 푹 자고 싶었는데. 어제 하루 종일 잠을 못 잤으니까. 그저께 밤에는 신경이 예민해져서 도통 잠을 이루지 못했고.

호반 근처 여관과는 비교도 안될 만큼 깨끗한 숙소. 한숨 푹 자고 싶은 마음이 간절한데 이렇게 되고 보니 제대로 자기는 글렀다.

그래서 스미코는 "음, 전······좀 많이 지쳐서요······아무쪼록 전 개의치 마시고 푹 주무세요······주무시는 데 방해가 되면 안 되니까 전······그러니까······옆방에서······남동생한테 편지를 좀 써야 할 것 같으니······." 하면서 맞은편으로 보이는 선반 위에 놓여 있는 벼룻집을 집으러 일어섰다.

이오리는 왠지 아쉬워하는 듯한 목소리로

"그래요······그렇게 사양하지 않으셔도 되는데······." 한다.

"그게 아니라······그러니까 무슨 뜻이냐 하면 ······사양이 아녜요."

스미코는 이오리가 자리에서 일어서려 하는 것을 무시하고, 벼룻집을 들고는 서둘러서 옆방으로 들어간다.

그 방에는 문이 닫혀 있어서 바람이 통할 수 있도록 문을 여니 안뜰 건너편으로 별채 이층이 들여다보인다.

그런데 툇마루 난간에 기대어 이쪽을 빤히 쳐다보고 있는 한 사람의 여자가 있다. 스미코는 그녀의 얼굴을 보고 깜짝 놀랐다. 바로 괴소녀 교였기 때문이다.

(1915년 10월 13일)

26회

스미코로서는 교를 본 것만으로도 놀랄 일인데 어제의 모습은 어디로 가고 차림새가 몰라보게 바뀐 바람에 그 놀라움은 더 컸다.

양 갈래로 틀어 올렸던 이초가에시가 귀 뒤로 한데 묶은 소쿠하쓰(束髪)로 변했다. 옷도 싹 바뀌어서 얼핏 봐서는 잘 모르겠지만 아마도 비단인 모양이다. 술 따르는 작부가 여염집 아가씨 흉내를 내고 있는 것처럼 보인다.

저쪽도 마음의 여유를 되찾았는지 방긋 웃더니 이리 오라고 손짓을 한다. 그렇게 흔드는 손가락 사이로 무언가 반짝이는 것이 있다. 보석이 아로새겨진 반지라고 끼고 있는 걸까?

사람이 어떻게 이렇게 싹 바뀔 수 있는 건지. 수상쩍기 이를 데 없는 여자다.

저쪽에서 오라고는 했지만 무서워서 도저히 발이 안 떨어진다.

아카쿠라 온천에서 살인미수를 저지른 강도 소녀. 만약 그런 짓을 저지른 여자가 교라면 이런 정도의 변장쯤은 아무것도 아닐 테지. 어쩌면 시골소녀로 보인 것이 변장이었는지도 모른다. 진솔하게 털어놓은 그녀의 신변에 관한 이야기는 도저히 믿을 수가 없다. 스미코는 괜히 그녀한테 가까이 다가가서 남들에게 같은 부류의 여자로 찍히기라도 하면 돌이킬 수 없는 일이 벌어진다는 데까지 생각이 미치자 까딱 하고 목인사만 하고 바로 문을 닫아버렸다.

더위를 참아가며 동생 다케지한테 편지를 써서 어제부터의 이상한 일들을 보고 할 심산으로 우편을 보내줄 사람을 초인종으로 불러봤지만 아무도 오질 않는다.

결국 이곳은 마치 별세계라도 되는 양 우편을 보낼 가게로부터 상당히 거리가 떨어져 있어서 달리 사람을 부를 방도가 없다. 어쩔 수 없이 복도를 지나 나무다리를 건너서 가게로 나가 마침내 일을 마치고 돌아오는 길에 구라마에(藏前) 앞에 있는 헛간 같은 곳에서 갑자기 튀어나온 교.

"스미코 씨. 여기서 당신을 기다리고 있었어요." 하면서 손을 잡는다.

"당신한테 할 얘기가 있어요. 잠시 이쪽으로 들어오시죠." 하며 억지로 헛간으로 끌고 간다.

스미코는 "전⋯⋯아직 할 일이 있어서⋯⋯." 하고 도망치려 했다.

"그렇게 오래 붙잡지는 않을 게요. 얘기만 끝나면 바로 보내드릴 게요." 하고 두 손목을 힘껏 끌어당긴다. 끌려간 곳은 아무데도 쓸모가 없어 보이는 어두침침하고 통풍이 잘 안 되는 정말이지 음침한 곳이다.

스미코는 새삼스레 자신이 교의 이런 기세에도 눌리지 않고 용케 호수 밑바닥으로 끌려 들어가지 않았구나 싶어 식은땀이 흐른다.

교는 자세를 다잡더니 자신의 무릎 위에 스미코의 손을 꼼짝 못하게 올려놓고는 마치 최면술이라도 걸려는 듯한 눈초리로 스미코의 얼굴을 빤히 쳐다보면서

"그날 이후로 어떻게 지냈어요?" 하고 묻는다.

도리어 이쪽에서 묻고 싶은 질문이다.

노지리호수에서 헤어지고 나서 여기는 어떻게 온 것인지. 여자끼리 정사를 벌이고 싶다는 사람이 그저 모습만 바꾼 정도가 아니라 정신까지 새로 불어넣은 것 같은 이 차림새는 뭐며. 비관에 극치를 달리던 사람이 지금은 지나치게 낙천적으로 보이는 것이며. 정말이지 이상한 여자다.

스미코는 "당신은 말이 안 통한다며 날 뿌리치고 갑자기 사라졌어요. 그렇게 날 버리고 갔으면서 내가 어떻게 되든 무슨 상관이에요?" 하며 좀 세게 나갔다.

"당신 말이 맞아요. 그때는 당신이 진짜 미웠어. 난 내가 같이 죽어 달라고 했을 때 앞일은 제쳐 두고 일단 '예. 그러죠' 하고 따라주는 사람이 좋으니까. 그런데 당신을 그렇게 안 했잖아요."

"그래서 당신이 화가 난 거군요. 그럼, 우린 이제 더 이상 아무 관계도 없는 거잖아요."

"맞아요. 그런데 여기서 당신을 다시 보니 갑자기 그때가 그리워져서."

"그래서, 어쩌자는 건가요."

"다시 저와 함께하지 않을래요?"

"뭐라고요?"

"남자와 함께 다니는 따위 집어치워요. 그런 사람은 당신한테 위험할 뿐이니까."

(1915년 10월 14일)

27회

그러자 스미코도 "같이 온 남자를 버리라니 도저히 그럴 수는 없어요. 나는 그렇다 치고. 교 씨, 당신은 어떻게 된 일이에요? 왜 이런 차림새로 바뀐 거예요? 일행이 있어서 그래요?" 하고 질문하기 시작한다.

그러자 교는 "제 얘기는 묻지 마세요. 지금 중요한 건 그런 젊은 사내와 함께 다니는 걸 그만 두는 거니까. 정말로 위험하단 말예요." 하고 재차 강조한다.

"위험하다니, 그렇지 않아요. 그분이 저한테 얼마나 잘 해주는데요."

"그렇게 간단치가 않아요. 당신은 아직 세상물정을 몰라요. 제 눈에는 그런 사람을 조심해야 한단 말예요."

"그런가요……."

"지나치게 잘 해주고 뭐든지 알아봐주고. 그러다 점점 길들여서 자기 것으로 삼으려는 요즘말로 치면 색마죠. 그 사람이 그래요."

"그래도 그분은 학교 선생인 걸요."

"학교 선생 중에 그런 색마가 많아요. 겉으로는 점잖은 척하고 뒤에서 나쁜 짓은 죄다 하는. 그런 사람이 세상물정 모르는 사람을 보면 절대 놓치질 않아요. 세상에 대해서 아무것도 모르는 처녀를 마치 장난감처럼 이리저리 굴리다가 아무렇게나 버려버리죠. 전 한눈에 그런 사람을 알아볼 수 있어요."

"그러고 보니 그런 것 같기도 하지만……전, 직접적으로 말하자면, 제 생각에는 그 사람보다 당신이 더 위험한 사람 같아요."

"뭐라고요?"

스미코는 "사실……이상한 소문을 들었거든요." 하며 정곡을 찌르는 말을 했다.

교는 "아, 그래요……." 하고 의외로 가볍게 받아들이며

"절 아주 이상한 악당쯤으로 생각하는 거겠죠."

"그게……뭐, 그런 셈이죠."

"전 상관없으니 말씀해보세요. 세상에서 절 두고 뭐라 하는데요?"

"아카쿠라 온천에서 사람을 죽이려고 했고 큰돈을 훔쳐서 도망쳤다고……."

"내 그럴 줄 알았다니까. 괜찮아요. 다들 그렇게 생각해도……."

교는 잠시 기죽은 듯 하더니 곧바로 다른 얘기를 꺼낸다.

"그럼, 제가 아무리 해도 제 충고는 안 먹히는 건가요?"

"예, 뭐……."

"당신 진짜 미워요. 제 말은 하나도 안 들어주고."

교는 그러면서 지금까지 누르고 있던 스미코의 손을 점점 더 세게 잡더니 손목이 끊어질 듯이 힘껏 누른다.

지난번에 보였던 광적 발작이 다시 시작된 모양이다. 스미코는 겁이 나서 그녀의 손을 뿌리쳤다.

그러자 교는 즉시 스미코의 왼손을 잡아채서는 팔을 비틀어 짓누른다.

스미코는 "아파요. 어쩔 셈이에요?" 하고 목소리를 높였다.

교는 "너무 분해서 말이지" 하고 씩씩거리면서 스미코의 나머지 팔에 고기라도 뜯어먹을 기세로 이빨 자국을 냈다.

정말로 이상한 여자다.

스미코는 완전 겁에 질려서 정신없이 그녀를 뿌리치고 헛간을 빠져나왔다.

그때 마침 심부름꾼 여자가 들어와서인지 교는 뒤쫓아 오지 않았다.

(1915년 10월 15일)

28회

산길에서 수상한 남자에서 협박당하는 일은 어쩌다 생길 수도 있는 일이지만, 집안에서 여자한테 그런 일을 당할 거라고는 상상도 못해봤다.

스미코는 교한테 잔뜩 겁을 집어먹고는 이상한 사람한테 찍혔구나 하고 걱정이 이만저만 아니다.

이층 방으로 돌아와서 보니 이오리는 이미 잠자리에서 일어난 뒤다.

"무슨 일이예요? 혼자서 꽤나 시간을 보내고 오셨네요." 하며 수상쩍은 눈빛으로 묻는다.

스미코는 방금 전에 당신이 색마니까 조심하라는 충고를 들었다는 말을 할 수도 없어서 길에서 괴소녀와 마주쳐서 말을 좀 섞었다고만 했다.

그리고는 "그래서 지금 간신히 도망쳐 나온 길이예요. 그 여자가 얼마나 큰 죄를 저질렀는지 아무도 모르니까요……." 하고 덧붙인다.

그러자 이오리는 이오리대로 "그런 사람과 엮이다니 위험천만이에요. 잘 빠져나왔어요." 하며 조심하라고 당부한다.

위험. 교의 말대로라면 이오리가 위험한 사람이다. 이오리의 말을 들으면 교가 위험한 자다.

어느 쪽이 더 위험한가?

아무래도 이오리가 위험하다고 믿기는 어렵다. 교는 누가 봐도 위험 인물이다. 스미코는 그렇게 생각을 정리한 김에

"저, 조금 서둘러서……도쿄로 가야겠어요……." 하는 말이 먼저 튀어나왔다. 그리고는 바로 너무 제멋대로인 것에 아차 싶어 몸이 아픈 이오리가 걱정이 되었다.

그러자 이오리는 "이제 저도 많이 좋아졌으니 오늘 오후 기차라도 타고……그럼, 도쿄로 올라가는 것은 그렇게 정하고 아무리 그래도 모처럼 여기까지 오셨으니 함께 젠코지(善光寺) 절에 참배하러 갈래요?" 하고 말을 꺼낸다.

"절 위해 그렇게까지 하실 필요는 없는데……괜찮으시겠어요?"

"약이 잘 받은 모양이에요. 이제 다 나았습니다."

"그렇게 말씀해주시니 그럼……빨리 이 집에서 나가고 싶어요."

그렇게 두 사람은 식사를 빨리 끝내고 함께 후지야를 나왔다.

이천문(二天門) 터에서 왼쪽으로 대본원(大本願)을 바라보면서 니오

몬(二王門) 자리부터 마당에 깔려 있는 자갈돌을 밟고 걸었다. 양옆으로 즐비하게 늘어선 가게에는 눈길조차 주지 않고 곧장 고마가에리바시(駒返り橋) 다리를 건너 대권진(大勸進) 앞을 지나 산몬(山門)절의 정문으로 들어갔다. 본당을 향해 걸어가는 길에 스미코의 눈은 예리하게도 마주치면 안 될 사람을 발견하고 말았다.

그는 바로 종을 매달아놓은 누각 돌층계에 걸터앉아 쉬고 있는 노인이다.

"에구머니나, 여기 있어요!" 하는 말이 절로 튀어나온다.

이오리는 깜짝 놀라서

"무엇이 말입니까?"

"어제 그 땡중요."

"이크……."

이오리 역시 이 늙은이에게 여간 질린 게 아닌지 갑자기 스미코의 손을 잡고 빠른 걸음으로 본당 쪽으로 향한다.

서두르는 발걸음에 비둘기가 무리가 푸드덕거리며 날아오른다.

놀란 스미코는 경계를 풀지 못하고 몸을 사린다.

(1915년 10월 16일)

29회

땡중 같은 자가 아무도 살지 않는 황야에 있는지 이렇게 사람들이 많은 곳에서 싸돌아다니고 있는지 그 누가 알겠는가.

그곳이 어디든 아랑곳없이 일단 달려들어 수작을 거는 게 분명하다.

스미코는 이렇게 생각했다. 이오리 또한 그렇게 생각한 듯 얼굴에 공포의 기색이 완연하다.

두 사람은 서둘러 본당으로 올라가서 비로소 땀을 닦았다.

스미코가 먼저 "우릴 못 봤겠지요." 하고 말했다.

이오리도 "아마 괜찮을 거예요. 우릴 봤다면 곧장 쫓아올 테지만……." 하고 대답한다.

"돌아가는 길은 다른 길로 빠져나가요."

"그래야겠죠. 시로야마(城山)에서 공원 쪽으로……."

늙은이가 뒤쫓아올까봐 걱정이 되어 참배를 드릴 마음도 없고 어디를 구경을 할 생각도 들지 않는다.

그래도 처음으로 젠코지를 보는 스미코로서는 건축물의 웅장함에 놀라지 않을 수 없다.

그러고 나니 운용(雲龍)이라고 쓰여 있는 고대의 큰 북도 눈에 들어온다.

아사쿠사(淺草)의 관음당(觀音堂)과 달리 안쪽까지 상당히 깊다.

여닫이문(妻戶)에서 외진, 중진, 내진으로 이어지는 구조의 기묘함이란 이루 말로 표현할 수 없다. 옛날 사람들이 여기서 수행하여 불도를 구하고자 할만도 하다.

이오리는 "여기까지 왔으니 마음을 맑게 하는 가이단돌기(戒壇廻り)는 꼭 해봅시다." 하며 말을 건넨다.

젠코지에 온 사람은 모두 기적을 이루고자 하기에 스미코 역시 이를 따르기로 했다.

"정 그러시다면, 같이……."

이오리는 "죄업이 깊은 자는 가이단을 도는 사이에 개가 된다는데, 저 땡중 같은 사람은 분명 그렇게 될 거예요." 하며 장난을 친다.

스미코도 "그 사람은 정말 개만도 못해요." 하고 받는다.

두 사람은 우선 번승에게 알리고 조리(草履)를 벗어 유리단 아래 어두운 가이단으로 내려갔다.

주위가 갑자기 어두워져서 발걸음이 쉽사리 옮겨지지 않는다.

이오리는 "이쪽입니다." 하며 스미코의 손을 잡아주었다.

스미코는 사내한테 땀에 젖은 손이 잡히는 것이 마음이 불편했다.

두 사람 이외에 아무도 없는 모양으로 쥐죽은 듯 고요하다. 오로지 들리는 소리라곤 두 사람이 속삭이는 말소리뿐.

아무래도 바람이 잘 통하지 않는지 무덥다.

이오리는 "자, 이 단을 따라갑시다. 그렇게 하면 자연스럽게 한 바퀴 돌아 본래 자리로 돌아오게 되요. 잘은 모르지만 어딘가 자물쇠가 채워져 있대요. 그리고 그걸 만지만 극락왕생한다는군요. 잘 찾아보세요." 하면서 앞으로 나아간다.

스미코는 그에게 손이 잡힌 것이 너무 민망해서 기회를 봐서 슬그머니 손을 뺐다.

그러자 이오리는 "이런, 미아가 되면 어쩌려고. 여깁니다. 여기" 하면서 다시 손을 잡으려고 한다.

어둠속이다. 그의 손이 헛잡아서 그녀의 왼쪽 팔을 스쳤다.

교에게 물려서 아픈 그곳을. 스미코는 그만 우뚝 하고 멈춰 섰다. 이어 "아야!" 하고 비명을 질렀다.

(1915년 10월 17일)

30회

이오리는 "왜 그래요?" 하며 걱정스레 묻는다.

스미코는 "아무것도 아녜요." 하고 대답할 수밖에 없었다.

지금 당신이 교에서 물린 상처를 건드려서 아프다고 말할 수는 없기에.

"그럼, 다행이지만. 혹시라도 그 늙은이가 어느 틈에 여길 들어와서는 이 어둠속에서 당신의 손을 붙잡은 것은 아닌지 걱정했어요. 천만 다행입니다."

이어서 이오리는 "'이런!' 진짜 괴상한 놈이니까 어쩌면 여기까지 들어왔을지도" 하며 겁을 준다.

스미코는 기분이 나빠졌다.

보통 때라면 겁에 질려서 남자한테 몸을 기댔겠지만, 지금은 그럴 기분이 아니다.

이오리는 "그럼, 이쪽으로 오세요. 그리고 아까 말한 자물쇠를 찾아서 같이 극락왕생해볼까요?" 하고 말하면서 다시 발걸음을 옮긴다.

스미코 또한 그 뒤를 따라 앞으로 나아간다.

가이단을 쓰다듬으며 한 바퀴 돌아봤지만, 자물쇠는 좀처럼 손에 와 닿지 않는다.

어두운 것만 아니라 이번엔 숨이 막힐 것 같다.

그때 문득 스미코는 이런 생각이 들었다. 이렇게 몇 천만 명이나 되는 참배자가 가이단을 만지면서 돌고 있다. 개중에는 부스럼 같은 것이 생긴 불결한 자도 있을 터이다. 행여나 꺼림칙한 세균이라도 들러붙어서 나쁜 병이 전염되면 어떻게 하나 스미코는 염려가 되어 가이단에 댄 손을 얼른 거두었다.

그 순간 이오리가 "앗, 찾았다!" 하며 짤랑짤랑 자물쇠를 흔든다.

그러나 스미코는 그것을 만져보고 싶지 않았다.

"아, 찾았군요……." 하는 말만 남기고 이오리를 지나쳐서 앞서가려 했다.

그런데 이오리는 "이거예요. 어서 만져보세요." 하면서 스미코를 끌어당기며 손으로 그녀의 어깨를 잡는다.

그러자 스미코는 "전……이제 이곳을 나가고 싶어요." 하고 힘주어 말한다.

그런데도 이오리는 "그런 말이 어디 있어요. 어렵게 찾은 자물쇠인데. 어서 만져보시라니까요. 자, 손을 이렇게……." 하면서 스미코의 손을 꼭 잡고는 앞쪽으로 끌어당긴다.

이오리의 손에도 땀이 배어있다.

스미코는 이오리의 이런 행동이 너무 친절하게 다가왔다.

이런 그의 마음을 몰라주고 자물쇠를 만지지 않는 것은 나쁜 행동이라 여겨 그가 하자는 대로 그에게 자신의 손을 맡겼다.

이오리는 "어때요. 만져지죠?" 하면서 붙잡은 그녀의 손을 놓지 않는다. 게다가 얼굴이 너무 가까이 있어서 숨 쉴 때마다 입김이 느껴진다.

"아니, 아직……아무것도……."

"손에 안 잡혀요?"

"예……."

"그럼, 당신은 극락에는 못 가겠군요."

"그럴지도 모르죠……."

이오리는 "여기 있어요." 하며 스미코의 왼손마저 맞잡고는 다시 자물쇠가 있는 곳을 알려주려고 한다.

(1915년 10월 19일)

31회

가이단을 도는 자는 너나할 것 없이 자물쇠를 찾아 극락왕생을 얻고자 하는 것이 당연지사다.

이러한 미신을 믿지 않아도 유명한 자물쇠를 찾지 못하면 치욕스럽다고 여기는 심리가 발동하는 것 같아 스미코는 싫었다.

그래도 이오리가 양손을 붙들어줘서 난생 처음으로 자물쇠를 만져볼 수 있었다.

그 자물쇠는 이상하게 치기웠고 끈적거려서 기분이 나빴다.

스미코는 "이제 됐어요." 하고 알려주었다.

그래도 이오리는 "이제 찾았어요? 분명 여기 있죠. 잘 만져보세요." 하면서 맞잡은 두 손을 놓아주지 않는다.

스미코는 또 한 번 난처해졌다. 혹시 여기서 그가 자신에게 다정하게 말을 거는 것은 아닌지 위험해 보였다.

그때 갑자기 어둠 속에서 "하하하하하" 하는 웃음소리가 들린다. 혹시 늙은 땡중이 아닌가 싶어 깜짝 놀랐다.

뒤에서 "정말이지 눈뜨고는 못 봐주겠는걸" 하는 어느 시골 사람의 말소리가 난다.

다른 참배객이 그들 뒤에 있었던 것이다. 스미코는 때 마침 잘 왔다고 여겼다.

갑자기 이오리는 "이제 자물쇠를 찾았으니 밖으로 나갈까요?" 하며 기분이 상한 듯한 목소리로 그녀의 손을 끌어 밖으로 나왔다.

스미코는 진작부터 그렇게 되기를 원했기에 잠자코 따라 나왔다.

가이단은 어느새 한 바퀴를 다 돌았는지 처음 출발했던 곳 근처가 밝게 보이기 시작했다. 비록 짧은 시간이었지만 어둠 속에 있었던 탓에 갑자기 빛을 보니 그 모양새가 아주 이상하다.

스미코는 땅속 지옥에서 석방된 것 같은 기분이 들어 맨 먼저 계단을 올랐다.

이오리는 햇빛을 보자 그와 동시에 손을 놓았다.

그제야 휴 하고 안심하고 있으려니 수상한 남자 둘이 양쪽에서 나타나 느닷없이 손을 잡는다.

너무 놀란 스미코는 목소리조차 안 나온다.

뒤따르던 이오리도 얼굴색이 싹 바뀌면서 "당신들 지금 뭐하는 겁니까?" 하고 묻는다.

그러자 그중 한 사람이 "우린 나가노 경찰서 형사로……이 사람에게 취조할 것이 있으니 동행해 달라는……" 하면서 거칠게 말한다.

옆에 서 있던 사람도 "당신도 이 여자의 일행이면 같이 갑시다." 하고 거든다.

이오리는 "왜 그래야 하죠?" 하고 따진다.

그러자 다른 사람이 "아니, 여기서는 말하기가 좀 그렇고. 일단 불당에서 나가서……" 하면서 스미코를 일으킨다. 또 다른 사람은 이오리 옆에 붙는다.

그때 스미코는 지금 무슨 일이 벌어지고 있는지 알아차렸다.

나를 교로 착각한 것이다. 그도 아니면 자기를 그녀와 같은 부류로 알고 있거나. 어느 쪽이든 곤란한 처지에 놓인 건 마찬가지라 맥이 쑥 빠졌다.

형사들은 두 사람을 끌고 본당 동쪽으로 나갔다.

스미코는 이때 간신히 입을 열었다.

"당신들은 사람을 잘못 봤어요." 하고.

(1915년 10월 20일)

32회

형사들은 완전히 오해하고 있다. 스미코를 교로 잘못 알고 체포하려는 것이다.

그러나 그런 사실을 스미코 입으로 털어놓으면 효과는 없다. 이오리가 변명해도 소용없다. 그때 마침 그곳으로 달려온 다른 형사가 감시하고 있던 괴소녀가 후지야를 빠져나와서 스소하나카와(裾花川) 냇가로 도망치고 있다고 보고하는 바람에 비로소 사실을 알게 된 형사는 겸연쩍다는 듯이 잡고 있던 손을 놓았다.

그러면서

"비록 살인미수 용의자에서는 벗어났지만 당신들이 가이단 안에서 풍기를 문란 시킨 죄는 없어지지 않아. 허나 지금 우리가 많이 바쁘니 오늘 일은 눈감아 주지."

형사들은 그럴싸한 말을 내뱉고서 사라졌다.

그들이 떠나자 이오리는 "무례한 자들. 이렇게 제멋대로여서야. 우릴 이렇게 욕보이고선" 하면서 얼굴이 시뻘개져서는 분개한다.

스미코도 덩달아서

"정말이지 말이 심하군요." 하며 화를 내지 않고는 견딜 수 없었다.

"그건 그렇고 여기서 이러고 있을 시간이 없어요. 그 늙은이가 언제 또 올지도 모르는 일이고……."

"형사들이 쓸데없이 절 잡는다고 할 게 아니라 그런 수상한 땡중을 잡아들이는 데 힘을 쓰면 좋을 텐데 말이죠."

"당신 말씀이 백번 옳아요. 봐요. 아직 괴소녀도 못 잡았잖아요."

"그 앙큼한 여자아이조차 교묘하게 잘도 빠져나갈 정도니까."

"아무래도 시로야마(城山)에서 공원 쪽으로 돌아서 정차장 방면으로 가야 할 것 같아요."

구경이라 할 것도 없이 슬쩍 스쳐지나가는 정도로 조야마관(城山館) 앞에서 조슌각(藤春閣) 뒤를 지나 기념공원으로 들어섰다.

오두막이나 나무 그늘에 아이돌 보는 사람만 보일 뿐 한창 무더운 지금 여기에 다른 여행객은 그들 말고는 아무도 없다.

두 사람은 앞이 탁 트인 절벽 위로 올라가려다가 그만 소스라치게 놀랐다. 그들은 동시에 그 자리에서 얼어붙고 말았다.

까닭인즉슨 기념비가 서 있는 곳 뒤편에 서서 얘기를 나누는 자가 있다. 한 사람은 땡중이고 또 한 사람은 괴소녀.

늙은이가 이곳에 있는 것은 그리 이상할 것도 없지만, 교가 여기 있는 것은 도무지 이해가 안 된다. 아까 그 형사의 말에 따르면 그녀는 스소하나카와 쪽으로 도망쳤는데, 어떻게 여기 있을 수 있단 말인가.

형사가 잘못 파악했다 하더라도 도무지 이해가 안 되는 건 늙은이와 친숙한 듯 얘기를 나누고 있는 모습이다. 그럴 리가 없다.

구로히메아먀(黑姬山)의 산기슭에서 교는 땡중한테 쫓겨서 위험한 처지에 놓여 있었다고 말했다. 설사 그 말이 거짓이라 하더라도 스미코를 구해서 함께 도망치고 철도 건널목에서 그의 면상에 대고 말뚝까지 날리지 않았던가.

그렇게 원수 같은 두 사람이 지금은 다투지도 않고 무언가 대화를 나누고 있다.

이렇게 급속도로 사이가 좋아지게 된 것은 갑자기 중대한 관계가 형성되어 일치하는 이익을 서로 발견한 것이 계기가 된 것은 아닌지. 일치하는 이익이란 혹시 스미코가 미워서 두 사람이 같이 복수를 결심한 것이 아닌가.

이유야 어쨌든 이들에게 발견되면 정말로 위험하다. 여기까지 생각이 미치자 스미코와 이오리는 양산으로 얼굴을 가리고는 서둘러 오던 길로 발길을 돌렸다.

그러나 스미코는 이런 상황에서도 교가 나쁜 사람인 걸 알면서도, 형사에게 잡히지 말고 빨리 도망쳤으면 좋겠다고 문득 동정하는 마음이 들었다.

한 발 앞서 난관을 넘었기에 한때 같은 편으로서 동정이 생기는 모양이다.

(1915년 10월 21일)

33회

스미코는 이오리를 따라 무사히 도쿄에 도착할 수 있었다. 우에노(上野)에서 기차를 내리니 벌써 밤 10시가 넘었다.

이오리는 역을 빠져나오자 "정말이지 전 괜찮으니 당신은 바로 댁으로 가세요. 오늘 하룻밤 주무시고 내일 그 댁으로 함께 가면 되니까. 부디 제 말대로 해요." 하고 계속해서 권한다.

이 말은 오미야(大宮) 근처에서부터 말을 꺼내서, 같은 내용을 말을 바꾸어서 여러 번 반복했던 것이다. 그것을 마지막으로 좀 더 강조해서 말하고 있었다.

스미코는 "예. 그렇게 말씀해주시니 고마워요……일단 오늘 밤은 언니네 집으로 가고……아무튼 내일 뵙겠습니다. 이번에 보통 신세를 진 게 아닙니다. 앞으로도 잘 부탁드립니다." 하며 또박또박 인사를 하고 돌아섰다.

스미코는 그길로 전차를 타고 오가와(小川) 마을에 있는 형부 야스키의 집으로 갔다.

집안일 거드는 일꾼들이 저마다

"잘 다녀오셨어요?" 한다.

스미코는 예전부터 야스키 집안의 사람으로 있었지만, 그와 별개로 오늘 밤에는 이상하게도 다르게 느껴진다.

이곳에 머무는 것도 오늘이 마지막이라는 생각이 들자 이런 말을 듣는 게 너무 괴로웠다.

일꾼들은 연방 인사를 해대며 '식사 준비는 어떻게 할까요?', '목욕은 어제 하시려는지요?' 하며 물어온다.

스미코는 "언니는……" 하며 우선 언니의 소재부터 묻는다.

그때 하녀 가운데 한 명이 "즈시(逗子)에 있는 별장에 계신 걸로 알고 있어요." 하고 대답한다.

스미코는 "형부도 거기에 함께 계신가?" 하고 걱정이 되어 되묻는다.

그러자 "아니요. 주인 어르신은 이쪽에 계세요. 요즘은 늘 귀가 시간이 늦으세요." 하고 대답하면서 옆에 있는 또 다른 하녀와 얼굴을 마주보며 야릇한 미소를 짓는다.

이 말을 듣자 스미코는 '이럴 줄 알았으면 오늘밤 이오리 씨를 따라 갔으면 좋았을 텐데' 하는 생각이 들었다.

그때 하녀 중 한 아이가 "많이 지쳐 보이시니 먼저 쉬시는 게 어떨까요?" 하고 권한다.

그렇게 할 수만 있으면 얼마나 좋으련만.

스미코는 "아냐. 형부가 돌아오실 때까지 기다려야지. 그렇게 많이 피곤한 것도 아니야……." 하며 형부를 기다리기로 했다.

피곤하지 않을 리가 있나. 어젯밤 제대로 잠을 이루지 못했는데. 기차 안에서 잠시 졸기는 했지만, 그것으로 부족한 수면을 채울 수는 없다.

스미코가 그렇게 졸린 것도 참으며 기다리는 사람이 누구인가.

진절머리 나는 형부가 아닌가.

언니가 이 자리에 없다는 핑계로 오늘밤 무슨 얘기를 꺼낼지 아무도 모른다. 노하라에서 땡중한테 쫓겼을 때도 무서웠지만 앞으로 이 집에서 벌어질 일도 그에 결코 뒤지지 않는다. 걱정은 시작되었다.

일꾼 아이들은 하나, 둘 앉아서 졸기 시작하는데 스미코만은 그럴 수 없다.

12시가 되어도 형부는 돌아오지 않는다.

무슨 일이 생겼나 하고 걱정하던 차에 쪽문이 열리는 소리가 난다. 졸고 있던 계집아이들이 깜짝 놀라 현관 쪽으로 우당탕탕 뛰어간다.

(1915년 10월 22일)

34회

고향에 가기 전까지는 스미코도 형부를 마중하러 현관까지 나갔었다. 그런데 오늘 밤은 몸이 굳어져 일어나는 데 시간이 걸려서 거실에 홀로 남겨졌다.

그러는 차에 궁시렁거리며 주인 나카오(那加雄)가 절름거리며 안으로 들어온다.

듬성듬성 길게 늘어뜨린 머리는 정중앙에서 둘로 나뉘어 있다. 아래로 축 처진 눈은 안경으로 가리고 있다. 수염이 없고 턱은 두 개인 서른으로 보이는 사내.

스미코는 건성으로 머리를 숙여 인사를 했다.

나카오는 갑자기 화색이 돈다.

"이거 누구야. 스미코잖아. 드디어 돌아왔구먼. 온 줄 알았다면 훨씬 빨리 돌아왔을 텐데 말이지. 요시에는 늘 즈시에 틀어박혀 있고. 야스키 집안은 정말이지 적막하다니까. 그래서 나도 그만 밤놀이에……그렇다고 해서 뭐 그리 이상한 곳에 빠진 것도 아냐. 내가 가봐야 제국극장 정도지……. 그건 그렇고 스미코가 돌아와서 갑자기 집이 환해진 느낌이야. 그럼, 얘기는 차차 하기로 하고. 먼저 욕조에 몸을 담그고 땀을 좀 빼고 올 테니." 하고 말하는 사이 스미코가 보는 앞에서 옷을 홀딱 벗고는 서둘러 욕실로 향한다.

나카오는 취한 듯싶다.

이야기는 아무래도 내일 아침으로 하고, 이대로 잠자리에 들어 주면 좋겠다고, 스미코는 조금은 기대하면서 있었다.

말도 안 되는 혼담에 대해서는 언니 요시에한테만 거절 의사를 표하고 그대로 자취를 감추려고 했는데 이렇게 되면 계획이 와르르르 무너진다.

얼굴을 마주한 채 거절하는 방법이 무얼까 고민이 깊어진다.

나카오는 서둘러서 목욕을 마쳤는지 아직 물기가 남은 몸에 유카타를 걸치고 스미코 앞에 나타났다.

"스미코, 오늘 밤 꼭 해야 할 말이 있으니 응접실까지 같이 좀 가자. 시간을 오래 잡아먹지는 않을 거야. 오늘 밤에는 매듭을 지어야 하니까." 하면서 앞장선다.

일이 이렇게 될 줄 알았으면 고향에서 편지로 미리 대강의 사정을 말해둘 걸 그랬다.

아니, 그럴 필요도 없다. 자신이 상경하기 전에 아버지에게 거절의 의사를 알려두기만 했어도 좋았을 것을. 스미코는 그제야 이런 생각이 들어서 선뜻 그를 따라나설 수가 없었다.

그러자 나카오는 가던 길을 멈추고 다시 돌아와서는 스미코의 손을 확 끌어당긴다.

너무 세게 잡았는지 손이 아파와 스미코는 그만 얼굴을 찌푸렸다.

"형부와 처제 간에 얘기 좀 하자는데 그리 이상할 건 없잖아. 스미코, 어서 와" 하고 재촉한다.

그저 형부와 처제 관계로 대화를 나누는 것이라면 문제 될 것은 전혀 없다. 괜시리 자기 쪽에서 쓸데없는 말을 꺼낼 뻔했다는데 생각이 미치자 스미코는 절로 몸이 떨려왔다.

나카오는 술김에 거의 반강제로 스미코를 잡아당겨 응접실로 들어갔다.

늦은 밤이지만 더위에는 장사가 없는 법. 나카오는 모든 창문을 열어젖혔다.

스미코도 옆에서 도왔다.

그래도 가스등은 여전히 더위에 몸부림친다. 마치 미친개가 혀를 내밀고 헐떡이는 것 같다.

(1915년 10월 23일)

35회

계집아이 둘이 먼저 잠자리에 들라는 주인의 명령을 어길 리는 없다. 갑자기 쥐죽은 듯 조용해졌다. 설령 아직 잠들지 않았다 하더라도 그녀들이 묵는 방은 이 응접실에서 몇 채나 떨어져 있다. 여기서 무슨 얘기를 해도 그쪽까지 들릴 리가 없다.

지금은 온 세상이 잠들어서 아무 소리도 들리지 않는다. 그저 뜰 쪽에서 벌레 소리가 들리나 싶을 정도. 그 벌레가 어떤 종류인지 전혀 알 수 없을 정도로 가는 소리로.

창문이라는 창문은 죄다 열었으니 바람이 분다면 분명 시원할 것이다.

그런데 전혀 시원치 않다. 도쿄의 더위에 비하면 산골짜기인 다카자와의 찬 기운은 얼마나 고마운지 모른다.

나카오는 유독 더위를 많이 타는 듯 얼굴이 온통 땀범벅이라 해도 과언이 아니다. 번들번들 불빛에 빛나는 모습이 영 꼴불견이다.

"스미코, 너무 재촉하는 것 같지만 지난번에 내가 얘기했던 거 생각은 좀 해봤어? 당연 아버님은 허락하셨을 테고……" 하는 말을 꺼내면서 삐걱삐걱 안락의자를 흔든다.

그 말에 스미코는 가슴이 저려와 아무 소리도 못 하고 섰다.

나카오는 점점 의자를 삐걱거리며 "스미코야, 스미코. 오늘 밤은 내가 기대하는 답을 주겠지. 이렇게 좋은 제안은 없을 테니까. 어때? 아버님께서 딴말 안 하셨다면 스미코도 이견은 없을 거잖아. 어서 내가 기뻐할 대답을 해주지 않으련? 응? 스미코야. 오늘 밤은 서로 일생일대의 중대한 결정을 내려야 하는 날이야" 하고 재촉한다.

스미코는 어떻게 대답을 해야 할지 모르겠어서 괴롭다. 그래서 테이블만 빤히 쳐다보고 있었다.

그러고 있자니 나카오가 "참, 그러고 보니 대답을 기다릴 필요도 없는 일이네. 당연히 그렇게 될 거잖아. 세상 이치도 그렇고, 천 명한테 물어

보면 천 명이 다 그렇게 할 거라고 대답할 거니까." 하며 혼잣말한다.

세상 이치가 다 그렇기는 뭐가 그런가. 불륜도 이런 불륜이 없는데. 천 명에게 물어보면 천 명 죄다 얼굴을 돌릴 일을 도리어 친아버지와 친언니도 모자라서 언니의 남편까지 한편이 되어 그녀가 형부와 결혼할 것을 강요한다. 여기까지 생각이 미치자 스미코는 기가 막혀서 절로 눈물이 나온다.

그때 갑자기 나카오가 스미코의 왼쪽 팔을 잡았다.

스미코는 깜짝 놀라 팔을 빼려고 했다.

그 순간 나카오가 "이제 스미코의 대답은 알겠어. 말은 안 하지만 무슨 뜻인지 알겠다고. 그럼, 얘기는 결론이 난 거지? 너무 졸려서 말이지. 건강했을 때 언니가 내 잠자리를 봐준 것처럼 이제 날 침실로 데려다줘. 일찍 자고 내일 둘이서 즈시로 가서 언니한테도 이 기쁜 소식을 알리자고." 하면서 나카오는 더 세게 팔을 잡아당겼다. 그렇게 어찌어찌 하다가 소매가 젖혀져서 반대편 팔 속살이 드러났다.

스미코는 서둘러서 감추려고 했다.

그러자 나카오는 "이런, 멍이 들었구려. 물린 자국 같은데. 스미코야, 무슨 일이야?" 하고 물으며 안경 너머로 눈을 희번덕거린다.

(1915년 10월 24일)

36회

스미코는 "아무 일도 아녜요." 하며 힘주어 그 손을 뿌리쳤다.

그 바람에 중심을 잃은 나카오가 쿵 하고 안락의자에 엉덩방아를 찧고 말았다.

"다른 곳이면 또 모를까 여인네 팔에 이빨 자국이라니. 이거 그냥 지나칠 일이 아닌데. 이봐, 스미코. 신슈로 가던 산속에서 늑대한테 물리기라도 한 건 아니지?" 하며 비꼬듯이 묻는다.

이것이 괴소녀 교한테 물린 자국이라 말할 수도 없다. 사실을 말해봤댔자 믿어줄 리 없으니. 괜스레 남한테 의심받을 필요는 없는 것이다.

이렇게 생각한 스미코는

"이건 남동생이랑 싸우다가 생긴 자국이에요." 하고 대충 둘러댔다.

"그게 사실이라면……얼마 전 우리 사이였다면 문제 될 게 없다만, 본가에서 돌아온 지금 스미코와 내 관계쯤 되면 말이지. 만약 너를 문 자가 동생이 아니라 다른 사내와 정분이 나서 요상한 짓을 벌이다 생긴 거라면……아니, 어디까지나 내 상상이지만……그래서 생긴 이빨 자국이 아닌지 걱정하지 않을 수 없으니까……이런, 내 생각이 지나쳤나?……내 억측이기를 바란다만……스미코……사실 난 너무 걱정돼. 스미코가 여태 우리 결혼에 대해 이렇다 저렇다 말 한마디 없으니……네 입으로 직접 들어야 안심하고 잠을 이룰 수 있을 것 같은데……물론 아버님은 허락하셨겠지. 아니, 당연히 그래야지."

가스 불이 지글지글 소리를 내고 타들어간다. 스미코는 그것이 마치 자기 모습 같아 보여 괴롭기만 하다.

여기서 딱 잘라 거절하지 않으면 말할 기회는 좀처럼 오지 않을 것이라 여겨

"아버지는……동의하셨지만……." 하고 조심스레 말을 꺼낸다.

"그럼 얘기는 끝난 거잖아."

"그런데 그게……."

"그런데……?"

"그게 그러니까……전 결혼할 수 없어요." 하며 두 눈 딱 감고 말해버렸다.

나카오는 "왜 결혼할 수 없는데?" 하며 불뚝 성을 냈다.

결혼할 수 없는 이유는 말할 필요도 없다. 정신이 올바르게 박힌

사람이면 누구나 알 수 있는 일이다. 그러나 도덕의 기준이 비틀린 사람은 어쩔 수 없다. 스미코는 설명할 가치도 없다는 듯 나카오의 얼굴을 쳐다본다.

그러자 나카오는 의자에서 일어나 그 절름거리는 다리로 실내 여기저기를 돌아다닌다.

"누가 안 된다고 그래……. 스미코" 하고 숨을 헐떡거리며 따진다.

스미코는 "누구라니……세상 이치가 그렇잖아요." 하며 자신이 갖고 있는 모든 위엄을 다해서 힘주어 말했다.

이에 대해 나카오는 "이치에 어긋나다니……절대 그렇지 않아. 세상 이치에 아주 잘 들어맞는다고. 언니도 폐병으로 얼마 살지 못하고 죽을 테고. 그러니 그 뒤를 동생이 이어받으라는 거잖아. 언니가 아직 살아있기는 하지만 오래 앓아서 아내 노릇을 제대로 못했어. 내 그 적막함을 견딜 수 없으니 후처가 될 사람에게 지금부터 집안일을 모두 맡기겠다는 거잖아. 이런 내 심정은 언니도 잘 알고 있단 말이야. 그래서 아버님도 허락하신 거고……. 보통 사내였다면 진작 언니와 헤어졌을 거야. 그렇게 언니를 내치지 않는 날 자비로운 사람으로 봐줄 수는 없는 건가……다른 사람 같았으면 외로움을 참지 못하고 밖으로 돈다던가 집안으로 첩을 들였을 거란 말이야. 그러니 이런 나를 인격자로 대해주면 안 되겠어……." 하며 자기 심정을 토로한다.

사실 평소 부모한테 물려받은 재산을 후손을 위해 소중하게 지켜야 한다고 믿는 나카오는 외도는 하지 않았다. 주식을 소유한 관계로 제국극장에는 자주 출입하지만, 그것도 바에 들려서 술에 취해 돌아오는 게 고작인 정도.

집 안으로 첩을 들이지 않는 것이 무슨 자랑거리라도 되는지. 언니가 한시라도 빨리 죽기를 바라는 것처럼 친동생한테 첩을 대신하라는 것과 무엇이 다른가.

누가 이렇게 부도덕한 사람을 따를 줄 알고.

(1915년 10월 25일)

37회

스미코는 아무리해도 말을 듣지 않았다.

나카오는 이제 설득하는 것도 지쳐서 안락의자에 푹 퍼져 앉아 생각에 잠겼다.

그렇게 새벽녘 첫닭이 울 때까지 서로 노려보고 있다가 결국 나카오쪽이 먼저 나가떨어져서 예의 절름거리는 발을 질질 끌고 말없이 침실로 행했다.

이 대전으로 스미코는 완전히 지쳐서 자기 방까지 돌아갈 힘도 없었다. 그대로 응접실 안락의자에 몸을 기대어 날이 밝아올 때까지 깨어있을 요량으로 자는 둥 마는 둥 선잠이 들었다.

깜짝 놀라 눈을 떴을 때는 열어놓은 창으로 날아 들어온 이슬이 온몸을 적시고 있었다.

부엌 쪽은 어느새 일꾼 아이들이 일어났는지 아침 준비 하랴 청소하랴 소란스럽다.

나카오는 아직 일어나지 않은 모양이다.

지금이 이 집을 빠져나갈 때라고 생각한 스미코는 평소 지니고 다니던 짐 보따리에서 한 겹으로 된 히토에(單衣)를 꺼내서 갈아입었다.

"주인 어르신은 요즘 매일같이 늦게 일어나시니 신경 쓰지 마시고 먼저 아침을 드시지요. 저희도 먼저 먹었으니까요……." 하고 권하는 계집아이들의 말도 있고 하여 혼자서 밥상에 앉았지만 좀처럼 음식이 목구멍으로 넘어가질 않는다. 억지로라도 먹어보려고 입안에 음식을 그러넣다가 그마저도 젓가락을 내려놓고는 그 길로 집을 나섰다.

형부 얼굴을 보는 것은 그쪽도 어색할 것이고 나도 싫은 일이다.

스미코는 계집아이들에게 "오늘 아침 고향 사람에게 용무가 좀 있어서 그러니 다녀올게." 하는 말을 남긴 채 오카와 마을의 호키 집안을 떠났다.

다시 돌이킬 수 없는 결심을 한 것이다.

이오리 집은 고이시가와(小石川) 다케하야초(竹早町)에 있다.

그곳까지 전차로 가면 별 문제는 없다. 그러나 그러면 너무 이른 시간에 도착할 것 같아 이다바시(飯田橋)에서 에도천(江戶川)을 끼고 돌아 금강사(金剛寺) 언덕을 올라 다케하야초로 천천히 걸어서 갔다.

큰길에서 돌아 나와 좁다란 길을 따라 '신축 집인데 무시베(虫邊)라는 사람이 세 들어 사는 집을 아세요?' 하고 물으며 이오리를 찾아다녔다.

이오리는 스미코를 현관에서 맞이하면서

"생각보다 잘 찾아오셨네요." 하고 말했다.

스미코도 "너무 일찍 도착해서……" 하며 미안한 듯 대답한다.

"더 빨리 오셨어도 상관없어요. 그건 그렇고. 일전에 말씀드렸던 박사 댁 말인데요. 어젯밤 집에 오자마자 바로 전보를 쳤더니 부인이 아이들을 데리고 하야마(葉山) 쪽으로 피서를 가셨다지 뭡니까……."

"뭐라고요? 하야마요……."

"그래서 바로 하야마로 전화를 걸었더니 당신 같은 분이면 좋다며 일단 그쪽으로 모시고 와달라시는데……."

"하야마로 가야 한다고요……?"

"예. 지금 바로 출발할까요?"

"하지만……당신은……따로 볼일이 있지 않나요?"

"무슨 그런 말씀을. 전 아직 여행 중인걸요……여기서 잠시만 기다려주세요. 바로 떠날 채비를 하고 올 테니……."

이오리는 스미코의 대답도 기다리지 않고 안으로 들어가 버렸다.

그 모습이 아무래도 스미코에게 자기 방을 보이지 않기 위해 피하는 듯 보였다.

얼마 지나지 않아 이오리는 명주로 짠 하오리(羽織)에 서지 하카마 (袴)를 입고 나타났다.

그러고는 "이거, 오래 기다리게 했군요. 그럼, 가볼까요." 하며 앞장 선다.

무시베네 집 부엌 쪽에서 아내와 딸로 보이는 사람이 담장 너머로 스미코의 모습을 쳐다보고 있다.

(1915년 10월 26일)

38회

스미코한테 하야마행은 아주 잘된 일이다. 언니 요시에가 즈시에 있는 별장에 묵고 있으니 이 참에 들러서 얘기를 잘 나누어보자.

이오리를 따라 신바시(新橋) 정차장으로 들어갔다. 스미코는 신슈에 서 쓸 여비를 다 썼지만, 지금까지 차곡차곡 모아놓은 돈이 있었다. 은행에 맡길 정도로 많은 돈이 아니기에 평소 종이에 싸서 허리띠 속 에 지니고 다녔다. 그것을 오늘 아침에 봉투에 따로 넣어두었다. 나가 노에서 점심값이랑 그밖에 소소히 들어간 여비를 이오리가 내서 여간 신경이 쓰인 것이 아니던 차에 이번에 즈시로 향하는 기차 삯을 또 이오리한테 신세를 지면 안 된다고 생각한 스미코는 서둘러 개찰구로 달려가려 했다.

이오리는 그런 스미코를 "괜찮아요. 제가 지불 할 테니." 하며 가로 막는다. 이미 앞장서서 표를 사려는 그를 말리는 것도 예의에 어긋나 는 것 같아서

스미코는 "이거 매번 죄송해서." 하고 예를 표하며 물러섰다.

이오리는 정말로 친절하다. 동정심이 깊은 사람이다. 자기 일도 아닌데 하야마까지 따라가서 박사 댁에 소개해주는 일은 보통 사람은 도저히 따라 하기 힘든 일이다.

험난한 세상을 살아가다 보면 자식을 버리는 부모도 있고 동생을 돌보지 않는 언니도 있다. 그런데 고작 길벗으로 만난 정도로 이렇게까지 남의 뒤를 봐주는 사람이 있다니. 요즘 같이 어지러운 세상에 그렇게까지 괴물만 있는 것은 아니라고, 어느 정도 위안도 되었다.

기차 안에서는 이렇다 할 얘기를 나누지 않았다. 스미코는 그제야 비로소 박사의 성명을 물어볼 기회를 얻었다. 오쿠치 데쓰오(奧地哲夫)라는 자였다.

스미코는 이오리에게 언니가 즈시에 있다는 사실을 알렸다. 그러자 이오리는 일순 이상한 표정을 지었다.

즈시에 내려서 승합차로 하야마까지 가려는 참에 스미코는 일꾼 아이의 손에 이끌려 산책 나온 언니 요시에와 우연히 마주쳤다.

요시에는 깜짝 놀랐다.

갑자기 말을 하려니 숨이 차올라 괴로운 모양인지 일단 호흡을 진정시키려고 애를 쓴다.

언니를 본지 그리 오래된 것도 아닌데 그새 많이 야위어 있었다. 이런 언니의 모습을 보자 인정에 끌리어 왠지 불안한 마음이 앞서 "언니" 하고 부르며 달려간다.

이오리는 그런 스미코를 의외라는 듯 바라본다.

"스미코……이게 어찌 된 일이야?" 하고 묻더니 괴로운 듯 기침을 한다.

"사정이 좀 있어서 저분이랑……" 하면서 이오리 쪽을 가리킨다.

요시에는 "그럼, 날 찾아온 게 아냐?" 하고 의심스런 눈초리로 이오리를 쳐다본다.

"물론 언니한테도 가볼 생각이긴 했는데……."

"그럼 어디로……어디에 먼저 가려고 했는데……."

"하야마로……."

이오리는 어느새 스미코의 뒤에 와 있었다.

"이분이 언니 되시면 언니 댁을 먼저 방문하는 게 어떨까요? 전 먼저 가서 오쿠지 부인을 만나 뵙고 이쪽 사정을 대충 말씀드리고 있을 테니……." 하며 스미코의 의사를 묻는다.

그래서 스미코는 이오리를 언니에게 소개한 다음 오쿠지 부인 댁을 알아둔 연후에 여기서 잠시 그와 헤어지기로 했다.

이오리는 승합차를 타고 먼저 떠났다.

아무래도 요시에게는 제대로 설명해야 할 것 같았다.

"스미코야. 별장으로……우선 집에 가서 들어보자 구나."

그러면서 계집아이의 손을 놓고 스미코의 손을 잡는다.

(1915년 10월 27일)

39회

야스키 별장은 정차장에서는 가깝지만 해안에서는 멀다. 조상 중 누군가 땅값이 싸다고 사둔 토지로 전망을 고려하거나 해수욕을 목적으로 세운 별장이라고는 할 수 없다.

그래도 누가 돈 많은 집 자제가 아니랄까봐 그 기질을 물씬 풍기려는 나카오는 입만 열었다 하면 사람들에게 즈시 별장을 자랑하기에 바쁘다. 나름 자랑거리로 삼고 있는 모양이다.

언니 요시에의 손에 이끌려 별장 안으로 들어온 스미코는 병을 앓고 있는 언니의 숨이 하도 가빠서

"언니 먼저 자리에 좀 눕는 게 어때요?" 하고 걱정스레 권한다.

그래도 요시에는 "아니야. 지금 그럴 때가 아냐. 난 지금 너무 걱정이 돼. 아까 그 젊은 남자와 단둘이서 어떻게 이곳으로 오게 된 거야? 이오리라고 했던가? 그 사람은 도대체 누구야?" 하며 재촉하듯 따져 묻는다.

"이오리 씨에 대해 말하기 전에 언니한테 먼저 말할 게 있어요."

"무슨 말……."

"제가 본가로 돌아가서 아버지랑 이런저런 얘기를 나누고 내린 결정에 관해서요."

"음……그건 말이야……모두 형부가 말한 대로 해줬으면 해. 불쌍한 날 봐서라도. 그리고 하기우치 집안을 위해서……아버지 말씀을 따라줄 거지?"

"그런데 언니……전……도저히 그 뜻을 따를 수 없을 것 같아요."

"뭐라고?"

"전 아버지랑 싸웠어요. 앞으로 제 몸은 제가 지키기로 결심했어요. 예, 맞아요. 분명 그럴 생각으로 집을 나온 거예요."

"스미코야. 그런 말이 어디 있어. 부모와 형제를 저버리다니……."

"우선은 저 자신부터 챙겨야 하니까요……설령 제가 절 버리고 부모형제를 위한다 해도 그것은 야스키 가문의 사람이 되지 않는 것이 하기우치 집안을 위해 충실히 살아가는 길이 아닐까 싶어요."

"스미코. 네가 어째서 그런 생각을 품게 된 거지……네가 나 대신 형부를 돌보지 않으면 형부는 당장 나와 이혼한다고 나올 거야. 이렇게 병든 내가 하기우치로 돌아가 봐. 아버지가 얼마나 걱정하시겠어. 앞일이 뻔히 들여다보이잖아. 스미코는 그런 생각도 안 해봤어?……난 숨이 차서 이제 말하기 힘드니……. 부디 이런 내 마음을 헤아려줘. 형부가 너를 집안에 두고 난 나대로 이혼하지 않고 이 별장에서라도 마음 편히 쉴 수 있게 해주려는 것은 상당히 관대한 처사야……난 이 집에 시집오자마자 바로 병이 들었어. 그런 나를 내치지 않고 오늘까지 지켜준 건 형부가 정이 많아서 그래……내가 죽고 나면 그 은혜를 동생인 네가 갚아주었으면 하는 거지……스미코야. 내 말 들어봐. 내 눈으로 두 번째 부인이 들어오는 것을 보는 것보다는 친동생이……난 진짜 아내라는 자리를 그대로 유지하다가 동생인 너한테 물려주고 여기서 조용히 생을 마감하고 싶어" 하면서 눈물이 앞을 가려 말을 잇지 못한다.

눈에서는 눈물이 후드득 떨어진다.

스미코는 "그런데 말이죠. 언니. 그게 저한테는 너무 잔혹해요. 전 도저히 그럴 수 없어요. 언니가 아무리 그렇게 말해도 어떻게 그런 부도덕한 짓을 벌일 수 있겠어요? 언니가 이혼할 처지에 놓였다고 해도 그래요. 그리고 시집온 아내가 병이 들었다 해서 그런 사람을 친정으로 돌려보는 일이 세상에서는 아주 흔한 일이라 해도, 원래 그건 불법이에요……그래서 이혼 당한 언니가 하기우치로 돌아온 탓에 아버지가 고생을 한다고 한들 그게 어때서요. 정 먹을 것이 없으면 나눠서 먹으면 돼요. 세상을 맑은 눈으로 봤을 때 먹잇감을 쫓아다니는 사람으로 보이지 않게 부도덕한 짓은 하지 않는 편이 마음도 편하고 부모형제에게 충실할 것 아니겠어요? 언니, 우리 같이 하기우치 가문을 더럽히지 않는 삶을 살아가면 안 될까요?" 하며 눈물을 머금고 언니를 설득한다.

(1915년 10월 28일)

40회

요시에는 "스미코는 그런 말로 도망칠 생각이구나……아버지를 걱정시키고……내가 죽게 그냥 내버려두겠다는 거구나" 하며 점점 기침이 심해진다.

스미코는 "언니는 어떻게 그런 말을……내 말은 그런 뜻이 아니잖아요……." 하며 그런 언니를 이해시키려고 애쓴다.

그러나 요시에는 "아니, 정확히 알아들었어. 스미코 생각은 이런 거지? 어떻게든 구실을 대서 내 요구를 들어주지 않는 건 다른 이유가 있어서잖아. 따로 약속한 사람……이라도 생긴 건가.……그런 거지? 그치?" 하고 억측을 부린다.

"그럴 리가 있겠어요?" 하는 스미코. 뜻밖에 의심을 받자 도리어 이쪽이 더 놀란다.

"아냐. 내 말이 맞아. 아까 정차장 앞에서 헤어진 남자가 너의 이상형인 거지?"

"그럴 리가 없잖아요."

"아니, 틀림없어. 아까 거기서 날 마주쳐서 지금 여기 있는 거지 그렇지 않았다면 지금쯤 넌 그 젊은 신사와 요신정(養神亭)이나 으슥한 찻집에 갈 생각이었겠지."

"그건 사실이 아녜요. 그분은 지금 저한테 호의를 베풀고 있는 거란 말예요."

스미코는 구로히메의 산기슭에서 땡중을 만나 곤경에 처한 이야기부터 시작해서 이오리가 달려들어 말려준 일, 노시리 호반에서 하룻밤 묵었던 일, 젠코지에서 참배 한 일, 이오리가 자기를 오쿠치 박사 댁에서 지낼 수 있도록 친절하게 여기까지 동행해준 일들에 대해서 풀어놓았다.

그래도 요시에는 의심을 풀지 않는다.

"남 일에 그렇게 진심으로 나설 사람은 없어. 다른 목적이 있는 게 분명해. 난 아무래도 그 이오리라는 사람이 의심스러워. 너도 그렇고." 하고 내뱉는다.

그 말에 스미코는 "어머나, 저도 의심스럽다고요?" 하며 벌컥 성을 냈다.

요시에는 "젊은 여자가 젊은 남정네와 단둘이서. 그렇게 한창 젊은 두 사람이 노지리 호반에서 같은 숙소에서 묵은 거랑 젠코지에 참배하러 간 것만 봐도 뻔하잖아. 하긴 스미코는 자기 하고 싶은 대로 다 하면서 남한테 이용당해도 괜찮은가봐. 아버지나 언니는 눈곱만큼도 생각지 않고." 하며 여전히 비틀어서 본다.

제멋대로인 건 언니 쪽이다. 친여동생을 강제로 불륜의 구렁텅이로 밀어 넣는 언니의 속마음에는 뭐든지 자기 위주로만 생각하고 동생의 앞날은 안중에도 없는 것이다.

설사 내가 이오리와 정분이 난다 해도 형부와 혼인하는 것보다는 훨씬 낫다.

어째서 언니는 이런 것도 모르나.

이 모든 것이 병 때문에 생긴 일이라 스미코는 언니가 가여워져서 화를 낼 수도 없다.

(1915년 10월 29일)

41회

결국 스미코는 요시에와 말다툼을 벌이고 야스키 별장을 나왔다. 그리고 하야마를 향해 걸으면서 이런저런 생각에 빠졌다. 언니는 내가 아무리 설명해도 내 진심을 알아주지 않았다.

하긴 언니의 심정을 이해하지 못하는 건 나도 마찬가지다.

언니는 질투심이 전혀 없는 것이다.

가령 제아무리 친동생이라도 동생한테 남편을 양보하고 자기는 이름뿐인 부인으로 마음 편히 따로 지내며 살 수 있다니. 그게 어디 그리

간단한 문제인가. 상식적으로 생각해도 그렇지, 보통 여자라면 절대 그렇게는 못할 거다.

그러나 그것 또한 자신이 불치의 병에 걸렸다는 사실을 너무 잘 알고 있기에 질투 따위 문제가 되는 않는 것은 아닌지. 아무래도 그건 아닌 것 같다.

언니의 심리상태를 전혀 모르겠다.

이미 죽을 각오는 되어 있으면서도 죽기 직전까지의 생명을 어떻든 평안한 상태로 유지하기 위해 남편이고 사랑이고 동생의 진심까지도 깡그리 저버리는 것이 아닐까.

다른 쪽으로 생각해보면 언니가 그런 생각을 갖게 된 것도 비상식적인 형부한테 영향을 받아서 그런 것은 아닐는지.

그러고 보니 언니가 건강을 해치게 된 것이 다 형부의 소행이라는 소문을 들은 적도 있다.

'결국은 병이 되었네. 부인을 죽게 만드는 건 주인어른인 셈이죠. 저렇게 돈에 인색하니 왜 안 그렇겠어요. 밖에서 딴짓을 안 하는 대신 그 화풀이를 부인한테 전부 퍼부으니까 나날이 건강이 나빠지는 거잖아요. 저렇게 병든 부인이지만 이혼하지 않고 참고 있는 것도 구두쇠라서 그런 거예요. 다른 부인을 맞아들이려면 꽤나 큰돈이 필요하니까 말예요.'라는 식으로 사람들이 뒤에서 수군거리는 소리가 집안일하는 사람들의 입에서 밖으로 새어나왔다. 그렇다면 형부에 대한 언니의 마음은 두려움만 있고 별다른 애정은 없을 것이다. 질투심이 생길 일이 없는 것이다.

또 한편으로 생각해보면 후처로 굳이 친동생을 맞아들이려는 것도 돈을 아끼려는 속셈에서 그런 것은 아닌지.

생각하면 할수록 형부 나카오라는 사람은 끔찍하다. 몸서리칠 정도로 싫은 사람이다.

그런 사람과 연이 맺어졌으니 정말이지 언니는 불행한 사람이다. 여기까지 생각이 미치자 스미코는 핏줄은 못 속이는 것인지 동정이 깊어져 방금 전 말다툼하고 나온 언니가 생각나서 눈에서 눈물이 흐른다.

그러는 사이 스미코의 발걸음은 하야마로 들어서서 인적이 드문 오른편 해안이 보이는 곳에 닿아 있었다.

이 근처에서 오쿠지 부인이 사는 별장의 소재를 파악해야 한다고 생각하면서 이리저리 둘러보는데 때마침 바닷가 모래사장을 산책하는 남녀 한 쌍이 눈에 들어온다.

여자 쪽은 양산이 얼굴을 가려서 잘 안 보이지만 몸이 반쯤 드러난 남자는 아무래도 이오리 같다.

스미코는 그때 문득 어쩌면 저분이 오쿠지 부인이 아닐까 하는 생각에 잠시 그 두 사람을 살펴보기로 했다.

(1915년 10월 30일)

42회

지금 바다에도 해변가에도 이들 말고 다른 사람은 없다. 너무 덥기 때문이리라. 그런데 이렇게 뜨거운 모래사장에서 이들은 무얼 하고 있나. 이런 생각이 들자 스미코는 갑자기 그 둘의 관계가 궁금해졌다.

그쪽에서는 여기서 스미코가 바라보고 있는 것을 전혀 눈치 채지 못하고 있는 모양이다. 무언가 열심히 말을 하면서 계속 걷고 있다. 따로 목적지를 정해둔 것은 아닌 듯하다.

'어쩌면 이오리 씨가 오쿠지 부인한테 내 얘기를 들려주고 있는 건지도 모르겠다.'고 생각한 스미코는 기쁜 마음으로 그들을 바라보고 있자니 이오리가 갑자기 펄쩍 뛰어드는 것이 아닌가.

부인이 쓰러진 것이다.

그런데 자세히 보니 두 사람은 거의 한 몸이 되어 양산 아래로 몸을 숨길 때도 있다. 무언가 장난을 치고 있나.

그 모습을 보자 자기 얘기를 진지하게 나누고 있는 것은 아니라는 생각이 들었다. 그와 동시에 이오리한테 품고 있던 마음이 줄어드는 것 같이 느껴졌다. '별 것 아니야. 아주 잠깐 장난 좀 치는 거겠지. 나중에 다시 진지해질 거야' 하고 마음을 고쳐먹었다.

그렇다고 해서 언제까지 여기에 서 있을 수도 없다. '내가 먼저 아는 체를 해야 하나? 아니, 그런 실례되는 짓을 할 수는 없어' 하고 그들 앞에 나서기를 주저하고 있는데 그 순간 이오리의 눈과 딱 마주쳤다.

그러자 이오리가 "이런, 스미코 씨. 마침 잘 왔어요. 어서 이리 오세요." 하고 그녀를 부른다. 거리가 상당히 먼데도 부르는 소리가 여기까지 잘 들린다.

스미코는 길에서 내려와 뜨거운 모래사장에 발을 들여놓고 바다를 향해 걸었다.

두 사람은 육지에 매어둔 어선이 만들어준 그늘에 서서 그녀를 기다리고 있다.

가까이 다가가 부인의 얼굴을 보니 멀리서 봤을 때보다 나이가 들어 보였다. 그래도 화장을 진하게 해서 그런지 꽤나 미인이었다.

이오리는 "스미코 씨. 이분이 오쿠지 선생님의 부인되십니다." 하고 소개를 시켜준다.

그러자 스미코도 "처음 뵙겠습니다. 전 하기우치 스미코라고 합니다. 아무쪼록 잘 부탁드립니다." 하며 인사를 했다.

부인은 "지금 이오리 씨한테 당신 얘기를 듣고 있던 참이에요. 자세히 듣고 보니 당신 같은 분이 우리 집에 와주신다면 정말 좋을 것 같아요."라며 사람을 피하지 않는다.

그러자 이오리가 그녀의 말을 받아서

"지금 부인은 지인이 계신 별장에 가는 길인데, 저도 거기까지 잠시 따라가야 해서……그러니 스미코 씨는 먼저 별장으로 가서 기다려 주세요. 저기 보이는 어부네 집에서 두 채를 지나면 새로 지은 곳간이 보이는 곳이요. 거기예요. 따님은 어디 나가고 댁에 안 계세요. 사람들에게 당신 얘기를 대충 해뒀으니까 그냥 들어가시면 되요." 하고 가르쳐준다.

부인도 옆에서

"그러세요. 우리도 금방 돌아갈 테니……부디 어려워 마시고……" 하면서 어서 가자는 듯 서두른다.

조금 전만 해도 느릿느릿 바닷가를 거닐던 사람이 맞나 싶을 정도로 안절부절못한다.

스미코는 "어서 다녀오세요. 그럼, 전 실례를 무릅쓰고 별장으로 먼저 가 있겠습니다." 하면서 인사를 했다.

이오리는 다시 한 번 손끝으로 집을 가리키며 스미코에게 별장 가는 길을 알려준다.

부인은 빠른 걸음으로 앞장서 있다.

(1915년 10월 31일)

43회

결호로 인하여 내용 확인 불가능

44회

자기 집에서 살 수 없게 된 스미코다. 언니 집에도 있을 수 없어서 이렇게 남의 집에 얹혀살게 되었다. 그런데 지금 이런 처지에 놓이고 보니 불안만 깊어져서 어찌할 바를 모르겠다.

이렇게 되고 보니 이오리라는 사람은 더 이상 믿을 수 없고 '무언가 목적이 있어서 그동안 내 뒤를 봐줬구나' 하고 뒤늦게나마 깨닫기 시작했다.

목적이 무엇일까? 저번에 그 늙은이는 대놓고 날 괴롭혔지만 이오리는 그와 똑같은 동물적 본능을 여러 겹 감춰두고 아주 교묘하게 나를 우롱한 것이 아닌가.

그렇다면 날 이 집에 머물 게 할 것이 아니라 자기가 묵고 있는 하숙에서 동거하면 되었을 텐데 군이 하야마까지 끌고 와서 오쿠지 부인에게 소개하는 건 또 무슨 심사인가.

설마 이오리 씨가 그렇게까지 비열한 인간은 아니겠지. 그리고 오쿠지 부인과는 어떤 관계인지 어디까지 간 사이인지 그런 데까지 생각이 미친다.

그렇게 고민이 깊어져 갈 때 즈음 부인과 이오리는 집으로 돌아왔다.

둘 다 엄청 피곤한 모습으로 자리에 오른다.

부인은 느닷없이 우유를 집어 들더니 병째 마신다.

이오리는 젤리를 꺼내서 씹는다.

어디서 무엇을 하면서 시간을 보내고 왔는지 둘 다 말이 없다.

이오리는 "이봐요. 스미코 씨. 부인한테 당신을 돌봐주라고 말해뒀으니 당신은 마음 편히 여기서 지내시면 돼요. 사실 전 오늘 부탁 말씀만 드리고 언제고 부인이 도쿄로 올라오시면 그때 당신을 이 댁에 들여보낼 생각으로, 오늘 도쿄에 함께 돌아가려고 생각하고 있었습니다만……." 하고 말을 꺼냈다.

그런데 얘기를 나누려던 두 사람 사이에 부인이 갑자기 끼어들어 "어차피 우리 집에 들어오실 거면 당장 오늘부터 여기 계시는 세 좋아요. 이오리 씨랑 당신 단둘이서 밤늦게 도쿄로 돌아가려면……여러 가지로 불편할 거고……. 이오리 씨 먼저 돌아가시는 편이 좋아요……." 하며 지레짐작으로 얘기를 이상한 쪽으로 몰고 간다.

그 말을 듣자 이오리는 시계를 꺼내어 보며

"그럼, 그렇게 됐으니, 당신은 맘 편히 여기 계세요. 전 이번 기차로 내려갈 테니……." 하며 허둥거린다.

그러자 부인이 "자, 어서 빨리 돌아가세요. 가마쿠라에 아는 부인이랑 아가씨들이 엄청 많겠지만 그런 데 관심 두지 마시고 바로 댁으로 들어가세요." 하면서 거침없는 말을 내뱉는다.

이오리는 그저 능글능글 웃고만 있다.

그렇게 어렵사리 이오리를 배웅하고자 현관으로 나왔을 때

"저, 잠시만요." 하면서 달려 나온 부인은 벌써 옷을 갈아입었는지 몸에 별로 걸친 것이 없다. 스미코는 그런 차림새로 친근하게 얘기를 나누는 두 사람을 눈앞에서 보고 있으려니 괜스레 이쪽이 민망해져서 도망치듯 옆방으로 자리를 피했다.

이오리는 들으라는 듯이 "안녕히……" 하며 큰소리로 말하고는 문을 박차고 나갔다.

부인이 그런 이오리의 뒷모습을 미소를 지으며 바라보고 서 있어서 스미코는 그에게 잘 다녀오라는 인사도 못했다.

(1915년 11월 3일)

45회

부인의 이름은 가네코(鐘子)이고 딸은 이즈미코(泉子)다. 이 집의 주인 되는 박사는 독일에서 의학 연구에 한창 빠져있어서 돌아오려면 아직 멀었단다.

스미코는 가네코 부인이 마음대로 하야마로 피서를 떠날 수 있었던

이유를 그제야 알았다.

여기서 지내다 보니 이오리와 부인이 언제부터 알고 지냈는지 얼마나 친한 사이인지 분명히 알게 되었다.

하야마에서 보내는 첫날밤에 부인은 스미코한테 이오리와 어떤 관계인지 묻고 또 물었다.

그 둘이 구로히메의 산기슭에서 처음 본 것이 아니라 그 전부터 깊은 관계를 맺고 있었던 것은 아닌지 꼬아서 보는 게 역력하다.

그런가 하면 이오리를 심하게 매도하거나 그런 경박한 사람은 세상에 또 없을 거라는 말도 거리낌 없이 한다.

그러다 알게 되었다. 아무 생각 없이 듣고 있다가 저도 모르게 맞장구라도 치면 금세 기분이 상한다는 것을. 그녀의 속이 훤히 들여다보인다.

이렇게 스미코는 보름쯤 하야마에서 보냈다.

그렇게 지내는 동안 언니 요시에를 만나러 갈 시간이 아주 없는 것도 아니었는데, 어찌어찌 하다 보니 만나지를 못했다.

이 댁 따님 이즈미코와는 꽤나 친해졌지만, 부인이 애가 하는 대로 내버려둬서 제멋대로인데다 장난꾸러기여서 손이 아주 많이 간다.

그래도 이즈미코는 바깥으로 도는 엄마에 비해 늘 옆에 붙어있는 스미코를 더 좋아하는 것 같다. 언제나 밝은 모습으로 한시도 옆에서 떠나질 않는다.

오늘 이즈미코는 작가되는 부인의 친구가 이 댁을 방문하는 날로 방해가 되면 안 된다는 이유로 집에서 쫓겨났다. 스미코를 대동하고.

딱히 어디 정해둔 곳도 없이 일단 즈시 쪽으로 방향을 잡고 진무지(神武寺) 절 길을 따라 가와바타(川端)로 거슬러 올라갔다.

가을이 깊었는지 억새랑 여랑화 같이 꼬리가 꽃을 닮은 풀들이 들판을 한가득 채우고 있다.

그래도 막상 걸으려니 더워서 햇볕을 피할 그늘이 아쉽다.

스미코는 "아가씨. 오늘 댁에 오신다는 노래 짓는다는 손님 말예요. 별장에 와계신 부인들인가요?" 하고 물어본다.

그러자 스미코는 "아니. 그렇지 않아. 남자야" 하고 대답한다.

"남자 분?"

"젊은 남자."

"그런 분들이 자주 오세요?"

"그런데 오늘은……한 사람인가 봐."

"뭐라고요? 혼자서?"

"이오리 씨라는데. 노래를 만든다더라. 엄마와 둘이서 오늘 하루 종일 안방에 있을 거라던데."

"그럼, 엄마가 이오리 씨 말고 또 다른 분하고 하루 종일 노래를 만든 적이 있어요?"

"노래를 만드는 엄마 친구는 많아."

"그렇군요."

이제와 생각해보니 부인을 찾아온 사람들은 대개 젊고 도쿄에서 온 편지도 남자 이름이 많다.

어느 날 밤엔가는 젊은 시인인가 하는 사람이 배웅한답시고 부인이 일부러 정차장까지 간 적도 있었다.

문학과 사상이 있고 교육을 받은 신분에 있는 오늘날의 부인들은 남편이 집을 비웠는데도 대담하게 교제를 감행하는 것이다. 스미코는 꼭 오쿠지 부인만 그런 것이 아니라는 생각이 들자 홀로 소심하게 끙 끙 앓고 있는 자신이 현대에서 아주 멀리 떨어져 있는 것 같은 기분이 들었다.

(1915년 11월 4일)

46회

스미코는 그런 생각에 빠져 말없이 흙먼지가 날리는 길을 따라 하염없이 걸었다.

이즈미코가 "무슨 생각해?" 하고 묻는다.

스미코는 깜짝 놀라

"아무 생각도 안 해요." 하고 둘러댄다.

"우리 엄마는 말이지. 길을 걸을 땐 노래를 생각하는 것 같아. 그럴 때 내가 무언가 물으면 혼나. 그게 언제였더라. 여기쯤 지날 때인데 말이지. 그때 도쿄에서 찾아온 이오리 씨와 함께 노래에 대해 말하다가 내가 방해가 된다면서 가와바타로 낚시 구경을 다녀오라 했어. 엄마와 이오리 씨는 저기 저 숲속에 있는 석탑 보이지? 둘이서 그 석탑 뒤로 갔어. 정말이지 난 엄청 오래 기다렸다니까."

"저기 저 석탑 뒤로……."

"그래서 나도 나중에 남자 친구와 노래 알아맞히기 하면서 저쪽에 숨은 적이 있어."

"노래 알아맞히기?"

"난 노래를 생각하는 척하고 있었는데, 친구는 그것보다 더 재미있는 걸 하자며. 난 싫다고 했지만……그 아이 아버지가 해군이었거든. 날 엄청 괴롭혔어. 내가 자기 말을 안 듣는다면서 날 눕혀서는 말 타듯 올라타서 때리고……."

스미코는 이즈미코의 말을 듣고 소스라치게 놀랐다.

아이는 무엇이든 따라한다. 그것이 좋은 것이든 나쁜 것이든.

그런 걸 모를 리 없는 부인이 아이의 행실을 보고도 아무 생각도 못할 만큼 쾌락에 빠진 것은 어찌된 영문인가.

어쩌면 그것이 인간을 적나라하게 보여주는 것인지도 모른다.

스미코는 다시 생각에 빠졌다.

이즈미코는 그런 스미코의 손을 잡아끌며 "스미코. 우리도 저쪽으로 가자. 저기 보이는 숲속으로……석탑 뒤로 가서 누워서 쉬듯이 해 보자. 부드러운 풀이 돋아나 있단 말야" 하고 조른다.

스미코는 그곳이 직접 보고 싶어졌다. 풀숲에 다리를 올려놓고 쉬어 보면 어떨까.

큰길에서 밭 쪽으로 조금 들어간 길을 따라 구불구불 숲을 향해 나아갔다.

동백나무랑 회양목이 삼면을 둘러싸고 억새가 무성한 한가운데로 오래된 오층탑이 보인다. 아무래도 가마쿠라 시대에 살던 용사의 묘지 같다.

이즈미코는 "어머, 저기 좀 봐요. 붉게 물든……붉은 꽃이 있어요. 여우꽃이에요." 하며 달려간다.

스미코는 "저 꽃 말이죠. 석산화라고 하는데 독이 들어있대요." 하고 주의를 준다.

그런데도 이즈미코는 "괜찮아요." 하면서 억새를 가르며 나아간다.

스미코는 하는 수 없이 그녀의 뒤를 따른다.

그런데 별안간

"카악!" 하고 외치는 이즈미코의 소리가 들린다.

깜짝 놀라 쳐다보니 오층탑 옆에서 어떤 하얀 물건이 움직인다.

'이럴 수가!' 저번에 봤던 땡중이 아닌가.

(1915년 11월 5일)

47회

스미코 역시 "어머나!" 하고 소리치지 않을 수 없었다. 그리고는 바로 뒤돌아 달리려고 했다.

그런데 이즈미코가 또 다시 "어머나!" 하고 외치는 바람에 스미코는 그제야 제정신을 되찾았다. 나 혼자 도망치면 안 되지.

이즈미코는 이미 늙은이한테 붙잡혀 있다. 막 소리치려는 것을 손으로 막고 있다. 괴로운 듯 손발을 버둥거리는 모습을 본 스미코는 도저히 그녀를 버리고 혼자서 도망칠 수 없다.

그래서 "무슨 짓이야?" 하고 외쳤다.

늙은이는 "히히히히. 뭘 하다니. 이 계집을 내 주술로 돌멩이로 바꿔놓고 말 테다." 하며 히죽거린다.

스미코는 "이런 짐승 같으니······짐승만도 못한······짓을······아기씨를 돌려보내줘!" 하고 얼굴이 시뻘게져서 화를 냈다.

"이런 꼬마는 언제든 돌려줄 테니 대신 널 여기 쓰러뜨려 네 몸을 흙덩이로 만들어줄까? 내 주술의 공덕을 보여주기 위해서라도 그렇게 해야겠어."

"말도 안 돼······."

"진짜라니까. 자석에 딱하고 철이 달라붙듯이 오늘 여기로 널 불러들이기 위해 아침부터 얼마나 열심히 기도했는데. 이것 봐. 내 기도가 먹혀서 네가 이리 왔잖아."

"헛소리······그런 신통력이 있다면 나가노에서 내가 당신을 봤을 때 날 못 알아봤을 리 없잖아."

"나가노에서 내가 널?"

"가네쓰키도(鐘撞堂) 근처라든가 아니면 공원에서라도······공원에서 당신은 교와 얘기를 나누고 있었지."

"오호, 그때 날 봤던 거야?"

"허튼 소리 집어치워. 그런 것도 몰랐으면서 주술이고 뭐고 먹힐 게 뭐람. 어서 아기씨나 돌려줘."

"사실은 말이지. 오늘 여기서 널 보게 될 줄은 몰랐어. 정말이지 깜짝 놀랐다니까. 어쨌든 이렇게 만났으니까 내 좀 물어볼 게 있어. 교한테 들은 얘기도 있고 하니. 이쪽으로 잠깐 와봐."

"그렇게 말하면 누가 들을 줄 알고."

"알았어. 그럼 난 이 꼬마 계집을 금강 지팡이 끝으로 콕콕 찔러서 돌멩이로 만들어 버릴 테다."

"그런 말도 안 되는 일이……."

"그럼 어디 지켜보시든지. 말보다는 행동. 내 당장 눈앞에서 보여줄 테니. 돌멩이로 변하는 걸."

늙은이는 괴상하고 고약하기 그지없다. 이즈미코한테 어떤 짓을 벌일지 아무도 모른다.

옆에 끼고 있던 이즈미코의 입을 틀어막은 채 억새풀 숲으로 나뒹굴며 한쪽 무릎을 세워 올라탄다.

이 광경을 본 스미코는 이즈미코를 내버려두고 저 혼자 살겠다고 도망칠 수 없다.

나중 일은 어떻게 되든지 일단 땡중 팔에 매달렸다.

늙은이는 "히히히히히. 지금 날 끌어안은 거야? 그럼, 항복하는 거네. 좋아. 꼬마는 놓아주지. 이 계집을 돌멩이로 만드는 건 참을게. 대신에 네가 각오해야 할 거다. 널 돌덩이로 만들어 버릴 테니까." 하면서 몸을 옆으로 비틀어 한 손으로 스미코의 팔을 잡는다.

그 덕에 이즈미코의 입은 자유로워졌지만 한 쪽 무릎에 눌린 다리에 힘이 더 가해져 압사당하기 일보직전이라 찍 소리도 못 낸다.

버둥거리며 끙끙거리는 것이 고작이다.

(1915년 11월 6일)

48회

스미코는 "아기씨를……부디 아기씨를 살려주세요." 하고 애원한다.

늙은이는 "좋아. 내 놓아주긴 할 건데 그렇게 소리 지르면 안 돼. 여긴 구로히메야마 산의 산기슭과는 달리 사람들이 온단 말이야. 누군가 달려온다고. 쉿, 조용히. 가만히 있어. 머리도 숙이고 억새 사이로 몸을 웅크려. 다른 사람들이 보지 못하게. 그렇지. 몸을 낮춰" 하며 그녀의 손을 잡아끌어 머리를 짓누르려 한다.

포기할 줄을 모르고 끈질긴 것이 정말이지 끔찍하기 짝이 없다. 스미코는 공포에 휩싸이는 가운데 분노로 몸을 떨었다.

구로히메야마 산에서 벌였던 몸싸움을 여기서 또 한 차례 치러야 하는가. 이 얼마나 번잡스러운 운명이란 말인가. 정말이지 신물이 날 지경이다.

나 혼자라면 어떻게 해보겠는데 이즈미코까지 붙잡고 있으니 지난번보다 상황이 더 나쁘다. 어쨌든 혼자서 빠져나갈 수는 없는 일이다.

"아기씨를……제발 아기씨만은……" 하고 낮아진 목소리는 말을 잇지 못한다.

"알았어. 걱정 마. 죽이지는 않을 테니까."

땡중은 주술로 잠들게 할 뿐이라며 올라타고 있던 한쪽 무릎으로 이즈미코의 가슴을 꾹 누른다.

이즈미코는 막고 있던 입은 풀려났지만, 가슴이 눌려서 소리를 지를 수도 없어 괴로운 듯 눈만 희번덕거린다. 스미코는 그 모습이 하도 불쌍하고 딱해서 어찌할 바를 몰랐다.

그래서 "뭐든지 시키는 대로 다 할 테니……아기씨만은 살려주세요." 하고 간청한다.

"그럼, 살려주지. 대신 석탑 뒤로 가서 좀 쉬고 있어. 도망쳐봤자 소용없어. 발이 움직이지 못하게 주술을 걸어놓았으니……알아듣겠어? 그리고 이쪽을 보면 혼날 줄 알아! 그 즉시 돌멩이로 만들어 버릴 거니까……내 말 알겠지?" 하고 위협하면서 누르고 있던 무릎을 거둔다.

이즈미코는 완전히 최면술에 걸려든 사람처럼 휘청거리며 일어선다.

땡중이 추악하기 그지없는 눈빛으로 이즈미코를 쳐다보자 그녀는 온몸을 떨면서 탑 뒤편으로 돌아갔다.

그 순간 스미코 손에 강렬한 경련이 일어났다.

그때까지는 아직 의식이 남아 있었는데 이후 갑자기 흐릿해졌다.

느닷없이 하늘이 낮아지고 숲속 나뭇가지가 늘어지면서 오층탑이 흔들흔들 어지럽다.

견딜 수가 없어서 풀숲으로 쓰러졌다.

늙은이는 "아하하하하" 하고 웃으며 염주를 꺼내들고 붉은 마노 알을 볼에 문지르더니 뭐라고 주문을 왼다. 정신은 멀쩡한데 몸에 감각이 없어서 일어설 수도 도망칠 수도 없다.

(1915년 11월 7일)

49회

늙은이가 이상한 주술을 걸어서 잠이 든 것일까. 아니면 약 냄새를 맡아서 그럴까. 스미코는 도통 모르겠다.

언제 눈을 뜬 것인지. 아니, 언제 잠이 들었는지. 그것조차 분명치 않다. 어쩌면 그저 정신이 멍해진 것일 뿐 실제로는 잠에 빠지지 않았는지도 모르지.

내가 그러고 있는 동안 땡중이 무슨 짓을 벌였는지 도무지 알 수가 없다.

이즈미코는 어떻게 됐는지, 그 사이 누가 도와주러 온 사람은 없는지. 온통 모르는 것뿐이다.

아니지. 남 걱정할 때가 아니다. 자신이 지금 어떤 모습으로 있는지 그것도 모르겠다.

정신을 차리고 보니 헝클어진 억새풀 위에 하늘을 향해 누워있었으니까. 그러고 보니 양손은 소매로 칭칭 묶여있다.

볼에서 턱을 타고 풀에 맺힌 이슬이 흘러내리는지 차가워서 견딜 수 없다.

너무 당황해서인지 가슴 아래 부분에 감각이 전혀 없다. 어떻게 된 일인지 당장 일어나봐야겠다.

그 순간 스미코는 아차 싶었다.

돌이킬 수 없는 일이 벌어진 것이다. 차라리 죽는 편이 낫다.

만약 그 늙은이가 여기 있다면 달려들어 죽을힘을 다해 원수를 갚고서 자신은 그 자리에서 죽어야겠다고 생각할 만큼 흥분한 상태에서 몸을 일으켰다.

그런데 이게 어찌된 영문인가. 그렇게도 끔찍한 땡중이 풀숲에 쓰러져 있는 것이 아닌가.

죽었나 하고 들여다봤더니 웬걸 눈은 깜빡인다. 양손으로 하얗게 샌 머리를 긁어대며 뭔가 골똘히 생각 중이다. 긁적이는 손놀림에 따라 손가락 사이로 삐져나온 머리카락이 움직이는데, 그 모습이 마치 세상의 벌레라는 벌레는 죄다 모여 우글거리는 것처럼 보인다.

땡중은 "아깝다. 여기까지인가보다. 수련 중인 내가 할 수 있는 일이 아니로구나. 신불이 날 버린 모양이다." 하며 혼잣말로 지껄이고 있다.

무슨 말을 하는지 스미코는 알아들을 수가 없다.

늙은이는 다시 허공을 대고 호소한다.

"결국 이렇게 될 거였으면 왜 그랬어요? 나이 탓도 있겠지만 주술의 공덕을 보여주지 않으실 거면 다시 생각해봐야겠어요. 정말이지 전 지금 너무 불안하단 말예요."

스미코는 그 자가 무엇 때문에 혼자 고민하고 있는지 알 것 같기도 하다가도 모르겠다.

부드득부드득 이를 갈고 있던 땡중은 몸을 일으켜 이쪽을 쳐다보고 있는 스미코를 발견했다.

"어이, 아가씨. 정신이 좀 드나? 넌 천 명 안에 드는 행운아야. 내 신통력이 먹히질 않아. 지금까지 나한테 걸려서 살아난 자는 없었는데 말이지. 넌 유일하게 내 손아귀에서 벗어난 여자야. 순결함 그 자체라고나 할까. 애석하게도 금강저(金剛杵)로 내리쳤는데도 상처가 조금도 나질 않았어. 내 신통력이 약해진 거야. 분하지만 어쩔 수 없지. 아, 정말이지 오늘은 인간의 나약함이 사무쳐오는군." 하면서 자리에서 일어나 옆으로 다가온다.

스미코는 "날 건들면……가만두지 않을 거야……." 하고 소리 질렀다.

"하라고 빌어도 못 한다니까. 대신에 내 얘기 좀 들어줘. 잘못을 빌 테니. 참회를……." 하면서 허리춤에서 무언가 꺼내려 든다. 담뱃갑이라도 찾는 것이겠지.

(1915년 11월 9일)

50회

그 와중에 스미코는 도망칠 궁리를 해봤지만, 아직 그럴만한 기운도 돌아오지 않아 이내 포기하고는

"아기씨는 어떻게 됐어요?" 하고 물었다.

그러나 땡중은 "꼬마는 진작 도망쳤지. 혹시 누가 도우러 왔다 해도 나한테도 다 생각이 있었어. 그런 녀석들은 돌팔매질로 죄다 물리치면 되니까. 지금 그런 걸 신경 쓸 때가 아냐" 하면서 담뱃진이 잔뜩 낀 담뱃대를 뻐끔뻐끔 빨기 시작한다.

스미코는 아가씨가 무사히 빠져나갔다는 소리를 듣자 얼마간 마음이 놓였다. 그러자 이번에는 온몸이 나른해지면서 잠을 좀 잤으면 하

는 생각이 몰려온다.

늙은이는 "그건 그렇고 내가 말하려던 참회 말인데……사실 내가 이렇게 수도승이 된 건 내 나이 쉰이 넘어서……이래 뵈도 젊었을 때는 촌에서 열리는 연극에도 나가서 주역을 맡을 정도로 미남이었단 말이지. 사이타마(埼玉)에서 고스가(小須賀) 진파치(甚八)라고 하면 모르는 사람이 없었으니까. 왕년에 내 주변에는 시끄러울 정도로 여자들도 참 많이 꾀었었지. 히히히히" 하며 자신의 과거에 대해 말하기 시작한다.

스미코는 수도승이니까 뭔가 거창한 이름일 거라 기대했다가 고스가 진파치라고 하니까 왠지 김이 빠진다.

"그런데 마흔을 넘으니 인기도 시들해지고. 쉰한 살 때는 열여덟 먹은 여덟 번째 부인도 도망치고 말이지. 그 여자를 찾자고 돈도 많이 쓰다 결국 온 나라를 헤집고 돌아다니는 수도승이 됐지 뭐야. 열여덟 아내의 행방은 아직도 몰라. 어디로 갔을까……?"

여기서 담배를 한 모금 빨더니 다시 이야기를 시작한다.

"그래서 난 여자만 보면 적개심이 생겨서 들판, 산기슭, 외진 집 가릴 것 없이 혼자 있는 여자만 보면 주술을 걸어 괴롭히며 화풀이를 했어……. 여태껏 그렇게 살아왔는데……지금 여기서 이렇게 주술이 안 먹히면 난 어쩌라고. 맥이 확 풀리는 게 사는 게 별것 아닌 것 같고……. 아아, 이제 어쩌면 좋지. 네가 내 등짝을 한 대 힘껏 쳐봐. 내가 살아있는지 어쩐지 알아보게. 등골에서 정수리까지 한 번에 느낌이 팍 오면 좋겠는데 어쩔지 모르겠네" 하면서 꽤나 비관한다.

스미코는 이런 그가 어리석다고 생각하면서도 왠지 짠하다.

분노, 공포, 수치심. 방금 전까지 그런 심정이었나 싶을 정도로 어울리지 않는 감정이 일었다.

스미코는 뭐라 위로를 해야 할지 당황스러워서 진파치의 얼굴을 찬

찬히 들여다보고 있었다. 그때 땡중이 담뱃갑을 재빨리 허리춤에 집어넣더니

"그래도 이렇게 주저앉을 수는 없는 법. 다시 한 번 도전해볼게. 그것도 안 통하면 여기서 포기할 테니 이번에는 가만히 좀 있어봐. 손을 넣었다 뺐다 하는 식으로 이렇게……"

늙은이가 이렇게 꺼져버린 재에서 불씨라도 살려내려는 듯 애쓰고 있을 즈음 숲 뒤편에서 동백나무를 헤치며 짠하고 나타난 한 사람이 있었다.

그것도 다른 나라 사람이.

(1915년 11월 10일)

51회

스미코는 마침 잘 와줬다며 기쁜 마음으로 자리에서 일어서려 했다. 그러나 진파치는 발목을 꽉 눌러 그녀를 놓아주질 않는다.

"누가 와도 상관없어. 상대가 코쟁이면 더 좋고. 어차피 말도 못 알아들을 테니. 그럼, 주술을 마저 걸어볼까." 하지 뭔가.

이 말을 들은 외국인은 두 사람 사이에 끼어들어

"무슨 말인지 알아들어요. 조금 전에 키 작은 아이한테 부탁을 받았으니까. 나쁜 짓을 벌이는 중이잖아요. 경찰서로 가죠." 하며 놀랄 만큼 능숙한 일본어로 말한다.

"이런, 우리말을 하잖아." 하는 진파치.

"잘 알아요." 하는 외국인.

스미코는 일본어를 아는 외국 사람이 이즈미코의 부탁으로 자신을 도우러 왔다는 사실을 알게 되자 매우 기뻐서

"제발 살려주세요. 이 사람이 절 괴롭혀서 지금 어찌해야 할지 모르

던 차에……." 하면서 그 사람 손을 잡고 매달리려 했다.

그 순간 이상한 느낌이 들었다. 자신을 돕겠다고 온 사람의 인상이 그리 좋지 않은 것이다. 눈도 크고 코도 높고 수염이 무성한 것이. 무엇보다 얼굴을 뒤덮은 수염은 이상하기 그지없다.

이 사람의 도움을 받기보다는 진파치한테 괴롭힘을 당하는 편이 오히려 낫지 않을까 하는 생각이 들 정도로 불쾌한 인상이다.

그 외국 사람은 "괜찮아요. 내가 이 사람을 경찰서로 끌고 갈 테니." 하며 힘주어 말한다.

진파치도 "뭐라고. 이 코쟁이 녀석이……비록 나이는 들었어도 난 일본 사람이야. 슈겐도(修驗道)의 힘으로 주문을 걸어 물리칠 테다." 하며 지지 않는다.

그러나 외국 사람한테는 통하지 않는다.

권총을 꺼내들어 두 팔로 겨눈다.

"자, 어떠냐. 앞으로……앞장서. 앞으로 걸어가. 뒤돌아보면 즉시 총으로 쏠 거야. 곧바로 경찰서로 가는 거다. 알겠지."

"뭔 개소리야."

진파치는 금강 지팡이를 휘두르며 덤볐다.

외국 사람은 잽싸게 몸을 피하며 경고용으로 허공에 대고 빵 하고 총을 쐈다.

사방에서 작은 새들이 파드득거리며 날아오르는 소리가 들린다.

진파치는 깜짝 놀라 오층탑 뒤로 숨었다.

외국인은 웃으며

"이제 됐어. 강제로 경찰서로 끌고 갈 필요도 없어. 당신을 구했으면 그걸로 된 거야. 자, 어서 여길 빠져나갑시다." 하며 스미코를 일으켜 세워 숲에서 나가려고 한다.

진파치가 외국인을 막으려고 석탑 뒤편에서 나오려 하자 그가 뒤돌아보며 권총을 겨눈다.

소스라치게 놀라 진파치가 얼굴을 가리는 틈을 타 외국인과 스미코
는 서둘러 발걸음을 옮겼다.

진파치가 얼굴을 내밀면 또 권총.

주문이고 뭐고 통할 리 없다.

진파치는 자못 아깝다는 듯이 그들의 뒷모습만 쳐다보다가

"개새끼, 코쟁이 녀석. 멀리 날아가는 무기로 날 위협하고는 코쟁이
주제에 스미코를 낚아채다니. 아아, 허무한지고. 눈앞에서 놓치다
니……."

진파치는 이끼가 벗겨질 정도로 오층탑을 부여잡고는 분한 눈빛으
로 그들을 보낸다.

(1915년 11월 20일)

52회

스미코를 도와준 외국인은 독일 사람으로 선벨이라고 한다. 요코하
마(横濱)와 도쿄에 가게가 있고 즈시에 마련한 별장에는 종종 머문다고
한다.

스미코는 깍듯이 인사를 하고 나중에 별장에 방문할 것을 약속한
뒤에 서둘러 하야마로 돌아갔다. 앞서 이즈미코가 집으로 돌아갔다는
얘기를 마을 사람한테 들어서였다.

오쿠지 댁 별장에 들어서자마자 뭐라 외치는 이즈미코의 목소리가
들려서 스미코는 일단 마음이 놓였다.

그녀가 돌아온 사실을 안 가네코 부인은 상당히 혐오스러운 얼굴로
그녀를 맞이하면서

"스미코 씨. 밖에서 무슨 일이 벌어진 건지……." 하고 말을 꺼낸다.

　이어서 부인은 "당신이 큰일을 당할 뻔했다는 얘기는 언젠가 들은 적이 있어요. 우리 집에 들인 이상 자연 듣게 됐죠. 그 땡중 말예요. 그건 어쩔 수 없다 해도 귀한 내 아이까지 그런 흉악한 놈한테 당하게 내버려 둘 수는 없어요." 하고 내뱉는다.

　"그래서 제가 아기씨를 거기서 구해내고자 하는 마음으로……."

　"어머머. 말씀하시는 것 좀 봐. 당신이 우리 아이를 구한 게 아니잖아요. 우리 아이가 외국 사람한테 당신을 구해달라고 부탁한 거지."

　"결과는 그렇지만 시작은 아기씨가 그자한테 붙잡힌 걸 제가……."

　"도대체 처음부터 그런 곳에 우리 아이를 데리고 간 게 잘못이잖아요."

　"그건 제가 잘못했지만, 아기씨가 같이 가보자고 하도 졸라서 그만……."

　"설사 우리 아이가 졸랐다 해도 그래요. 보통은 말리잖아요."

　부인이 이렇게 나오니 스미코는 "제가 거기까지 미처 생각을 못 했어요." 하고 빌 수밖에 없었다.

　그러나 마음 한구석에는 부인이 이렇게까지 화를 낼 필요는 없지 않나 하는 생각도 들었다.

　젊은 남자 친구와 노래를 만드는 사이에 벌어진 일이어서 더 화가 나나 싶기도 했다.

　부인은 한층 더 쌀쌀맞게

　"그래서 당신은 무사한 거예요?" 하고 정색을 하며 묻는다.

　스미코는 아무 생각 없이 "예. 전 괜찮아요." 하고 대답했다.

　그러자 부인은 "아무 일 없었다니 다행이지만……하지만 우리 아이가 탑 뒤에서 동정을 살폈던 시간하고 거기서 여기까지 달려오다 외국 사람과 마주쳐서 도와달라고 요청한 다음 그 사람이 숲속까지 달려간 거리가 꽤나 멀다는 걸 감안해도, 그 사이 스미코 씨한테 아무 일 없었다는 게 말이 돼요?" 하고 말을 이상하게 비꼰다.

마치 스미코가 씻을 수 없는 능욕을 당하기라도 한 것처럼 시종 눈빛이 곱지 않다.

그 아수라장에서 벗어난 것도 거의 기적에 가까운 일인데 정황을 소상히 밝히는 것도 어려운 일이라 스미코는 아주 단순하게

"전혀 아무 일도 없었습니다." 하고 덧붙일 뿐이다.

부인은 "정 그러시다면 그렇다고 칩시다." 하며 야릇한 웃음마저 흘린다.

그 모습을 보자 설령 자신한테 무슨 일이 벌어졌다 하더라도 부인이 좀 더 이해해줄 수도 있을 텐데 하는 원망스러운 마음이 일었다.

(1915년 11월 21일)

53회

가네코 부인은 마음대로 스미코가 능욕을 당했다고 믿고 있는 것이다. 그리고 이를 속으로는 기뻐하는 것처럼 보인다.

어째서 그것이 기쁜 일인가.

실제로 그런 일이 벌어졌다 해도 그렇지. 동정하고 슬픔을 나누는 것이 상식 아닌가. 그렇게 옆에서 마음을 써주지는 못할망정 사실도 아닌데 기뻐하다니 정말로 이상하게 꼬인 사람이라는 생각이 들었다. 스미코는 분했다.

그래도 이 정도는 어떻게든 참아보겠다. 그런데 집 안팎으로 드나드는 사람이랑 근처에 사는 사람들뿐만 아니라 부근 별장에 머무는 부인네들한테까지도 마치 그녀가 몸을 더럽히기라도 한 것처럼 수군거리고 다니며 거기서 기쁨을 찾는 것 같이 보인다.

어찌된 영문이란 말인가. 다른 사람한테 좋은 일이 생기면 싫고 이처럼 흉악한 일을 당하면 기뻐하는 듯한 이처럼 비뚤어진 성격의 소유

자가 세상에 어디 또 있으랴. 부인이 뒤에 감추고 있는 것은 또 있다.

이오리 씨와 자신의 관계를 이상하게 여겨 질투로 그러는 것은 아닌지. 아무래도 그런 것 같다.

일이 참 이상하게 꼬였다. 이런 집에서 오래 머물기는 글렀다. 이오리 씨를 보면 상의를 한 뒤에……그런데 그 사람도 요즘 행동으로 봐서는 믿지 못하겠다. 이런 생각으로 스미코의 머리는 터질 지경이다.

그로부터 사흘이 지난 어느 날 물건을 사기 위해 외출을 했는데, 미사키(三崎) 가두를 달려오는 한 대의 자동차.

몸을 피하면서 얼핏 보니 차 안에는 멋진 신사와 나이배기 여자, 그리고 하이칼라 아가씨 이렇게 셋이 타고 있다.

뜻밖에도 그 여염집 규수로 보이는 아가씨는 교가 아닌가.

스미코는 "어머나!" 하고 외쳤다.

차에 올라타 있는 교도 뭐라고 입을 벙긋거렸지만 찻소리 때문에 도무지 알아들을 수가 없다.

교는 뒤를 돌아보며 벨을 흔들면서 방긋 웃어보였지만 그 모습도 얼마 못가 자취를 감췄다.

저 여자가 또 나타났다. 불쑥불쑥 어디서 또 튀어나올지 모르는 사람이다.

미우라(三浦) 미사키에 가는 건가? 같이 가는 사람들은 또 누구란 말인가.

어떤 과정으로 나가노에서 도쿄로 올라왔고 어떻게 저런 차림새로 저런 사람들과 친하게 지낼 수 있는지. 아무리 생각해도 도통 모르겠다.

그녀가 괴소녀이긴 괴소녀인가 보다.

어쨌든 그녀의 대담무쌍함만은 알아줘야겠다. 저렇게 사는 것이 그녀가 세상을 살아가는 방식인 것이다.

나 같은 사람은 흉내도 낼 수 없다.

난 저런 식이 아니라 어디까지나 건실하게 생존할 수 있는 길을 찾아내야만 한다. 스미코는 뇌리에 이런 생각이 떠올라 발걸음을 옮길 수가 없었다.

그때 뒤에서 "스미코 씨. 왜 그러고 서 있어요?" 하는 남자 목소리가 들린다.

스미코는 "어머나" 하고 놀라 돌아본다.

그는 바로 이오리로 오늘은 양복을 입고 있다.

(1915년 11월 23일)

54회

스미코는 "어머, 이오리 선생님이셨군요." 하며 가볍게 인사를 했다.

그러자 이오리도 "스미코 씨. 마침 잘 만났네요. 여러 가지로 할 말이 있으니 저와 함께 어디 좀 가시죠." 하며 말을 건넨다.

"어디로요?"

"바닷가라도……."

"그니까 당신은 지금 부인을 만나러 오시는 길 아니었어요?"

"나중에 뵈도 되요. 당신한테 꼭 드릴 말씀이 있었는데……여기서 마침 잘 만났어요."

"그래도. 전 지금 뭘 좀 살 것이 있어서 나온지라……."

"꼭 지금이 아니어도 되잖아요. 나중에 제가 부인한테 잘 말씀드릴 테니……."

"그렇게까지 하면서 제게 하실 말씀이 뭔지……."

이오리는 "당신한테도 중요한 문제예요. 저한테도 그렇고요. 부디 절 따라서……." 하는 말을 내뱉자마자 앞장서서 걷기 시작한다.

이오리의 이 말은 손을 잡아끄는 것과 같은 힘을 발휘하여 스미코를 뒤따르게 했다.

앞서 걷던 이오리는 활동사진 신파극에 나올 법한 바위 무대장치 이와구미(岩組) 앞에 이르자 걸음을 멈췄다.

"여기가 좋겠군. 스미코 씨. 당신은 이쪽에 앉으세요. 전 여기 앉을 테니……." 하며 손수건으로 스미코 쪽의 바위를 훔친 다음 자신이 앉을 곳도 닦는다.

스미코는 여전히 선 채로

"이오리 씨. 무슨 말씀을 하시려고 그러세요?" 하고 묻는다.

이오리는 빙글거리며

"아니, 그렇게 서두를 필요 없잖아요." 하면서 스틱을 모래 속에 찔러 넣고는 태평스럽게 포켓에서 엽궐련을 꺼내서는 성냥에 불을 붙인다.

"스미코 씨. 당신은 도저히 거역할 수 없었던 거죠?" 하고 말을 꺼낸다.

스미코는 무슨 말인지 알아들을 수가 없어서 "예? 무슨 말씀이신지……." 하고 되묻는다.

이오리는 "우선 자리에 앉으세요. 당신이 앉아야 사람들의 눈을 피할 수 있죠. 얘기가 복잡하거든요." 하면서 엽궐련을 한 모금 빤다.

이 말에 스미코는 어쩔 수 없이 바위에 걸터앉으며

"거스를 수 없었다니……뭘 말입니까? 선생님……."

"당신이 구로히메야마 산에서 말이죠. 일전에 그 늙은이 말예요."

"무슨 말씀을 하시려고……."

"그자한테 또 붙들렸다면서요?"

"아, 예……."

"그 땡중이 결국 당신을 차지했다는데……."

"절 차지했다고요?"

이오리는 "당신이 그자한테 숲속에서 괴롭힘을 당한 시간이 꽤 길었다고……." 하면서 이상야릇한 미소를 짓는다.

스미코는 "당신은 지금 제가……그자한테 무슨 일이라도 당했다는 거예요?" 하며 울컥해서 따진다.

"누가 봐도 그렇잖아요?"

"허나 전……."

"잠시만요. 그렇게 당황할 필요는 없어요."

(1915년 11월 24일)

55회

스미코는 "당황하다니요. 누가요? 그날 아무 일도 없었는데……." 하고 말끝을 흐린다.

이오리는 "제게 변명할 필요는 없어요. 지금 그 얘기를 하려던 게 아니니까. 당신 몸의 비밀까지 알고 싶은 건 아니라서……." 하면서도 얼굴에서 웃음기는 여전히 가시지 않는다.

이오리의 말은 내가 그 땡중한테 몸을 더럽혔다는 것이다. 그리고 그가 그렇게 믿게 된 것은 부인이 퍼트린 소문 탓이고. 정말이지 너무들 한다. 스미코는 억울해서 가슴이 아팠다.

"아까부터 이상한 말씀만 하시네요. 그러니까 당신 말은 제가 그 늙은이한테 정조를 빼앗겼다는 거잖아요." 하고 스미코는 평상시와 달리 거칠게 몰아세운다.

이에 이오리도 "그렇게 벌컥 화를 내시면 제가 곤란하죠. 여기서 말싸움 해봤자 일만 커지겠지만, 제가 하고 싶은 말은 정조 따위 그렇게 고민할 필요 없다는 거예요. 제 생각에는 사람과 사람이 지나가다 옷 깃이 스치는 걸 일일이 신경 쓰지 않는 것처럼 남녀문제도 그렇다고 봐요." 하고 맞받아치며 스미코의 얼굴을 찬찬히 살핀다. 그 눈초리가 징그럽다.

교육자가 이런 말을 해도 되나 싶어 맥이 빠진 스미코는 할 말을
잃었다.

이오리는 이어서 이런 말도 한다.

"전 평소 이런 생각을 갖고 있던 지라 정조문제를 들먹이는 부인의
말은 전혀 신경 쓰지 않아요. 행여나 당신이 그 늙은이한테 몸을 더럽
혔다 해도 당신을 밝혀주는 불빛은 사라지는 게 아녜요. 그런 일이
안 벌어졌으면 좋았겠지만 이미 저질러진 일이니 어쩔 수 없잖아요.
다만, 세상에 저처럼 열린 생각으로 관용을 베풀 수 있는 사람이 그리
많지 않다는 사실만은 알아주셨으면 해요. 저처럼 생각이 깨인 사람이
많다는 건 사회가 진보했다는 증거지만 현실은 그렇지 않거든요." 하
고 저 혼자 신이 나서 엽궐련을 새로이 꺼내든다.

스미코는 어이가 없었다. 화도 났다.

"그런 말씀하시려고 절 부르신 거예요?" 하고 한심하다는 듯 물었다.

"아뇨. 드릴 말씀은 따로 있어요. 잘 들어보세요." 하면서 성냥을
그어 담배에 불을 붙인다.

"그전에 먼저 전할 말씀은 제가 집을 옮긴다는 거예요."

"뭐라고요? 이사를 가신다고요?"

"지금까지 무시베 댁에 세 들어 살았는데, 이번에 아오야마(青山) 하
라주쿠(原宿)에 따로 집을 마련했어요. 새로이 가정을 꾸릴 요량으로
말이죠."

"잘 됐군요."

"스미코 씨 생각은 어때요? 거기서 같이 살지 않을래요?"

"무슨 말씀이신지……."

"오쿠지 부인의 그늘에서 벗어나 저와 함께 살아요. 요즘 유행이랄
것까지는 없지만 동거생활 말예요."

드디어 이오리가 속셈을 드러냈다.

(1915년 11월 25일)

56회

정말 이오리라는 자는 교가 주의를 준대로 색마에 가까운 사람이었다.

그래도 그렇지. 처음부터 그런 마음이었으면 오쿠지 댁에 자신을 들여보내지 말았어야 했다.

아니지, 아니야. 어쩌면 그런 생각을 지금까지 감추고 있었던 것은 준비가 덜 되어서일지도 몰라. 준비라면……순간 퍼뜩하고 떠오른 생각이지만 이번에 새로이 집을 마련한다는 것을 보면 세 들어 살던 무시베 집에서 본 부인인지 아가씨인지 하는 사람과 상관이 있어서 그 자리에서 나와 같이 살고픈 마음을 털어놓지 못한 것은 아닌지.

이번에 하라야도[2]인가 뭔가 하는 곳에 방을 빌린 것은 무시베 집안쪽과 인연을 끊고 자신과 새로운 인연을 맺고자 함이 아닌가.

형평상 어쩔 수 없이 가깝게 지내던 오쿠지 부인 댁에 자신을 맡긴 것이다. 이렇게 생각하면 말이 된다.

그래서 스미코는 "그럼, 당신이 어렵사리 마련해준 오쿠지 씨 댁에서 제가 나와도 되겠네요?" 하고 물었다.

그러자 이오리는 "아, 그 오쿠지 부인 말인데요. 우리 일은 그 부인한테는 비밀로 해주세요. 부탁이에요." 하면서 다 피우지도 않은 담배를 버리더니 휘청거리며 일어선다. 그리고는 스미코 옆에 있는 바위로 자리를 옮겨 앉는다. 울퉁불퉁해서 엉덩이가 아픈 것을 굳이 참아가면서.

---

2) 원문의 독음 표기가 '하라주쿠(はらじゅく)'와 '하라야도(はらやど)'로 통일되지 않고 있다.

그리고는 갑자기 스미코의 손을 잡더니

"저 말이죠. 스미코 씨. 제가 당신을 얼마나 염려하는지 당신은 모르실 거예요. 아니죠. 당신은 그 누구보다 제 진심을 잘 알고 있어요. 전 설령 당신이 그 늙은이한테 몹쓸 짓을 당했다 하더라도 아무것도 묻지 않을 거예요. 마음이 넓거든요. 이것 보세요. 새집도 빌려서 당신을 기다리고 있잖아요. 그런데도 당신이 저에게 오지 않으신다면 정말 너무 하시는 거예요. 꼭 와주실 거죠?" 하고 묻는 사이에도 손을 꽉 잡고는 가이단 아래 어둠 속을 더듬을 때와 마찬가지로 그 손을 놓지를 않는다.

스미코는 손을 뿌리치고 싶었지만 그렇다고 해서 얼굴을 붉힐 수도 없어서

"그럼……지금 신세지고 있는 댁에서 나와야겠군요." 하고 말한다.

그러자 이오리는 "고마워요……." 하면서 맞잡은 손을 두 번이고 세 번이고 흔들어댄다.

그 손이 땀으로 미끈거린다. 스미코는 이때다 싶어 손을 슬쩍 빼고는

"허나 오쿠지 댁을 나온다 해도 당신 집으로는 가지 않아요." 하고 딱 잘라 말한다.

"뭐라고요……? 오지 않는다니……. 그럼, 어디로 가시는데요?"

"어디로 갈지 생각해둔 곳은 따로 없어요."

"거봐요. 달리 갈 곳도 없으면서. 결국 우리 집으로 올 거잖아요."

"아니요. 아무리 갈 곳이 없어도……당신을 따라갈 일은 없어요."

"아아, 스미코 씨. 당신이 어떻게 저한테 그럴 수가 있어요."

이오리는 갑자기 태도가 싹 변해서는 스미코를 노려본다.

이렇게 두 사람이 언쟁을 벌이는 과정을 처음부터 끝까지 바위 뒤에서 몰래 훔쳐보는 한 사람이 부인이 있었으니. 그녀의 눈빛도 예사롭지는 않다.

그녀는 바로 오쿠지 가네코다.

(1915년 11월 26일)

57회

이래저래 세심한 보살핌을 받더니 이제 넘어오는가 싶은 순간 딱 잘라서 거절한 셈이다. 그것도 너무 대놓고 말이다. 사람을 아주 바보로 만들어 놓았다.

스미코는 이오리의 말에 어떤 식으로 대답을 해야 가장 교묘하게 그를 모욕할 수 있을지 고민하고 또 고민했다. 아직 적당한 말이 떠오르지 않아 입을 못 열고 있을 뿐이다.

이오리는 이런 그녀의 마음도 모르면서 그걸 또 자기식으로 이해한다.

그렇게 이오리가 "이제 더는 쓸데없는 소리 늘어놓을 필요 없어요. 저만 따라오시면 돼요. 당분간 저 오쿠지 부인 앞에서는 비밀을 지켜주시고요. 도쿄로 가서 저와 함께……." 하고 스미코에게 당부하고 있을 때였다. 오쿠지 부인이 바위 뒤에서 모습을 드러내며 꽤나 거리가 떨어진 곳인데도 일부러 큰소리로

"이오리 씨……." 하고 부른다.

"이런……." 하고 깜짝 놀라는 이오리.

놀라기는 스미코도 마찬가지였다. 그러나 한편에서는 마침 잘 와줬다는 생각도 들었다.

빠른 걸음으로 그들 곁으로 온 가네코 부인은 스미코를 한번 째려보더니 이오리도 노려본다.

"이오리 씨……. 당신, 어떻게 된 거예요?"

이오리는 "이야, 부인은……." 하며 다가가서 악수를 하려든다.

가네코는 얼른 손을 빼며

"당신, 여태껏 이 사람과 여기서 얘기를 하고 있었던 거예요⋯⋯?"

"아뇨. 그냥 길에서 마주친 건데⋯⋯."

"오가다 마주쳤다면서 어째서 이런 곳까지 와있는지⋯⋯."

"그니까요. 지금 부인한테 그 얘기를 하려던 참이잖아요. 제 말을 들어보세요."

"그럼, 어디 한번 말씀해보세요."

이오리는 "그러니까. 무슨 말이냐 하면 말이죠. 일전에 편지로 쓴 건데. 이 사람이 어려움을 당해서⋯⋯." 하고 말을 꺼낸다.

가네코는 조금 당황한 듯

"그런 얘기라면 집에서도 얼마든지 할 수 있잖아요."

"정 그러시다면 같이 가면서 얘기를 나눠보죠."

"가시죠. 바닷가 쪽으로."

그렇게 이오리와 함께하게 된 가네코는 스미코가 옆에 있다는 사실이 신경이 쓰여서

"스미코 씨. 아직 물건을 사러 가지 않았군요. 어서 다녀오시는 게 어떨지⋯⋯." 하면서 매서운 눈길로 쏘아본다.

스미코는 "예, 그럼⋯⋯." 하고 응답했다.

그 길로 이오리와 가네코는 해안가 쪽으로 발길을 돌렸다.

나중에 두 사람은 하나로 보였다.

스미코는 지금 시장에 갈 때가 아니다. 곧장 도쿄로 돌아가고 싶다. 목적지는 아무래도 좋다

그러는 와중에 바위 뒤에서 또 한 사람이 나타났다.

어깨에 커다란 보따리를 짊어진 것도 모자라서 한 손에 보자기를 들고 있는 학생복 차림의 청년.

"스미코⋯⋯." 하고 그 사람이 말을 건넨다.

(1915년 12월 26일)

58회

그는 바로 스미코의 사촌 다카야마 게이이치(高山桂一)였다.

이외의 장소에서 의외의 사람을 만난 스미코.

"어머나……." 하고 놀랄 뿐 아무 말도 못하고 섰다.

게이이치는 "스미코. 네가 어떻게 여기 있어? 누님 별장이 이 근처인가?" 하고 묻는다.

스미코는 "아니요. 그렇지 않아요." 하고 대답한다.

"그래. 그런데 네가 어떻게 아까 그 남자를 알지?"

"그 남자라면……."

"그 사람 이오리 맞지?"

"오빠가 그걸 어떻게 알아요?"

"그 사람 유명한 색마잖아. 고등색마라고나 할까. 아니면 불량신사라고 해야 하나. 아무튼 세상 사람들이 모두 수군거리는 사람이잖아."

"그런 걸 어떻게……."

"어떻게 알긴. 내 친구 누나가 그 사람한테 심하게 당해서 알지."

그 소리를 들은 스미코는 기가 막혀서

"그래요." 하고는 말을 못 잇는다.

그러자 게이이치는 "일단 한번 들어볼래?" 하면서 짐 보따리를 내려놓고는 바위 모서리 쪽에 걸터앉는다.

스미코는 "그건 그렇고 오빠는 어떻게 여길……그렇게 많은 짐을 지고……." 하고 묻는다.

"알잖아. 내가 고학생인걸. 올 여름은 방학인 틈을 타서 행상노릇을 하고 있어."

"하지만 방학은 끝났는걸요. 이제 곧 아와세(袷) 같은 윗옷이 필요한 계절에……."

"지금 그 얘기를 하려던 참이야. 미우라(三浦) 반도를 한 바퀴 돌 요량으로 요코스카(横須賀)를 기점으로 출발을 했는데 미사키(三崎)에 도착할 즈음 각기가 심해져서 정말 힘들었어. 다행히 친구네 집이 미사키에 있어서 그곳에서 신세를 좀 지고 몸도 좋아져서 마음 편히 쉬고 있었어. 병도 나아지고 해서 남은 물건을 팔면서 천천히 도쿄로 돌아가려던 참이었지."

"그럼, 언니가 묵고 있는 즈시에 있는 별장에도 들렀겠네요?"

"누가 그런 곳에 간대? 같은 사촌이라도 난 요시에 누님을 좋게 보지 않아. 야스키 집안으로 들어가고 난 이후부터는 더 싫어."

"사실은 나도 언니랑 다퉜어요."

"그럴만해. 스미코. 대단해. 그런데 왜 싸웠어?"

그 말에 스미코는 "난 정말이지 너무 한심해요. 오빠 제 말 좀 들어보세요." 하고 속에 있는 말을 털어놓기 시작한다.

지금까지 스미코는 남한테 자기가 겪은 일을 얘기해서 동정을 받으려 했다. 그러나 집안 사정이랑 억지 결혼에 대한 문제에 이르기까지 죄다 털어놓을 수는 없었다.

그러나 게이이치는 이미 집안 사정에 대해 잘 알고 있었고 무슨 일이든 다 털어놔도 되는 사이여서 말하기가 훨씬 수월했다.

(1915년 12월 27일)

59회

다카야마 게이이치는 분개했다. 스미코한테 자세한 얘기를 듣고는 이를 갈았다.

"정말이지 괘씸하기 이를 데가 없군. 야스키가 절름발이인 것은 문제 될 것이 없다 치더라도, 그런 사람과 혼인을 찬성한 요시에 누님의 속이 뻔히 내다보여서 어이가 없군. 아무리 심한 일을 당해도 친정으로 돌아가느니 야스기 집안사람으로 남는 게 좋겠다는 거잖아. 다분히 물질적 행복을 우선시하는 생각으로 자신이 살아있는 동안 부인 자리를 친동생에게 물려주려 하다니 기가 막혀서 말이 안 나온다. 하긴 이것저것 따져보면 친정집이 불편하기도 하겠지. 내가 볼 땐 백부님이 가장 문제야. 이 모든 게 젊은 후처를 들인 다음부터 생긴 일이잖아. 우리 아버지만 살아계셨어도 체면이고 뭐고 이런 일 따위 처음부터 못하게 말렸을 텐데…… 우리 어머니가 나설 수도 없고. 참 큰일이야" 하고 나선다.

이 말에 스미코는 "오빠 말대로 정말이지 한심한 일이에요." 하고 모래 위로 눈물을 떨군다.

그 모습을 보자 게이이치는 "아저씨는 군인이잖아. 그런 사람이 이런 일에 엄하게 대처하는 건 어찌 보면 당연한 걸 수도 있어. 그렇다고 해도 요시에 누님 편만 들고 스미코는 모른 채 내버려두다니 너무해. 난 이번 문제를 계기로 인간에 대해 샅샅이 파헤쳐봐야겠어. 자신의 욕심만 채우고 그런 삶을 유지하기 위해서라면 다른 모든 것은 어떻게 되든 상관없다는 거잖아. 어리석기 그지없어. 아니지. 처음에는 신경이 쓰였을지도 몰라. 그러다 자기 힘으로 감당이 안 될 것 같으니까 바로 포기해버린 거지. 나약해 빠져가지고. 스미코 생각도 그렇지?" 하면서 흥분한다.

"맞아요." 하고 스미코는 그저 동의할 수밖에 없었다.

"이렇게 화는 내지만 돌이켜보면 나 또한 그런 약점이 없다고는 할 수 없고……그게 무슨 말이냐 하면, 내가 지금 이렇게 스미코의 심정을 헤아리는 듯 보여도 궁지에서 빠져나올 방도를 내놓으라고 하면 애석하게도 힘이 없어서……스미코가 남자라면 나와 함께 자취라도 해서 학문을 이어가면 좋겠지만 여자인 몸으로는 아무래도……." 하면서 비로소 웃음기를 내비친다.

"오빠 말이 전적으로 옳아요. 내가 남자라면 아무 문제없겠지만……." 하고 스미코는 눈물을 흘리는 와중에도 빙긋 따라 웃는다.

그렇게 게이이치와 스미코는 모르는 사람이 보면 약혼한 사이로 오해할 정도로 가까웠다. 양가 부모도 그런 둘을 맺어줄까 하는 생각이 전혀 없지는 않았지만, 근친결혼이라 태어날 아이한테 문제가 생길 수도 있다는 말에 혼인을 성사시키지도 못했다. 그리고 두 사람도 그렇게 절실한 것은 아니었다.

이후 하기우치 집안은 신슈 다카자와로 거처를 옮기고 다카야마 집안은 남편이 죽은 뒤 부인이 친정인 시모우사(下總)로 돌아갔기에 게이이치도 어머니를 따랐다. 그렇게 떨어진 두 사람은 그저 사촌지간의 친밀함만 남았다.

그런데 지금 이렇게 곤란한 상황에 처한 스미코를 마주하고 보니 게이이치는 옛 생각에 새록새록 사무친다.

게이이치가 봐도 스미코는 너무 가여웠다.

도저히 이대로 헤어질 수는 없다.

(1915년 12월 28일)

60회

게이이치는 "아니, 뭐 꼭 남자끼리만 같이 살 수 있는 건 아니지. 생계가 어려우면 사랑도 싹트기 어려운 법. 사실 스미코와 난 사촌지간이라 가족이나 진배없잖아. 밥 한술이라도 나눠먹으면서 같이 살면 돼. 불편한 게 있다면 이불일 텐데. 지금은 괜찮지만, 날씨가 추워지면 홑이불을 함께 쓰는 건 좀……." 하면서 억지웃음을 짓는다.

스미코는 "그럴 필요까지는 없어요. 겨울이 올 때까지 신세를 지다니. 그럴 일은 없을 거예요. 그저 사오일 정도만 재워주면 돼요. 그사이 살 곳을 찾아볼 테니까요." 하고 조심스레 말을 꺼낸다.

"좋았어."

"여기 돈도 조금 있어요."

"그럼 얘기는 끝난 거네."

"그런 색마 같은 이오리네 집에서 한시라도 신세를 질 수는 없지……."

"그건 그래. 게다가 네 얘기로는 오쿠지 부인의 행실도 썩 맘에 안 들고. 남편인 박사님이 서양에 가 계신 동안 그렇게 제멋대로 굴어서야."

"정말이지 저한테는 충격적이었어요."

"인간의 민낯이라는 것이 대개 그런 모습일지도 몰라."

"어쩌면 좋아. 난 인간의 이면을 보려고 태어났나 봐요."

"그럴지도 모르지."

"정말이지 질린다……. 이젠 신물이 나요."

"아냐. 한세상 살다 보면 그게 다는 아닐 거야. 나만 해도 그래. 학문을 닦는 데 있어서 좋은 환경에 놓인 사람을 이기기는 어렵겠지. 그래도 책에서 얻을 수 없는 지식은 고학생 쪽이 훨씬 많이 얻어. 스미코 우리 함께 길을 찾아보자."

"오빠 말이 맞아요. 우리 함께 노력해 봐요."

"얘기 끝났으면 서두르는 게 좋겠어. 일단 여기부터 벗어나자."

"참, 지금 바로 출발해도 되나?"

"예. 지금 별장으로 돌아가면 여러 가지로 귀찮아져서요."

"그래도 그렇지. 짐도 챙겨야 할 테고."

"어쩌죠……전 지금 아무것도 없는데요. 죄다 야스키 쪽에 있어요."

"그럼, 됐어. 도쿄에 도착하면 내가 얼른 찾아올 테니."

"그러면 다행이죠. 그런데 절름발이가 그 모양이라서 분명 이러쿵 저러쿵 한소리 늘어놓을 텐데 어쩌죠?"

"걱정 붙들어 매. 내가 힘으로 들고나올 거니까."

그 말을 들은 스미코는 한결 마음이 놓였다.

(1916년 1월 3일)

61회

하야마를 떠나가는 스미코는 사촌 게이이치와 함께 즈시를 빠져나가 요신정 앞 가교를 건너서 정차장으로 가는 지름길로 통하는 소나무 숲길로 접어들어 모 씨 댁 별장 뒷마당으로 나오는 길이었다. 그때 이쪽으로 오는 외국인과 마주쳤다.

그는 다름 아닌 독일사람 선벨이었다.

스미코는 "어머나, 지난번에는……" 하고 인사를 했다.

그러자 선벨은 "이런, 스미코 씨군요." 하면서 굵직한 손을 불쑥 내민다.

스미코도 주뼛주뼛 그 손을 맞잡는다. 그렇게 어색한 악수가 이뤄졌다.

스미코는 "어떻게든 감사의 말씀을 올려야 하는데 남의집살이 하던 버릇이 몸에 배서 저도 모르게 그만……" 하고 사과한다.

그러자 선벨이 "인사를 받으려고 한 적 없습니다. 편하게 놀다 가시면 좋겠어요. 지금은 어떠세요……?" 하며 권한다.

"오늘은……사정이 있어서. 지금 도쿄로 가는 길입니다."

"그럼, 지난번 일은 그만둔 겁니까?"

"예. 그만뒀어요."

"그래요. 그래서 도쿄로 새 일자리를 찾아가는 겁니까?"

"뭐, 그런 셈이죠."

"그렇다면 어쩔 수 없는 일이지만, 저와 함께 갈 수는 없나요? 돈은 많이 드릴게요. 일단 일주일에 3엔(圓) 씩 드리면 어떨까요? 아이를 돌보는 대가로. 어때요? 일주일에 3엔으로 시작해서……점점 올리면 나중에는 한 달에 25엔 정도 될 거예요.”

“보수는 좋은데요…….”

옆에서 이 둘의 얘기를 듣고 있던 게이이치가 끼어들면서 어서 승낙하라고 눈짓을 보낸다.

지금 스미코한테 꼭 알맞은 일자리다. 비록 배를 이용해야 하지만 언니가 있는 별장에서 가깝고 하야마도 그리 멀지 않다. 무엇보다 지금 형편이 좋지 않다.

그리고 찬찬히 따져보면 오쿠지 댁은 멀지 않아 도쿄로 돌아갈 것이다. 선벨 씨도 늘 이 별장에 머무는 것은 아니니까 괜찮을지도 모른다. 사이가 나빠도 언니는 언니다. 옆에서라도 병색을 살필 수 있으니 이 사람의 제안을 받아들이는 편이 좋을지도 모른다.

다만 한 가지 걱정이 되는 것은 왠지 모르게 선벨 씨가 싫다는 것이다. 어쩌면 그가 외국 사람이어서 싫은 것인지도 모른다. 그렇게 사람을 덮어놓고 싫어하면 못쓰는데.

보수도 그렇다. 보통 집에서 일해서 벌 수 있는 돈이 아니다. 여기서 2, 3년 참고 일한 돈을 모으면 얼마간 학비도 댈 수 있다.

선벨은 “어떻게 생각하세요?” 하며 그녀의 대답을 기다린다.

스미코는 간신히

“저, 아주 좋은 제안이긴 한데, 여기 계신 제 사촌오빠와 상의해보고 결정할게요.”

“예, 그러세요. 아주 좋은 생각입니다. 전 잠시 들를 곳이 있어서요. 내일 별장에서 기다릴게요. 별장은 여기서 가까워요. 저기 보이는 저 집입니다. 내일 저기서 봬요. 그럼, 먼저…….”

선벨은 까딱 인사를 하고는 사라진다.

(1916년 1월 8일)

62회

선벨이 사라지길 기다리던 게이이치는

"어째서 바로 승낙하지 않은 거야?" 하며 따지듯 묻는다.

스미코는 "왜라뇨. 너무 갑작스럽기도 하고 다른 나라 사람인 것도 걸리고……." 하고 대답한다.

"그러니까 더 좋은 일자리지. 처음부터 일주일에 3엔을 주는 집이 어디 또 있겠어. 일본은 어림도 없지."

"그건 그래요."

"그리고 외국인 집에 고용되면 맡은 일만 하면 된대. 다른 쓸데없는 일은 안 시킨다니까. 모든 것이 원칙대로여서 시간도 여유롭게 쓸 수 있으니 스미코는 그 시간에 공부하면 되잖아…… ."

"거 좋은 생각이네요. 그럼, 그 집으로 정할까요?"

"아까 그 자리에서 바로 간다고 했으면 좋았을 걸. 스미코가 나와 상의해보겠다느니 어쩌니 해서……날 오라비라 소개하고……오빠로 봐줘서 고맙긴 한데 그 자리에서 바로 승낙했으면 오늘 당장 그 집에 머물 수도 있었을 텐데. 내일 대답하러 가려면 오늘 밤은 어떻게 할 거야?"

"오늘 밤이라?"

"내가 묵고 있는 이층집까지 갔다가 내일 이곳으로 돌아오는 건 시간 낭비라고."

"전 거기까지는 미처 생각을 못했어요."

"왕복 기차값을 낼 바에는 가마쿠라에 가든지 여기 머무는 게 더 나아. 어디 싼 여관을 알아봐야겠군."

"정말 그러네요……그래도 그렇지. 이렇게 이른 시간에 즈시에서 여관을 찾으면 사람들이 이상하게 볼 거예요."

"가마쿠라까지 천천히 걸어가면 얼추 시간이 맞는데. 나 혼자라면 그렇게 하겠는데 스미코를 데리고는 좀 곤란하겠는걸."

"전 괜찮아요."

"그럼, 일단 출발하자. 산등성이 길을 따라가기만 하면 되니까
……."

그렇게 두 사람은 이런저런 얘기를 나누면서 즈시에서 가마쿠라로
향했다.

산길에 이르자 후드득후드득 빗방울이 떨어지기 시작한다. 다행히
길가 바위산에 뚫다만 동굴이 있어서 그곳으로 몸을 피해 쉬면서 비가
멈추기를 기다리기로 했다.

가마쿠라 지방의 동굴은 야쿠라(矢倉)라고 해서 대개 농가의 헛간으
로 쓰인다. 지금 이들이 들어간 곳은 그런 헛간과 달리 언제인지 모르
겠지만 새로 발굴된 고대의 묘지인지 안에 돌로 만든 지장보살상이
안치되어 있다.

게이이치는 "와, 정말이지 이상적이군. 옛날이라면 여기에 구멍을
파고 살면서도 맘 편히 한평생 지낼 수 있을 텐데 말이지" 하고 탄성을
내지른다.

그러자 스미코는 "지금은 이런 집도 없잖아요." 하며 풀이 죽는다.

"나 혼자면 여기서 노숙하겠지. 노숙하기에 딱 좋은 곳이야."

"노숙이라니……여기서 잔다고요?"

"나한테는 익숙한 일이야. 그래도 넌 안 되겠지."

"꼭 그런 건 아녜요."

"네가 그렇게 나오면 오늘 밤 여기서 묵을 거야."

(1916년 1월 9일)

63회

스미코는 "좋아요." 하고 흔쾌히 대답한다. 이상한 여관에 묵을 바

에야 이곳이 나을 것 같아서였다.

게이이치는 "그럼, 난 그렇게 알고 여기 묵을 준비를 해야겠군. 그래도 지금 움직이면 이상하게 보일 수 있으니까 날이 어두워지면 시작할게." 하면서 동굴 안을 둘러본다.

동굴에는 부랑자가 묵었었는지 불을 피운 흔적이 남아 있다. 모기장을 만들 요량이었는지 여기저기 바위틈으로 나뭇가지 같은 것들도 삐져나와 있다.

순례 중인 노인 부부가 묵었나. 그도 아니면 오갈 데 없는 거지 일가가 여기 머물렀었나. 너무 더러워서 청소 먼저 해야 할 것 같다. 그래서 스미코는 억새를 꺾어 빗자루로 만들어서 깨끗이 치우기 시작했다.

비는 좀처럼 멎을 기미가 안 보인다.

두 사람이 앞으로의 일에 관해서 이야기하는 동안 어느새 날이 저물었다. 비로 날이 잔뜩 흐려서일 것이다.

게이이치가 "스미코. 이제 잘 준비를 해도 되겠어" 하며 자리에서 일어서는데 천장에 머리를 부딪칠 뻔했다.

스미코는 "그러네요. 저도 도울게요." 하고 천장에 머리가 닿지 않도록 신경 쓰면서 일어선다.

게이이치는 "신접살림을 차리는 일은 있어도 이래서는 동굴 살림이 되겠군." 하며 짐짓 점잖은 척 농담을 건네며 웃는다.

스미코도 따라 웃었다.

이런 동굴 속에서도 이렇게 오늘 하룻밤을 보낼 수 있다니 별 볼일 없는 팔자가 오히려 행복으로 다가왔다.

게이이치는 짐 보따리를 풀어서 그 보자기를 동굴 입구에 친다. 비바람이 들이치는 것을 막기 위함이다. 그리고는 오동나무 기름을 먹인 방수지를 꺼내서는 앉을 자리를 마련한다.

게이이치 "외투가 있으니 스미코가 덮고 자면 되겠다."고 한다.

스미코 "오빠는 어쩌고요?" 하고 묻는다.

"신경 쓸 것 없어. 난 그냥 자면 돼. 야영에 익숙해서 아무렇지도 않아. 그리고 베개는……이 물건의 상자가 좋겠군. 여기에 수건을 감아서 네가 베면 되겠다. 난 돌덩이도 괜찮아. 사실 잠들면 베개 따위 필요 없거든."

"저도 잠버릇이 좋지는 않은데……."

"어릴 적에는 같이 잠들곤 했었는데 그치?"

"아직도 어려요."

"맞아. 어린이와 진배없어."

"게이이치 오빠, 얼른 어른이 돼서 출세하세요."

"출세? 그건 좀 어렵겠는데. 작은 상업학교를 나와 봤댔자 어디 제대로 된 일자리나 찾을 수 있으려는지……그보다 난 모험적으로 장사를 해볼 생각이야. 일본에서 꾸물거리지 않고 만주나 몽고 같은 곳으로 진출 할 생각으로……스미코도 부디 일이 잘 돼서 언젠가 오늘 밤 일을 돌아보면서 얘기하자고."

"빨리 그런 날이 오면 좋겠어요."

그러는 사이 동굴 안은 점점 어두워진다.

밖에는 빗방울이 풀잎에 떨어지는 소리만이 정적을 깨고 있다. 동굴 앞 비탈길에는 지나가는 사람 하나 없다.

마치 처음부터 아무도 오가지 않았던 길처럼.

(1916년 1월 11일)

64회

그때 게이이치가 "이런, 갑자기 배가 고프네. 여기 묵을 줄 알았으면 진작 뭐라도 먹을 걸 사올 걸." 한다.

스미코도 "그러네요. 아직은 괜찮지만, 점점 배가 고파질 텐데." 한다.

"내가 가지고 있는 건 비누랑 치약 같은 것뿐인데. 그걸 먹을 수도 없고……이렇게 하자. 내가 잠시 산길을 내려가서 감자든 뭐든 먹을 것을 좀 사올게. 과자가 됐든 전병이 됐든 일단 눈에 띄는 대로 사올 테니……."

"제가 다녀올게요."

"이런 빗속을 스미코가 나가면 옷이 젖어서 안 돼. 난 양복이라 웬만한 비는 괜찮아. 전속력으로 달려갈 거라 아무 문제없어."

"그런……가요? 비탈길은 미끄러워요. 조심히 다녀오세요."

"난 괜찮아."

게이이치는 말을 마치자마자 밖으로 뛰어나갔다.

그렇게 혼자가 된 스미코한테는 외로움이 밀려온다.

빗소리가 갑자기 거세지는가 싶다.

입구를 막고 있는 보자기가 요동을 치는 것을 보니 바람이 세차게 불어오는 것은 사실인가보다.

오쿠지 집안사람들은 지금쯤 무엇을 하고 있을까. 부인은 나에 대해서 나쁜 소문을 퍼트리고 있겠지. 어쩌면 지금 이오리 씨가 그 집에 묵고 있을지도 모른다. 정말이지 그 둘은 구제불능이다. 내가 그런 사람들 속에 둘러싸여 있었다니. 위험천만이다. 그래도 때마침 게이이치를 잘 만났다. 게다가 선벨 씨 댁에서 지낼 수 있게 됐잖아.

앞으로 난 별 탈 없이 살 수 있을지도 몰라.

스미코는 이런 생각을 하면서 지장보살상 받침돌에 한 팔을 기대고 눕자 오늘 하루 맘고생이랑 여기까지 걸어온 피로가 한꺼번에 몰려들어 잠이 들었다.

게이이치는 벌써 돌아왔으려나. 지금 나한테 가장 의지가 되는 사람은 게이이치뿐이다. 앞으로도 진정으로 나를 걱정해줄 사람은 그뿐일 것이다.

근친결혼은 안 된다니. 사촌지간에도 부부가 된 경우는 흔하니까 ……게이이치도 나도……오늘밤 같이 동굴이 아니라 살림을 차려서 오래도록 함께 지낼 수만 있다면 얼마나 좋을까.

'만약 오늘 밤 게이이치가……만약 오늘 밤 그가 깊이 잠들고 내가 한숨도 못 자거나……아니면 그 반대로 내가 깊이 잠들고 게이이치가 잠들지 못할 때……입구를 막고 있는 보자기가 바람에 날려서 비가 들이치면……우리 둘은 점점 가까워질 테고. 그럼, 잠들어 있는 게이이치를 내가 깨우던가 그가 날 깨우던가 해서 추위를 막아보고자 불을 피우려 해도 나뭇잎도 젖고 나무도 젖어서 방법이 없어 난처해지면 어떻게 하지' 하고 이렇게 사서 걱정하고 있을 때 저 아래서 뚜벅뚜벅 발소리가 들린다.

스미코는 게이이치가 돌아오는 소린가 보다 하고 귀를 기울였다.

그런데 그 발소리가 너무 빠르다.

그 소리는 동굴 앞에서 딱 하고 멈춰 섰다.

그와 함께 주위에서 울고 있던 벌레 소리도 멈췄다.

(1916년 1월 13일)

65회

동굴 앞에 서 있는 자가 누군지 모르겠다.

게이이치가 돌아온 것이 아니라면 누구란 말인가. 만약 사람들 눈을 피해 이리로 흘러들어온 수상한 자라면 어쩌지. 아니지. 아니야. 지레 겁먹을 필요 없어. 이렇게 생각한 스미코는 숨을 죽이고 몸을 웅크렸다.

밖에서는 누군가 짐을 땅에 내려놓는 소리가 난다.

그자가

"영차" 하고 기합을 넣는 바람에 스미코는 그제야 '앗!' 하고 누군가 머리에 스친다.

땡중 고즈가 진파치다.

스미코는 부디 내가 여기 있는 줄 모르고 지나쳐가길 보살상 발을 부여잡고 빌고 또 빌었다.

그때 동굴 밖 진파치

"어라? 동굴 입구에 하얀 천 같은 것이 쳐져 있네. 이상도 하군." 하며 외친다.

혹시 저 자의 눈이 이 어둠 속도 꿰뚫어보는 능력을 갖고 있는 것은 아닌지.

저 늙은이라면 보자기 너머 바위굴 안에 있는 내가 보일지도 몰라.

이제 들키는 것은 시간문제다.

어서 빨리 게이이치가 돌아오지 않으면 위험하다. 이것으로 벌써 세 번째다.

이번에는 무슨 일을 당할지 아무도 모른다. 스미코는 제정신이 아니다.

몸은 저절로 부들거린다. 그 떨림은 바닥에 깔아놓은 방수지까지 전해진다. 매달려 있던 보살상까지 전율하는 듯하다.

그때 밖에서 갑자기

"이히히히히" 하고 진파치가 괴상한 웃음소리를 내기 시작했다.

"이런, 먼저 온 손님이 계셨군. 인간의 지혜라는 것이 대개 비슷하거든. 여기가 노숙하기에 적당하다 싶으면 다른 사람도 그렇게 생각한단 말이지. 뭐, 난 상관없지만. 누군지 모르겠으나 같이 좀 잡시다." 하고 나온다.

스미코 입에서 대답이 나올 리가 없다. 들릴 듯 말 듯 숨소리조차 죽이고 있으니.

진파치는 "난 종이로 된 모기장도 갖고 있어. 아직 남아 있는 모기를 물리치려면 끈을 묶을 수 있게 꽂아놓은 바위틈 나뭇가지를 쓰면 돼. 한밤중에 너무 추우면 날 꼭 끌어안아도 되고. 문둥병만 아니라면" 하면서 성냥을 긋는다.

그러나 불은 좀처럼 붙지 않는다. 성냥을 긋기만 하면 바람이 불어와 바로 꺼버린다.

그 사이 스미코가 도망치려 해도 출구는 하나뿐. 동굴 앞을 땡중이 딱 하고 버티고 서 있으니 달리 빠져나갈 방도가 없다.

그 순간 환하게 주위가 밝아졌다.

보자기 장막 사이로 삐죽 얼굴을 들이미는 흰머리, 커다란 코.

진파치는 "이크, 너였어? 잘 됐군." 하고 소리친다.

스미코는 더 이상 참지 못하고 뛰어나가려 했다.

보자기를 그물처럼 머리 위로 푹 덮어씌웠다. 그것을 떼려고 몸부림치는 바람에 보살상이 쓰러졌는지.

(1916년 1월 14일)

66회

고스가 진파치는 "이번에는 기필코 내 걸로 만들고 말겠어. 매번 죽쑬 순 없잖아? 오늘 밤 여기서 딱 마주치다니. 내 염력이 먹혔다는 뜻이지" 하며 흥분을 감추지 못한다.

정말이지 끈질긴 늙은이다.

비 오는 밤 바위굴 안이라 스미코는 너무 무서워 어찌할 바를 몰랐다. 구로히메의 산기슭이나 즈시 숲속에서 이 자와 마주했을 때는 대낮이었기에 그래도 견딜 수 있었다. 그런데 오늘 같은 밤이면 끝장이다.

사람 하나 지나가지 않는 외떨어진 산길. 소리를 질러도 아무 소용 없겠지만 행여나 게이이치가 돌아오는 길은 아닐까.

육중한 몸에 짓눌려서 너무 괴롭다. 어서 빨리 도망치지 않으면 이대로 압사당할지도 모른다.

설상가상 개구리인지 뭔지 소란한 틈을 타 정강이 아래서 기어 올라와 아랫도리를 찔러대는 바람에 간지러워 죽겠다.

진파치는 "참, 여기 이러고 있다가 누가 오면 낭패다. 조금 더 산 뒤편으로 가면 꽤 쓸 만한 동굴이 있어. 여기보단 좁지만. 그렇다고 해서 억지로 널 끌고 가려는 건 아냐. 거기서 오늘 밤 보내면서 천천히 내 얘기를 하고 싶은 거니까. 늙은이의 말은 쓸데가 많단 말이지" 하면서 스미코를 감싸듯 끌어안고는 바위굴을 빠져나간다.

비는 잦아들었지만, 아직 내리고 있다.

길가에 발을 내딛자 진흙에 비가 내려서 길이 미끄러워져서 진파치가 넘어질 뻔했다.

아차 싶어 도와달라고 한다. 그러나 안타깝게도 그 소리는 덮어쓴 보자기에 가려서 한 치도 나아가지 못했다.

스미코는 이때다 싶어 자신의 다리가 땅 위에 잘 버티고 있는 것을 이용해서 힘주어 어깨로 밀었다.

진파치는 보기 좋게 땅바닥에 나뒹굴었다.

그 바람에 덮어쓰고 있던 보자기에서 얼굴이 삐죽 나왔다.

"살려주세요. 누가 좀 와서 절 도와주세요. 이 사람이 절 죽이려 들어요. 절 죽이려고……." 하고 외쳐댄다.

가능한 큰소리로 계속해서 불러댄다.

"그렇게 소리쳐봤댔자 소용없어. 쉿! 가만히 있어!" 하고 말리면서도 재차 천으로 덮으려 든다.

스미코는 그런 진파치를 온힘을 다해 밀어내면서

"살인자……누굴 죽이려고……." 하고 외쳐댄다.

이렇게 비 내리는 비탈길에서 두 사람이 몸싸움을 벌이고 있자니 갑자기 주위가 밝아졌다.

진파치도 스미코도 깜짝 놀랐다.

그러고 보니 어디선가 기계 소리가 들린다.

경찰의 나팔 소리도 들린다.

자동차가 달려온 것이다.

진파치는 "어이, 위험해. 이쪽으로 비켜서." 하면서 스미코를 잡아당겼다.

위험할 걸로 치면 진파치 쪽이 더 위험하다.

스미코는 "저 좀 살려주세요……" 하고 소리치면서 자동차 쪽으로 달려갔다.

진파치가 그런 그녀를 말리기에는 너무 늦었다. 벌써 차가 가까이 와 있었던 것이다.

연신 나팔을 울려대면서 "무슨 일이야?" 하고 외치는 사람들.

'글렀다.'고 생각한 진파치는 '일단 그 차를 피하고 보자.'며 낭떠러지로 발을 내디딘다.

뒤로는 깊은 골짜기. "앗!" 하는 외침과 함께 바윗덩이가 엄청난 소리를 내면서 부서지는 소리가 들린다.

(1916년 1월 15일)

67회

골짜기로 떨어진 바위조차 저렇게 부서졌을 정도니까 땡중 진파치는 머리가 깨져서 처참하게 죽임을 당했겠지. 하도 괴상한 사람이니 어쩌면 주문을 외워 살아났을지도……어떻게 됐는지 전혀 감이 안 잡힌다.

위험천만의 순간 자동차가 와줘서 너무 고마웠다. 그런데 하필 그

차가 진파치를 뿌리치고 뒷걸음치고 있을 때 갑자기 나타난 바람에 몸을 피하려다 뒤로 자빠져서 암벽에 뒤통수가 세게 부딪쳤다. 스미코는 정신을 잃었다.

자동차 덮개에서 모습을 나타낸 이는 어느 신사.

이어서 운전수가 나온다.

"이런, 여자가 쓰러졌군." 하고 놀라는 신사.

그 말을 이어받아 "남자는 계곡 아래로 뛰어내린 모양입니다." 하는 운전수.

"이거 큰일인데."

"거 참, 귀찮게 됐군요."

자동차 안에서 제법 나이가 있어 보이는 여자 목소리가 들린다.

"괜스레 끼어들면 일이 성가셔져요. 빨리 지나쳐 버리죠. 기사님, 뭐하세요? 어르신도 어서 차에 오르세요." 하고 재촉한다.

신사는 "그냥 가기엔 여자가 너무 예쁜데." 하며 스미코를 회중전등으로 비추면서 말한다.

그러자 운전수가 "미인이고말고요. 정말 예쁘군요. 게다가 기절까지 했으니 마땅히 도와야지" 하면서 그녀를 끌어안아서 일으킨다.

나이든 여자가 "미인이라니……." 하며 자동차 덮개에서 얼굴을 내민다.

그 뒤로 또 한 사람이

"뭐라고요? 미인이라고요?" 하며 젊은 목소리가 삐죽이 얼굴을 들이민다.

이 자동차로 말할 것 같으면 아까 낮에 미사키 가두를 달리던 그 차다. 다시 말해서 젊은 목소리의 주인공은 교인 것이다.

"과연 미인이군." 하며 나이든 여자가 말하자 교가

"어머나. 이 아가씨는 제 친구예요." 하고 소리친다.

나이든 여자가 "그럼, 이 여자가 하야마에서……일전에 말한 그 아가씨란 말예요?" 하며 교한테 들었던 얘기를 떠올린다.

"대체 이게 무슨 일이죠? 어쨌든 그녀를 구해야만 해요. 어서 이리 업고 오세요." 하고 말하는 교의 목소리가 날카롭다.

신사는 "맞아. 이대로 두면 비에 다 젖어 버릴 테니." 하면서 운전수와 함께 스미코를 자동차 안으로 옮긴다.

교는 그런 스미코를 와락 끌어안으며

"스미코 언니. 정신 좀 차려요. 스미코 언니." 하고 소리쳐 불러본다. 그러나 정신은 좀처럼 돌아오지 않는다.

"가만히 지켜볼 수만은 없으니 일단 가마쿠라까지 가보지" 하는 신사.

그러자 나이든 여자가 "당신 말이 맞아요. 그런데 4명이 함께 타니 차 안이 비좁군요." 하며 불평을 늘어놓는다.

그때 교가 "괜찮아요. 당신은 남자니까 기사님 옆자리에 타면 돼요." 하고 신사에게 이른다.

신사는 "글쎄. 비가 안 오면 앞으로 가도 괜찮은데 이렇게 비가 내리면……." 하고 몸을 사린다.

교는 "뭐라고요? 당신은 남자잖아요?" 하고 혼을 낸다. 소녀 입에서 나올 소리는 아니다.

그런데 신사는 오히려 그런 교의 태도를 기꺼워하는 듯 보인다.

"예. 알겠습니다. 그럼, 분부 받잡겠습니다." 하며 순순히 운전수 옆에 자리를 잡는다.

교는 "그럼, 주인 어르신은 저쪽에 앉으시지요. 전 이 사람과 이쪽에 앉을 테니." 하며 나이든 여자한테도 지시를 내린다.

"그럴까? 아니, 그럼, 뒤로 가야하잖아?" 하며 나이든 여자도 난감해 한다.

그러더니 이번에는 "기사님, 뭘 꾸물거려요……어서 가마쿠라로 가지 않고……." 하며 운전수까지 다그친다.

(1916년 1월 16일)

68회

기절한 스미코는 바로 정신을 차렸다. 그러나 그 사이 무슨 일이 벌어졌는지 그녀로서는 알 도리가 없다.

어떻게 된 일이지? 무슨 일이 벌어진 걸까? 도대체 여기는 어디란 말인가. 전혀 모르겠다. 내가 지금 어떤 상태인지. 아무리 생각해봐도 도저히 모르겠다.

어쩔 수 없이 또 잠들 수밖에.

그렇다고 해서 맘 편히 깊게 잠든 것도 아니다. 마치 열기구를 타고 하늘을 나는 듯 오르락내리락 얕은 잠에 빠져 있었다.

그러다 서서히 정신이 들기 시작했다.

자신이 푹신푹신한 이불 속에서 잠들어 있다는 사실을 알아차렸다.

전등이 켜져 있다.

훌륭하게 차려진 방에 누워 있다.

동굴 속 지장보살 앞에서 기름종이를 깔고 잠들어 있는 것이 아니다.

땡중 진파치한테 보자기로 둘둘 싸여서 억지로 끌려가고 있지 않다.

그래. 진파치는 분명 골짜기 저 아래로 굴러 떨어졌어.

난 자동차가 와서 그걸 피하려다 쓰러졌고. 그 후론 전혀 모르겠다. 아마도 그 차에 올라 여기까지 오게 된 거겠지. 여기까지는 대충 알겠다. 그렇다면 누가 날 이리 데려온 것일까?

불현듯 아까 낮에 우연한 만남이 떠올랐다.

그 차가 아닐까? 교가 타고 있던 그 자동차 말이다.

어째서 교가 그런 신사와 중년의 여인과 동승하고 있단 말인가.

어떻게 하면 그런 모습으로 바뀔 수 있는 것인지. 그런 생각을 하기에 앞서 그 자신 우연히 이오리를 만난 다음 게이이치와 마주치고 선벨과의 만남도 있었다. 어디 그뿐인가. 진파치도 만나지 않았는가.

머릿속으로 나가노 이후 교의 행적을 그려볼 것도 없는 게 이제는 그런 교에게 도움을 받아 여기 머물고 있지 않은가.

기이한 만남이 너무나도 겹쳐서 앞으로 이상한 일이 또 얼마나 벌어질지 평범한 사람들은 상상조차 할 수 없는 신비한 일들. 무섭게도 그런 일이 실제로 눈앞에 펼쳐졌구나 싶자 스미코는 머리가 어지러웠다. 어렵사리 정신을 차렸지만 게이이치에 대한 생각으로 다시 아득해진다. 지금쯤 그가 얼마나 내 걱정을 하고 있을지.

게다가 진파치의 참사—분명 죽었겠지. 게이이치가 그런 사실을 모르고 그 근처를 서성이다 순사라도 마주쳐서 살인자 혐의를 받기라도 하면 큰일이다. 스미코는 이런 걱정으로 점점 머리가 아파온다.

이때 따갑게 귓가를 때리는 소리가 있었으니 바로 당지(唐紙)를 바른 장지문 열리는 소리였다.

누군가 온 모양이다.

누군가 싶어 베개에서 머리를 들자 어질어질 현기증이 난다.

"스미코 언니. 일어나지 마시고 더 주무세요." 하는 목소리의 주인은 다름 아닌 교.

얼떨결에 "어머, 교잖아?" 하고 의외라는 듯 놀란 스미코는 교가 말리는데도 자리에서 일어나 앉았다.

(1916년 1월 18일)

69회

교를 찬찬히 살펴보니 그 차림새가 이만저만한 것이 아니다. 겉으로 보이지 않는 속옷만 해도 미쓰코시(三越)나 시로키(白木)같은 데서 특별히 주문 제작했는지 엄청 화려하다. 아무래도 게이샤(藝妓)나 창기(娼妓)처럼 보인다.

언뜻 봐서는 나보다 교가 더 나이 들어 보인다. 이런 그녀가 신슈에서 감색 천으로 손과 정강이를 꽁꽁 싸매고 짚신을 신고 풀베기 같은 차림을 했다고는 도저히 믿어지지 않는다.

과연 괴소녀답다.

교는 "일어나도 괜찮아요? 스미코 언니, 다신 쓰러지면 안 돼요." 하면서 머리맡으로 바싹 다가앉는다. 그것도 한쪽 무릎을 세운 자세로.

스미코는 "이제 괜찮겠지……걱정 많이 했지? 교가 날 이곳으로 데려왔을 거라고 생각하고 있던 참이었어" 하고 고마운 마음을 전하려고 했다.

"맞아요. 제가 자동차 안에서 언니를 끌어안고 왔어요."

"여긴 어딘데?"

"가마쿠라에 있는 나가타니(長谷)예요. 미하시(三橋)라는 곳이죠."

"그 얘기는 여태껏 내가 아무 의식도 없었다는 거네."

"벌써 2시예요. 그동안 의사를 부르기도 하고 이리저리 보살피기도 하고 꽤 분주했지요."

"난 전혀 몰랐어."

"스미코 언니. 왜 그런 곳에 있었던 거예요?"

"좀 사정이 있어서……뭐냐 하면 왜 있잖아. 신슈에서 큰일 날 뻔했던 늙은이 말이야. 그 자가 날 쫓아오다가 그만 계곡 아래로 떨어졌는데. 모르고 있었어?"

"그럼, 언니를 어찌 해보려 했던 그 이상한 놈이 바로 그 땡중이었어요? 요상하게도 자꾸 따라붙네요. 스미코 언니는 그자한테 잘못 찍혔나봐요. 그 정도 근성이면 지금쯤 어딘가에서 뜻한 바를 이뤘을 거예요."

"어떻게 그런 말을……허나 그자는 낭떠러지에 떨어져 이미 죽었을걸."

"그게 말이죠. 어느새 자동차 옆까지 따라와서 올라타려 했단 말예요. 전 그자가 그놈인 줄도 모르고. 덮개가 씌워져 있었고 앞자리에 사람이 타고 있어서 잘 안 보였거든요."

"교야. 넌 나가노 공원에서 그자와 서서 얘기를 나누고 있었잖아. 원수 대하듯 하는 사이가 어떻게 그때는 한편인 것처럼 보였지?"

"아 참, 그랬었지."

스미코는 "널 잡겠다고 순사들이 돌아다니고 있었어. 도대체 무슨 일이야? 우리가 헤어지고 나서 무슨 일이 벌어진 거지? 지금 이 차림새는 다 뭐고? 난 진짜 이해가 안 가. 자동차에 함께 탄 사람들은 누구며. 어서 말 좀 해보라니까." 하고 꾹꾹 눌러왔던 질문들을 마구 쏟아붓는다.

교는 주위를 살피면서

"다 얘기해줄게요. 그런데 몸은 정말 괜찮은 건지……."

(1916년 1월 19일)

70회

스미코는 "이제 더 이상 정신을 잃는 일은 없을 거야. 난 괜찮으니 어서 말해봐. 너한테 무슨 일이 생긴 건지. 우리가 헤어지고 나서……." 하고 재차 묻는다.

교는 "언니랑 헤어지고 정말 힘들었어요. 무슨 얘기부터 꺼내야 할지" 하고 말을 꺼내고는 다소 생각에 빠지는 듯싶더니 두서없이 불쑥

"참, 내가 언니랑 말다툼을 했었지. 노지리 호수에서도 언니는 내 말을 안 들었어. 어디 그뿐인가. 나가노 여관도 그래. 내가 그토록 원했건만 들어주지도 않고. 언니는 날 뿌리치고 또 뿌리쳤어. 언니가 그

랬으니까 오늘 밤 내가 언니를 도와줄 필요는 없었던 거야. 그냥 죽게 내버려둘 수도 있었는데……이상하게도……왜 그런지 모르겠지만 난 스미코 언니가 좋아. 남자는 엄청 싫은데 내 맘을 알아줄 여자는 필요하단 말이지” 하고 말하는 와중에도 미친 사람처럼 몸을 흔들어댄다. 그러더니 느닷없이 스미코가 덮고 있는 이불 위로 올라탄다.

“밤이 깊어지면 추워져요. 게다가 주위가 쥐죽은 듯 고요해서 내 말을 다른 사람이 들을지도 모르고. 소리가 새어나가지 않게 잠옷을 푹 뒤집어쓰고 조용히 말해요. 우린 자매잖아요. 이렇게 함께 누워서 내 얘기를…….” 하면서 가이마키(搔卷)를 펄럭이며 스미코를 가까이 끌어당긴다.

스미코는 지금 이를 거역할 처지가 못 된다.

더 이상 듣고 싶지 않으니까 가이마키를 함께 뒤집어쓰고 싶지 않다고 거절할 수도 없다.

어디 그뿐인가. 여자끼리 있으니 문제 될 것은 없겠으나 일전에 갑자기 함께 죽자고 졸라댔었던 괴소녀인만큼 꺼림칙하다. 왠지 불길하다.

그래서 스미코는 “에구머니나……그래도……애써 나아졌는데 숨이 막혀서 어지럼증이 도지기라도 하면 안 되니까…….” 하고 핑계를 댔다.

그러자 교는 “그럼, 잠만 같이 자요. 이제 누워서 말하죠. 그러지 않으면 쉬 지쳐요.” 하면서 냉큼 양쪽으로 묶은 베개의 절반을 차지하고 들어온다.

하얀 시트 위에 화려한 속옷으로 온몸을 감싸고 누워 있는 교의 모습은 참으로 아름답다.

이렇게 되면 쇠약할 대로 쇠약해진 스미코라도 그 옆에 눕지 않고는 있을 수 없었다.

그래서 하는 수 없이 “어떻게 된 거야? 나가노에서 우리가 헤어지고 나서부터……." 하고 물었다.

"스미코 언니. 그때 저는 수배가 내려져서 체포되기 일보직전이었어요. 사람도 죽일 뻔하고 물건도 훔치고 해서 나쁜 짓을 엄청 많이 했거든요. 이쪽으로 별명이 있을 정도라니까요. 사람들을 마비시킨다고 해서 시비레의 교라는군요. 전 그 말이 맘에 안 들어서 늦가을 오락가락 비라는 뜻으로 시구레(時雨)의 교라고 바꿨지만 왜 그런지 사람들은 절 시비레의 교라 불러요. 정말 짜증나요. 시비레 교로 그냥 둘 수도 없고. 아무래도 어감에서 따온 말 같은데." 하면서 사람을 아주 바보로 취급한다.

그러나 곰곰이 생각해보면 왜 그런지 알 것 같기도 하다. 지금도 그렇지만 교와 스치면 약한 전기가 온몸을 통과한 듯 왠지 모르게 마비되는 느낌이다. 그렇게 생각해서 그런지는 모르겠지만 만약 남자가 이런 여자한테 걸려들면 양심이 마비되어 버려서 그런 이름이 붙여졌는지도 모르겠다.

교는 한 손을 스미코 무릎 위에 올리면서

"제가 나가노에서 도망칠 수 있었던 건 모두 그 늙은이 진파치한테 눈물로 호소한 결과예요. 그래서 살았어요. 지금 함께 다니는 자들은 한 명은 요정 마담이고 또 한 사람은 실업가로 별 볼일 없는 사람들이죠. 그들에 비해 내 이력은 정말 대단해요. 언젠가 제가 물레방앗간에서 말했었죠? 그때 제가 무슨 얘기를 했더라. 그때그때 둘러대는 게 버릇이 돼서 이제는 나조차도 무슨 말을 했는지 모르겠네요. 오호호호" 하고 웃는다.

사람이 이보다 더 뻔뻔할 수 있으랴.

(1916년 1월 20일)

71회

독부의 자격을 완벽하게 갖추고 있다. 시비레의 교가 하는 말에 스미코는 그만 질려버려서 그녀의 얼굴을 빤히 쳐다보고 있을 뿐이다. 반듯이 누워 있던 교는 정면으로 비추는 불빛이 거슬리는지 몸을 옆으로 돌려 스미코의 무릎을 당기듯 끌어안고는

"그래도 스미코 언니. 오늘 밤에는 진짜를 이야기를 할 거니까요. 언니도 태도를 바꾸지 않으면 곤란해요. 솔직하게 마음을 열어줘. 그래서 제 편이 되어 완전한 하나가 되어야만 해요. 제 개인적인 얘기를 남한테 털어놓는 일은 좀처럼 없거든요." 하고 나온다.

"난 네 얘기가 그리 궁금하지도 않은데……." 하고 말하는 스미코는 무서운 생각이 들었다.

그래도 교는 "뭘 그리 겁내고 그래요. 사람이 한 번 죽지 두 번 죽어요? 어차피 다섯 홉 들이는 다섯 홉밖에 생각할 줄 모르거든요. 저 혼자 정직해봤댔자 손해만 볼 텐데……바보처럼 착하게만 굴어서는 세상 사람들이 함부로 할 게 뻔하잖아요. 여자라고 해서 남자한테 빈틈을 보이면 만만하게 봐서 결국 큰일을 당하게 되니 약해지면 안 돼요. 당신한테 이런 얘기하는 건 다 이유가 있어서예요. 내가 이렇게 살아 있는 것도 비참한 일을 겪었기 때문이거든요. 정말이지 세상에 나만큼 고생한 사람은 또 없을 거예요." 하며 아랑곳없이 설득에 나선다.

단순히 호기심을 해소하기 위해서라면 교의 얘기를 듣고 싶은 마음도 있다. 허나 자신의 마음을 움직여서 자기 쪽으로 끌어들이려는 그녀의 속셈을 생각하면 듣고 싶지 않다.

교 같이 타락할 만큼 마음이 쉬 변할 것 같았으면 이렇게 어렵게 살지도 않았다.

이렇게 몸 둘 곳도 없이 불안한 나날을 보내는 처지지만 교처럼 살지는 않을 것이다.

게이이치를 만나기 전이라면 그녀를 따라갔을지도 모르지. 어쩌면 월급을 많이 주겠으니 함께 가자는 선벨의 얘기를 듣기 전이라면 마음이 조금 움직였을지도 모른다. 그래도 지금은 수상한 돈벌이를 하는 교를 따를 수는 없다고 마음을 굳혔다.

"이봐, 교야. 네 얘기를 다 들으려면 힘들겠어. 날이 새도 다 못들을 것 같은데. 나중에 천천히 들으면 안 될까?" 하며 넌지시 발을 뺀다.

그러자 교는 "듣고 보니 그러네. 그럼, 스미코 언니. 내일 우리랑 함께 에노시마(江ノ島)로 놀러가지 않을래요?" 하고 권한다.

"그러면……다른 분들한테 폐가 되지 않을까?"

"괜찮아요. 그런 노인네 따위 신경 쓰지 않아도 돼요."

"그래도 난……내일……꼭 가봐야 할 곳이 있어서……."

"정말이지 언니는 내 얘기를 하나도 안 들어주는군요."

"그럴 생각은 없었는데……."

"아니요. 사실이에요. 왜 절 그리 미워하세요? 멍청이. 은혜도 모르고. 이렇게 얄미울 수가 없어요. 전 이제 어쩜 좋아요." 하고 교가 소리치는가 싶더니 느닷없이 드러누운 채 발끝으로 잠옷을 끌어당겨서는 스미코의 머리 위로 푹 덮어씌운다.

깜짝 놀란 스미코는 머리가 어지러웠다.

그래도 교는 아랑곳하지 않고 잠옷을 뒤집어씌운 채로 스미코를 이불 위로 쓰러뜨리고는 분한 듯 닥치는 대로 볼이랑 귀를 물어뜯는다. 미친개와 다를 바가 없다.

스미코는 '아!' 소리조차 지르지 못한다. '내게 무슨 업보가 있어 이런 여자를 만나게 되었는지.' 서글퍼졌다.

교는 잠옷 위로 말 타는 자세를 취하고

"은혜도 모르고……이런 배은망덕한……주제도 모르면서." 하고 소리 지르며 온 힘을 다해 스미코를 깔아뭉갠다.

스미코는 숨이 막혀서 괴로워하며 '이대로 깔려죽는구나!' 하고 생각했다.

(1916년 1월 21일)

72회

상대가 여자니까 괜찮다고 생각한 스미코는 낭패를 보았다. 교한테 깔려서 머리끝부터 발끝까지 온몸이 마비되는 것 같고 그 고통으로 땀방울이 비처럼 쏟아진다.

폭력을 행사하는 폼으로 봐서 교는 사내다.

이것저것 희롱을 한 교는 사라지듯 없어졌다.

잠옷 아래로 얼굴을 내밀어 찬 공기를 들이마신 스미코는 구사일생이란 이런 걸 두고 하는 말인가 싶었다.

그러나 그전보다 더 머리가 짓눌려서 몸이 나른해져 견딜 수 없다.

다시 괴소녀가 달려들어 잠옷 위로 누르는 것이 아닌가 하고 부들부들 떨면서도 전등불이 하도 눈이 부셔서 잠옷에 머리를 푹 파묻고 웅크리고만 있다.

너무 지친 나머지 그만 잠이 들었는데 눈을 떠보니 아침은 어느새 밝아있었다.

비가 그치고 해가 떠올라서 유리창 모서리 틈새로 들어온 햇빛은 베개 근처까지 와 닿아 있었다.

흠칫 놀라 자리에서 일어나니 기다렸다는 듯이 계집아이가 방으로 들어와서는 밤새 일어났던 일에 대해 들려주고는 몸을 씻을 곳이 어디인지 알려주었다.

남한테 흐트러진 모습을 보일 수는 없기에 우선은 계집아이가 일러준 대로 복도 끝 세면장으로 들어갔다.

인조석으로 딱딱한 세면장에서 대충 화장을 마쳤다.

뒤통수가 너무 아팠지만, 다행히 상처는 입지 않았다.

다 씻고 나서 원래 자리로 돌아오니 청소가 끝나있었다.

그때 방으로 들어온 이가 바로 교한테 말로만 듣던 요정 마담이다.
가는 머리카락을 둥글게 말아 올린 몸집이 약간 통통한 여자다. 얼
굴빛은 붉고 눈썹은 없지만 그렇다고 해서 치아를 물들이지는 않았다.
물론 여기저기 의치를 했고 금니가 눈에 띈다.

"당신 그렇게 돌아다녀도 괜찮아요? 좀 더 누워있어야 할 것 같은
데. 우리도 막 일어난 참이라 아직 아침 전이예요." 하고 스스럼없이
말을 건다.

스미코는 "고맙습니다……이제 괜찮아요……여러 가지로 폐를 끼
쳐서……." 하고 진심으로 고마운 마음을 표하려고 했다.

"어머나. 그런 말씀하지 마세요. 그리고 정 인사를 하고 싶다면 어르
신께 하시고요. 그런데 너무 정색하고 들면 어르신이 불편해할 거예
요. 어색한 걸 엄청 싫어하는 분이니까요."

"에구머니나……무슨 그런 말씀을……인사는 꼭 드려야죠."

"어르신의 본래 이름은 찬입니다만, 곰 씨라는 가명으로 통해요. 몇 백
만 엔을 갖고 있는 자산가죠. 결코 당신한테 해가 되지는 않을 거예요."

자산이 몇백만 엔이 있든 그런 건 별로 상관없지만, 어젯밤부터 신
세를 지고 있는 것은 사실이니 스미코는 마담을 따라 별채에 있는 2층
방으로 향했다.

안으로 움푹 들어온 가마쿠라 만이 훤히 내다보이는 훌륭한 방이다.
다타미가 깔린 복도에 선 채로 얼핏 실내를 들여다보니 살이 찐 수염
을 한 신사 한 사람이 네모난 베개에 팔꿈치를 괴고 한가로이 잎담배
를 피고 있다.

분명 그자 옆에 교가 있어야 할 터인데 어찌된 영문인지 지금은 보

이질 않는다.

그녀가 없는 편이 훨씬 낫다. 스미코는 그녀와 얼굴을 마주하면 불편할 거라고 생각했다.

이때 마담이 앞장서며

"어서 오르시지요. 거기 그러고 서 있지만 말고." 하면서 손을 확 끌어 신사 앞에 세운다.

(1916년 1월 22일)

73회

스미코를 본 곰 씨는 "이런, 엄청난 미인이 납셨군. 어젯밤 봤을 때와는 사뭇 다른 걸. 완전 딴판인데. 그치? 마담?" 하고 말을 꺼낸다. 이 신사의 저속함을 짐작케 하는 말투다.

"정말로 예뻐요. 이런 아이가 화류계에 입적해보세요. 한몫 톡톡히 할 걸요?" 하는 마담의 말투에서 그 천박함은 더해진다.

신사는 "자네 말이 맞아. 그렇게 어정쩡하게 서 있지만 말고 이쪽으로 좀 와봐. 교의 친구라 했지? 으흐흐흐흐" 하며 뭐가 그리 우스운지 히죽거린다.

어쩐지 그녀가 교의 친구라는 사실만으로도 그녀를 경멸하는 듯 하다.

도대체 교가 이들에게 자신의 얘기를 뭐라고 했는지 알 수가 없다. 그녀가 여기 함께 있다면 뭐라도 둘러댈 텐데 웬일인지 아침부터 보이질 않는다.

그러니 지금은 아무런 말도 하지 않는 편이 좋겠다 싶어 머리를 조아리며 얌전히 앉아만 있었다.

"왜 그래요? 그렇게 부끄럼을 타다니. 그러지 말고 편히 말해 봐요." 하고 말하는 마담은 가운데서 애가 타는 모양이다.

스미코는 이때다 싶어

"어젯밤에는 신세를 많이 졌습니다. 덕분에 위험한 고비를……." 하고 예를 차리려 들었다.

그러나 곰 씨는 "뭐, 인사 치레는 됐어. 그건 그렇고 이름이 뭐였더라? 스미코였던가? 같이 아침밥이나 먹지" 하며 대수롭지 않게 받아넘긴다.

그러자 마담이 "이제 곧 교도 올 거예요. 졸리다면서 아직 안 일어났거든요." 하고 말한다.

그 순간 스미코의 뇌리에 스치는 것이 있었다.

교라는 이름이 본명인지 아닌지는 분명치 않지만, 그녀는 처음부터 자신을 교라고 소개했었다. 어젯밤 자신을 시비레의 교라고 소개할 정도니까 얼마큼은 교로 통한다는 건데. 그래도 그렇지. 죄를 저지르고 도망치는 처지에 그 이름을 그대로 쓰다니 대담하기 그지없다──아무튼 이전부터 쭉 써온 이름이고 보면 예명은 아닌 모양이다.

그렇다면 지금 이 상황은 다 무어란 말인가.

손님은 신사. 추종자는 마담.

요즘 흔히 말하는 고등 뭐시긴가 생각해봤지만 그러기엔 너무 천박하다. 게다가 어젯밤 그들과 같은 부류의 교가 그토록 가까이 다가오도록 내버려둔 것은 꿈결에 법력이 약해진 땡중한테 요상하게 짓밟힌 것만큼 치욕적이다.

처음부터 처녀의 정조 따위 문제 될 것은 없었지만 순결한 몸에 꺼림칙한 병균을 심어놓은 것 같아서 도저히 참을 수가 없다.

그러는 와중에 일하는 계집아이가 아침상을 들고 방으로 들어온다.

아침부터 한 상 떡하고 차리는가 싶더니 술병까지 나른다.

"자, 어디 먹고 힘 좀 내볼까?" 하면서 신사가 먼저 술잔을 든다.

그러자 계집아이가 기다렸다는 듯이 술을 따른다.

"아주 좋군요. 이렇게 아침부터 술을 마시다니. 여행이 아니면 이런 즐거움을 또 어디서 찾겠어요." 하며 마담 또한 술잔을 기울인다.

스미코는 지금 술이 문제가 아니다.

어찌된 일인지 오늘 아침에는 밥도 잘 안 넘어간다.

그때 교가 "어머나. 벌써 시작했어요?" 하면서 옆방에서 나온다.

옷은 갈아입었지만, 화장은 아직 하지 않았는지 눈언저리가 흉하게 부어 있다.

(1916년 1월 23일)

74회

마담이 "교가 납셨군. 이제 일어났으면 어디 한판 벌려볼까?" 하며 흥을 북돋운다.

교는 곰 신사 옆으로 다가가서 무릎을 비스듬히 하고 앉으며

"전 아직 세수도 안 한 걸요. 저보다는 이 사람한테 신경 쓰세요." 하고 자못 명령을 내리는 듯한 말투.

이를 받아 마담은 "그런가요? 그럼, 그렇게 하죠." 하며 스미코한테 술을 권한다.

스미코는 몸 상태가 좋을 때도 술을 마시지 못한다. 그런데 어젯밤 그 소동을 치렀으니 아침에 술을 입에 댄다는 것은 말도 안 된다.

그런데도 계속 술을 권하니 난처하기 그지없다.

빨리 여기서 나가고 싶다. 어떻게 하면 여길 빠져 나갈 수 있을까?

게이이치 씨가 날 맞이하러 나와 준다면야 더할 나위 없이 좋겠지만 어젯밤 그렇게 헤어지고 나서 어떻게 되었는지 걱정이 이만저만 아니다.

여기서 이렇게 우물쭈물하는 사이 바로 한낮이 될 텐데, 오늘은 선벨 씨가 사는 곳으로 상의 차 찾아가기로 약속한 날이다. 그러니 언제

까지고 이러고 있을 수만은 없는데 정말이지 큰일이다.

그러는 사이 화장을 마친 교는 신사 옆에서 주거니 받거니 술 마시기에 한창이다. 주량으로 치면 그녀를 따라올 자가 없을 만큼 세다.

드디어 신사가 취했다. 마담도 마찬가지다.

그래도 밥에는 입도 안 댄다.

그때 불쑥 교가 "스미코 언니. 내가 뭐라 했어요. 어젯밤 죽지 않아서 다행이죠? 이제 에노시마로 가요. 앞일은 거기 가서 생각하고요." 하며 밑도 끝도 없는 말을 늘어놓는다.

늘어질 대로 늘어진 신사는

"벗은 많으면 많을수록 좋은 법. 스미코 씨. 함께 갑시다."

마담은 야금야금 스미코 옆으로 다가와 작은 목소리로

"이봐요. 앞으로 당신이 어떻게 할지 모르겠지만 괜찮다면 나한테 맡겨주지 않을래요? 결코 손해 볼 일은 없을 거예요. 재밌기도 할 거고. 돈은 얼마든지 줄게요. 당신한테는 500엔도 좋고 600엔도 좋고 부르는 대로 빌려줄게요. 한세상 재밌고 즐겁게 살아야죠. 어차피 누구나 다 한평생 살다가 죽을 거잖아요. 얼마나 좋아요. 맛있는 술도 마시고 재밌는 곳도 구경하며 즐겁게 사는 게. 당신 같은 미인이 즈시나 하야마 같은 곳에서 남의 집살이를 하다니 말도 안 되죠. 어젯밤만 해도 그래요. 그런 외진 곳에서 오도 가도 못하고 그러고 있었잖아요. 이제 우리와 함께 도쿄로 가서 교 씨처럼 살아요." 하며 설득에 나선다.

천박하기 이를 데 없는 인생관. 저속한데다 추잡하기 짝이 없는 처세술. 그런 회유에 쉬이 넘어갈 스미코가 아니다.

허나 이렇게까지 상대가 밀어붙이는데 무조건 못하겠다고 거절하는 것도 쉬운 일은 아니다.

그러나 한편으로 세상의 처녀들이 모두 이런 식으로 타락의 길로 빠져든다는 데까지 생각이 미치자 몸서리치게 무서워져서 더는 이곳에 머물러 있을 수가 없다.

틈을 봐서 도망쳐야겠다.

(1916년 1월 25일)

75회

결호로 인하여 내용 확인 불가능

76회

게이이치를 따라나선 스미코는 몰래 산바시 문을 빠져나와 두세 걸음 떨어진 곳에 이르렀는데 그곳까지 맨발로 쫓아온 이가 있었으니 바로 교다.

생뚱맞게 걸쳐 입은 여름 코트에 반쯤 목에 걸친 베일로 보아하니 먼 곳까지 가면 그곳까지 쫓아가려고 작심한 모양이다.

흠칫 놀란 스미코의 손을 꽉 부여잡고는

"정말이지 구제불능이야. 그냥 좀 날 따라오면 안 돼?" 하면서 무섭게 노려본다.

그래도 게이이치가 스미코 옆에 있으니 마음이 든든하다. 여차하면 그가 도와줄 거라 굳게 믿고는

"지금 내가……급하게……볼일이……사촌 오라버니가 날 데리러 와서 말이야……." 하고 대꾸한다.

"처음부터 그럴 작정이었잖아. 내가 베푼 친절은 싹 무시하고 말이지."

"그렇지 않아. 어젯밤 입은 은혜는 절대로 잊지 않을 거야."

"그럼, 오늘 새벽에 있었던 일은……?"

그 일이라면 광적인 우정을 말하는 건가. 스미코는 저도 모르게 얼

굴을 붉히며 얼버무린다.

그러자 교는 "알았어. 어디 한 번 날 뿌리치고 가보시든지. 언젠가 나한테 살려달라고 애걸할 날이 올 테니. 그날이 오면 절대로 가만두지 않겠어……." 하며 달려들더니 스미코 가슴팍으로 쑥 하고 손을 집어넣는다.

나가노에서 헤어질 때는 팔이 물려서 멍이 들었다.

지금은 내 젖꼭지를 꼬집는다. 스미코는 이처럼 아무 때나 미치광이 짓을 벌일 수 있는 교가 무서웠다.

교는 "이제 정말 끝이야. 네 멋대로 해……!" 하는 말만 툭 내뱉고는 스미코를 게이이치 쪽으로 밀어재끼더니 뒤돌아서 뛰어간다.

의외로 간단히 일이 해결되어 휴 하고 안도의 한숨을 내쉰 스미코는 게이이치와 함께 발걸음을 옮기기 시작했다.

게이이치는 여전히 많이 놀란 눈치다.

"저 여자지? 네가 말한 괴소녀가."

"예. 저번에 말한 교라는 애가 바로……."

"과연 듣던 대로군."

"그래도 오늘은 이 정도로 끝나서 다행이에요."

스미코는 게이이치와 이런 얘기를 나누면서 걷고 있었다. 그런데 거리를 오가는 사람들이 맨발인 그녀를 모두 이상한 듯 힐끔거려서 몹시 불편하다.

그러자 게이이치가 "스미코야. 일단 신발부터 마련하는 게 좋겠다." 며 먼저 말을 꺼낸다.

스미코도 "그러네요. 어디서 조리(草履)라도 구해봐야겠어요." 하면서 손을 품속으로 가져갔다가 깜짝 놀라고 말았다. 무언가 손에 잡히는 것이 있어서다.

"교가 제 품속에 무언가 놓고 갔나 봐요."

또 무슨 나쁜 짓을 꾀한 것인지. 품속으로 조심조심 손을 넣어보니 빳빳한 종이.

그것을 꺼내보니 지폐가 아닌가. 그것도 100엔짜리 지폐다.

"어머나⋯⋯!" 하고 너무 놀란 나머지 무섭기까지 하다.

게이이치도 흠칫하며

"어? 100엔 지폐잖아⋯⋯."

"어찌된 영문인지."

"너한테 준 거겠지."

"아무리 그래도 100엔씩이나 하는 큰돈을⋯⋯."

"그러게."

"전 이런 큰돈 받을 수 없어요."

"나라고 뾰족한 수가 있나."

"어쩌죠? 되돌려줄까요?"

"그것도 힘들 것 같은데⋯⋯."

"그럼, 어떻게 해요?"

"음⋯⋯. 천천히 고민 좀 해봐야겠는걸."

(1916년 1월 27일)

77회

스미코는 갑자기 수중에 들어온 100엔 지폐를 손에 든 채로 게이이치와 함께 발걸음을 옮겼다.

스미코는 "정말 난처하군요. 이런 일이 생길 줄이야⋯⋯." 하며 어쩔 줄 몰라 했다.

그러자 게이이치는 "허나, 제정신이 아니니 돌려줘도 안 받을 것이고. 이렇게 우물쭈물하다간 또 어떤 봉변을 당할지 모르니 일단 그

돈은 네가 넣어두는 편이 좋을 것 같은데…….” 한다.

“그 말씀은 일단 이 100엔을 제가 갖고 있으라는 거네요. 그렇게 되면 저 괴소녀와 전 계속 인연을 이어가야 하는 데도요?”

“지금으로선 달리 방도가 없잖아…….”

“이 돈 어쩌면 훔친 게 아닐까요?”

“나야 모르지. 훔친 게 아니라 해도 어디선가 나쁜 짓을 저질러서 얻은 것일지도……허나 아무것도 모르고 그 돈을 받은 거잖아. 여차하면 네가 그 돈을 써도 되지 않을까?”

“그래도 나중에 탈이 날까봐 걱정이에요.”

“저런 여자니까 뒤탈이 없을 수야 없겠지.”

“싫어요. 전 어쩌면 좋아요.”

“어쩔 수 없지.”

“전 이 돈에는 손도 안 댈 거예요. 기회를 봐서 돌려줘야겠어요.”

“그렇게 해……어차피 즈시로 가서 선벨을 만나면 네가 머물 곳이 바로 정해질 테니.”

“맞아요. 우리 빨리 가요.”

“걷기에는 네가 많이 지쳐 있으니 기차로 가는 게 좋겠어.”

“그럼, 기차를 탈까요?”

이렇게 두 사람이 얘기를 나누면서 발걸음을 옮기는 사이에 어느새 가마쿠라 정차장에 도착했다.

거기서 스미코는 조리를 사서 신었다.

그리고는 얼마 후 도착한 기차를 타고 즈시로 향했다.

스미코는 어젯밤 겪었던 이런저런 일들이 떠오를 때마다 온몸이 오싹해졌다.

어제 선벨이 일러준 별장으로 가는 길은 소나무 숲길이었다.

도중에 두 사람은 옆으로 쓰러져 있는 소나무에 걸터앉아 잠시 쉬었다.

게이이치가 먼저 "이봐. 스미코야. 네가 드디어 선벨네 집으로 일하러 들어가게 되면, 난 얼른 야스키 댁으로 가서 갈아입을 옷가지들을 챙겨서 그리 보내야겠네" 하고 말을 꺼낸다.

스미코도 "예. 부탁드려요. 곧 날씨가 추워질 거라 이대로는 좀……." 하고 대답한다.

이것으로 두 사람 간의 대화는 끝이 났다.

그러나 그 누구도 먼저 자리에서 일어서려 하지 않는다.

얘기하고 싶다. 할 얘기가 더 남아 있다. 스미코도 그렇지만 게이이치 역시 마찬가지다.

이 소나무 숲길에는 좀처럼 사람이 드나들지 않는 모양으로 아까부터 한 사람도 보이질 않는다.

가까운 곳에서 파도치는 소리가 들리기는 하지만 바다가 보이는 것은 아니다.

나무와 나무가 서로 포개져서 온통 소나무만 보인다. 이런 곳이라면 어떤 얘기라도 털어놓을 수 있을 것 같아 두 사람은 일어서지 못하고 있는 것인가.

(1916년 1월 28일)

78회

언제까지고 이렇게 단둘이 있고 싶다. 스미코는 게이이치한테서 떨어지고 싶지 않다. 평생 헤어지지 않고 그와 함께 하고 싶다.

무언가 정체를 알 수 없는 힘이 지금까지 굳게 닫아온 그녀의 마음을 무너트려 속마음이 그대로 드러난다. 거기에 다른 생각이 더해져서 결국 가슴속 깊은 곳을 건드리고 만다. 이제는 떠오르는 생각을 더 막을 길이 없다.

무엇 때문에 땡중이 수차례 자신에게 위해를 가했나. 어째서 이오리가……왜 야스키가……이제 스미코는 그녀가 겪은 일련의 일들이 어째서 일어났는지 알 것만 같다.

오쿠지 부인의 품성에 대해서도 겉으로 보이는 것뿐만 아니라 속으로 숨겨진 곳까지도 깨닫게 되었다.

진파치가 숲속에서 그녀한테 한 짓거리와 교가 여관에서 벌인 소행은 열어서는 안 되는 인생의 비밀을 억지로 연 자물쇠 같은 것이려나.

어차피 내가 누군가 따라야만 하는 운명이라면 다른 사람은 싫다. 그렇다면 누구를……게이이치를 따르고 싶다.

근친상간 따위 문제 될 게 없다는 생각도 든다.

지금은 감정만 불타오르고 이성의 빛은 소멸했다.

스미코는 '어젯밤 둘이서 저 동굴 안에서 잠들었다면 지금쯤 좀 더 가까운 사이가 되어 있을 텐데' 하는 생각마저 든다.

게이이치는 게이이치대로 무언가 깊이 생각에 빠져있다.

중간 중간에 한숨도 내쉬면서.

그러다가 무언가 말을 할 듯 하다가도 이내 멈춘다.

스미코는 조바심이 일었다. 오라버니가 하고 싶은 말이 있으면 빨리 했으면 하는 생각이 들자 몸이 바들바들 떨려서 걸터앉은 자리만 소나무 껍데기가 벗겨질 것만 같다.

그때 게이이치가 갑자기 "있잖아, 스미코……." 하고 말을 걸었다.

그의 목소리만으로도 스미코는 가슴이 뛰고 제대로 말이 나오질 않는다.

게이이치는 "이봐, 스미코……. 앞으로 남의 집살이할 거잖아. 네 주위엔 점점 더 색마 같은 인간들이 들끓게 되겠지. 그치들은 모두 이런저런 가면을 쓰고 널 속이려 들게 뻔해. 그래도 스미코. 그들 손에 놀아나면 절대로 안 돼. 그 어떤 역경이 닥쳐도 헤쳐나가야만 해" 하고 충고한다.

앞으로 벌어질 일에 대해서는 대충 짐작이 간다. 스미코한테 문제가 되는 것은 지금까지 지켜온 정조를 누구에게 바칠 것인가이다.

스미코는 그저 "그게……전……괜찮아요." 하며 아리송한 대답밖에 할 수가 없다.

그러자 게이이치는 "알면 됐어. 그럼, 선벨네 집으로 데려다줄게." 하고 앞장을 선다.

(1916년 1월 29일)

79회

게이이치가 일어선 이상 스미코도 더는 자리에 앉아있을 수만은 없다. 안타까운 마음을 숨기고 소나무 숲을 나올 수밖에 없는 것이다. 무언가 중대한 사건이 일어날 수 있는 기회는 그대로 사라졌다.

덧없는 꿈을 꾼 것 같기도 하다. 스미코는 게이이치를 따라 선벨의 별장 앞에 다다랐다.

그때 게이이치가 "자, 난 여기서 기다리고 있을게. 십중팔구 얘기가 끝났겠지만 만에 하나라도 그렇지 않을 경우, 어디 다른 방도를 궁리해봐야 하니까." 하며 멈춰 섰다.

스미코도 "그럼, 죄송하지만 잠시만 기다려주세요." 하면서 혼자서 집 안으로 들어간다.

스미코는 게이이치를 만나기 전의 마음가짐이 더 강했던 것 같다. 내심 선벨네 쪽이 얘기가 잘 안되기를 바라는 마음이 일었다.

아무 생각 없이 게이이치와 함께 도쿄로 가서 이삼일이라도 같이 지내고 싶은 마음이다.

어떻게 이런 생각을 할 수 있는지 퍼뜩 정신이 들어 서둘러 입구

계단을 올라 안내 벨을 눌렀다.

일본인 보이가 나왔다. 열네다섯 살 되어 보이는 장난끼가 가득한 얼굴이다.

그를 향해 스미코가 "댁에 주인 어르신은 계신지요?" 하고 물었다.

그러자 보이가 "계세요. 당신이 스미코 씨죠? 오시는 줄 알고 있었어요. 여기서 좀 기다려주세요." 하면서 안으로 뛰어 들어간다.

주인이 날 기다리고 있는 모양이다. 이대로라면 그 자리에서 바로 얘기가 매듭지어지겠지.

얼마 지나지 않아 보이가 나왔다.

"자, 이쪽으로……."

주방 쪽으로 가나 싶더니 역시 응접실로 안내한다.

상당히 멋지게 꾸며진 방이다.

응접실을 다 둘러보기도 전에 선벨이 어딘가 외출하려는 차림새로 들어왔다.

그러나 얼굴은 방긋방긋 웃고 있다.

"스미코 씨. 늦었어요. 당신. 난 지금 요코하마로 가요. 시간이 없어요. 얘기할. 부인은 괜찮아요. 무슨 말을 해도 돼요." 하면서 말을 건넨다.

스미코도 "어머나, 그러세요……제가 그만……어젯밤에……." 하고 말을 꺼낸다.

선벨은 시계를 꺼내보면서

"기차 시간이에요. 난 이제 가요. 당신은 우리 집에 있어요. 부탁입니다. 급료는 점점 올려줄게요. 그럼……."

이렇게 말한 선벨은 모자를 들고 서둘러 집을 나섰다.

선벨의 부인과 얘기가 되어 있는 것인가.

부인 역시 독일 사람이려나.

스미코는 그녀가 어떤 사람일지 은근 걱정이 되어 기다리고 섰다.

그런데 부인은 좀처럼 모습을 드러내지 않는다.

얼마간 그러고 있는데 드디어 끽하고 문 열리는 소리가 들린다. 방으로 들어선 이는 서양 옷을 입은 일본 부인이다.

(1916년 1월 30일)

80회 [3]

이 여자가 선벨의 부인이라니 독일 사람이 아니었다. 그렇다고 해서 일본 사람이냐 하면 선뜻 대답이 안 나올 정도로 묘하게 생겼다.

붉은 머리카락은 곱슬거리는 데다 코는 뭉뚝하다. 입은 또 왜 그리 큰지. 어디 그뿐인가. 전체적으로 비만에 가까워서 이중 턱이었다. 키는 또 어찌나 작은지.

그런 그녀가 "앗, 당신이군요. 스미코 씨가……." 하면서 의자에 앉는다. 앉은자리가 움푹 파이게 생겼다.

스미코도 "그럼, 당신이 부인인가요?" 하고 묻는다.

"그렇죠, 뭐……." 하며 짐짓 점잖게 대답하다.

"제가 스미코예요. 앞으로 잘 부탁드립니다."

그때 부인이라는 사람이 "그렇게 인사를 하시면 제가 더 곤란해지는데……우리 집 양반은 늘 자기 멋대로 사람을 들인다니까요. 남자는 그렇다 치더라도 여자는 저한테 맡겨야 하는 것 아녜요?" 하며 전혀 예상치 못한 말을 늘어놓는다.

스미코는 어찌할 바를 몰랐다. 이럴 땐 뭐라고 대답해야 하나.

부인이 다소 상식에서 벗어난 듯 보였다.

"남편이 당신을 들이기로 한 이상 이제와서 하소연해봤댔자 아무 소

---

3) 원문에는 78회로 표기되어 있으나 순서에 맞도록 정정한다.

용없겠죠. 그건 그렇고 당신은 괜찮겠어요?" 하며 묻는 것이 아닌가.

스미코는 일단 "별 도움은 안 되겠지만……." 하고 대답했다.

"뭐, 그리 거창하게 생각할 필요 없어요. 아이를 돌봐주기만 하면 되니까. 그처럼 편한 일이 또 어디 있겠어요. 게다가 우리 집은 급료도 다른 집보다 더 주니까."

이렇게 말할 정도니 이 인물의 천박함이란 정말이지…….

이전엔 어떤 삶을 살았을까? 지금은 부인 행세를 하지만 어쩌면 남들이 흔히 말하는 양공주인지도 모른다. 앞으로 이런 사람 밑에서 일을 해야 하다니 기가 막힌다.

만약 급료가 다른 집과 같은 수준이라면 당장 도망쳤을 거다.

"당신은 정말이지 운이 좋은 사람이에요. 우리 집 양반이 당신을 구해준 것도 모자라서 살집까지 마련해준 셈이니……남의집살이하는데 여기만큼 좋은 곳이 없으니 다들 앞다투어 들어오려고 난리거든요. 그런데 이상하리만치 은혜를 베풀어 나중에는 1주일에 3엔까지 지급하기로 하다니."

스미코는 "그럼, 그렇게 알고 이, 삼일 내로……들어올 테니……." 하면서 인사를 올리고 자리에서 일어서려 했다.

그런데 부인은 가당치도 않다는 표정으로

"얘기가 끝났으면 오늘부터 바로 여기 머물러야 하는 게 아닌가?" 하며 갑자기 다그치는 말투로 바뀐다.

스미코도 "그래도……사정이란 게 있으니……." 하고 물러서지 않는다.

"사정이라면 저한테도 있어요. 지금 일할 사람이 없어서 얼마나 곤란한데." 하며 얼굴이 험악해지는 것이 아닌가.

"아무리 그래도 가져와야 할 짐도 있고……."

"어차피 하야마로 남의집살이하러 가는 길이었잖아요."

"그렇기는 하지만 짐은 아직 도쿄에……."

"지금 밖에서 기다리는 사람 오라버니 아녜요? 짐은 그 사람이 가져 오면 되겠네."

벌써 이렇게 나오다니. 나중에 집에 들면 성가신 일이 불어날 게 불 보듯 뻔해서 두렵기까지 하다.

(1916년 2월 1일)

81회

그렇게 스미코는 선벨 집안의 보모가 되었다. 게이이치가 그녀 대신에 도쿄로 가서 야스키 집안과 담판을 지어줘서, 갈아입을 옷가지는 직접 철도편으로 받았다.

보모 노릇은 두 살 먹은 계집아이를 돌보는 일인데 부인인 하마코(濱子) 배에서 나온 아이라 그야말로 혼혈아다. 루리코(琉璃子)라나. 그리 귀염성이 있는 아이는 아니다.

이 별장에는 이들 이외에도 중늙은이면서 머리는 뒤로 묶은 오나카(お仲)라는 심부름꾼 여자와 그런 그녀와 거의 부부처럼 지내는 아라타(荒田)라고 부르는 늙은 요리사, 그리고 문에서 나를 맞았던 그 보이가 살고 있다. 별장이 넓은 것치고는 꽤나 단출하다.

보이의 이름은 사에기 히데마쓰(佐伯秀松)인데 심술궂기가 이만저만이 아니다. 특히 요즘은 변성기인 터라 매사에 짜증을 내서 죽을 지경이다.

선벨은 일주일에 한 번은 꼭 들르지만, 밤에 느닷없이 찾아와 바로 돌아가는 걸 보면 장사로 어지간히 바쁜 모양이다.

부인인 하마코로 말할 것 같으면 고향이 어디인지 도무지 짐작이 안 간다. 관동(關東) 출신인 것은 분명하지만 말하는 품새를 보면 엄청 천박하여 교육다운 교육을 받아본 적이 없는 것 같다.

사람들 말은 원래 보슈(房州) 태생인 그녀가 나중에 요코하마로 와서 국수집에서 일했다 하고, 또 어떤 이는 그녀 역시 보모였다고 이르기도 한다.

개중에는 선벨이 칭다오(靑島)로 건너가 매춘을 하던 그녀를 데리고 왔다고 말하는 사람도 있다.

그녀가 칭다오에서 살았던 건 사실인 것 같다. 그곳 사정을 잘 알고 있는 것을 보면 말이다.

선벨이 집을 비우는 동안 그녀는 자거나 먹는 것이 불규칙하다. 근처에 사는 양공주들을 불러들여 화투를 치거나 요코하마로 연극 구경을 가고 그도 아니면 요코스카(橫須賀)로 활동사진을 보러 나간다. 그렇다고 해서 배우나 변사를 돈 주고 사는 것은 아니다. 그런 쪽으로는 돈을 아낀다나 뭐라나.

그녀가 그렇게 놀이에 푹 빠져있을 때 아이는 완전히 방치된 상태다. 보모의 손이 필요한 건 그래서다. 사정이 이렇다 보니 스미코를 집안으로 들이려고 서두른 것도 무리는 아니다.

아이는 아직도 우유를 먹는다. 유모차 타는 일에 익숙하다. 온기 없는 어미에 길들여져 있다.

이러니 스미코는 책임이 무겁다. 마음이 조급하다.

급료가 비싸지 않았다면 이 일을 선택하지 않았을 거다. 아이를 어떻게 대해야 하는지 모르는 사람한테는 실로 어려운 일이다.

유모차를 밀면서 산책 나가는 일은 정말이지 질색이다. 그래도 언니가 있는 야스키 별장과 방향이 다르고 오쿠치 집안사람들이 있는 하야마와도 멀리 떨어져 있으니 아는 이와 마주칠 일은……없이 지내고 있으니 다행이다.

한 가지 걱정인 건 땡중 진파치다.

그때 이후로 어떻게 됐을까?

상처는 다 아물었는지.

그대로 죽어버렸으면 좋았을 텐데 하고 마음속으로 빈 적도 있다.

그런 그가 멀쩡한 몸으로 내 앞에 나타나기라도 하면 어쩌나 걱정도 되고 교한테 100엔 받은 것도 신경이 쓰여서 잠시도 마음 편할 날이 없다.

이럴 때 게이이치라도 곁에 있으면 얼마나 든든할까 하고 헤어지고 나니 더욱 애틋해졌다.

(1916년 2월 2일)

82회

스미코가 책임질 부분은 대개 보모 역할이지만 그밖에도 내키지 않는 일이 하나 더 주어졌다. 그 일만큼은 진저리가 날 정도로 하기 싫다.

그것이 무슨 일이냐 하면 손수건을 세탁하는 일이다.

선벨 부부가 사용한 손수건을 모아두었다가 한꺼번에 빨기 때문에 정말이지 더럽기 그지 않다.

어느 날 하마코는 오나카와 함께 루리코를 안고 요코하마로 외출했다. 요리사 아라카와(荒川)[4]도 볼일이 있어서 하야마로 향했다. 그래서 보이 히데마쓰와 스미코 단둘이서 집을 지키게 되었다.

그들이 집을 비운 사이 스미코한테는 손수건 빠는 일이 맡겨졌다.

코스모스가 한들한들 피어있는 우물가에서 얼굴을 잔뜩 찌푸리며 산처럼 쌓인 손수건을 빨아봤지만 좀처럼 얼룩은 지워지지 않는다.

소다를 너무 많이 써서 스미코의 손끝이 하얗게 변하여 피부가 벗겨

---

4) 81화에는 아라타(荒田)라고 되어 있음

질 듯 하다.

"아야야······." 하고 저도 모르게 비명이 새어나온다.

그때 갑자기 "많이 아파요? 스미코 씨······?" 하는 소리가 들려서 뒤돌아보니 보이 히데마쓰가 서 있지 뭔가.

스미코는 "뭐예요. 깜짝 놀랐잖아요." 하면서 고개를 돌렸다.

히데마쓰는 "손수건 세탁은 다들 꺼리는 일이거든. 코쟁이들은 뭐든 그걸로 닦으니까." 하며 스미코 앞으로 다가와서는 누가 시키지도 않았는데 펌프질을 해서 콸콸 우물물을 끌어 올린다.

스미코는 "어머나, 물이 튀잖아요." 하며 몸을 돌려 날아드는 물방울을 피했다.

그러자 히데마쓰가 "나, 참. 열심히 일해주고도 욕을 먹네. 재주는 곰이 부리고 돈은 되놈이 가져간다더니."라며 펌프질을 멈추고는 우물곁에 몸을 기대면서

"스미코. 오늘은 우리 둘뿐이잖아. 이 넓은 집에 우리 말고는 아무도 없어."

"그래서요."

"얘기나 한번 해보자고."

"글쎄요······."

"스미코는 여자잖아?"

"그게 무슨 말씀이신지······."

"그러니까 내 말은 처녀인지 아닌지 묻는 거야."

"처녀라니······당연하죠."

"난 어엿한 사내라고. 이래뵈도······."

"오호호호."

"스미코는 일본인이지?"

"왜 그래요. 뻔한 걸 묻고······."

"얘기를 하기 전에 먼저 확실히 해두고 싶어서 그래."

"오호호호. 보시다시피 일본인이예요."

"난 보이는 것뿐만 아니라 정신도 그런지가 궁금한 거야."

"물론 정신도 일본인이예요."

"독일 사람 집에 일하러 들어왔대도 정신마저 독일 사람처럼 변한 건 아니겠지?"

"그럴 리가 있겠어요?"

"좋아. 그럼 얘기를 시작해보지. 스미코, 어차피 이런 곳에 남의집살이 들어온 바에야 마음을 단단히 먹어야 할 거야."

"무슨 말씀이신지……."

"그러니까 내 말은 이곳이 요물 저택과 같은 곳이란 말이지."

"요물 저택이라……."

"이건 스미코가 언제까지 처녀의 몸으로 지낼 수 있냐 하는 문제야. 처녀가 아니라는 사실은 바로 일본인이 아닌 게 되니까. 이곳은 야수와 같은 인간들이 모여 있는 소굴이나 마찬가지야. 나만 해도 순수해야 할 소년 시절을 돼지처럼 일하느라 날려 먹었거든. 지금까지 이집에 들어온 다른 계집들은 죄다 선벨한테 정신을 파괴당했어."

이 말을 들은 스미코는 그만 오싹해져서

"정말이에요?"

(1916년 2월 3일)

83회

히데마쓰는 "거짓일지도 모르지. 허나 방심하면 안 돼. 아무튼 여긴 요물 저택이니까." 하며 이상한 소리를 한다.

"요물 저택" 하고 스미코는 되뇐다.

사실 스미코는 이제 더이상 남자라는 존재를 믿을 수 없는 데까지 이르러 있다.

아무리 착한 얼굴을 하고 있어도 그건 어디까지나 겉모습에 불과하고 속은 성욕으로 가득 차 있다. 그렇다면 독일 사람도 예외는 아닐 것이다. 아니지. 욕정의 농후함의 정도는 일본인보다 한층 더 맹렬할지도 모른다.

위험한 것으로 치면 산속이나 숲속뿐만 아니라 집 역시 마찬가지다.

돈을 많이 준다기에 별생각 없이 이 집에 들어오기는 했지만 만일 선벨이 강제로 자신을 해치려 든다면 내 어찌 막을 수 있겠는가. 여기까지 생각이 미치자 불안해서 견딜 수 없다.

히데마쓰는 스미코의 표정을 살피면서

"아무리 그래도 만약 스미코가 누군가에게 정조를 빼앗길 것 같으면 어떻게든 내가 막아볼게. 아, 꼭 막아야 하는데." 하지 뭔가.

"아니, 히데 씨가 날 보호해주신다니……."

"하긴 이건 어디까지나 주고받는 게 있어야 가능한 문제야. 내가 마음을 다해 스미코를 보호할 만큼, 그 정도의 열의를 다하기 위해서는 말이지. 너도 내게 그만큼의 무언가를 해주어야 하지."

"제가 어떻게 하면 될까요?"

"가만 있어 보자. 나한테만 네 마음을 보여줄 수 있는 특별한 호의가 뭐가 있을까……."

"특별한 호의라……."

"예를 들자면 요리사 아라타와 오나카의 친밀함처럼, 보이 사에키 히데마쓰와 가정부 스미코가 사이좋게 지내면 어떨까? 그러기에 오늘은 최고의 날이지. 여기 우리 말고 아무도 없으니 지금부터 둘이서 이 층으로 올라가서 날마다 주인이 앉던 의자를 차지하고는 스미코는 부인이 자는 베드에 누워서 얘기나 진탕 나눠보자구."

"어떻게 그런 짓을 해요?"

"괜찮아. 나한테 그 정도는 아무 일도 아냐."

"당신은 괜찮을지 몰라도 난 할 수 없어요."

"이런, 내 모처럼 맘먹고 요괴 저택의 비밀을 자세히 들려주려 했더니 궁금하지 않은 모양이군."

"비밀이라……."

"이 집은 커다란 비밀을 안고 있어. 별로 듣고 싶지 않다면 나도 굳이 얘기할 필요는 없지……스미코한테 위험한 일이 닥쳐도 내가 보호해줄 필요도 없는 셈이고……."

소년치고 너무 능글맞다.

얄미운 사람이다.

색기 많고 말투도 교만하고…….

'이런 식으로 남을 희롱하는구나.' 싶어 스미코는 히데마쓰를 무시한 채 다시 손수건을 빨기 시작했다.

히데마쓰는 뽀루퉁해져서는

"좋아. 날 적으로 돌려봐. 앞으로 무슨 일이 벌어질지 두고 보자고." 하며 내뱉고는 사라졌다.

그런데 어느새 제자리로 돌아와서는 느닷없이 코스모스 꽃잎을 목덜미에 꽂아 넣는 게 아닌가.

스미코는 깜짝 놀라 일어섰다. 홧김에 젖은 손수건으로 두들겨 팼다. 그 손수건이 철썩하고 히데마쓰의 얼굴을 때렸다.

"퉤퉤, 냄새 나……더러워, 퉤퉤."

(1916년 2월 4일)

84회

이후에도 보이 히데마쓰는 걸핏하면 스미코를 건드려서 얄밉고 미워서 죽을 지경이다.

열네댓 살밖에 안 된 주제에 이상한 쪽으로 성정(性情)이 발달해서 그 열기가 몹시도 뜨겁다. 때때로 그 열기가 혹하고 밖으로 튀어나오는 바람에 질려버린다.

행여나 남동생 다케지도 이렇게 변했으려나. 그런 생각을 하니 인간 자체가 징글징글하다.

그러나 곰곰이 생각해보면 지금의 나도 예전과 같지는 않다. 자신도 모르는 사이 사람이 변한 것 같다. 요즘 같아서는 더욱 그렇게 느껴진다.

사람은 누구나 누가 굳이 책망하지 않아도 스스로 자신을 돌아보고 지금과는 전혀 다르게 살아가는지도 모르겠다.

앞으로 펼쳐질 세상은 어느 소녀의 단순한 번민 정도로 끝나지 않는 것이다.

그러한 한편으로 걱정인 것은 히데마쓰가 말한 요괴 저택 문제다. 그는 이곳에 무언가 커다란 비밀이 있는 것처럼 말했다. 그것이 과연 사실이란 말인가.

아직 수상쩍은 기운은 못 느꼈다. 유령과 같은 존재는 눈에는 안 보인다. 그림자도 못 봤고 아무 소리도 못 들었다.

스미코는 히데마쓰가 거짓말을 하고 협박한 것에 불과하다고 믿기로 했다.

그러던 어느 날 밤.

밖에는 부슬부슬 가을비가 내리고 있다.

10시가 지나서 갑자기 선벨이 집으로 돌아왔다.

그러나 그날 부인은 평소와 달리 들떠서 2층 방으로 들어가서는 밖으로 나오지 않았다.

어찌된 영문인지 하마코도 오늘따라 맞이하러 나오지 않고 2층으로 올라오지도 않는다.

마치 아무도 없는 듯 조용하다. 이런 밤이 종종 있는 모양이다.

스미코는 이상한 생각이 들었지만, 자기 혼자 나갈 수도 없고 하여 자기 방에 들어가 옷의 솔기를 뜯고 있자니, 히데마쓰가 발소리를 죽이며 살금살금 들어오는 것이 아닌가.

'또 못된 장난이 시작됐구나.' 싶어 말없이 가위질을 하고 있자니 그가 스미코 뒤로 돌아와 어깨에 머리를 걸치고는

"스미코 오늘 밤 드디어 요괴의 정체를 보게 될 거야" 하고 속삭인다.

스미코는 그만 "뭐……?" 하고 소리를 질렀다.

"이 집의 비밀을 알아내기에 아주 좋은 기회야."

"어째서?"

"오늘 밤 주인이 돌아온 모습이 이상하지 않아?"

"지금 2층에서 무슨 일이 벌어지고 있는지 알기나 해?"

"내가 그걸 어떻게 알아요?"

"정말로 기괴한 일이 벌어지고 있단 말이야. 그 광경을 한번 보기만 해도 이 요괴 저택의 본모습을 알게 되거든. 모든 비밀이 한 번에 풀릴 거야."

"싫어. 그런 걸 보는 건……."

"그런 말 하지 말고 괜찮으니 나와 함께 가보자."

"싫다니까요."

히데마쓰는 "지금 이럴 때가 아니야. 스미코를 위해서라도 꼭 봐야 한단 말이야. 이번 기회에 열쇠 구멍으로 한 번만 살짝 들여다보자. 괜찮아. 내가 옆에 있을 거니까. 결코 널 곤란하게 만들진 않아." 하면서 스미코 옆구리에 손을 집어넣어 와락 끌어안더니 싫다는데도 억지로 일으켜 세우려든다.

그의 손길을 뿌리치기 위해서는 소란을 피울 수밖에 없다.

그때 스미코의 마음속에서 '이렇게 몸부림칠 것 없어. 인정하고 싶진 않지만 보고 싶은 것도 사실이잖아. 아무한테도 들키지 않고 살짝 들여다볼 수만 있다면, 그래서 그것의 정체를 확인할 수 있다면 못 볼 것도 없지' 하는 생각이 꿈틀거렸다.

그리하여 스미코는 히데마쓰의 손이 이끄는 대로 하늘로 날아오를 듯 가볍게 일어나서는 그를 따라 선벨의 방으로 향했다.

(1916년 2월 5일)

85회

실내용 조리(上草履)는 벗어던진 채 맨발로 복도를 지나 뒤편 사다리로 2층으로 올라갔다.

앞장선 히데마쓰는 숨죽이는 동작이 익숙하지만 뒤따르는 스미코는 가슴이 콩닥콩닥 뛰고 무서운 생각이 들어 몇 번이고 돌아가려 했다.

그런데 히데마쓰의 손힘이 이만저만이 아니다. 손바닥에서 피가 배어 나올 정도로 꽉 쥐고 잡아당겨서 차마 그 손을 뿌리칠 용기가 나지 않는다.

2층으로 올라가 선벨 방 앞에 이르렀을 때 '어째서 여기까지 오게 된 걸까?' 하는 후회가 세차게 밀려온다. '사형수가 교수대에 올라선 기분이 이럴까?' 싶어 벌벌 떨려서 졸도할 지경이다.

거친 숨소리가 자신의 귓가에도 그대로 전해져서 풀무로 불 피울 때 나는 소리로 들린다.

막상 선벨의 방 앞에 당도하자 큰소리치던 히데마쓰는 어디로 갔는지 좀처럼 나서지 못한다.

지금까지 꼭 잡았던 손을 놓더니 스미코를 벽 가까이 세우면서 '잠시 여기서 기다려' 하는 손짓을 보내고는 그 자신은 거의 기다시피 하여 주인이 쓰는 서재 입구 쪽으로 간다.

그러더니 민망한 자세로 머리만 삐죽이 내밀고 열쇠 구멍에 눈을 갖다 대고는 실내 분위기 먼저 살핀다.

그런데 안을 살피던 히데마쓰의 안색이 창백해지는 모습이 전등 빛에 역력히 비치는 것이 아닌가.

아무래도 방 안에서 괴기스러운 일들이 벌어지고 있는 모양이다. 그렇지 않고서야 히데마쓰가 저리도 공포에 떨 리가 없지 않은가.

이제 더 이상은 못 참겠다. '어서 이곳을 벗어나야겠다.'고 생각했지만 발길이 떨어지지 않는다. 그런 발을 억지로 옮기려 들면 앞으로 고꾸라질 것만 같다.

이러다 아래층에서 부인이라도 올라오면 혼이 날 텐데 어쩐단 말인가. 주인이 입구에서 얼굴을 내밀고 노려보면 또 어쩌란 말인가.

비밀을 캐내려 했다며 총이라도 겨누는 것은 아닌지.

생각하면 할수록 무서운 생각이 들어서 도저히 견딜 수가 없다. 어지럽고 앞도 제대로 안 보이는 순간 어느새 스미코 곁으로 돌아온 히데마쓰가 그런 그녀를 안아주어서 간신히 졸도는 면했다. 그러면서 '이쪽으로 오라.'고 손짓한다.

'너도 열쇠 구멍으로 안을 들여다 봐' 하는 신호다.

지금 이 상황에서 안을 들여다볼 정신이 어디 있나.

난 지금 한 발짝도 움직일 수 없는데. 몸이 굳어버려서 오도 가도 못하고 있단 말이다.

손을 내젓기도 하고 몸을 굽히기도 하여 자신을 아래로 데려다 달라고 부탁했다.

그런데 히데마쓰는 기분 나쁜 웃음만 흘릴 뿐 도무지 부탁을 들어주려하지 않는다.

이럴 때 다투는 소리가 들리면 위험하므로 스미코는 내키지 않지만 하는 수 없이 문 가까이 다가가 열쇠 구멍에 눈을 갖다 댔다.

처음에는 엄청난 불빛으로 눈이 부실 정도로 방 안이 환하여 아무것도 보이질 않았다.

그러나 차차 눈이 익숙해짐에 따라 놀라운 광경이 펼쳐졌다. 방 안의 상태가 너무나도 괴기스러워서 온몸의 피가 거꾸로 솟고 손끝에서 발끝까지 저려왔다.

주인이 뭔지 모를 동물을 목 졸라 죽이고 있는 것이 아닌가.

스미코는 차마 눈을 뜨고 볼 수가 없다.

다음은 어떻게 됐는지 모른다. 저 혼자 2층에서 내려왔는지 아니면 히데마쓰에게 안겨서 온 것인지 기억이 나지 않을 만큼 정신이 혼미하다.

(1916년 2월 4일)[5]

86회

스미코는 자신이 어떻게 자기 방으로 돌아왔는지 모른다. 침대 위에 쓰러졌다는 사실도 두려움이 가신 뒤에야 겨우 떠올렸을 정도니까.

정말이지 여기는 요물 저택임에 분명하다. 2층 방의 비밀은 괴기스럽기 그지없다.

동물이 그렇게 하얄 수 있나. 아니지. 동물로 착각한 것이지 사람인지도 모른다.

사람이라면 필시 나체일 터인데. 아무리 그대도 사람이 옷을 홀딱 벗기야 했을까. 그러면 내가 본 하얀 네 다리와 어지러운 긴 머리카락은 무엇이란 말인가. 부인인 것 같기도 한데 그녀를 목 졸라 죽이려

---

5) 1916년 2월 4일자 신문에 85회, 83회 순으로 수록되어 있다.

하다니 너무나도 잔혹한 일이다. 설마하니 선벨이 그런 악행을 저지르겠는가.

환시겠지……내가 잘못 본 게야. 잘 생각해봐. 열쇠 구멍으로 방 안이 죄다 보일 리 없잖아.

그래도 방 안에서 무언가 이상한 일이 벌어진 것은 사실이다. 내가 간 큰 사내였다면 마음을 가라앉히고 자세히 들여다봤을 텐데. 다시 돌아갈 수도 없고.

이상한 동물……나체의 부인……교살……범죄……환시……사실……스미코가 이런저런 생각에 정신이 없는 가운데 다른 이상한 동물이 찾아왔다. 바로 히데마쓰다.

"어때? 스미코. 잘 봤어?" 하고 묻는다. 낮은 목소리였지만 의외로 명료하게 들렸다. 그도 그럴 것이 귓가에 거의 입이 맞닿을 정도로 가까이서 말했다.

스미코의 몸은 침대에 반을 걸치고 있고 히데마쓰는 침대 건너편에서 한 손을 집고 얼굴만 이쪽으로 내민 자세다.

스미코는 "봤는지 못 봤는지 잘 모르겠어요. 뭐랄까. 머리가 아프고 어지러워서……." 하고 대답했다.

"아마 그럴 거야. 그걸 보고도 제정신이면 그게 더 이상하지. 그 광경을 한 번만 보면 말이지."

"히데 씨는 똑똑히 봤어요?"

"당연하지……."

"그럼 그게 뭔지 말해줘요."

"얘기해주지. 그런데 얘기해도 되려나……스미코가 내 편이 아니면 그 얘기를 꺼내기 힘든데 말이지."

"당신 편이라면……."

"그러니까 내 말은 이 집의 비밀을 안 이상 일본인으로서 충성을 다해야 한다는 말이지.”

“당연한 말씀을 하네요. 난 어디까지나 일본인이에요. 비록 독일사람 집에서 일은 하지만 결코 독일사람이 되지는 않을 거라고 말했었잖아요.”

“그건 얼마 전 얘기고. 아무튼 다시 한번 다짐을 받아야 하니까. 이게 보통 일은 아니잖아.”

“당신 편이 될게요. 당신 말대로 이게 보통 큰일이에요?”

“건성으로 그러면 안 돼!”

“그럼 내가 어떻게 할까요?”

“나한테 들은 비밀 얘기를 다른 사람한테 흘리면 안 돼. 그리고 끝까지 한편이 되어서 나와 함께 국가를 위해서 일하겠다는 맹세를 해야만.”

“맹세라……내가 어떻게 하면 돼요?”

히데마쓰는 “쉿, 그렇게 큰소리로 말하면 안 된다고. 일단 문을 좀 잠그고…….” 하면서 일어서더니 살살 걸어가서는 문을 잠근다.

갑자기 실내가 어두워졌다.

스미코가 “어머나, 불을 좀…….” 하고 말하자

히데마쓰는 “방 안이 밝으면 누가 와서 난처해질 수도 있으니…….” 하며 스미코를 말리면서 어둠 속에서 슬금슬금 스미코를 향해 걸어온다.

(1916년 2월 8일)

87회

히데마쓰는 어두운 실내에서 스미코에게 이 집의 비밀을 알려주려 하는 것이다.

게다가 소리가 바깥으로 새어나가지 않도록 해야 하니 바싹 달라붙어서 작은 소리로 말할 수밖에. 그래서 히데마쓰는 대충 감으로 스미코가 있는 곳을 더듬기 시작한다.

스미코는 스미코대로 히데마쓰가 가까이 오는 것이 싫어서

"그냥 거기서 말해요. 가까이 오는 건 좀 그러니……." 하면서 경계한다.

히데마쓰는 "날 너무 불편해하지 말아." 하고 투덜거리며 더듬더듬 곁으로 와서는 침대 밑에 걸터앉는다.

스미코는 "꾸물거리지 말고 바로 본론으로 들어가요." 하며 서두른다.

"그럼, 시작하지. 맹세하는 방법은 여러 가지 있겠지만 우선 맨 먼저 악수로 시작하지."

"악수를 해야 한단 말이죠. 좋아요. 자, 여기요."

"이렇게 손을 맞잡은 채로 이 집의 비밀에 관한 얘기를 들려주지."

"준비됐어요. 시작하세요."

"놀라지 마!"

"놀라긴요 누가……."

"이 집 주인 선벨이라는 놈은 말이지."

"집주인이 왜요?"

"저렇게 장사꾼처럼 보여도 말이지 사실은……독일의 군사 관련 탐정으로……난 그가 독일 스파이라고 생각해."

"스파이?"

"사실 선벨 저놈은 독일의 군인인데 우리나라의 군사 비밀을 캐낼 요량인 게지. 여기 즈시에 별장을 잡은 것도 다 요코스카에 함대 항구를 마련하기에 딱 좋기 때문이야. 난 그 녀석의 속셈이 뻔히 들여다보여……."

"정말이에요?"

"당연하지. 수상한 일이 자주 벌어지잖아. 날 어리다고 우습게 보고 방심했겠지. 내 눈에는 비밀이 다 보여. 그렇다고 해서 내가 이상한

사람은 아니고. 그저 유전적으로 그런 일을 꿰뚫어 보는 능력이 있다고나 할까. 우리 아버지가 신문기자셨거든. 외교부에선 꽤나 알아주는 실력자로……그러니까 내가 그쪽 방면으로 지식이 발달할 수밖에 없다 이 말이지."

"그럼, 히데 씨는 선벨 씨가 하는 이상한 짓거리를 직접 봤단 말이에요?"

"여러 번 봤는데 오늘 밤과 별반 다르지 않아……."

"아까 그 짓이 뭐하는 거예요?"

"스미코는 뭐라고 생각해?"

"사실 뭘 봤는지도 잘 모르겠어요."

"양공주를 못 봤어?"

"그게 양공주……?"

"거의 옷을 걸치지 않은 나체였잖아."

"그럼, 내가 본 게 사실이란 말예요?"

"사실 옷을 완전히 벗은 건 아니고 고무 가죽으로 만든 옷을 입고 반나체인 것처럼 보여서……."

"도대체 왜 그런 짓을……?"

"그 고무 가죽과 진짜 피부 사이에 비밀 서류를 숨겨둘 장치가 있으니 놀랄 따름이지."

"그런 일이 가능해요?"

"가능하니까 그러겠지. 그 점만큼은 독일을 높이 살만해. 무언가 발명하는 건 엄청 발달했거든. 과학을 응용하는 데 세계제일이라 해도 과언이 아니지."

"그렇다면 양공주 또한 독일 스파이겠네요."

"그렇지……오늘 밤 비밀 서류를 가져와서 한창 꺼내려는데 선벨이 고무 가죽을 벗기는 게 너무 힘이 들어서 저러고 있었던 거지."

"난 처음에는 동물을 목 졸라 죽이고 있나 했어요."

(1916년 2월 9일)

88회

히데마쓰는 "그렇게 본 것도 무리는 아냐. 어찌됐든 그런 기괴한 광경은 흔히 볼 수 있는 것이 아니니. 그래도 오늘 밤에는 저 정도로 끝났기에 망정이지 얼마 전에 내가 본 건 세상에는 없는 기괴함을 넘어선……실로……어마어마한……그 정도가 아니라 도저히 말로는 설명이 안 되는 무서운 방법으로 부인을 울렸어" 하며 말을 잇는다.

스미코는 "부인을 울렸어요……?" 하고 물었다.

"울고 싶어서 운 건 아니겠지만, 비밀을 숨기려면 비상수단을 써야 하고 또 그걸 꺼내다보면 피부에 상처가 나는 건 피할 수 없잖아. 무슨 말이냐 하면 상처에서 피가 나오면 아플 것이고 그러면 저절로 눈물이 나오잖아."

"그가 그렇게 잔인한 짓을 저질렀어요?"

"그랬다니까……익히 알고 있겠지만, 작게 만 밀서를 금속으로 감싸서 목으로 넘긴 다음에 바로 설사약을 먹여서 몸 밖으로 내보내는……이제 더는 이런 오래된 방식은 쓰지 않겠지만 독일식이라면 훨씬 진보된 방법으로 밀서를 길 수 있을 거야……."

"이렇게 많이 알고 있으면서 관계 기관에는 알리지 않지."

"왜 그런데요?"

"밀고하기엔 이르다는 건 이 집에서 그런 일이 벌어진 건 분명하지만 어디까지나 상상에 불과하고 얼핏 본 걸 가지고 이러쿵저러쿵 자기식으로 추리한 결과라서……."

"이런, 상상이었어요?"

"그래 다 내가 꾸며낸 얘기야. 그러니까 우리 아버지가 신문기자였다고 말했었잖아."

"믿을 수 없어요."

"그래도 십중팔구는 사실이니 좀 더 자세히 살펴본 다음에 관계 기관에 밀고할 생각이야. 아무래도 탐정은 나 혼자인 것보단 스미코가 도와주는 게 좋을 것 같아. 어때? 국가를 위해 힘써줄 의향은 없어?"

"나라를 위한 일인데 외면할 순 없죠."

"고마워. 단 한 명이라도 나와 뜻을 같이 하는 사람이 있다면 든든하지. 그러나 탈로나면 바로 끝장이야. 선벨 때문에 죽을 수도 있어. 군사 탐정이 비밀을 흘렸다는 사실이 발각되면 그 자리에서 죽여 버릴 테니까."

"그러네요. 사람을 죽이고 시체를 숨기면 아무도 모를 테니까요."

"그야말로 목숨을 걸어야 하는 임무인 거지. 그러고 보니 스미코와 난 생사를 같이 하는 거네. 그렇다면 다시 한번 우리 두 사람이 동지인 걸 확인해둬야겠어."

"우린 벌써 맹서했잖아요. 아까 악수도 하고."

"다른 식으로 해보자. 아까보다 더 복잡한 방식으로. 우린 생과 사를 같이 하는 사이니까."

제멋대로인 꼬마는 이렇게 스미코에게 맹서를 재촉했다.

그때 갑자기 밖에서 똑똑하고 문을 두드리는 자.

두 사람은 소스라치게 놀랐다.

쾅쾅. 문 두드리는 소리는 더욱 거세져서 스미코뿐만 아니라 히데마쓰 역시 당황하여 어찌할 바를 모른다.

"이봐, 무슨 일이야? 안에 아무도 없어? 방에 없을 리가 없는데. 스미코……스미코……?" 하고 밖에서 부르는 이의 목소리는 다름 아닌 부인 하마코.

히데마쓰는 스미코의 귓가에 입을 갖다 대고는

"난 어디 숨어 있을게. 넌 어서 문 쪽으로 가봐" 하는 말을 내뱉고는 침대 밑으로 기어들어 간다.

(1916년 2월 10일)

89회
결호로 인하여 내용 확인 불가능

90회
스미코는 그저 이 광경을 바라보고만 있을 뿐 손을 댈 수가 없다. 히데마쓰를 도울 방법이 없는 것이다.

하마코가 아까 '난 뭐든 다 알고 있거든.' 했던 말은 무슨 뜻일까?

선벨이 독일 스파이라면서 둘이서 그 증거를 찾자고 했던 말을 죄다 엿들은 것은 아닌지.

아니, 그럴 리가 없다. 문은 꼭 잠겨 있었고 귀와 입은 딱 붙이고 정말 낮은 목소리로 소곤거렸으니까 그 소리가 들렸을 리 없다. 아무리 생각해봐도 모를 일이다.

이윽고 하마코는 히데마쓰에게 가하던 체벌을 멈추더니

"다른 말 필요 없고 하녀 방에 보이가 숨어들어 풍기를 문란 시키다니 도저히 참을 수 없어. 그동안 쭉 지켜봤었어. 너희 둘이 이상한 관계인 건 진작에 알고 있었거든" 하며 막 성을 낸다.

스미코는 '과연 이 여자한테 풍기라는 말을 입에 담을 자격이 있나?' 하는 생각에 코웃음이 나온다. 그리고 '뭐든 다 알고 있거든' 하는 말은 히데마쓰와 내가 무언가 특별한 관계라고 억측한 것으로 문을 잠그고 소곤거려서 생긴 오해라는 사실을 알게 되자 그런대로 마음이 놓였다.

그녀 입장에서 보면 이렇게 오해하는 것도 무리는 아니다. 그러고 보니 지금 같아서는 그녀가 오해하도록 내버려두는 편이 낫겠다.

히데마쓰도 그렇게 생각하는 것 같았다.

"정말 죄송합니다. 뭐 그리 대수로운 얘기를 나눈 것도 아니고 그저 신상에 관한 얘기 정도를……정말이지 우리 둘이 이상한 관계일 리 없잖아요. 스미코 씨도 그렇고 저 역시 마찬가지로 아직 어리니……." 하며 변명을 늘어놓는다.

그러자 하마코는 "네가 어리다고……감히 내 앞에서 뻔뻔하게 그런 소릴 하다니……." 하며 진노했다.

그래도 히데마쓰는 "그래요. 누구보다 당신이 잘 알고 있잖아요. 제가 이 저택에 가장 충실한 보이란 것을 말이죠." 하며 나선다.

그 말을 듣자 하마코는 씁쓸한 미소를 띠면서

"넌 정말 얄미운 꼬마야. 좋아. 오늘 밤 네 정체를 밝혀내고 말테다. 이리 좀 와봐……." 하고 빽빽거리며 히데마쓰의 두 팔을 잡아당겨 억지로 방에서 끌고 나가려 든다.

히데마쓰가 "잘못했어요. 모두 다 제 잘못이에요." 하고 싹싹 빌어봤지만 소용이 없다.

그러자 하마코는 "스미코. 너도 가만 두지 않겠어. 오늘 밤은 그냥 두지만……한 번 더 둘이서 비밀 얘기를 나누는 게 내 눈에 뜨이기만 해봐" 하고 내뱉고는 마침내 히데마쓰를 끌고는 나가버렸다.

방 안에는 스미코 홀로 덩그러니 남겨졌다. 뭔가에 홀려서 잔뜩 정신이 나간 사람처럼.

"아무래도 요괴 저택인 게 분명해."

요괴 중 하나인 하마코가 밖에서 히데마쓰의 손발을 꺾고 물어뜯을 지도 모른다.

어쩌면 2층의 용도가 그런 쓰임새인지도 모르겠다. 아아, 그때 그 요상한 짓거리는 또 시작되는 건가.

도대체 선벨이 진짜 스파이이고 하마코가 그런 그의 정체를 알고 있다는 게 맞기나 한 소린지.

아니지. 그보다는 군사 탐정 어쩌고 하는 것도 완전히 히데마쓰의 날조가 아닐는지.

스미코는 머릿속이 복잡해져서 현기증이 날 지경이다.

하염없이 내리는 비는 바람이 불어오는 대로 창문을 두드리고 그 소리는 점점 거세만 진다.

(1916년 2월 13일)

91회

다음 날 아침이 되었다.

필시 하마코한테 엄청난 잔소리를 듣겠지. 일이 참 이상하게 꼬였다. '내가 아무리 변명해봤댔자 히데마쓰와 나를 수상쩍게 바라볼 테지.' 머릿속이 온통 이런 걱정들로 한가득한데 의외로 하마코는 마치 어젯밤 아무 일도 없었다는 듯 밝은 모습이어서 오히려 더 불길하게 다가왔다.

스미코는 아무도 없는 복도에서 히데마쓰와 딱 마주쳤다.

"내 방을 나간 뒤에 어떻게……어젯밤 부인한테 혼이라도……?" 하고 물어보았다.

그러자 히데마쓰는 "뒤룩뒤룩 살찐 여자가 뭘 어쩌겠어. 앞에서만 길길이 날뛰지 뒤에서는 어쩌지 못하니까 걱정마" 하며 지나간다.

이게 어찌된 영문인지 도무지 모르겠다.

그날 이 집 주인 선벨은 하루 종일 서재에 틀어박혀 책만 읽고 있다.

어젯밤 몰래 들어왔던 양공주는 얼씬도 하질 않는다. 어쩌면 어젯밤 그 길로 이 집을 떠났는지도 모르지.

선벨은 밤이 깊어지자 집을 나섰는데 오늘은 돌아오지 않을 거라나 뭐라나.

히데마쓰도 어젯밤에는 꽤나 혼이 났는지 스미코 근처에는 얼씬도 않는다.

9시가 지났을 무렵, 하마코는 어린 루리코가 졸려서 잠자리에 들어야 하는데도 스미코를 자기 방으로 불러들였다.

스미코는 '드디어 잔소리가 시작되는가보다' 하고 단단히 각오를 하고 있었다.

그런데 이게 어찌된 일인가. 하마코가 방실방실 웃고 있는 것이 아닌가.

"오늘 밤에는 서로 툭 터놓고 얘기해봐요. 그렇게 꿰다 놓은 보리자루처럼 뻣뻣하게 굴지 말고." 하고 말을 꺼낸다.

스미코는 하마코의 의중을 알 길이 없어서

"예……." 하고 짧게 대답하고는 그 자리에 그대로 섰다.

"어서 의자에 앉아. 그렇게 서 있으면 말하기 불편하니까."

"예. 그럼……."

스미코는 조심조심 의자 곁으로 다가간다.

"음. 난 말이지 널 과대평가했어. 진작에 네가 그렇게 고지식한 여자가 아니라는 사실을 알았다면 어젯밤 그렇게 난리를 치지도 않았을 텐데……."

"어머나, 부인……정말이지 전……어젯밤에는……."

"괜찮아. 나한테 일일이 변명할 필요 없다니까. 네가 히데마쓰랑 이상한 관계여도 난 상관없어. 대신에, 내가 눈감아 주는 대신에 네가 날 좀 도와주면 좋겠는데."

"무슨……."

"거절하면 안 돼."

"부인 그래도……무슨 일인지는 알아야."

"뭐든 상관없잖아. 어차피 처녀도 아니면서."

"망측해라……."

"이제 와서 그러면 못써. 그동안 세상 물정 하나도 모르는 바보인 줄 알았다만 어젯밤 내가 현장을 목격했는데도 아닌 척하면 안 되지. 너한테도 이득이니까 들어봐. 공짜로 해달라는 건 아냐. 엄청나게 보상해줄 수도 있어."

"정 그러시다니……제가 어떻게 하면 되는지 알려주세요."

"말할 테니 좀 더 가까이 와봐."

하마코의 얼굴에는 점점 불길한 웃음이 번져나간다.

(1916년 2월 15일)

92회

만약 하마코의 입에서 독일 스파이의 끄나풀이 되어달라는 말이라도 나오면 어쩌나. 스미코는 걱정했다.

그런데 그녀의 말을 듣고 있자니 부탁이 너무 추잡스러워서 놀라지 않을 수 없다.

내용인즉슨 이 집에 방문하는 선벨의 친구들이 시키는 대로 몸을 맡겨달라는 것이다.

친구는 한두 명이 오는 건 아니지만 그렇다고 한꺼번에 대여섯 명이 오는 경우는 없으니까 그들 한 사람 한 사람의 비위만 잘 맞춰주면 결코 손해 볼 일은 없다는 말이다.

이 얼마나 비천한 근성이란 말인가. 보모한테 사창을 겸하라는 말이 아닌가. 스미코는 분개하지 않을 수 없었지만 어찌됐든 주인이 하는 말이니 너무 단호하게 거절해서 수치심을 느끼게 하는 것도 도리가 아니다 싶어 저쪽이 하는 말을 농담으로 받아넘기는 척 얼렁뚱땅 자리를 피했다.

그 일이 있고 난 뒤, 스미코는 생각했다.

여기도 오래 머물 곳은 못 되는구나. 앞으로 다른 곳으로 옮길 곳을 찾아봐야겠다고 생각했다.

그러는 와중에 하마코는 어린 루리코와 몸종 오나카를 데리고 도쿄에 있는 저택에 잠시 머물 일이 생겼다. 스미코는 루리코의 보모니까 당연 동행해야 할 터이지만 어찌된 일인지 집에 남게 되었다.

좀 이상하다 싶었다.

히데마쓰는 반색하며 나섰다.

'오늘 밤 꼭 해둘 말이 있어. 스미코 방으로 갈 꺼에요' 하며 아주 신이 났다.

이에 스미코는 "방으로 들어오면 안 돼요. 문을 잠글 거예요." 하고 응했다.

"열쇠 따위 부셔버리면 돼."

"어찌 그리 난폭한 짓을……."

"두고 봐. 내가 하나 못하나."

이런 농담을 늘어놓는다.

그때 선벨이 불쑥 집으로 돌아왔다. 하마코가 나가고 바로 돌아온 것을 보면 그녀가 집을 비울지 알고 있었던 듯 싶다.

양복을 벗고 셔츠 위에 일본 잠옷 도테라(縕袍)를 걸쳤다. 이상한 짓을 하는 사람이다.

그러나 저녁상을 물린 뒤고 종종 있는 일이니 스미코도 더는 이상하게 생각하지 않았다.

밤이 깊어지자 선벨은 스미코를 서재로 불러들였다.

선벨은 안락의자에 편하게 앉아서는 빙글거리며

"쓰미코 씨?" 하며 늘 그렇듯이 묘한 발음으로 그녀를 부른다.

스미코는 얌전히 "예……." 하고 대답하며 멀찌감치 섰다.

"이쪽으로 와요. 너무 멀어서 얘기하기 힘들잖아요. 어서." 하고 다정다감하게 자리를 권한다.

이 순간 스미코는 직감했다.

이 사람 입에서도 이상한 말이 나오려나 보다. 아무래도 그런 것 같다.

일전에 들은 기분 나쁜 말은 그래도 하마코의 입에서 나왔다. 다른 사람의 문제가 아니라, 하마코 자신을 위해서 한 말이라고 생각하니 선뜻 다가설 수는 없다.

살짝 뒤로 손을 뻗어서 손잡이를 잡고는 여차하며 문 밖으로 뛰어나갈 자세로

"제게 시킬 일이라도……." 하며 마음을 단단히 먹었다.

(1916년 2월 16일)

93회

선벨이 "거기 그러고 서 있으면 어떻게 얘기를 해요. 이리 와서 의자에 함께 앉아야지. 안 그러면 내가 어떻게 말을 해요." 하며 이상야릇한 미소를 띠는 것을 보니 보통이 아니다.

이때 스미코 머릿속에서 어떤 장면이 퍼뜩 떠올랐다. 그날 밤 그 요상한 일이.

괴수―나체―양공주―군사 탐정―비상 수단.

아니지. 그럴 리 없어. 히데마쓰의 상상과 달리 선벨이라는 사람이

불가사의한 병적 악취미를 갖고 있어서 동물을 학대하고 괴로워하는 모습을 보면서 즐거워하는 그런 불가사의한 장면을보여주려는 것은 아닌지.

혹시 날 동물로 취급하며 생피를 짜내려는 것이면 어쩌지?

이런 생각이 들자 온몸이 덜덜 떨리고 이도 딱딱 부딪친다.

이러니 뒤로 몰래 잡은 손잡이에서 덜덜거리는 소리가 날 수밖에. 이제 그가 알아채는 건 시간문제다.

선벨도 사태가 파악된 듯

"준코 씨. 지금 나와 함께 있는 게 싫어서 여길 나갈 생각인 거죠? 그럴 순 없죠. 아주 간단해요. 이걸 이렇게 누르기만 하면 되니까." 하고 싸늘하게 말한다. 물론 그에 앞서 탁상 위 버튼을 딸깍하고 눌렀다.

철컥하는 소리가 나는 걸 보니 자물쇠가 채워진 모양이다. 불도 같이 꺼진 걸 보면 전기로 작동하는 건가보다.

스미코는 "어머나!" 하고 놀랐다.

선벨은 "손잡이를 아무리 돌려봐요. 열리나" 하며 징그럽게 웃는다.

혹시나 하는 마음에 손잡이를 돌려봤지만, 문은 좀처럼 열리지 않는다. 이 방 안에 갇혀서 포로 신세가 되었다.

선벨은 안락의자에서 일어나 이쪽으로 온다.

이제 더는 도망칠 방도가 없어 스미코는 꼼짝 않고 섰다.

"자, 이쪽으로 와요. 우리 소파에 앉아서 얘기해요." 하면서 손을 잡는다.

또 이런 일이구나, 하고 생각했다.

서서히 공포가 밀려온다.

어째서 나한테 남자들의 박해가 이토록 끊이지 않는단 말인가. 형식, 장소, 인물만 다를 뿐 그들의 목적은 다 똑같다.

한심한 생각이 든다.

남자들은 죄다 바보들이다.

이런 처지에 놓이고 보니 어디 한번 남자를 갖고 놀아볼까 하는 생각도 든다. 그런 점에서 교는 대단하다.

'어쩌면 지금 선벨의 손아귀에서 벗어날 방법은 그를 농락하는 것밖에 없을지도 모른다.'고 생각한 스미코는 마음을 굳게 먹는다.

그래서 "당신 곁으로 가면 왠지 부인한테 미안한 생각이 들어서……." 하며 선벨한테 붙잡힌 손을 뿌리치지 않고 말했다. 부들부들 온몸이 떨리는 것을 참아가면서 겉으로는 아무렇지도 않은 척 꾸민 채.

선벨은 "부인한테 미안하다니……그럴 필요 없어. 하하하하" 하며 몹시 기뻐했다.

(1916년 2월 17일)

94회

그렇게 말한 선벨은 손을 맞잡고는 스미코를 소파 쪽으로 이끌면서 "우리 여기 앉아서 천천히 얘기하자." 한다. 그렇게 말하는 그의 목소리가 너무 다정하여 깜짝 놀랐다. 이 나이에 이런 체격을 가진 일본 남자 입에서는 도저히 나올 수 없는 다정다감한 목소리다. 그래서 더 불길하다.

스미코는 어쩔 수 없이 소파에 앉았다.

선벨은 그의 체온이 느껴질 정도로 가까이 다가와서는

"내가 이 집에 둔 하마코는 내 부인 아냐. 아무도 아니지. 진짜 부인은 베를린에 있거든" 하며 진심을 털어놓는다.

스미코는 "어머나, 베를린에……." 하고 놀랐다.

"그래요. 당장 하마코를 내보내고 당신을 부인으로 하겠어요. 괜찮지."

"아무리 그래도 베를린에 진짜 부인이 계시잖아요."

"그 여자 이미 죽었어."

"방금 당신이 베를린에 있다고 말했잖아요."

"예전에 있었다는 뜻이야."

선벨은 애매하게 말한다. 그러나 외국인이 과거와 현재를 잘못 말하는 경우는 흔한 일이니 부인이 죽은 게 맞겠지.

그건 그렇다 치고 아이까지 있는 하마코를 내쫓겠다니 그런 박정한 일을 할 수 있으랴. 스미코는 이를 거짓말이라고 생각하면서도 선벨을 뿌리칠 좋은 구실이 생겼다고 속으로는 기뻐하며

"절 부인으로 삼아주시겠다니 정말 고마운 일입니다만……그렇게 중대한 일을 오늘 밤 이렇게 갑자기 정하다니……너무해요." 하고 몰아세운다.

"내가 좀 성격이 급해서 말이지."

"그 얘기는……당신이 하마코를 내보낸 뒤에 다시 하죠. 그렇지 않으면 당신을 믿을 수 없으니."

"못 믿을 게 뭐야."

"글쎄요……."

"그럼, 지금 내가 한 말을 모두에게 알릴까?"

"그러면 되겠네요."

"좋았어! 내 달리 방법이 있으니."

이렇게 말한 선벨이 소파에서 벌떡 일어난다. 그리고는 카펫의 일부를 쿵, 하고 강하게 밟았나 싶었는데, 뒤 편에 아직 소파에 걸터앉아 있던 스미코에게 그 진동이 전달됐는지 소파 위에 쓰러지고 말았다.

그런 스미코를 바라보며 빙글거리는 선벨의 얼굴이 또렷하다. 그러나 손과 발이 자유롭지 않아 그가 처논 덫에 걸려들었다는 사실을 알게 되었다. 분하다.

그와 동시에 탕탕 문 두드리는 소리가 난다.

선벨은 소스라치게 놀랐다.

밖에서는 지칠 줄 모르고 점점 더 세게 문을 들린다.

선벨은 불쾌한 얼굴을 하고는 잠시 어찌할 바를 모르고 섰다. 그러나 바로 제정신을 차리고는 독일어로 뭐라 투덜거리며 우선 불을 켰다.

스미코는 다시 살아났다.

밖에는 문 두드리는 소리가 거세진다. 과연 누굴까. 위기에서 스미코를 구해준 사람은 누구란 말인가.

(1916년 2월 18일)

95회

선벨은 대수롭지 않다는 듯 문을 활짝 열었다.

문밖에 서 있는 이는 히데마쓰였다. 처음에는 '어……?' 하는 소리가 절로 나왔다. 히데마쓰가 이 상황에서 문을 두드릴 거라고는 미처 생각지 못했기 때문이다.

그러나 이내 화가 치밀어 올라 다짜고짜로 턱 아래를 향해 픽하고 주먹을 날렸다.

히데마쓰는 이런 선벨의 주먹을 잽싸게 피하면서

"손님이 오셨습니다." 하고 외친다. 위급한 상황을 막기 위한 최선의 방어책이다.

"손님이?"

선벨의 화는 다소나마 사그라졌다.

"예. 급하게 주인님을 찾으시던데……."

"누가 날……?"

그 소리에 이데마쓰는 "이분입니다." 하며 바로 명함을 내민다.

선벨은 다소 곤란한 표정을 지었지만

"하는 수 없지. 이리로……." 하며 내뱉듯이 말하고는 잠옷을 갈아입으려는지 후다닥 옆방으로 들어간다.

한밤에 불쑥 찾아든 손님이라. 아주 깊은 관계임에 틀림없다.

이 틈을 타 아슬아슬 위기를 모면한 스미코. 서둘러서 밖으로 나가 휴하고 안도의 한숨을 내쉰다.

히데마쓰는 이때다 싶어 "다행이다." 하며 악수를 청한다.

스미코는 마냥 기뻐서 그 손을 맞잡았다.

그 자세로 아래층으로 향하면서 스미코는 "정말로 손님이 왔어요?" 하고 묻자

히데마쓰는 "그건 나중에 말해줄게." 하며 대답한다.

계단을 다 내려간 스미코는 왼편에 있는 주방 쪽으로 모습을 감췄다.

히데마쓰는 손님을 맞아들이는 듯 정면 현관으로 향했다.

이때 스미코는 현관 쪽을 찬찬히 들여다봤다. 이 밤에 찾아온 이가 누군지 직접 보고 싶어서다.

그러나 너무 어둡기도 하고 손님이 얼굴을 가리고 있어서 잘 보이질 않는다.

어렴풋한 모습이지만 일본인인 건 분명하다.

그런데 그 일본인은 아무래도 교의 남편인 곰 씨인 것 같다.

독일 스파이인지도 모를 선벨을 한밤중에 몰래 찾아온 일본인이라. 뭔가 수상쩍다. 그렇다고 해서 여기 이렇게 오래 서 있을 수도 없으니 우선은 요리사 방 쪽으로 자리를 피했다.

그러고 있자니 얼마 지나지 않아 방문객을 집 안으로 들인 히데마쓰가 그녀가 있는 곳으로 달려와서는

"이봐, 스미코. 할 얘기가 있어. 잠시……." 하며 말한다.

스미코는 "무슨 얘기요?" 하며 예전처럼 쌀쌀맞게 대할 수도 없어서 묻는다.

그러자 "무슨 말이냐 하면" 하고 기다렸다는 듯이 입을 귓가에 바짝 붙인다.

"에구머니나……."

"엄청난 비밀 얘기야."

"뭔데 그래요? 어서 말해봐요."

그러나 히데마쓰는 "오늘 밤 말이지……." 하며 말을 아낀다.

(1916년 2월 19일)

96회

스미코가 "오늘 밤에 뭐요?" 하고 밀어붙이니

히데마쓰는 "오늘 밤 말이지. 아까 그 손님이 여기 묵을 터이니 신경 쓰지 말고 모두 어서 잠자리에 들라는군. 난 좀 늦을 것 같으니 스미코 먼저 자도록 해" 하고 대답한다.

"여기 묵는군요. 그 손님이……."

"그런 것 같아."

"그분 오늘 처음 봤어요?"

"예전에 왔었던 것 같기도 한데……."

"이름이 뭐예요?"

"명함에 독일어로 뭐라고 써 있긴 했는데, 모리노 규조였던가? 정확히는 모르겠어."

"그래요."

"어디 짚이는 구석이라도 있어……?"

"얼핏 아는 사람 같기도 해서요."

"하긴 앞잡이로 쓰기에는 저런 인간들이 제격이지. 일본인 중에도 독일 스파이 밑에서 일하는 녀석들이 있거든. 아닐지도 모르지만."

"어쨌든 오늘 밤 저 둘이서 뭔가 비밀스러운 얘기를 나누는 건 분명하네요?"

"물론이지."

"그럼, 또 엿보러 가는 건가요?"

"아니, 오늘 밤은 됐어."

"어째서……."

"오늘은 말이지. 네 곁에서 우리 둘이 밀담을 나눠야 하잖아."

스미코는 "싫어요." 하면서 히데마쓰를 밀어냈다.

히데마쓰는 "매정해도 유분수지. 우리 이제 한편이잖아. 우리한테는 국가를 위해 독일 스파이를 찾아낼 위대한 임무가 주어져 있어. 서로 힘을 합쳐도 모자랄 판에……." 하면서 스미코의 손을 잡으려들자,

스미코는 "위대한 임무는 무슨. 말은 뻔지르르 해도 네 속은 뻔히 들여다보이거든. 호호호호" 하면서 쌩하고 자기 방으로 도망쳤다.

정말이지 오늘 밤은 이래저래 경계를 늦출 수 없겠다.

자물쇠는 안에서 꽉 채웠다.

잠들지 못한 스미코는 생각에 잠겼다.

오늘 밤은 어떻게 히데마쓰를 막았다 해도 내일이 되면 선벨이 다시 그녀를 벼랑 끝으로 내몰 테지. 아무래도 여길 벗어나야겠다.

우선 도쿄로 달려가 게이이치와 상의한 다음에 거처를 정하기로 마음먹었다.

오늘 밤 도망갈까? 아니면 내일 갈까?

좀처럼 결정을 내릴 수가 없다. 생각하고 또 생각하는 사이 날은 점점 깊어만 간다.

이렇게 되고 보면 오늘은 글렀다.

이런 한밤중에 도망치는 건 너무 위험하다.

그나마 다행인 건 히데마쓰가 문을 두드리지 않는 것이다.

분명 날 괴롭히고 올 거라고 생각했었는데 어찌된 영문이지 잠잠하다.

그러고 보니 좀 이상하다. 히데마쓰한테 무슨 흉한 일이라도 생긴 건 아닐까?

혹시 몰래 훔쳐보다가 탄로가 나서 붙잡힌 건 아닌지. 별별 생각이 다 든다.

이런 저런 생각에 신경이 극도로 예민해져 있는데 마당 쪽에서 언뜻 비명 소리가 난 것 같기도 하다.

조심조심 창문을 열고 마당을 둘러봤지만 어두워서 그런지 아무것도 안 보인다.

더는 별다른 소리가 들리지 않을뿐더러 밖으로 나가볼 용기도 없어서 서둘러 창문을 닫았다.

(1916년 2월 20일)

97회

다음 날 아침, 스미코는 일찍 일어나 밖으로 나왔다. 그런데 요리사 아라타는 평상시와 다름없이 식탁을 차리고 있었지만, 보이 히데마쓰의 모습은 눈에 띄질 않는다.

그의 방문을 두드려봤지만, 문이 열린 채로 안에는 아무도 없다. 침대를 보아하니 어젯밤 여기서 잔 것 같지 않다.

어떻게 된 일이지. 뭔가 수상쩍다.

아니지. 지금 이럴 때가 아니다. 선벨이나 손님이 일어나기 전에 빨리 이 집에서 벗어나야 한다. 짐을 최대한 줄여서 가슴팍에 끌어안고는 뒷문으로 몰래 빠져나왔다.

그 순간 아침 안개로 젖은 마당 자갈길 위로 구둣발 소리가 울린다. 그런데 헛간 쪽으로 향하는 그 길이 점점이 핏방울로 얼룩져 있지 뭔

가. 스미코는 소스라치게 놀랐다.

비밀을 캐러간 히데마쓰가 발각되어 선벨의 손에 살해된 것은 아닌지. 또래 아이들보다 늙은이처럼 굴던 소년이 시체가 되어 창고 안 낡은 트렁크 속에 매장되어 있는 것은 아닌지.

선벨이 진짜 스파이라면 자신의 정체가 탄로 나는 걸 막기 위해서라면 그 정도의 일쯤은 아무 것도 아닐 거다.

자신도 더 우물쭈물하다가는 죽을지도 모른다고, 여기까지 생각이 미치자 스미코는 한시도 여기 머물 수 없다. 남들 눈에 뜨기 전에 다급히 정차장으로 내달렸다.

때마침 도착한 상행선 열차에 올랐다. 기차가 출발하고 비로소 숨이 제대로 쉬어졌다.

큰 배로 갈아타고 육교(陸橋)를 건너 플랫폼에 다다랐을 때, 건너편 하행선 열차는 요코스카로 가려고 갈아타는 사람들로 북적거린다.

이런 혼잡한 가운데 시비레의 교로 보이는 사람이 눈에 띄어 스미코는 다시 불안해졌다. 부디 교가 아니길. 설령 교라 해도 그냥 지나칠 수만 있다면 얼마나 좋을까. 그러나 이런 바람은 먹히질 않았다.

선로 건너편에서 교가 "어머나, 스미코……." 하고 외쳤다.

스미코도 "어머나?" 하며 그때야 알아챘다는 듯 놀라는 척한다.

"어디 가는 길이야?"

"잠시……도쿄로."

"나 언니한테 할 얘기가 있어. 이쪽으로 와봐."

"그래도……."

"쳇. 여전하군. 나도 바쁜 몸이야. 오래 얘기할 시간은……안 되겠군."

"어디 가는데?"

"즈시에……."

"즈시로……."

"일단 거기 도착해서 더 먼 곳으로 가기로 했거든. 당분간은 못 볼 거야."

"어디로……?"

"칭다오로 갈 거야."

"이런……."

이렇게 막 얘기를 꺼내려는 찰나 본선 기차가 당연하다는 듯 끼어들며 들어왔다.

스미코는 이때다 싶어 얼른 기차를 타고는 창밖으로 얼굴을 내밀지 않았다.

교 역시 지선 쪽 기차가 다가왔으니 분명 그 기차에 올랐을 터이다.

(1916년 2월 22일)

98회

칭다오에 관한 얘기는 일찍이 하마코한테 들은 적이 있다. 일본 여자는 엄청 환영을 받는다지. 돈도 많이 벌 수 있고. 아무튼 정당한 수단으로 돈을 버는 게 아닌 건 분명하다. 일본인으로서 치욕스러운 일을 감당하지 못하면 성공할 수 없다.

스미코는 그런 칭다오에 교가 간다는 건 어찌 보면 적재적소인지도 모르겠다는 생각이 든다.

자신도 그곳에서 갈피를 못 잡고 이리저리 헤맸다면 교묘한 술수에 걸려들어 칭다오로 끌려가지 말라는 법도 없다고 생각하니 여기까지 탈출할 수 있었던 것도 행운이라며 축하할 일처럼 여겨졌다. 시나가와(品川)에서 기차를 내린 다음 시바니시노쿠보(芝西久保)에 있는 고물상 2층에 세들어 사는 다카야마 게이이치를 만나러 왔지만, 오후가 되어야 돌아온다나. 그가 돌아올 때까지 시간을 때워야 하는데 마땅히 갈 곳도 없다.

그래서 생각해낸 곳이 야스키네 언니 집이다.

즈시에 있을 때 별생각 없이 알아봤을 땐 언니의 모습을 좀처럼 볼 수 없다고 했다.

어쩌면 도쿄로 돌아온 건 아닌가 싶어 일단 야스키 집으로 자동 전화를 걸어봤다.

집안일하는 계집이 전화를 받는다.

언니의 안부를 물었더니 안타깝다는 듯

"그 안주인 되시는 분은 결국 이혼하고 고향으로 돌아가셨습니다. 참, 안타까운 일입니다. 주인 어르신은 늘 집 밖으로만 도세요." 하며 말하지 않아도 될 것까지 일러준다.

아아, 언니는 결국 이혼하고 말았구나.

그 추운 다카자와(高澤)로 돌아갔구나. 싸늘한 가정으로 들어가 암울한 삶을 보내야 한단 말인가. 늙고 쇠약한 아비의 얼굴……탐욕스러운 어미의 목소리……이런 부모의 모습을 늘 보고 살아가는 건 또 얼마나 괴로운 일인가.

병자한테는 결코 좋은 환경이 아니다. 언니의 남은 수명은 그리 길지 않을 것이다.

그러고 보니 간접적이긴 하지만 내가 언니를 죽인 것이 되는건가, 하는 생각이 들자 스미코는 견딜 수 없이 괴로웠다.

그래도 난 잘못된 길을 선택할 순 없어.

옳은 희생이라면 따르겠지만 불륜을 저지를 수는 없어.

게다가 지금 난 언니를 구할 처지가 아니다. 내 코가 석자라고 마음을 고쳐먹었다.

그건 그렇고 반나절이나 되는 시간을 목적도 없이 무얼 하며 보내나 걱정이다.

그렇다고 전차로 도쿄 일대를 마냥 돌아다닐 수도 없다.

그래서 어쩔 수 없이 아사쿠사(淺草)로 향해 별로 보고 싶지도 않은 활동사진을 보며 시간을 때웠다.

해질 무렵이 되어 니시쿠보로 돌아왔다.

게이이치는 집에 있었다.

어두침침한 2층으로 안내를 받았다.

스미코를 본 게이이치는 "이게 무슨 일이야? 스미코" 하고 걱정스러운 듯 묻는다.

스미코도 "큰일이 있었어요. 어떻게 얘기를 꺼내야 할지 모르겠어요." 하며 지금까지 있었던 일을 모두 털어놓는다.

(1916년 2월 24일)

99회

스미코는 선벨네 집에 들어간 이후부터 지금까지 일어난 사건을 소상히 들려주었다. 그러나 히데마쓰가 나이에 걸맞지 않게 여자를 밝힌다거나 선벨이 전기를 써서 박해한 사실은 대충 말하고 지나갔다.

얘기를 다 들은 게이이치는 예상한대로 그녀를 깊이 동정해주었다.

"그런 위험한 곳에 있으면 안 돼. 그놈은 진짜 독일 스파이겠죠. 안됐지만 히데마쓰라는 보이는 어쩌면 살해당했을지도 모르겠네. 그래도 이젠 괜찮아. 네 짐은 내가 가져올 테니. 그리고 그런 사실도 관련 부서에 알려야 할 것 같은데. 그가 정말로 스파이라면 이보다 더 패씸한 일은 없어. 부인인 하마코도 그렇지. 일본 사람이면서 독일인의 아내가 된 것도 맘에 안 드는데, 독일 스파이의 비밀을 다 알고 있으면서도 부부 관계를 유지하다니. 동포의 얼굴에 먹칠도 유분수지. 그 어떤 벌도 모자를 거야" 하며 분개했다.

그러는 사이 날은 완전히 저물었다.

저녁상을 보자니 게이이치는 흙으로 빚은 냄비에 밥을 짓는 관계로, 지금부터는 너무 늦다. 그래서 오늘은 어쩔 수 없이 특식으로 이이쿠라(飯倉)에 있는 미쓰보시(三つ星)에 소고기를 먹으러 가게 되었다. 식대는 스미코가 지불했다.

술은 한 병밖에 안 시켰는데 게이이치의 얼굴은 벌써 시뻘겋다. 스미코도 조금씩 따른 술잔을 세 번 기울인 것만으로 엄청 취했다.

얼큰하게 취하니 모든 근심 걱정이 사라졌다.

고물상 2층으로 돌아와 앞날에 대한 얘기를 나누면서 불편하지만 잠을 청하기로 했다. 이불이 충분하지 않으니 어쩔 수 없는 일이다.

한밤중에 잠이 깬 스미코는 술기운이 싹 가셔서인지 오싹 한기가 들었다.

동굴에서 하룻밤 보내면 이렇게 추울까 싶었다.

그러고 있자니 옛 생각이 새록새록 떠올랐다 사라지며 머릿속에서 오락가락한다.

땡중 진파치의 땀내 나는 숨결. 구로히메의 산기슭에서 진드기한테 물렸을 때의 가려움증. 나가노 여관에서 괴소녀 교한테 물린 팔에서 전해지는 고통. 진무지 절간으로 향하는 숲속에서 혼절했다 깨어났던 기분. 하세(長谷)에서 하룻밤 보내는 동안 교가 억지로 비밀 얘기를 시켰을 때 삐질삐질 식은땀을 흘렸던 기억까지도. 생각들이 꼬리에 꼬리를 물고 떠오르는 동안 야스키 형부, 이오리, 선벨, 히데마쓰……이런 생각들이 뒤엉키더니 급기야 붉은 세치 혓바닥 아래 불꽃처럼 피어나다가 어딘가에 걸려서 지금 내 살갗 어디쯤에 부딪쳐 그곳만 썩어 문드러지는 것이 아닌가 하는 괴기스러운 걱정까지 일 정도다.

그것도 모자라 공포를 동반한 수치심, 막연한 각성, 이런 엉뚱한 감정까지 뒤섞여 도저히 혼자서는 감당이 안 된다. 아무래도 게이이치를 흔들어서라도 깨워야겠다.

　허나 게이이치는 얄미울 정도로 푹 잠들어 있다. 행여 잠이 깰까 몸을 뒤척이지도 못하고 그렇다고 온 방 안을 휘젓고 다닐 수도 없다.

　견디다 못한 스미코는 자리를 털고 일어나 앉아 벽에 기대어 생각에 잠겼다.

　전기불이니 망정이지 램프를 켜고 있었다면 뒤집어져서 불이라도 났을 것이다.

(1916년 2월 25일)

100회

　다음 날 아침.

　스미코와 게이이치는 진지하게 이야기를 나누었다.

　장차 스미코가 아무리 일하기 좋고 살기 좋은 집을 찾는다 해도 그곳에는 반드시 그녀를 괴롭히는 박해가 따를 것이다.

　겉으로 좋아 보이는 집이 뒤로는 더 추악해서 제2의 선벨, 제3의 선벨이 잇달아 나타날 게 불 보듯 훤하다.

　그러다 언젠가는 굳건한 마음의 성이 함락되고 말 테니 그런 일이 그녀 앞에 닥치기 전에 독립해서 스스로 생계를 꾸려나가는 것이 좋을 것 같다. 비록 여자의 몸이지만 고군분투해서 도쿄에서 끈기 있게 버티고 버텨보는 게 좋겠다는 쪽으로 얘기로 마무리를 지었다.

　이렇게 세상에 맞서 싸우기 위해서는 보호자가 필요하다. 그리고 보호자는 성실한 사람이 아니면 안 된다. 시종 그녀 곁에서 있을 수 있는 사람이어야 하며 그녀가 좋아하는 사람이어야 한다. 성격이 맞아야 한다.

　어차피 끝까지 처녀의 정조를 지킬 수 없다면 한 사람의 사내한테 몸을 맡기는 수밖에 없다. 어쩌겠는가. 보호자한테 한평생을 의지할 수밖에.

정리하자면 게이이치와 스미코가 동거에 들어가기로 정한 것이다.

이런 결정을 내리기엔 이른 감이 있지만, 지금으로선 최선이다. 무엇보다 그 두 사람이 서로에 대해 진심이다.

게이이치가 먼저 "사실 난 대재상을 꿈꾸고 있는 건 아냐. 보통 사람으로서 올바른 길을 갈 수만 있으면 되니까 일시적으로 학업을 중지해도 괜찮아. 스미코와 함께 열심히 살아보고 싶어" 하고 말을 꺼낸다.

스미코는 "좋은 말이긴 한데, 뭘 하더라도 자본이 들잖아요." 하며 걱정이 앞선다.

"돈이라면 스미코가 갖고 있지 않아?"

"제가요……?"

"이상한 여자가 억지로 스미코 품에 집어넣은 100엔이……."

"아, 그 돈요."

"그 돈이 어떤 사람한테는 부정한 돈이겠지만 지금 그런 걸 따질 상황이 아니잖아. 그 돈을 밑천으로 삼자. 교한테는 언젠가 은혜를 갚을 날이 있겠지."

"그래도 고작 100엔으로 뭘 할 수 있겠어요."

"나한테 다 생각이 있어……. 100엔정도의 자본으로 열심히만 하면 제법 짭짤한 벌이가 있거든."

"그런 일이 있어요?"

"고학생을 판매원으로 쓰고, 신문을 길이나 상점에 늘어놓고 파는 거야. 신문 판매의 총괄을 하는 거지"

"이런, 엄청 손이 많이 가겠네요."

"수고로움을 마다치 않으면 꼭 성공할 거라 믿어. 가게 주인이 좋은 옷 걸치고 계산대에 앉아있기만 해서는 어디 성공하겠나. 나도 작업복을 입고 닥치면 석간이라도 돌릴 각오가 되어 있으니……."

"그럼, 우리 한번 해봅시다."

"그래요."

여자의 몸으로 세상에 맞서는 건 지금부터다.

이렇게 결심한 스미코가 히비야 전차 교차점에서 석간을 돌리고 있는 모습이 발견되고부터 세상 사람들의 입에 오르내리더니 일부러 멀리서 그녀한테 신문을 사러 오는 사람도 생겨났다. 10전 내고 '잔돈은 넣어둬' 하는 사람도 적잖다.

그러나 밤이 되어 행여나 취한이 괜한 수작이라도 걸라치면 어디서 몰려드는지 신문팔이 사내들한테 몽둥이찜질을 당하기 일쑤다. 그도 그럴 것이 스미코도 이젠 어엿한 장사꾼인 걸.

이렇게 여왕의 위엄을 갖춘 스미코는 히비야 가두에 자리를 잡았다.

(1916년 2월 26일)

[이민희 역]

옛날이야기 두 자루의 단도(お伽噺し 二口の短刀)

후쿠로가와(袋川)

(상)

어느 골동품 가게에 두 자루의 단도가 있었습니다. 한 자루는 정말 잘 빛나서 보기에도 잘 들어 보이고 칼집도 칼자루도 아름다워서 이 가게에 와서 다기나 화병 등을 사 가는 사람은 누구나가 이것을 보고 "훌륭하군, 멋지다"라고 칭찬하였습니다. 가게 주인도 매우 자부심을 갖고 오늘 손님에게 꺼내어 보여주고 검은 광택이 나는 그 칼집을 비단 천으로 닦으면서 "이 칼은 녹이 조금도 없고, 또한 이 칼날의 상태는 뭐라 형용할 수 없다"고 말하는 것이 버릇이었습니다.

이에 비하여 다른 한 자루는 칼집도 군데군데 옻칠이 벗겨져 칼자루도 손때로 더럽혀져 있었습니다. 그리고 몸통은 뺄 때마다 드르륵 듣기 싫은 소리가 나며 빨갛게 녹이 슬어 있었습니다. 그래서 손님도 가게 주인도 전혀 돌아보려고도 하지 않아서 이 칼은 평소에 먼지에 뒤덮여 있었습니다.

이렇게 다른 두 자루의 칼이 한 곳에 나란히 같은 가게에 있었기 때문에, 하나는 화족(華族)처럼 위엄 있고, 하나는 거지처럼 입지가 좁아져 있었습니다.

"좋아. 녹슬이! 넌 무슨 생각을 하고 있나? 어찌된 건가?"
라고 말을 걸자 녹이 슨 볼품없는 칼은 어깨를 움츠리며 조심스레 반짝이는 칼을 올려다보며

"어이, 무슨 용무인가? 반짝이!"
라고 주눅 든 듯이 바라보았다.

"녹슬이! 오늘 젊은 신사가 이 가게에 왔잖아. 그리고 나에 대해 칭

찬을 했지. 자네도 들었지?"
라고 오늘 가게에 온 주인과 이야기를 나누던 신사에 대해 이야기를
시작하였습니다. 신사가 반짝이를 뽑아 찬찬히 바라보며 갖고 싶은 듯
이 했다는 것이나, 가게 주인이 평소 습관인 자랑이나 그 신사는 오늘
은 사지 않고 돌아갔지만, 반드시 사러 올 거임에 틀림없다 등 저 갖고
싶어 하는 듯한 모습으로 라든가 자랑스러운 듯이 마치 뻐기듯이 녹슬
이에게 말하는 것이었습니다. 그것을 잠자코 듣고 있던 녹슬이는 한층
더 의기소침하여 쓸쓸히

"반짝이 자네는 행복하군. 가게 주인에게 귀여움을 받고, 오는 손님
마다 모두 칭찬을 하니 말일세. 나 따위는…"
하고 떨리는 목소리로 눈에는 눈물까지 글썽이고 있었습니다.

이때 가게 주인은 차를 마시면서 자기 부인에게

"오늘 손님은 그 칼을 살지도 모르겠군. 그자가 삼십 원 밖에 없다고
하면서 이번에는 생각해보겠다며 돌아갔지만 내일 다시 올지도 모르
겠네."
라고 들뜬 기분으로 좋아하며 말하고 있었습니다. 그것을 가만히 듣고
있던 반짝이는

"녹슬이! 지금 주인의 말로는 나는 내일 삼십 원에 팔려서 그 신사
집에 갈지도 모르겠군."
라고 혼자서 신이 나서 돈 많아 보이는 신사의 가정에 판매되고 나서 받
을 신사의 총애를 생각하며 혼자서 큭큭 좋아하고 있었습니다. 녹슬이는

"반짝이가 팔려 간다면 나는 외톨이가 되어 적적하겠군. 난 정말 심
심하겠어."
라고 혼자 남겨진 뒤에 비참할 일을 생각하였지만 문득 정신이 돌아와서

"반짝이! 저 내 출신은 매우 좋았다네. 나는 이런 가게 먼지에 뒤덮여
있을 몸이 아니지만… 역시 녹이 슬어서… 이런 녹으로 못쓰지."

라고 반쯤 혼잣말로 말하는 것이었다. 반짝이는 이 말이 자신을 모욕이라도 하는 듯이 들으면서

"녹슬이는 언제나 출신이 훌륭하다고 하지만, 그래서 그렇게 녹슬어 있군요. 나 따위가 출신이 좋다느니 명문가라느니 그런 구태의연한거 질색이야. 아무리 출신이 좋아도 자네처럼 녹슬어 쥐새끼 한 마리자를 수 없는 주제에…정말 자네는 건방지거든."

라고 반짝이는 평소처럼 비웃는 것이었습니다. 녹슬이는 가엾을 정도로 작아져서 곁눈질하며

"반짝이, 화 난거야? 미안하네."

라고 동정을 구걸하듯이 사과했지만, 고집 센 반짝이는 마치 자신의출세를 방해라도 받는 듯이,

"나는 태생은 비루할지 모르지만, 내일은 삼십 원에 훌륭한 신사에게 팔려가서 비단 주머니 속에서 편안하게 잘 수 있다구. 자네는 출신이 어떻다는 둥 명문가의 일원인 것처럼 떠들지만 결국에는 어딘가바구니 가게 대나무 자르는 칼로라도 팔려 갈 걸세. 출신이 좋다한들무슨 소용이야."

라고 얄밉다는 듯이 토해내듯 말하는 것이었습니다.

그 뒤로 두 자루의 단도는 서로 다른 일을 생각하는지 말없이 조용히 있었습니다.

(중)

그 다음날 아침이었습니다. 어제 그 젊은 신사가 가게에 왔습니다.주인은 기다렸다는 듯이 손님을 맞이하며

"어땠습니까? 생각은 해 보셨는지요."

라고 말하였습니다. 신사는 반짝이를 바라보면서

"이십 오원에는 안 되는지."

주인은 손님이 갖고 싶어 안달하는 것을 간파하고 있었기 때문에 반짝이를 가지고 나왔습니다.

"아니, 삼십 원보다 싸게는 좀⋯⋯녹도 슬지 않았고 게다가 상태가⋯"

녹슬이는 크게 숨도 쉬지 못하고 위축되어 목을 움츠리면서도, 자신은 반짝이와 헤어져 외톨이가 될 거라고, 어제 엄청 험담을 들었던 것도 잊어버리고 새삼스럽게 친구를 애틋하게 바라보는 것이었습니다.

신사는 반짝이를 받아들고 뽑아들어 얼음처럼 날이 선 시퍼런 칼날을 찬찬히 바라보고 자꾸만 고개를 갸웃하며

"삼십 원이 아니면 팔지 않을 건가."

"그 값에 사주세요."

주인은 애교 띤 미소를 지으며 담배꽁초를 떨어뜨렸다.

신사는 너무 비싸다고는 생각지 않았지만, 그래도 이 같은 훌륭한 칼을 싸게 샀다고 자랑삼아 이야기하고 싶다는 얼굴로 반짝이를 칼집에 넣었습니다.

녹슬이는 평소에도 자신을 업신여기며 험담을 하는 반짝이지만, 오래 한 곳에 살았기 때문에, 지금 헤어지는 것이 슬펐습니다. 그래서 신사가 안 사고 돌아가면 좋을 텐데 하며 마음속으로 빌고 있었습니다.

반짝이는 그런 이별의 슬픔 따위는 조금도 느끼지 않고, 이 신사가 주머니에서 돈을 지불해주기를 목을 빼고 기다리고 있었습니다. 신사는 드디어 반짝이를 샀습니다. 반짝이는 너무 기뻐하였고, 신사의 손에 들려서 주인은 기쁜 듯이 신사를 배웅하였습니다. 녹슬이가

"반짝이 자네 가는 건가?"

라고 말한 때의 목소리와 얼굴은 안쓰러울 정도로 기운이 없었습니다. 반짝이는 개선장군이 서울로 들어올 때처럼 기세등등한 빛을 띠고 녹슬이를 바라보면서 잠자코 신사를 따라서 나갔습니다. 조금도 마음을

두지 않은 듯한 모습으로.

녹슬이는 아무 말도 하지 않고 나가는 반짝이의 무정하고 냉혹한 모습에 자신을 모욕하는 말을 들었던 것보다도 참담하고, 화가 나기도 하여 나중에는 자신의 앞날을 생각하여 반짝이가 말한 듯이 정말 바구니가게 대나무 자르는 칼이 되는 것이 마지막 운명이 아닐지 생각하여 어둡고 무거운 마음이 들었습니다. 그리고 평소 자신을 능욕한 친구인 반짝이라도 동거했을 때에는 움츠러들었지만 지금 그 친구마저 잃어버리자, 차분히 고독이란 느낌에 갇혀서 울고 싶을 정도였습니다. 게다가 그 친구는 출세하여 신사에게 팔려 간 것이다. 그 화려한 생활을 떠올리고는 부러움과 질투라는 감정이 드는 것도 무리가 아닐 것입니다. 그리고 자신의 운명을 생각하기에 이르자 참을 수 없는 적막함에 울고 말았습니다.

녹슬이가 혼자 남겨져 멍하니 있던 때에 노인 한 명이 가게에 왔습니다. 녹슬이는 사람이 온 것조차 알지 못하고 있었지만, 주인과의 대화에 문득 정신이 들어 바라보자 하얀 수염을 늘어뜨린 품격 있는 훌륭한 노인이었습니다. 그 사람이 문득 녹슬이가 눈에 들어와 주인이 빼기도 전에 끽 하는 듣기 싫은 소리가 나는 칼날을 좀 보더니 칼집에 넣고 주인과 대화하기 시작했습니다.

"이 칼은 얼마인가?"

"저, 얼마든지 괜찮습니다. 어차피 제 가게에서는 처치 곤란한 물건이기 때문이지요."

"얼마든지 라니…얼마인가?"

"오십 전이라도 주시면 어떠실까요?"

"음, 오십 전…"

노인은 또 녹슬이를 빼어서 보았습니다. 주인은

"어딘가 보시는 데가 있습니까?"

"……"

"설마 마사무네(正宗)[1]는 아닐 테고 하하하."

라고 두 사람 간에 높은 웃음소리가 들렸습니다.

녹슬이는 두 사람의 대화를 가만히 듣고 있다가 쥐구멍이라도 들어가고 싶을 정도로 움츠려들어 있었습니다만, 그래도 지금까지 한 번도 손님과 주인 사이에 이런 대화가 오간 적은 없었기 때문에, 녹슬이는 가슴을 두근거리면서 주인과 손님의 대화에 귀를 기울이고 한마디도 놓칠세라 열심히 들었습니다.

그 노인은 드디어 녹슬이를 사서 가게를 나왔습니다. 노인이 녹슬이를 손에 들고 길을 걸어가자 불안한 마음이 들었지만, 그래도 어느 정도 화려한 희망의 빛이 가슴에 싹트는 것을 느꼈습니다.

이 노인의 풍채에서 느껴지는 인격을 보더라도 바구니 가게의 노인이라고는 보이지 않아서 대나무 자르는 칼로 쓰이지는 않을 거라고 스스로 위로해보았습니다. 하지만 자신을 되돌아보면 비단 주머니에 담겨 총애를 받을 자격은 없을 거라고 생각하고 점점 불안한 마음은 커져 갔습니다. 녹슬이가 이런 생각을 하는 사이에 노인은 훌륭한 모습의 집으로 들어가 자신의 공간에 들어가 책상 앞에 앉더니 가게에서 보았을 때보다 한층 더 주의 깊게 눈을 번뜩이며 녹슬이의 빨갛게 녹슨 몸을 바라보는 것이었습니다. 그리고 종잇조각으로 녹을 닦고서는 장지문 유리 가까이에서 뚫어져라 질리지도 않고 보는 것이었습니다. 녹슬이는 노인이 녹슬이를 너무 쳐다보았기 때문에 움츠려 들어서 숨을 죽이고 몸이 굳었습니다. 이윽고 노인은 녹슬이를 칼집에 넣고 책상 위에 두고 끓고 있는 철주전자의 뜨거운 물을 다관에 옮겨 맛있게

---

1) 명장(名匠) 소슈 마사무네가 만든 칼인 혼조 마사무네(本庄正宗). 도쿠가와 쇼군 가문에서 가장 가치 있는 칼로 여겨졌다.

차를 마시고 빙긋 웃음을 지었습니다.

(하)

잠시 후에 옆방에서 조용히 장지문을 열고

"아버님 돌아오셨습니까?"

하고 한 명의 젊은 신사가 들어와서

"아버님께 감정을 받고 싶어서요. 오늘 이걸 사 왔습니다. 어떻습니까? 저는 괜찮다고 생각합니다만" 하며 단도를 꺼내었습니다.

녹슬이가 별 생각 없이 쳐다보니 이것은 반짝이이지 뭡니까? 그리고 젊은 신사는 반짝이를 사 간 사람이었던 것이었습니다. 이런 우연에는 녹슬이도 무척 놀랐기 때문에

"반짝아!"

하고 소리를 질렀고, 반짝이도 비로소 알아챈 듯

"와! 신기하네" 하고 깜짝 놀랐습니다. 녹슬이는 여러 가지 하고 싶은 말이 있었지만, 이때 둘은 조용히 이야기할 수 없었습니다. 노인은 신사에게 반짝이를 건네받고

"어느 것인가…네가 고른 거니까 또 이상한 걸 골랐겠지."

하며 칼집을 버리고 반짝이를 이리 저리 돌려보며 바라보았습니다. 그리고 때때로 음, 음 하고 혼잣말을 하였습니다.

신사는 무릎으로 기어서

"아버님, 이것은 괜찮지 않은가요?"

"으음."

노인은 왠지 의미를 알 수 없는 소리를 낼 뿐으로 여전히 반짝이를 보고 있었습니다.

"어느 정도 괜찮은 곳이 있지만…그러나 별 볼일 없는 물건이군."

하고 잠시 뜸을 들이고 칼집에 넣었습니다. 그리고 책상 위에서 꺼낸 단도를 보여주며

"이것을 보거라. 너는 어떻게 생각하니?"

라고 녹슬이를 건넸습니다. 신사는

"글쎄요, 아버지 이 단도는 제가 산 가게에 있던 단도네요."

라고 고개를 갸웃하며 녹슬이를 새삼스레 바라보며

"이렇게 녹이 슬었는데 뭐가 좋은 건가요? 이렇게 녹이 슬면 안 될 것 같은데요."

노신사는 "하하하" 하고 크게 웃으며

"녹은 없애면 진짜 빛이 나는 법이다. 연마해서 보여주마."

라고 부자는 여러 이야기를 하고 녹차를 마시고 있었습니다.

녹슬이는 그 사이에 낮은 목소리로 반짝이와 헤어지고 나서의 일이나 다시 같은 집에서 함께 지내게 된 것을 기쁜 듯이 말하는 것이었습니다.

반짝이는 노신사의 이야기로는 자신보다는 훨씬 녹슬이가 훌륭한 칼인 것 같아서 새삼 부끄럽기도 하고 질투가 나기도 하여 의기소침하여 우울해하였습니다. 정이 많은 녹슬이는 위로하듯이

"이제부터 이렇게 훌륭한 집에서 다시 형제처럼 사이좋게 지내자."

라고 반짝이 얼굴을 들여다보듯이 말했습니다만, 반짝이는 잠자코 외면했습니다.

그 후에 열흘 정도 지나고 나서 칼갈이 장수가 한 자루의 단도를 이 노신사의 집에 가져다주었습니다. 그 단도가 무엇인가 했더니 그 볼품없던 녹슬이가 화장을 한 것이 아니겠습니까? 새로운 하얀 칼집에서 눈이 부실 듯한 비단 주머니에 담겨 몰라볼 만큼 훌륭해졌던 것입니다. 칼집에서 빼자 한 점 흐린데도 없이 거울처럼 노신사의 하얀 수염이 비쳐졌습니다.

잠시 후에 젊은 신사가 그 반짝이를 들고 이 방으로 들어와서 두 개의 단도를 비교해보고 넋을 놓고 바라보고 있었습니다.

"아버님의 안목은 틀림없으시네요. 훌륭한 단도군요. 멋지십니다." 라고 녹슬이를 계속 칭찬했습니다.

두 개가 나란히 놓인 단도는 하나는 녹슬이고 하나는 반짝이입니다만, 지금은 화장한 녹슬이의 물이 올라있는 것에 비해 반짝이는 마치 낮에 나온 달님 같았습니다. 반짝이는 슬픈 듯이

"녹슬이는 오늘부터 나를 업신여기겠지. 내가 잘못했어." 라고 혼잣말을 하는 것이었습니다. 녹슬이는 진지하게 친절한 얼굴로

"반짝아! 난 아무리 출세해도 너와는 오랫동안 같은 곳에서 지냈잖아. 언제까지라도 형제처럼 사이좋게 지내자. 둘은 이제부터 진짜 형제처럼 되는 거야. 너도 좋지?" 라고 녹슬이가 말을 건네자 반짝이가 눈물을 흘리며

"녹슬아! 내가 잘못했으니 용서해주게. 이제부터 나는 자네를 형님으로 부르겠네. 괜찮지? 형님."

둘은 눈에 눈물을 흘리며 가만히 서로 바라보았습니다.

그리고 그 두 자루의 단도는 영원히 이 집의 주인 신사 부자의 총애를 받았습니다.

(1915년 11월 10일)

[이승신 역]

해변의 소나무(海邊松)

에미 스이인(江見水蔭)

1

소나무로 유명한 마쓰시마(松島)에 뒤지지 않는 마쓰카와우라(松川浦) 유가오칸논(夕顏觀音) 뒤편 바위산 앞으로 펼쳐진 태평양에서 떠오르는 새해 첫날 아침 해를 보자고 몰려드는 사람도 적잖다. 그들 가운데 오직 하나의 목적을 이루기 위해 이곳으로 온 사람이 있다. 그가 누구냐 하면 바로 하마나카(濱中) 자작의 영사 도시히코(敏彦)다.

부친의 명령으로 도쿄(東京)에서 출발하여 기차를 타고 해안선을 달려 소마나카무라(相馬中村)까지 찾아온 것이다. 소마나카무라에 내려서는 말에 올랐고 이곳 마쓰카와우라에는 이제 막 도착했다.

그렇다면 그가 받은 명령은 무엇인가?

"분명 아직도 있을 거야. 마쓰카와우라 유가오칸논 뒷산에서 바다로 이어지는 연안 바위 위에 몇백 년 묵었는지 모를 노송 한 그루가 서 있어. 그것이 거센 바닷바람을 버텨내며 힘겹게 자랐기에 연수에 비해 전체적으로 몸집이 작다. 줄기는 굵지만 가지와 잎은 가늘어 지금은 화분에 심어서 가꾸고 있어. 실로 보기 드문 노송이야. 소슈(相州) 하야마(葉山)의 센간마쓰(千貫松)보다 한 단계 위로 보아야 할 진기한 나무이기에 진작부터 손에 넣으려고 생각했으면서도 정무로 분주한 탓에 정작 손을 못 쓰고 있었어. 허나 언제까지 마냥 내버려 둘 수도 없으니 네가 내 대신 가서 그 소나무를 도쿄로 가져왔으면 한다. 비용은 몇 천 엔이 들어도 상관없어. 다기(茶器) 한 개에 몇 만 엔을 지불하는 이도 있으니까 말이야."

이것이 하마나카 자작의 말이다. 비록 한 그루의 늙은 소나무에 불과하지만 그것이 부친의 분재 취미를 만족시키고 나이든 아비의 즐거움을 풍요롭게 만들어준다면야 이 또한 효행이 아니겠는가.

도시히코가 이곳에 온 것은 이런 식으로 해석해서다.

그러나 소나무가 말라죽지는 않았는지 혹은 다른 사람이 먼저 가져가버린 것은 아닌지 걱정이 이만저만 아니다.

부친이 일러준 대로 소나무 숲을 빠져나와 바위산 끝자락에 닿았다.

우선은 됐다! 노송이 바위 위에 서 있다. 과연 아버지가 눈독을 들일만하다. 가지며 뿌리며 뭘 잘 모르는 사람이 봐도 풍취가 절로 느껴진다!

그런데 노송 가까이 다가가기 위해서는 아무래도 바위산을 끼고 바다가 나있는 쪽으로 돌아가야 할 것 같다. 도시히코는 떨어지지 않도록 조심하면서 발걸음을 옮겼다.

가까스로 정면에 다다랐나 싶었는데 '어!' 하고 비명이 절로 새어나왔다.

나보다 먼저 누군가 와있지 않은가. 그 자는 바로?

2

바닷가 노송 아래, 새해 아침 해돋이로 빛나는 바위산 위에 서 있는 사람은 아가씨였다.

그것도 현대 소녀풍이 아닌 분세이(文政), 덴포(天保) 시대의 풍속화 니시키에(錦繪)에 나오는 무사 집안의 아가씨처럼 생긴 그런 아가씨다. 머리는 높게 틀어 올린 다카시마다(高島田) 모양이고 얼굴은 메이지(明治), 다이쇼(大正) 시대 미인 표준에 미치기는 하지만, 가문의 문양을 옷자락에 새겨 넣은 긴 소매 후리소데(振袖)에 허리띠 옷감까지 도쿠가와(德川) 시대로 색 바랜 모양을 봐도 그렇고 낡은 정도가 한눈에 들어온다.

이런 이상스러운 옷차림의 아가씨를 더욱 수상쩍게 만드는 것은 손에 말한테 물줄 때 쓰는 나전칠기 아오가이마키에(靑貝蒔繪) 국자 마비샤쿠(馬柄杓)를 들고 있는 것이다.

고대 혼례에서 술병 조시(銚子)의 긴 자루 나가에(長柄)를 받쳐 든 모양으로 마비샤쿠를 들고 서 있다. 마치 살아 있는 한지모노(判じ物)라도 되는 양 알아맞혀 보라는 듯이.

미친 사람인가? 그런 것 같지는 않다.

모델로 서 있는 것이라면 그림을 그리고 있는 사람이 보여야 할 터이다.

도시히코는 정말 이상한 일이라며 넋 놓고 바라보고 서 있었다.

아가씨는 다소 부끄러운 듯한 미소를 흘리면서

"부디 이쪽으로 건너오세요." 하고 말을 걸었다.

도시히코는 "예……." 하고 일단 대답은 했지만, 어쩐지 여우에게 홀리는 듯 하여 선뜻 다가설 수 없었다.

아가씨가 이런 그의 마음을 알아차리고는

"이상하게 보일지도 모르겠습니다만, 이 차림새는 예부터 전해오는 풍습으로 오늘 해돋이에 이 소나무 아래서 이렇게 남자분이 찾아오실 것을 기다리고 있었기에……." 하고 설명했다.

"옛 풍습이라?"

"예, 그렇습니다. 풍습에 대해서는 나중에 소상히 알려드리겠으니 우선은 이 마비샤쿠의……깨끗하오니……한 모금 드셔주세요. 그렇게만 해주시면 저는 제 할 도리를 다하게 됩니다. 언제까지고 이런 모습으로 이렇게 서 있을 수도 없으니 부디 마다치 마시고."

"그럼, 제가 그걸 마시면 되는 겁니까?"

"예……."

옛 풍습에 관해서는 나중에 설명한다니.

도시히코는 자세한 내막은 모르겠으나 아가씨의 괴상한 부탁이 꽤나 그럴듯하게 여겨져 깊이 따져보지도 않고 그녀 가까이 다가가 마비샤쿠에 입을 갔다댔다.

붉게 칠한 마비샤쿠 안에 든 것은 물이 아니라 술이었다.

술이 들어있다는 사실에 조금 놀라기는 했지만, 이런 상황에서는 설령 그것이 독약이라도 마시지 않을 수 없다고 여겨 마음을 다잡고 한 모금 들이마셨다.

도시히코로서는 전례 없이 용기를 낸 행동이었다.

이를 본 아가씨는 기뻐하며

"감사합니다. 덕분에 옛 풍습을 따를 수 있게 되었습니다." 하고 예를 올리며 남은 술을 소나무 밑동에 부었다.

그리고는 공손하게 절을 올렸다.

"실례됩니다만, 나그네 되시지요. 그럼, 우리 집에 가서……좀 쉬시는 것이 어떠실지. 여기서 그리 멀지 않습니다. 바로 근처니……."

"그렇게 말씀해주시니 가볼까요. 가서 옛 풍습에 대해서도 들려주세요. 저 또한 부탁드릴 것도 있고 하니……."

"자, 이쪽으로 오시지요."

아가씨는 앞장서서 소나무숲 속으로 들어갔습니다.

3

흰 모래 푸른 소나무 한가운데 억새 지붕이지만 외관은 큰 집 한 채.

아가씨는 그곳으로 도시히코를 데리고 들어갔다.

안으로 들어서자 그를 기다리고 선 이는 품위 있어 보이는 노파.

"올해의 주빈은 당신이군요. 우리 아이가 이런 차림새로 마비샤쿠에 든 술을 권해서 이상히 여겼을 줄로 압니다. 이렇게 된 데 사연은 따로 있으니……."

노파는 아가씨가 옷을 갈아입으러 간 사이에 차를 내면서 이렇게 이야기를 시작했다.

그것에 언제 적부터 시작된 일이냐 하면 여러 세대 전의 일. 정월 초하룻날 아침에 한 사람의 병사, 말을 타고 온 멋진 사나이가 있었다. 나중에 그분이 영주님인 줄 알았다.

여러 세대 전 이 집 아가씨는 그런 줄도 모르고 이곳에서 해돋이를 기다리고 있었다.

영주님은 숨이 차던 터라 말도 없이 마비샤쿠를 내밀면서 물을 길러 오라 명하셨다.

그런데 어찌된 영문인지 물 대신 술을 영주님께 바쳤다.

물이라 여겼는데 술이라니. 영주는 술을 엄청 좋아하는 분. 몹시도 기뻐하셨다.

남은 몇 방울을 소나무 밑동에 부었다.

"이 소나무를 영원히 수호하거라" 하시는 분부.

이후 그곳으로 뒤늦게 달려온 일행이 알려주어서 그분이 영주님이 라는 사실을 알게 되었다.

이때 아가씨에게 포상으로 내린 것이 지금까지 전해져 오늘 아침에 도 입은 가문 문양 새겨 넣은 옷자락. 살짝 스치기만 해도 찢어질 것 같은 그러나 당시로서는 엄청난 하사품.

게다가 이 집안에는 노송을 지키는 파수꾼으로서 해마다 열 사람이 먹을 수 있는 분량의 녹미가 내려졌기에 집안 살림은 점점 늘어났다.

그 덕을 잊지 않기 위해 대대로 집안의 딸들은 정월 초하룻날이 되 면 마비샤쿠에 술을 담아 타지의 사람이 이곳을 찾아오기를 기다린다. (이런 내막을 익히 알고 있는 그 고장 사람들은 그곳을 피하는 듯 보였다.)

노파는 "오늘 일은 이런 까닭에 일어난 것입니다. 다이쇼 천황이 세 상을 다스리고 있는 지금까지 옛날 그대로의 풍습을 따르는 것이 젊은 분들에게는 한없이 바보스럽게 보이겠지만, 예부터 내려온 것이면 언제까지고 이어가야 한다고 생각합니다. 그만 두어야 한다면 어쩔 수 없지만 어찌됐든 지금까지 계속되었기에……. 딸아이는 싫어하지만 제가 살아 있는 동안만이라도 옛 풍습을 지키고 싶어요."라는 말로 이야기를 매듭지었다.

이것으로 모든 궁금증은 풀렸다.

4

도시히코는 "그런 역사가 있는 소나무였습니까? 그런 옛 풍습에 제가 우연히 마주할 수 있게 되어 영광입니다. 지금 그 소나무는 누가 소유하고 있습니까? 역시 당신이 보호하고 있는 겁니까?" 하고 물었다.

이에 대해 노파는 "그렇습니다. 메이지유신 이후, 이 근처는 모두 우리 집안이 소유하고 있으므로 그 소나무 또한 우리 집안 것이 되었습니다. 가문의 성씨는 쓰쓰미(津々見)라고 합니다만……."라고 대답했다.

도시히코는 "그렇다면 제가 말씀드리기 수월하겠습니다. 사실 저는 이런 사정으로 어렵게 이곳을 찾아왔습니다만……." 하고 말을 꺼낸 뒤 자신의 성명을 대고 소나무를 갖고 싶어 하는 부친의 소망을 들려주었다.

이어서 "실례되는 요구인 줄 알지만, 몇 천엔 몇 만엔 상관없이 값은 얼마든지 치를 테니 저 소나무를 저에게 넘겨주실 수 없으신지요." 하고 말을 꺼냈다.

처음 이 이야기를 들은 노파는 놀란 듯 보였지만, 나중에는 너무나도 미안하다는 듯이.

"어렵게 꺼낸 말씀인 줄 잘 압니다만, 앞서 말씀드린 바와 같이 쓰쓰미 집안으로서는 상당히 유서 깊은 소나무인 까닭에 설령 몇 천엔 몇 만엔 주신다 하더라도 팔기는 어렵겠습니다." 하고 거절했다.

이를 두고 억지로 팔라고 권하는 것 또한 도저히 할 수 없는 일. 나무 한 그루 돌 하나라도 한 집안의 역사에 깊이 관련된 것이라면 남이 보면 하찮아보일지라도 그것을 특별히 존중하는 경우는 얼마든지 있다.

도시히코는 "이거 실례했습니다. 그렇게까지 말씀하시니 유감이지만 단념하고 돌아가지요. 제 아비도 포기할 수 있도록 소나무의 유래에 대해 말씀드리겠습니다. 허나 저로서는 어렵게 이곳을 찾아온 것이니 저 소나무를 그려서 가져가고 싶습니다. 그리고 한 가지 더 간곡히 부탁드리고 싶은 것은 나카무라에서 이곳까지 매일 오가는 것 또한 번거로운 일이니 이곳에서 하룻밤 묵을 수 있도록 허락해주시면 안 될까요." 하고 부탁했다.

노파는 "그 정도는 해드려야지요. 여름에는 피서로 찾아오는 분들에게 자리를 빌려드리고 있으니까⋯⋯. 더 이상의 것은 해드릴 수 없으니⋯⋯," 하고 그의 부탁을 흔쾌히 받아들였다.

도시히코는 기뻐하며 여기서 하룻밤 묵기로 했다.

이때 옷을 갈아입고 나온 아가씨. 그 이름은 지요코(千代子)라 하는데, 귀인이 자기 집에 손님으로 머물게 된 것에 대해 이만저만 기뻐하는 눈치가 아니다. 모친과 함께 손님 대접에 여러모로 정성을 다할 것을 마음먹었다.

5

소나무를 사생하는 일은 의외로 손이 많이 갔다.

하루만 그린다는 것이 이틀, 삼일로 늘어났다.

그러는 동안 지요코는 도시히코 옆에 붙어서 햇빛이 들면 양산을 바쳐 그늘을 만들고 바람이 불면 몸으로 막아 소나무 그리기에 불편함이 없도록 살뜰히 보살폈다.

그러다 밤이 되면 도시히코한테 도쿄에 관한 이런저런 이야기를 듣기도 하고 이 고장의 괴이한 이야기를 나누기도 하면서 즐거운 사흘날을 보냈다.

마침내 소나무 사생을 마친 도시히코는 귀경해야만 했다.

그런데도 그는 왠지 돌아가고 싶어 하지 않는 듯 보였다.

지요코 또한 그를 돌려보내고 싶지 않은 눈치다. 도시히코는 그녀와 헤어질 때, "바닷가 소나무는 다른 곳으로 옮길 수 없지만, 지요코 씨는 어차피 다른 집으로 시집갈 거잖아요." 하고 어렵사리 말을 꺼냈다.

이에 대해 지요코 또한 "예……. 그렇지만 아무 집으로 시집갈 수도 없고……. 제가 들어가고 싶은 집안은 오직 한 곳. 만약 제 뜻대로 안 된다면 그 어디에도 가지 않을 생각입니다. 소나무와 함께 여생을 보내겠습니다." 하고 분명하게 대답했다.

하마나카 자작은 해변의 노송을 손에 넣을 수 없다는 사실에 크게 실망했다. 그러나 지금과 같은 세상에 옛 풍습을 지키고 금전을 얻고자 의지를 굽히는 법 없는 쓰쓰미 집안사람들한테는 경의를 표했다.

그로부터 한해가 지난 어느 날, 쓰쓰미 지요코는 하마나카 가문으로 시집가서 도시히코의 아내가 되었다.

물론 혼담이 오가는 사이에도 이런저런 파란은 있었다.

어리석은 노파가 "그쪽은 지체 높은 화족이고 이쪽은 비록 토족이지만, 새색시 예물로 부끄럽지 않은 물건을 들여보내겠습니다." 하고 남의 속도 모르는 말을 했다.

여기서 예물이란 예의 해변의 소나무!

(1918년 1월 1일)

[이민희 역]

검은 가면을 쓴 괴인(黒面の怪人)

다자이세이(太宰生) 번역

(1) 수상한 여관(怪しの旅舎)

글머리

이 글은 블라디보스토크에 사는 미쓰이양행(三井洋行)에 다니는 지인이 보낸 러시아 사람의 비밀기록 가운데 일부분을 번역한 사실담이다. 러시아 국가 정세는 관헌이 심하게 압력을 행사하는 바람에 이에 저항하여 반감을 산 이들의 행동이 필연적으로 더욱 교묘해졌다. 또한, 그 도당의 세력이 미치지 않는 곳이 없어서 제아무리 뛰어난 경찰 관리라 해도 쉽사리 그들을 붙잡을 수 없다. 지금 보내온 러시아사람의 수기에 따르면 그들 범죄 흔적의 교묘함과 흉악한 짓을 벌이는 자들의 대담함을 알 수 있는데, 그 재주에는 비록 악인이지만 존경해 마지않을 따름이다. 무릇 러시아에서 일어난 살인사건의 범인은 처음부터 끝까지 완전 오리무중 상태로 과연 누가 진짜 범인인지 마지막까지 명확하게 밝혀지지 않은 경우가 흔하다. 지금 여기서 일본말로 옮겨 싣는 이야기는 그중 가장 의심스러운 살인사건으로 지금도 블라디보스토크 부근 사람들 입에 오르내리는 대의옥(大疑獄) 사건이다. 때는 바야흐로 무정부 상태로 이런 러시아에서 살인자의 심리 상태를 이해한다는 것이 무익하지 않다고 판단했기에 수십 회에 걸쳐 구어체로 번역하여 지면의 형편에 따라 본 난에 게재하기로 했다.

무서운 바람이다. 마치 수십만의 악마가 관 속에서 일제히 신음하고 있는 듯하다. 그것은 때때로 관에서 튀어나와 숲속으로 치달리거나 소나무를 뿌리째 뒤흔들거나 혹은 골목길을 온통 흙먼지로 가득 채우고는 그보다 수십 배나 더 센 힘으로 본래 관 속으로 숨어들어 간다. 말로는 도저히 표현할 수 없는 공포 그 자체다.

갑옷미늘 쇠창살은 굳게 닫혀 있고 문은 다섯 치 못으로 단단히 고정되어 있지만, 바람은 아랑곳없이 그곳을 쉽사리 빠져나가고 창문 하나는 구슬피 밤새도록 덜컹거린다.

마루에도 벌어진 틈새로 불어오는 바람 탓에 침실 한구석에 놓여 있는 램프 불꽃이 쉼 없이 깜빡거린다.

나어린 사샤는 여러 번 침상에서 일어나 놀란 눈으로 어둠 속을 바라봤다.

깊은 한밤중에 찾아와 문을 두드리는 손님을 맞이하는 데에 익숙한 그녀의 어머니조차 그녀와 마찬가지로 깊이 잠들지 못했다.

여관 주인 에골은 취침용 난로 위에서 잠들어 있다. 3년 전부터 귀머거리 신세다. 이런 자가 어떻게 아름다운 사샤의 아비일 수 있는지 주위 사람들이 뒤에서 숙덕거릴 정도로 이 사내는 기력이 다한 늙은이였다.

여주인이 누워 있는 침상과 난로 사이에는 새우 모양의 커다란 자물쇠로 채워진 철로 만든 상자가 놓여 있다.

옆방에는 노파 에프세 에프나와 하녀 마푸라가 뜯어진 속옷 하나로 추위를 견디며 부르르 떨면서 잠들어 있다.

현관에서 건너편 방까지는 전부 칸막이로 나뉜 객실이다. 그러나 손님은 한 사람도 없었다. 방들은 아주 고요했다.

집 주변은 십여 리에 걸쳐서 온통 나무로 뒤덮인 숲이다. 게다가 가장 가까운 마르츠이노프 마을까지 7마일이나 떨어져 있어서 이곳 말고는 달리 쉴만한 인가를 찾아볼 수도 없다. 마르츠이노프 사람들이 일방통행의 큰길을 놔두고 에골 네 집으로 난 작은 오솔길로 다니는 것도 이런 까닭이다.

에골은 처음에는 위탁품 판매를 업으로 삼았지만, 십수 년 전에 실패하여 완전히 신용을 잃어 결국 파산을 선고했다. 그러나 그는 실망하지 않고 이후 이 숲속에 지금의 여관을 열어 지극히 검소한 삶을 꾸려나가기 시작했다. 그의 파산에 대해 이러쿵저러쿵 곱지 않은 시선으로 바라보던 사람들도 얼마 지나지 않아 누가 먼저랄 것도 없이 그런 사실을 기억 속에서 지웠다.

아내를 잃은 에골은 여식 둘을 시집보낼 때까지 오랫동안 홀아비 신세를 모면하지 못했다. 그러다가 다 늙어서 젊은 아내를 맞아들여 두 번 장가를 들게 된 것이다. 그렇게 얻은 아내가 결혼한 지 일 년 지나 세 번째 딸 사샤를 낳았다. 이 이야기가 시작되는 즈음 사샤는 이미 열 살이었다. 사실 그녀의 어미는 열여섯 나이에 노인에게 시집온 것이었다.

(1918년 4월 21일)

(2) 두 개의 그림자(二個の映像)

바람은 엄청난 소리를 내면서 울부짖으며 요동쳤다.

별안간 에골 네 집에서 몇 걸음 떨어진 곳에서 이야기를 나누는 소리가 난다. 물론 사나운 바람 탓에 이 소리를 듣는 이는 아무도 없다.

이야기를 나누는 사람 가운데 한 사람은 젊은 사내다. 그의 목소리는 여자 같아서 비단이 찢어지는 소리와 비슷하여 이제 막 학교를 마칠 정도의 나이라는 사실을 알게 되었다. 또 다른 사람한테는 목구멍에서 쥐어짜는 듯한 쉰 소리가 난다.

검은 두 개의 그림자는 미쳐 날뛰는 심야의 어둠 속에서 조심조심 움직이기 시작해서는 점점 에골 네 집으로 다가섰다.

젊은 사내는 성큼성큼 나아간다. 나이가 더 들어 보이는 남자는 조금 다리를 전다.

눈앞에 펼쳐진 광경은 말로는 표현하기 어려울 정도로 끔찍하다. 깊은 밤이 더할 나위 없이 불쾌감을 불러일으키고 있었다. 암흑과도 같은 숲속에서 모든 삼라만상이 마치 '아아, 저주할 밤이여!' 하고 부르짖는 듯하다.

그러나 이상하게도 두 남자는 따로 노리는 것이 있는 모양이다. 그중 한 사람이 말했다.

"일을 벌이기에 알맞은 밤이야."

"정말, 그렇군."

앞서 여자처럼 보이는 목소리의 젊은 남자가 대답했다.

"분명 개가 있을 텐데."

"갑자기 개 얘기가 왜 나와?"

"에골 네 집에는 사나운 개가 있거든."

"그런데?"

"그게 밤에는 쇠사슬을 풀어두니까 문제지."

"까짓거, 머리통을 부숴버리면 돼."

"거참 안 됐군."

"바보 녀석하곤."

"밤이 되면 주인도 못 알아보고 짖어대기 시작한단 말이야."

"멀리서 들리는 개 짖는 소리는 바람의 울부짖음이라는 옛말도 있지 않은가."

"들어봐, 안에서 문이 움직이는 소리가 나잖아."

"쉿, 조용히 좀 해봐!"

"알았어."

(1918년 4월 24일)

(3) 범죄? 범죄!(犯罪? 犯罪!)

"개새끼, 왜 일어나고 지랄이야!"

"그렇지, 좋은 생각이 났어. 어디 먹다 만 빵조각이라도 없나?"

"멍청이! 그걸 주우려고 다가가면 네 살점을 뜯어먹기 전에는 절대로 짖는 걸 멈추지 않을걸."

젊은 사내는 할 말을 잃었다.

"그럼, 내 어깨를 밟고 올라서 봐. 나무통을 붙잡고서. 쉿, 조용히. 지붕 위로. 그렇지. 굴뚝으로 들어가서. 옳지. 잘 한다. 안에서 문고리를 풀어줘. 넌 이런 일에 제격이야."

슬금슬금 움직이던 좁다란 그림자는 지붕 위 끝자락에 모습을 보이다가 벽 둘레를 끈으로 묶더니 그대로 굴뚝 속으로 내려갔다.

5분쯤 지나서 현관에서 기다리던 남자는 누군가 자기 쪽으로 다가오는 발소리를 들었다. 이어서 문고리가 풀리는 소리가 들리더니 문이 열렸다.

집안으로 들어선 남자는 유황성냥을 쓱 하고 그었다. 주위가 환해졌다. 그을음으로 더러워진 얼굴 한가운데 이상하게 눈만 빛나는 이 남자의 긴장된 미소 속에는 나이든 남자가 어떻게 이런 생각을 내놓을 수 있는지 의아스러운 생각이 묻어나온다. 이 순간부터 두 사람은 말 한마디 나누지 않고서도 서로의 마음을 바로 알아차릴 수 있었다. 젊은 남자는 옷을 감추면서 초를 꺼내 들고는 불을 붙였다.

나이든 남자는 다시 문고리를 채웠다. 그 사람이 찬 가죽 허리띠에는 손질이 잘 된 도끼와 명주 옷감으로 싼 흉기로 그득하다.

턱수염이 아름답게 난 얼굴은 시퍼레서 어딘지 모르게 무섭기까지 하다.

그들은 고양이처럼 조심스럽게 발소리조차 내지 않았다.

방 문소리는 미리 준비해온 기름으로 아무 소리도 없이 열렸다.

바로 그때 젊은 남자가 무심결에 소리치면서 두세 걸음 비틀거렸다. 그러자 연장자가 도끼를 휘두른다. 노파는 소리 한번 지르지도 못하고 힘없이 바닥에 쓰러졌다. 아마도 그녀는 방문이 열리는 순간 우연히 잠에서 깨어나 밖으로 나가려던 참이었을 것이다.

이들 두 사람의 살인자는 그녀의 시체를 밟고서 다시 나아갔다.

(1918년 4월 26일)

(4) 의문의 혈흔(疑問の血痕)

다음 날 저녁 무렵, 경찰서장은 에골 네 집에서 무시무시한 살인사건이 일어난 사실을 알게 되었다.

피해자는 하녀 두 사람과 여관 주인 에골이다.

예의 상자는 완전히 부서져서 수천엔 들어있던 금과 은 그리고 지폐는 완전히 절취를 당했다.

이러한 사실을 보고받은 경찰서장은 매우 놀라 서기와 탐정을 데리고 마차를 몰아 곧장 현장으로 달려갔다.

바람은 간신히 잦아들었다. 정오까지 날씨는 엄청 험악했지만, 오후부터 햇볕이 들고 수차례 내린 비가 멈추더니 먹구름마저 자취를 감추며 환히 개어 아름다운 가을 구름이 순조로이 모습을 드러냈다.

밤이라 해도 해가 저물기에는 아직 이른 황혼 무렵 서장을 태운 마차는 에골 네 집 앞에 닿았다.

서장은 결단이 빠른 조급한 자로 다혈질이며 몸집이 매우 작은 남자다. 짙은 갈고리 꼴 수염에 반짝이는 눈 위로 경사가 심한 이마가 빛나고 있다.

그런 그는 평소 사건에 대한 관심이 많아 여러 서에서 탐정이 사건을 해결한 비결이나 재판기록, 그밖에 이름난 탐정의 역사, 검찰관이 사건에 임했을 때의 행동과 내력 등에 관해 연구해왔다.

한마디로 말하자면 그는 평소 어떻게든 자신의 탐정적 재능을 발휘할 수 있는 범죄사건이 일어나기를 고대하고 있었던 셈이다. 그런 그는 그 어떤 중대사건이라도 해결할 수 있는 자신의 총명함과 범상치 않은 재간에 대해 조금도 의심치 않았다.

서장은 해가 저물기 직전 태양의 마지막 광선이 약하게 비치는 여관에 도착하자마자 말 한마디 없이 신속하게 집 주위를 돌아보았다.

문을 두드려 보기도 하고 땅에 엎드려 잠시 생각에 빠지더니 마침내 얼굴에 환한 미소가 번지기 시작했다.

울창하게 우거진 관목 속에서 길이가 긴 줄무늬 사라사 두건을 발견한 것이다. 아름다운 장밋빛 두건은 보기만 해도 꺼림칙한 피로 군데군데 더럽혀져 있다.

서장은 주의 깊게 혈흔이 묻어 있는 작은 천 조각을 종이로 둘둘 말아서는 다시 한 번 주위를 둘러보았다. 그러나 이러한 그의 주의는 어이없게도 다른 곳으로 기울었다. 그는 수확물을 속주머니에 간직하고 현관으로 돌아왔다.

현관에는 자신의 딸과 함께 에골의 젊고 예쁜 아내 타티아나가 기다리고 있었다.

사샤의 얼굴은 새파랬다. 그러나 서장을 보자 교태를 부리며 부끄러운 듯 가볍게 인사하며 은근한 미소를 지어 보인다.

서장의 부하 되는 탐정들은 타티아나보다 몇 걸음 떨어진 곳에 서 있었다. 어두침침한 현관에는 불의의 통지에 놀라서 달려온 친척들의 그림자로 가득하다.

한순간에 생명을 다한 불행한 희생자들의 시체 옆에는 경관이 현장에 손도 대지 못하게 삼엄하게 감시하고 있다.

문 근처에서 경비를 서고 있는 수위의 가슴팍에는 과거에 그가 받은 공적을 자랑이라도 하듯 훈장이 찬연히 빛나고 있다.

(1918년 4월 28일)

(5) 무참히 살해당한 사람(無慘なる死骸)

"타티아나 부인, 여러모로 걱정이 많으시죠. 거 참, 안됐습니다."

동정 가득한 서장의 이 말에 젊은 부인은 그만 마루에 엎드려 울고 만다. 그러다 서장의 다리를 부여잡고는

"제가, 어떻게 이런 불행을 겪을 수가 있나요?"

그녀의 눈물이 깨끗하게 잘 닦인 서장 구두 위로 폭포처럼 쏟아진다.

"이런, 부인 제발."

서장은 양손으로 타티아나 부인을 안아서 세우고는 샤샤를 돌아보며 그 볼에 가볍게 입을 맞추고는 옆방으로 들어갔다.

그곳에는 두 사람의 희생자가 선혈로 범벅이 되어 쓰러져 있다.

노파 에프세 에프나는 두개골이 두 쪽으로 쫙 갈라져 마루 위에 누워 있다. 몸을 감싼 삼베 내의는 온몸이 핏방울로 얼룩이 지고 마루에는 검은 핏덩이가 딱딱히 굳어 있다.

서장은 조심조심 시체 주변을 돌아보더니 이어 구석진 침상 쪽으로 날카로운 눈길을 보낸다.

침상 위에는 젊은 하녀 마푸라가 쓰러져 있다. 아마도 살인자는 그녀를 목 졸라 죽이고 나서 혹시라도 목숨이 붙어있을까 걱정이 되어 도끼로 그녀의 가슴팍을 내린 친 것인지 목에 그어진 시퍼런 선이 선명하다. 마푸라는 마을에서 미인 축에 드는 여자였다.

서장은 이런 마푸라의 사체를 수습한 다음 이어진 다른 방으로 갔다. 그곳에는 주인 에골의 시체가 있었다.

저녁 해는 관자놀이 깨져 드러난 그의 얼굴을 누렇게 비치고 있다.

피는 베개와 벽돌 일부분만 물들였을 뿐이다.

뚜껑이 열려 있는 철 상자 안에는 천 조각이랑 쓰레기로 가득하다. 바닥에는 낡은 가죽으로 싸인 두 권의 책이 놓여 있다. 표지는 촛농이 떨어져 몹시도 지저분하다.

타티아나의 침상은 가장 주의를 기울여 살펴보았다. 이불은 끔찍하게 흐트러져 있다.

어쩌면 격투를 벌인 흔적이 아닐까?

이와 대조적으로 샤사의 침상은 흰 천으로 덮여 있다.

어쩌면 어제저녁 딸은 이곳에 머물지 않은 것이 아닌지?

서장은 객실에서 벗어나 식탁을 정리하고 불을 밝힐 것을 명령했다.

식탁 중앙에는 서장, 왼쪽에는 타티아나와 샤사, 오른쪽에는 펜을 든 서기가 앉았다. 탐정 우두머리는 컵 가득 럼주를 따랐다. 날은 완전히 저물어 있었다.

(1918년 4월 29일)

(6) 서장과 부인(署長と夫人)

서장이 "정말 안됐습니다. 타티아나 부인" 하고 먼저 말을 꺼낸다.

탐정은 "분명 너무 놀랐을 겁니다. 아무래도 한밤중에 갑자기 일어난 일이니까요. 그나마 다친 곳이 없어서 다행입니다. 따님도 무사하시니 정말로 다행입니다. 하느님이 굽어 살펴 주신 게 분명합니다. 피로 얼룩진 무시무시한 시체지만 당신은 그것으로 오히려 자유와 평화를 얻었습니다." 하며 말에 힘을 주어

"죽은 자는 늙어서 말하자면 노쇠한 인간이지요. 그러니까 내 말은 당신은……아직 젊은 스물다섯쯤? 게다가 아직."

이 순간 타티아나가 "어머나" 하며 눈길을 돌린다.

"제 말을 잘 들어보세요. 당신은 이제 막 학교를 졸업한 즈음의 나이예요. 다시 한번 처녀 시절로 돌아갈 수 있어요. 에골 그 사람한테 오늘의 죽음은 유감스러운 일이지만, 이런 일이 일어난 것은 신의 뜻입니다."

그는 타티아나에게 의미심장한 눈길을 보내며 눈을 깜빡였다.

술의 온기 탓인지 실내의 양기 탓인지. 아니, 그의 눈길 그의 말 때문일까 타티아나한테는 점점 교태의 기운이 돌며 그 아름다움이 한층 더해지더니 이내 얼굴에 홍조를 띠기 시작한다.

"한 잔 더 드시겠어요?"

"아니. 됐어요."

"그러지 말고 한 잔 더 하세요. 자, 어서."

타티아나는 그의 속내를 알 수 없어서 자신도 모르게 떨리는 손으로 술잔을 받아 살짝 입술을 적신다.

'바로 지금이다!' 하고 생각한 서장은 부인한테 조금도 눈길을 떼지 않고

"다시 자유로운 처녀의 몸이 된 당신은, 새로 남편을 선택할 권리가 있는 당신은 남편이 필요하지 않습니까?"

"뭐라고요? 어떻게 저한테 그런 말씀을. 지금 이 상황에서 그런 농담을 하시다니……."

서장은 "결코 농이 아닙니다. 저는 있는 사실을 말하는 것뿐입니다." 하며 날카롭게

"당신의 신변은 지금 매우 위험합니다. 샤샤의 안전도 생각해야죠. 자, 술을 더 드시지요. 그리고 진정하세요. 저는 당신의 얘기에 제 모든 노력과 주의를 기울일 것입니다. 부디 어젯밤에 있었던 일을 가능한 사실 그대로 자세히 들려주세요."

서장은 부하 가운데 한 사람을 돌아보며

"이 아이를 저쪽으로 내보내. 무서운 얘기를 들으면 안 되니까. 정말 끔찍한 일이야. 아, 샤샤 울면 못 써요. 뚝 그쳐. 알겠지?"

탐정 중 한 사람이 딸을 끌어안고 밖으로 나갔다.

"자, 부인. 제가 당신을 존경할 수 있도록 부디 저에게 조금의 숨김도 없이 다 말해주세요. 누구 의심스러운 사람 없습니까? 당신이 본 흉악한 자가 누구인지 저에게 알려주세요. 어떤 옷을 입었는지 어떤 말을 했는지 또 어떤 짓을 저질렀는지 말씀하기 어렵더라도 무엇 하나 숨기지 말고 죄다 털어놓았으면 합니다."

타티아나의 양 볼에 떠오른 홍조는 이미 어디론가 사라지고 온몸은 공포에 맞서 끊임없이 경련을 일으킨다. 크고 아름다운 그녀의 눈동자가 어렴풋이 움직이는가 싶더니 서기의 옆얼굴에 언뜻 동정심이 인다.

(1918년 5월 2일)

(7) 의문의 신사(疑問의 紳士)

"서장님……."

입술의 미동이 이어서 나오려는 말을 틀어막자

서장은 "걱정하지 마세요. 놀랄 필요 없어요." 하며 마치 아버지라도 되는 양 달랜다.

"아직 마음이 진정되지 않은 모양이지만, 저는 꼭 물어봐야겠습니다. 당신은 남편이 돈을 갖고 있다는 사실을 익히 알고 있었지요?"

"알고 있었습니다. 그러나…… ."

"당신과 남편 사이에 어떤 다툼이라도 아니면 다른……."

"싸움이라니요. 무슨 그런 말씀을. 서장님 에골은 제 남편입니다."

"그런 남편이지만 당신을 구타하거나 하는 일은 없었습니까?"

"가끔 그런 일이 있기는 했지만."

"그렇죠!"

그러나 타티아나는 무슨 일 때문에 그런 일이 벌어졌는지는 말하지 않았다.

"저는 기억하고 있습니다. 언젠가 에골이 당신을 헛간으로 끌고 가서 가두고는 손발을 묶은 사실을요. 때마침 지나가던 제가 바로 당신을 풀어줬지요. 부인, 당신은 그때 일을 지금 떠올려야만 해요. 부인, 그때 왜 그런 참혹한 일을 당하셨나요?"

"남편의 질투 때문입니다. 에골이 오해를 해서."

타티아나는 한층 목소리를 죽여

"하지만 저는 남편한테 아무런 잘못을 저지르지 않았어요. 눈곱만큼도 의심을 살만한 행동을 하지 않았다고요. 그것은 당신이……."

"그렇다면 부인, 에골이 당시 누구를 의심해서 질투했다는 말입니까? 기억나세요? 그 사람이 누굽니까?"

타티아나의 얼굴은 금세 짙은 선홍빛으로 물들었다.

"당신은 어째서 그런 질문을."

"결코 숨겨서는 안 됩니다. 진실을 말하는 데 부끄러워할 필요는 없어요. 당신은 분명 결백하니까요."

타티아나는 날카로운 서장의 말에 목소리를 떨며

"손님……."

"상인입니까? 그도 아니면 관리?"

"태생은 토족 같아 보였지만, 지금은……."

"장사치라는 말이군요. 그럼 나이는 대략?"

"아직 젊어요."

"피부는 흰 편입니까? 검은 편입니까?"

"검은 편입니다."

"키는 큰 편입니까? 그렇지 않으면 중간? 작은 편?"

"큰 편입니다."

"인물은?"

타티아나는 그만 이야기에 빠져서는 지금은 미소까지 띠며 대답한다.

"멋진 분이었습니다."

"오호, 그래요. 그럼 남편이 질투를 하게 된 원인은?"

"지금 무슨 말씀이신지?"

"제 말은 그 남자가 뭔가 당신에게 선물이라도 줬거나 아니면 단순히 말을 나눈 것만으로도."

"남편의 질투는 노인이면 누구나 갖고 있을 법한 버릇에 가까운 거예요. 행여나 제가 도망이라도 칠까 봐 그런 건데, 평소 남편은 저에게 다정했어요. 저를 많이 아껴주었거든요."

"당신은 남편을 사랑하십니까?"

"사랑하지 않고 어떻게 같이 살아요? 에골은 제 남편이 아닙니까?"

"진정하세요. 타티아나 부인. 당신은 마음씨가 고운 사람입니다. 그럼 그 검고 키가 큰 호남자는 어떻게 됐습니까?"

(1918년 5월 4일)

(8) 예리한 심문(銳き訊問)

"어떻게 그런 질문을……."

"아니, 다른 뜻이 있는 건 아니고. 꼭 필요해서 묻는 겁니다. 당신은 그 남자를……아니, 그 남자는 당신을 어떤 식으로 대했습니까?"

"전 대답할 수 없어요."

"혹시 그 남자가 당신에게 이상한 말이라도 했나요?"

"추잡한 일입니다."

"아니, 부인. 당신은 결백하지만, 제 말은 그런 뜻이 아니라. 저는 당신이 만사에 조심한다는 점을 익히 잘 알고 있지만, 그 후 단 한 번도 그 남자를 만난 적이 없습니까? 만났죠? 그렇죠?"

"예."

"당신 남편이 질투를 한 그때 그 사람이 여관에 길게 머물고 있었나요."

"아니요."

"마지막으로 그 사람을 만난 것은 언제입니까?"

타티아나는 잠시 '어째서 당신이 그런 걸 내게 묻는 거지?' 하고 생각하다가

"남편이 제 손발을 묶은 때로부터 벌써 3년이 지났습니다."

"이런. 제가 실례를 범했군요. 그럼, 어젯밤에는 손님이 아무도 없었나요?"

"엊저녁에는 아무도 없었어요."

"어제와 같은 날씨에 찾아오는 손님이 있을 리가 없죠. 그럼, 몇 시에 잠자리에 들었습니까?"

"10시 넘어서요."

"저녁밥을 먹고 나서요?"

"예."

"그렇게 잠들고 나서 살인자를 만나게 된 때가?"

"아마도 1시 넘어서겠죠."

"당신은 그때까지 아무 소리도 못 들었나요? 살인자가 당신 침실로 들어올 때까지 전혀 몰랐나요?"

"아무 소리도 못 들었어요."

"깊이 잠들었었나요?"

"예."

"에골도요?"

"만약 무슨 소리를 들었다면 눈을 떴겠죠."

"개는?"

"짖지 않았던 모양입니다."

"누군가 문을 열어 흉악범을 안으로 들여보냈을 가능성은 없는지요?"

"그럴 리가요."

"문이 열려 있었나요?"

"예."

"당신이 문 잠그는 것을 잊어버렸을 가능성은?"

"어떻게 그럴 수 있겠어요. 에골이 매일 밤 문단속을 하는데요. 그날도 그랬고요."

"누군가 수면제를 먹이지는 않았는지."

"누가 그런 짓을 벌인단 말입니까?"

"혹시 하녀가?"

"하녀 둘은 이미 죽임을 당했잖아요."

"맞아요. 그랬죠. 그럼, 샤샤는 당신이 불러도 깨어나지 않을 정도로 깊이 잠들어 있었나요?"

"저는 샤샤를 깨우지 않아요."

"당신이 눈을 떴을 때, 남편은 이미 죽어 있었나요? 아니면 당신이 보는 앞에서……."

(1918년 5월 6일)

(9) 나체의 부인(裸體の夫人)

"제가 눈을 떴을 때, 남편은 이미 마루 위에 쓰러져서 겨우 숨만 쉬고 있었어요. 전 그만 소리를 지르고 말았지요. 제 앞에는 도끼를 든 무서운 남자가 서 있었고 '돈은 어디 있어? 말하지 않으면 죽여 버릴 거야' 하고 으박질렀고요. 제가 주저하는 것을 보자 '빨리 불지

않으면 이렇게 돼' 하고 도끼를 높이 쳐들었습니다. 순간 너무 무서워
서 손이 벌벌 떨린 나머지 아무리 해도 열쇠가……그러자 그 사람의
몸이……아, 무시무시한 도끼로, 그 도끼로, 남편을, 제 남편을……."
타티아나의 목소리는 떨어지는 눈물과 함께 입 밖으로 나오지 않았다.

"그때 당신은 옷을 입고 있었나요? 아니면……."

"속옷 차림이었습니다. 옷을 챙겨 입을 경황이 없었거든요."

"부끄럽다는 생각은 들지 않았어요?"

"아무 생각도 안 들었어요. 그저 무서운 생각밖에."

"그 남자가 왜 당신에게 상자를 열라고 시킨 겁니까?"

"방심할 수 없었을 테니까요."

"남자는 그 사람밖에 없었습니까?"

"그래요. 허나 잠시 후 얘기를 나누는 소리가 들렸어요. 두 사람이었
나 봅니다. 한 사람은 안으로 들어오지 않았지만요."

"당신이 돈을 건넸나요?"

"예."

"그랬더니 뭐라던가요?"

"목숨만은 살려주겠다. 넌 온순한 여자니까. 이렇게."

"어쩌면 도적이 두 번째로 에골을 내리쳤을 때 피가 당신 속옷
에……."

"아니요. 그렇지 않아요."

"침실에 램프가 있었습니까?"

"예. 그러나 그 남자가 초를 가져와서는 다시 들고 나갔습니다."

"거 참, 이상하군요. 당신 혹시 그 사내와 관계를 맺은 것은 아닌
지……."

"불결해요."

"만약 제가 그때 그 도적이라면."

"뭐라고요?"

서장은 생각나는 대로

"도적의 손길이 당신 몸에 조금이라도……."

"그 남자의 손은 악마예요. 저주스러운 악귀라고요."

"부인, 흥분하지 마세요. 전 정말이지 진지하게 묻는 겁니다. 그 사내가 당신을 포옹했거나 적어도 입맞춤 정도는!"

(1918년 5월 7일)

(10) 서장의 진심(署長の眞意)

타티아나는 깊은 한숨을 내쉬었다. 그녀의 얼굴에 혐오의 감정이 서서히 피어오르기 시작했다.

"당신은 그 속옷을 잘 살펴보셨나요?"

"예? 아니요."

"지금도 그걸 입고 있습니까? 아니면 갈아입었나요? 만약 갈아입었다면 무엇 때문에……."

"아, 뭐라고 말씀드리면 좋을지."

"어쩌면 제가 당신한테 그 속옷을 벗어보라고 시킬지도 모르겠습니다. 다른 뜻이 있어서가 아니라 그저 혈흔이 묻어 있는지 아닌지 조사하기 위해서."

"예. 좋습니다."

타티아나는 조금의 망설임도 없이 일어섰다.

"이런, 잠시만요. 전 당신을 믿으니 이렇게까지 하실 필요는 없어요. 허나 당신이 그날 밤에 입었던 속옷에 혹은 아랫도리에 조금이라도 피의 흔적이 남아 있다면……."

"이미 없다고 말씀드렸는데요."

"아, 그랬죠. 그럼, 혹시 뜯어진 곳이라도. 아니, 조금이라도 찢어진 흔적이 남아 있다면……."

타티아나는 그만 몸을 떨고 말았다.

"서장님, 전 이쪽에서 샤샤가 있는 곳으로……. 이런저런 집안일도 있고……. 친척들도 많이 찾아왔고 게다가 전……."

"안됩니다. 부인 사정은 딱하지만, 그렇게는 안 되겠어요. 저에게는 당신이 놀라는 것조차 고통입니다. 그러나 어쩔 수 없지요. 공과 사는 구별해야 하니까요. 전 지금 당신을 체포할 수밖에 없습니다."

위태롭게 의자에서 일어선 타티아나는 두세 걸음 비틀거렸다. 아름다운 얼굴은 공포로 일그러지고 간신히 몸을 추슬러 그 앞에 서서는 결국 자포자기하는 심정으로 이렇게 말한다.

"그럼, 서장님. 당신 뜻대로 하시지요!"

서장은 서기를 돌아보며 말했다.

"비메시, 난 부인에게 할 말이 있다. 넌 잠시 다른 방으로 물러서 있거라. 허나 테이블 치는 소리가 들리거든 곧장 달려오너라."

몸집이 작고 뚱뚱한 서기는 의자에서 일어나 한마디 말도 없이 서장의 명령에 따랐다.

서장은 성큼성큼 부인에게 다가가 친근한 듯 그녀의 아래턱을 쓰다듬으며

"부인, 황금은 여자에게 보물이 아니야. 아름다움! 그것이 하늘이 내려준 특권이지. 에골, 미치광이 같은 구두쇠 영감 때문에 몇 년이나 당신의 아름다움을 탐하기를 주저했는지. 그에게 목숨이 붙어있는 한. 몇 년이 흘러도 당신이 늙을 때까지는……. 불행했을 거야. 정말로 불행한 일이지" 하며 목소리를 낮추고는

"난 진심으로 당신이 자유의 몸이 된 것을 기쁘게 생각해. 나를 위해서가 아냐. 당신 자신을 위해서지"라며 거의 속삭이듯이

"당신은 그 어떤 경우라도 자유로운 새가 돼야 해. 돈이 필요한 것도 필시 이 때문이니 자유로운 인생 또한……."

타티아나는 더는 참지 못하고 이렇게 말하고 만다.

"서장님. 전 당신이 무슨 말씀을 하시는지 전혀 모르겠어요."

(1918년 5월 8일)

(11) 야차와 같은 사나운 본심?(內心如夜叉?)

"전 그저 당신의 마음을 어지럽히는 것이 있음을 염려하는 자로 당신의 미모라면 귀족한테 시집갈 수도 있고 용사를 맞이하는 일도 얼마든지 가능하다는 말을 하고 싶은 겁니다. 뭐든지 당신이 마음먹은 대로 될 거라는 말이지요. 맹세할 수도 있어요. 기탄없이 말하자면 당신에게 산중 생활은 너무나도 무의미한 것이지요."

이 말을 듣자 타티아나는 갑자기 "당신은 저를. 이렇게도 불행한 여자를……." 하고 외치며 마루 위로 쓰러진다. 그러고는 서장 발밑에 엎드려 이렇게 절규한다.

"전 지금, 저는 지금, 어떻게 해야 할지 도무지 모르겠어요. 아이처럼, 그래요. 완전히 어린아이가 된 것 같아요. 제 남편도 제 재산도……."

서장은 잠시 신세를 한탄하는 그녀를 지켜보다가 말을 이었다.

그는 "타티아나 부인. 이제 진정하세요. 전 당신을 속이지 않아요. 저에게는 맡은 바 소임이 있어요. 정말이지 당신은 너무나도 아름다워요. 목소리도 모습도 너무너무 예뻐요. 하지만 어쩔 수 없어요. 제 뜻은 변하지 않아요. 어쩌면 경찰서가 이 집보다, 무시무시한 이 집에서 홀로 남는 것보다 훨씬 안심될 거예요. 지금 왜 그런 눈빛으로 저를 봅니까? 아, 당신은 지금 울고 있지만, 그 눈에는 눈물의 흔적이 조금도 없어요. 절 속일 테면 끝까지 속여보세요. 진실은 분명 밝혀질 테니.

제가 해야 할 일을 하지 않고 밝혀야 할 것을 밝히지 못한 상태에서
그저 다른 사람의 자유를, 아니, 당신 한 몸을 속박한다면. 아아, 만약
그렇게 된다면 전 크나큰 참회와 기쁨으로 당신을 풀어주겠어요. 솔직
히 말하자면 당신 타티아나 스피리도우나" 하고 점점 엄하게

"개인적으로는 당신이 행복하기를 그리고 무사하기를 진심으로 빕
니다. 허나 다시 한 번 말하지만, 저에게는 맡은 바 임무가 있어요.
직무를 버릴 수는 없지요. 화를 내시면 곤란합니다. 절 원망해서도 안
되지요."

그는 타티아나 앞으로 다가가 다정하게 그녀의 팔꿈치를 잡아 일으
켜 세웠다. 그때 그의 얼굴에는 그녀가 일찍이 본 적이 없는 엄격함이
서려 있었다.

"정말이지 절 속이시면 안 됩니다. 당신은 결단코 남편에게 부끄러
운 행동을 한 적이 없는 것이 맞습니까?"

"아아, 아킴. 아―킴 이쓰치."

타티아나의 얼굴에 요염한 미소가 번지는 것을 본 서장은 "전 지금
아킴. 아―킴 이쓰치가 아닙니다." 하며 한층 엄하게

"당신이 가장 먼저 해야 할 일은 제 질문에 대답하는 겁니다."

"전, 저는 모두 말했는데요."

"음, 그것이 진실이라면. 그것으로 됐어. 증인은 필요 없어!"

실내를 한 바퀴 돈 서장의 얼굴에는 무서우리만치 흥분한 기색이
완연하다.

그러더니 "감옥 안에는 신이 내리는 빛이……." 하고 되뇌며 쾅 하
고 책상을 내리친다.

"당신은……결국 당신은……."

타티아나는 원망으로 목소리를 떨면서 당장이라도 긴 속눈썹을 치
켜세우는 듯싶더니 사나운 눈길이 곧장 서장 아킴으로 향했다.

그러나 서장의 자신감은 그 이상으로 강했다. 그는 맹렬히 타티아나 한테 다가갔다. 그녀의 가슴을 덮고 있던 깃 한쪽을 잡아채서는 힘껏 잡아당겼다. 그 순간 서장이 내리친 책상 소리를 사인으로 알아들은 서기가 샤샤의 손을 끌면서 나타났다.

옷감이 찢어지는 소리와 함께 눈보다 새하얀 그녀의 젖가슴은 적나라하게 드러나면서 가슴팍에서 떨어지는 금화와 은화 여러 닢이 짤랑거리며 마루 위로 떨어진다.

서기 뒤로 탐정 우두머리가 서 있다. 열린 문 틈새로 많은 사람의 그림자가 어렴풋이 내다보인다.

(1918년 5월 9일)

(12) 의문의 금화(疑問の金貨)

서장은 "용서해 주세요. 타티아나 부인" 하고는 소리 죽여

"제 행동은 신사로서 실로 부끄럽기 그지없습니다만, 당신의 가슴은, 당신의 품속에는……전 처음부터 당신을 의심했어요. 아니, 적어도 당신 품속에 무언가 비밀이 숨어있을 거라 확신했습니다. 자, 타티아나 부인. 이제 사실을 말씀해 주시죠. 지금은 화를 낼 때가 아닙니다. 울어서는 더욱 안 되고요."

타티아나는 대답이 없다. 깊고도 깊은 한숨을 내쉬고는 푹 하고 고개를 떨어뜨린다. 아름답고 뽀얀 그녀의 젖가슴은 큰 파도로 요동치고 그 속에서 금화와 은화가 빛을 발하고 있다.

탐정은 마루에 어지러이 흩어진 동전을 집어 들어 책상 위로 올려놓는다.

사샤는 가슴팍이 찢긴 어미의 모습을 보자 울어대기 시작했다. 현관에 모여든 사람들 사이에서 놀라움과 원망의 소리가 가득하다.

"다리를 떨고 있군요. 타티아나 부인, 이쪽에 앉으시죠. 부디 사양치 마시고 의자로 오세요. 그렇지. 물……물이 마시고 싶겠군요. 여기 물이요."

타티아나는 손을 내저었다. 그리고는 숄을 걸쳐 가슴을 가리고는 의자에 앉는다. 눈물이 양 볼을 타고 폭포처럼 흘러내린다.

서장은 탐정 우두머리를 돌아보며 집 앞을 엄중히 감시하도록 지시하고는 천천히 부인의 얼굴을 들여다본다.

그는 "제가 안타까운 건 당신이 무엇 하나 저에게 제대로 설명해주지 않는다는 겁니다. 키가 큰 호남자의 일도, 사샤에 대한 것도, 그리고 금화와 피로 얼룩진 속옷에 대해서도" 하고 눈을 부릅뜬다.

서장은 "당신이 상자 속에서 돈을 꺼내 흉악범에게 건넸을 때, 그 순간 흉악범이 뭐라 했는지 당신은 말할 수 없겠죠. 제가 대신해서 말하죠. 그때 도적은 당신에게 '가벼운 물건은 내가 가져갈게. 금화는 네가 가져. 네가 이 사실을 누군가에게 말할 리가 없지. 넌 날 사랑하니까. 그것을 품속에 넣어둬. 다른 사람한테 들키면 절대 안 되니까 어디 깊숙한 곳에 숨겨야 한다는 건 잘 알지?' 어때요? 내 말이 맞죠? 부인 타티아나 스피리도우나, 당신의 속옷에는 피로 물든 흉악범의 손길이 닿아 있음이 분명해요. 포옹의……, 하긴 당신이 그와 입을 맞추든 말든 그건 당신 자유니까 내 알 바가 아니죠. 그러나 당신이 그때 공포로 떨고 있었다고는 생각지 않아요. 접문, 포옹, 이런 행위는 분명 그전부터 자주 있었던……그렇죠? 당신은 그 돈을 언제 나무 밑에 묻을 생각이었죠? 내일 아침에? 점심쯤? 이 천 쪼가리도, 속옷도, 아랫도리를 덮고 있는 그것마저……."

하며 품속에서 예의 피로 얼룩진 자그마한 비단 보자기를 꺼낸다.

"전 진심으로 당신을 동정합니다. 부인, 여자는 현명한 듯 보이지만 지혜가 부족해요. 당신은 그저 이 천 쪼가리의 일부분만 숨겼을 뿐 누군가로부터 방해를 받았어요. 돈을 숨길 여유가 없었던 당신은 어쩔 수 없이 그대로 품속에 그걸. 아아, 정말로 딱한 일입니다. 당신은 품 속이 무언가를 숨기기에 가장 좋은 곳이라 여겼겠지만. 타티아나 부 인, 당신은 정말로 현명해요. 아하하하."

그는 유쾌한 듯 껄껄 웃었다. 그리고는 손을 비비면서 타티아나를 포함해서 그곳에 모인 사람들에게 눈길을 보냈다.

(1918년 5월 10일)

[이민희 역]

부산의 하이쿠(釜山の俳句)

경성 하이진세이(廢人生) 투고

앞서 개최된 진기안 구회(尋蟻庵句會)의 참석자는 부산의 하이쿠(俳句)의 명인 전체를 망라하는 것이므로, 이 모임의 하이쿠(俳句)는 부산 하이쿠를 대표한다. 따라서 이 모임의 하이쿠로 부산 하이쿠 논평을 하고자 한다.

1. 제(諸) 하이쿠 명인들의 태도는 연구적이라기보다 오히려 한량 하이쿠이다. 마치 비손세이(美村生)의 하이쿠처럼 말하자면 분위기를 떠들썩하게 하는 하이쿠 모임이 많다. 하지만 이는 개괄적인 이야기로, 부분적으로 조사해 보면 상당히 연구적인 사람도 있음은 물론이다. 다만 유감스러운 것은 구다라노카이(朽野會) 시대에 비해 구에 진전이 없다는 것 한 가지이다. 이는 하이진세이의 노파심일 뿐이다.

2. 내용에 대해 보면 참혹한 평으로, 예회(例令)는 지쿠테이(竹亭) 씨의 겨울나무숲(冬木立) 네 점의 구 같은 것은 호선(互選)에서는 최고점을 받았지만, 아마 선자의 실수 같다. 이 구는 첫째 느낌을 표현하려 하지만 표현하지 못했고, 그 느낌을 강화하기 위해 경치를 덧붙이려했지만 덧붙이지 못한 경우의 하나이다. 이하 이러한 예가 많다.

3. 너무 지나치게 설명조인 구 역시 엄청나게 많다. 가령 겨울나무숲 같은 구에서는 슌포(春浦) 씨의 회당(會堂), 고슈(香洲) 씨의 분실물의 구 같은 것은 그 예라 할 수 있다. 전자는 소학생의 글, 후자는 경찰의 고시문 같은 느낌이 난다. '유자 된장(柚味噌)'에서 우이(雨意) 씨의

'절에서 자다', 슌포 씨의 '유자를 굽다'라는 구도 역시 같은 예에 속한다.

4. 3년에 한 번 한 구를 짓는 사람이 있다. 너무 기다리게 하는 것이 아닌가 한다. 예전에는 이들 느긋주의가 통용되던 시대도 물론 있었지만, 메이지, 다이쇼 시대에 들어서는 별로 볼 수 없는 구이다. 즉 사유(茶遊) 씨의, 늘 오지 않는 새라는 구와 같다. 겨울나무숲은 1년에 한 번 있을 수 있다. 겨울나무숲 시기에 좀처럼 오지 않는 새가 왔다는 것이다. 그러나 어떤 사람은 요즘 좀처럼 오지 않는 새라고 해서, 3년이 아니라 3일 정도라고 변호를 한다.

5. 중화민국에서 상당히 평판이 좋은 두보의 음중팔선가(飮中八仙歌)의 하이쿠 역을 일본서점인 부산당(釜山堂)에서 출판한다는 소문은 일찍이 들어서 알고 있었지만, 로쿠코쓰(綠骨) 씨의 발상이 기발하다 할 수 있다. 그 중에서도 특히 장안 이백의 구는 수일(隨一)하다 할 수 있다. 다만 된장은 조선에는 있지만 지나에는 없다고 한다. 이쪽은 된장은 모른다.

6. 하이쿠는 한문으로 음독을 해야 한다는 것은 만장일치로 가결된 것 같지만, 구의 격(格)과 조(調)에 대해서는 아직 일독(一讀)의 모임조차 통과하지 못했다. 하물며 그 구상(句想)에 있어서는 천태만상, 신구혼합의 양상을 보이며 마치 경성의 조선 여학생의 스타일을 보는 느낌이다.

7. 대개 시적 취향이 부족하고 예를 들어 빈주(貧廚)에 익숙한 시인의 된장국은 논리학상 삼단논법으로 시인과 빈주와 된장국을 배합한 것

이므로 마치 언니보다 동생이 나이가 적다와 같이 끝난다.

8. 하이쿠화 또는 미화된 시상이 적다. 또는 이러한 구는 가장 중요하게 여겨지는 즉흥 취미도 부족하여 유감으로 생각한다.

9.『조선시보』에 보이는 구 중에 나는 다음 구를 뽑겠다.

된장 국물에 연주(聯珠)의 친구가 찾아왔구나
ゆ味噌に連珠の友の來たりけり　天南

사제 일기에 흘러나오는 듯한 된장국인가
絲齊の日記に洩れたる味噌哉　櫻亭

빌린 땅 판 땅 비질도 하지 않은 겨울나무숲
貸地賣地箒は入らで冬木立　右左坊

이웃 있으니 된장국 덕을 보네 구수한 처마
隣ありゆ味噌の德や香る軒　廢人生

12월 17일 망평다죄(妄評多罪)
(앵정 부기: 사제의 구는 제 것이 아니었습니다.)

(1914년 12월 18일)

[김효순 역]

대구의 하이쿠계(大邱の俳句界)

세이운세이(靑雲生)

1회

기자는 물론 대구의 하이쿠계를 논할 자격이 없다. 또한 그런 성격도 아니라는 것은 충분히 알고 있다. 이에 큰 목소리로 사뭇 대단한 양 대구의 하이쿠계를 책임지고 주제넘게 단평(短評)을 하려는 것은 약간의 호기심이 발동한 것에 불과하다. 맞으면 맞는 대로 틀리면 틀리는 대로 모두 운이라 생각하고 이하 간단히 논하겠다. 대구에는 상당히 유망한 하이쿠작가들이 많다. 그리고 개중에는 중앙 하이단(俳壇)에 진출해도 부끄럽지 않을 정도의 역량과 소양을 지닌 사람들이 적지 않다고 평소 들어서 알고 있었다. 그렇다면 어떤 사람들일까 하고 찾아보았지만 전혀 그 단서를 얻을 수가 없었다. 역시 평소 신문이나 잡지 등에 자신의 구작을 발표한 사람들 중에서 찾아보는 것이 가장 빠른 길이라고 생각해서 마침내 몇 명을 찾아가게 되었다. 그러나 아직 기자의 눈에 띄지 않은 무명의 숨은 명사도 꽤 있을 것이다. 하지만, 그것은 기자가 알 수 있는 범위가 아니기 때문에 어쩔 수가 없다. 그렇다면 대구 하이단의 효장(驍將)으로 중요한 인물들은 누구일까?

(1914월 12월 20일)

2회

대구에서는 재작년에 가와즈카이(蛙會)라는 것이 조직되었다. 우선 이 모임이 현재에도 대구에서 하이쿠업계의 유일한 대표자라 해도 좋을 것이다. 회원의 면면을 봐도 상당히 쟁쟁한 사람들이 많다. 발족회 당시 모임을 좌지우지했던 사람들 중에는 전 대구민단 회계를 담당했던 고(故) 하시모토 규진(橋本牛人) 씨가 있어서 중임을 다했다. 그가 하이쿠에 얼마나 조예가 깊었는지는 세상이 다 아는 바이기 때문에 새삼 구구하게 이야기할 필요가 없다. 어쨌든 규진 씨는 하이쿠 분야 의 당당한 중진이고 천하에 명성이 자자했던 인물이다. 규진 씨가 은 퇴하고 나서 마키노 슈후레이(牧野秋風嶺) 씨가 그 역할을 대신했다고 하는데, 지금 생각하면 규진 씨에 비하면 좀 떨어진다고 할 수 있다. 뭐니 뭐니 해도 규진 씨는 출중한 인물이었다. 현재 대구 하이쿠계는 군웅이 할거하는 과도기이다. 따라서 향상적(向上的)으로, 동인들 간 하이쿠 작품으로 봐도 구파가 있고 신파가 있다. 구파에서 신파로 들 어가려고 노력하는 사람도 있다. 그리하여 대단히 혼란스러운 양상을 띠고 있다. 현재 개구리회의 멤버들은 야스오카 우손(安岡雨村), 히로 타 구가마와(廣田隈川), 마키노 슈후레이(農銀), 고토 도쿠쇼(古藤獨笑), 도가시 안타쿠(富樫安宅, 道廳), 나카타 우세이(中田卯聲), 이나바 쇼스이 (稻葉松翠, 경무부), 가와세 규코(河瀬窮岡), 미토마 덴덴(三笘點點, 재판소) 등과 같은 사람들이 모임의 중진이다. 말하자면 가와즈카이라는 것은 전부 관리들에 의해 조직된 것이다.

민간인으로 저명한 사람으로서는 우타하라 소타이(歌原蒼苔, 1875- 1942)[1] 씨가 있으며 이 사람은 한 때 천하에 널리 이름을 떨쳐 일반으 로부터 비범한 장래가 있을 것으로 기대를 모았다. 하지만 요즘 이 사람의 구를 통 접할 수 없는 것은 뭔가 생각하는 바가 있어서일까? 나는 꼭 다시 한 번 우타하라 씨를 독려하여 발랄하고 재기가 넘치는 구조(句調)를 보고 싶으며, 그의 분투를 바라마지 않는다. 나처럼 견문

---

1) 마사오카 시키(正岡子規)의 사촌동생. 마쓰야마 중학교(松山中學校) 교사. 대구 부 립도서관장. 『가쓰기(かつぎ)』 주재. 1942년 67세로 사망. 『나그네 베개: 부록 만유안 내(旅枕 : 附 · 漫遊案內)』, 『하이쿠에 나타난 식물(俳句に現はれたる植物)』, 하이쿠 집에 『지금과 옛날의 소타이 구집(今と昔の蒼苔句集)』.

이 좁은 사람은 민간인 중에서는 소타이 씨 외에 이름을 들어 본 사람이 없다. (미완)

(1914월 12월 22일)

[김효순 역]

조선어와 국어(朝鮮語と國語)

김해보통학교장 이노우에 가로쿠(井上嘉六) 담(談)

보통학교의 필요성에 대한 인식이 해마다 고조되고 있는 것은 당연한 것으로, 그 교과목 중에서도 특히 비중을 두고 있는 것은 국어[1] 과목이다. 우리 교육자들이 본과에서 가장 힘을 쏟는 것에 대해 피교육자인 아동은 어떤 감상을 품고 있는지를 알아보기 위해, 4,5일전 과외 시간에 "국어는 왜 필요한가"라는 질문을 하고 4학년 아동 36명에게 그 대답을 쓰게 했다. 그 결과는 다음과 같다.

1. 일본의 국민이기 때문에 국어를 모르면 안 됩니다(6명), 2. 내선인 (內鮮人) 교제에 필요합니다(17명), 3. 물건을 사고 파는 데 필요합니다 (4명), 4. 좋은 사람이 되는데 필요합니다(3명), 5. 상급학교에 입학하기 위해 필요합니다(2명), 6. 돈을 많이 벌기 위해 필요합니다(2명), 7. 학문을 하기 위해 필요합니다(2명), 합계 36명.

이상의 내용을 종합하여 생각해 보면, 모두 국어의 가치를 충분히 인식하고 있다고 할 수 있다. 해당 아동들은 약 4년간 학교교육을 받은 아이들인데, 기타 일반의 소년사회에서도 국어의 필요성을 크게 인식하기에 이르렀다. 무슨 말인가 하면 재작년 10월부터 작년 3월의 6개월 동안 일반지망자에 대해 일요일과 수요일을 제외한 매일 밤 7시부터 9시까지 2시간 동안 국어강습회를 열었는데, 출석자가 많을 때는 약 200명에 이르렀으며, 추계농번기 때에도 백명 이하로 떨어지는 일이 없이 열심히 공부를 하기 때문이다. 지금의 소년, 자제들이

---

1) 일본어를 가리킨다.

이러한 정신과 열성을 갖고 연구를 하면 국어의 보급, 발달 역시 어렵지 않을 것으로 믿는다.

(1915년 1월 1일)

[김효순 역]

문화사로 본 일본과 조선의 관계
(文化史より觀たる日鮮關係)

구로이타(黑板) 문학박사 강연

1회

제국대학 문과대학 조교수 문학박사 구로이타 가쓰미(黑板勝美) 씨는 조선고대사 연구를 위해 조선에 건너온 이래로 조선 각지의 고적을 실지답사 중인데, 지난 31일 오후 3시부터 부산 교육회의 요청으로 구민단사무소 누상(樓上)에서 강연을 하였다. 그 대략의 내용은 다음과 같다.

■ 원래 역사를 활용하는 요체는 우리 조상이 실지로 경험한 흔적의 사실을 더듬어서 지난날을 판단하고 그것을 귀납하여 장래를 점치는 데 있다고 믿는다.

■ 지금 신화 상에 나타난 사실을 보고 조선과 일본 양국의 조상이 어떤 관계를 맺고 있었는지를 연구하는 것은 매우 흥미로운 일임과 동시에 양국—이미 합병을 한 오늘날 그 장래에 융화, 동화하는데 있어 현명한 판단을 내리게 하는 데 그 목적이 있는 것이 아닐까 한다.

■ 우리나라(일본, 역자 주)의 전설, 신화를 기록한 것은 『일본서기(日本書紀)』와 『고지키(古事記)』 두 권뿐이다. 이 안에 '해북의 도중(海北の道中)'이라는 말이 있다. 즉 이는 지쿠젠(筑前)에서 북해(北海) 사이의 길이라는 의미이다. 따라서 이 '해북의 도중'이라는 말은 막연한 말이 아니라 정말로 해북의 도중에 있다는 말이다.

■ 이 일위대수(一葦帶水)[1]로 볼 수 있는 조선, 일본 간 해협에 오키노시마(沖の島)라는 작은 섬이 있다. 이 섬은 일본해(동해, 역자) 해전[2]으

로 유명해졌는데, 그 이상으로 더 많은 암시를 우리에게 준다고 생각
한다. 즉 이 작은 섬에는 아마테라스오미카미(天照太神)의 따님[3]을 모
신 신사가 있는데 이는 일견 이상한 것 같다. 하지만,

■ 고개를 돌려 그리스 고대사를 보면, 그 문명은 다도해(多島海)에서
일어났다. 그 모습을 노래한 호메로스의 시를 읽는 사람들은 그가
다도해 중 스미누나섬에서 태어났기 때문에 더 각별히 그리스 문명
을 찬미한 것이라고 믿고 있었지만, 시 속의 영웅 아가멤논의 고적(古
蹟)을 발굴하기에 이르러 그것이 사실임이 세상에 알려졌다.

(1915년 6월 2일)

2회

■ 또한 그리스와 소아시아 사이의 바다에 델로스라는 작은 섬이 있
다. 이는 두 지역을 잇는 징검돌이다. 그리고 이 섬에 그리스의 국민
적 신앙의 대상인 아폴로 신이 모셔져 있다.

■ 이와 같은 사실에 비추어 조선과 일본 양국 관계를 살펴보면 재미
있는 대조가 된다. 즉 하나는 오키노시마에 우리나라 신앙의 최고귀
착점인 아마테라스오미키미(天照太神)의 따님이 모셔져 있고, 하나는
델로스 섬에 아폴로 신을 모시고 받들고 있어서 동서가 똑같다. 그리
고 서로 바다를 사이에 두고 두 지역을 잇는 징검돌—가교 역할을

---

1) 일의대수(一衣帶水)라고도. 허리띠처럼 폭이 좁은 강이나 바다. 혹은 그것을 사이에
   두고 이웃해 있는 것.
2) 러일전쟁 중인 1905년 5월 27일부터 28일에 걸쳐 일본해군 연합함대와 러시아 해군
   제2,제3태평양함대 사이에 있었던 해전. 일본에서는 이 러시아측 함대를 '발틱함대'라
   부른다.
3) 아마테라스오미카미(天照太神)는 일본신화의 주신(主神)이며, 그 세 딸 중의 하나인
   다고리히메노카미(田心姬神)가 오키노시마에 모셔져 있다.

하고 있다.

■ 만약 이러한 대조 즉 조선해협을 중심으로 하는 연안의 연구가 진척이 되면, 첫째는 다도해 및 그리스 연안의 연구에 의해 그 문명의 심원(深原)을 밝힐 수 있듯이, 우리나라 문명의 심원을 탐구할 수 있지 않을까 생각한다. 하지만 이 연구는 아직 초보단계이다.

■ 지금 이것을 상상하여 말하자면 이 해협 사이에 점재하는 쓰시마(對馬), 이키(壹岐) 및 오키노시마의 위치관계는 서로 비슷한 거리를 두고 조선과 일본 사이의 바다에 있다. 그리하여 규슈(九州) 북안(北岸)과 이키, 쓰시마 및 조선 남안(南岸) 부산을 연결하는 선이 마치 오키노시마를 중심으로 그려진 호와 같은 형상이다.

■ 그리고 오키노시마는 해발 300m의 높이로 조선과 일본 간 항해 시 적절한 표식이 되는 위치에 있는데, 오늘날과 같은 인위적 항로 표식이 전혀 없었던 고대에는 유일한 표식이 되고 있었음을 알 수 있다.

■ 또한 이를 해류(海流) 상으로 볼 때 항해상 이즈모(出雲) 지방에서 조선으로 갈 때 이 오키노시마를 경유하는 것이 편리하다는 것은, 오늘날 해저전신이 이즈모에서 출발하여 오키노시마를 거쳐 오는 것을 봐도 당연한 것이라 생각할 수 있다.

■ 이와 같은 사실로 보면, 스사노오노미코토(素戔嗚尊)[4]가 조선에서 지금의 시마네 반도(島根半島)를 가지고 돌아갔다는 신화가 전해지는 것도 이즈모와 조선의 교통에 오키노시마가 징검다리가 되고 표식이 된 이외에 이 해류의 관계가 적절했기 때문이라 할 수 있다.

■ 따라서 오키노시마를 중심으로 하는 규슈북안 이즈모 해안 지방

---

4) 이자나기노미코토(伊弉諾尊)와 이자나미노미코토(伊弉冉尊)의 아들. 아마테라스오미카미(天照大神)의 동생. 난폭한 짓을 하여 아마테라스오미카미가 화가 나서 하늘의 바위틈에 들어가 나오지 않자 하늘에서 추방당하여 이즈모(出雲)에 내려왔다.

및 남선 연안이 동일 해운권 내에 포용되어 문화적으로 밀접한 교섭을 하고 있었음을 유추할 수 있다.

■ 즉 이 지방에 동일문명이 열리고 동일한 풍속이 행해졌음은 양국 고대사에 비추어 보아도 충분히 알 수 있는 사실이다.

■ 이러한 사실로 반드시 양국 관계가 동일 국토를 형성하고 있었다고 속단할 수는 없지만 그래도 민족적으로 서로 융합하고 있었음은 분명하다 할 수 있다.

■ 이를 정사(正史)에서 보면, 진구(神功) 황후가 신라를 정벌하고 이어서 임나일본부를 설치한 사실에 대해서도 적어도 그 시대에 조선을 이방(異邦)으로서 외정(外征)했다고 이해하기보다는 내란을 평정했다고 보는 것이 타당하다.

■ 또한 조선에서 귀화한 인민을 우리 조정에 있는 인민이 대우하는데 있어서도, 늘 일본인과 동등하거나 그 이상으로 하여 전혀 정복자가 피정복자에 대하는 관계를 찾아볼 수 없다.

■ 이 사실은 일본인의 관용적 태도로만 돌릴 수는 없다. 또한 문화가 우리보다 앞서 있었기 때문에 특별한 경의를 표하여 그에 심취했다고 할 수도 없다.

■ 이는 우리나라가 조선과 같은 민족, 같은 종족이라고 믿은 결과로 그 교통이 더 원활하게 왕성하게 이루어진 것이라 할 수 있다.

(1915년 6월 3일)

3회
항로의 서점(西漸)과 백제

■ 오키노시마가 가교 역할을 하던 시대의 항로는 그 후 얼마 안 있어 쇠퇴하고 마침내 서쪽 수로 항로(航路)가 열렸다. 그리하여 조선과 일

본 양국 간 편리한 교통로가 열리기에 이르렀다.

■ 진구 황후의 삼한정벌사를 보면, 그 병선(兵船)은 히젠노쿠니(肥前國) 마쓰우라만(松浦湾)에서 출범했다고 나와 있다. 또한 이 시대의 지나사 『동이전』에도 일본에 이르러서는 쓰시마, 이키를 거쳐 히젠에 달했다고 나와 있다.

■ 이것으로 봐도 항로가 서점했던 사실이 명백하다. 그리고 이 서쪽 물길 항로를 찾기에 이르러 양국 관계는 고대와는 다른 양상을 띰과 동시에 더 한층 밀접해져 갔다.

■ 원래 신라는 조선에서 최대강국이었지만, 한 번 우리에게 굴복하고 나서는 표면적으로는 대단히 경순(敬順)의 뜻을 표하며 우리문화를 받아들인 것은 틀림없다. 그러나 이면으로는 늘 일본의 속박에서 벗어나 삼한을 통일하고자 하는 의지가 있었다.

■ 그래서 인접한 백제를 몹시 압박하였다. 백제는 서쪽 물길 교통로가 열려 차차 우리나라와의 교통이 활발해진 관계 상 결국 우리에게 다가와 신라로부터 독립을 유지하려 했다.

■ 이러한 형세였기에 자연히 우리나라와 신라와의 관계는 소원해지고 백제와는 밀접해지지 않을 수 없었다. 따라서 우리나라 문화의 계통은 신라적 색채보다 백제 문화의 색채가 농후하다.

■ 즉 오진 천황(応神天皇)[5] 이후 우리에게 학문과 기예를 전해준 것은 백제이다. 또한 우리나라에 귀화한 것도 백제인들이 많았다. 따라서 그 사람들이 조정의 고관이 되거나 사관(史官)이 된 사실은 가와치노후히토베(西史部), 야마토노후히토베(東史部)[6]로 정사에 기록되어 있다.

---

5) 학술적으로 확정할 수 없으나 4세기 초에서 5세기 초에 실재했을 가능성이 있다고 여겨지는 천황. '応仁天皇'이라 표기된 것을 '応神天皇'으로 바로잡음.

6) 후히토베(史部)란 야마토(大化) 시대 기록, 문서를 관장하며 조정에 출사했던 베민(部民). 오진 천황 때 도래한 왕인(王仁)의 자손 가와치노후히토베(西史部)와 아노오

■ 시대를 내려와서 간무 천황(桓武天皇, 737-806) 시대에는 산기(參議), 주(中)·다이나곤(大納言)이 된 사람들이 많고 그 외 인재를 많이 배출한 귀신 장군 사카노우에노 다무라마로(坂上田村麿)도 그 중의 한 명이다.

■ 그 후 백제는 결국 신라에 의해 멸망을 하기에 이르렀고 그 왕족은 우리나라로 도망을 왔으며 그 백성들도 대부분 왕족과 운명을 함께하여 크게 우대하였다.

■ 이에 이르러 백제의 문명은 처음에는 서서히 우리나라에 이식되었고, 나라가 멸망함과 동시에 그 모든 문화는 우리나라에 이식되었다.

■ 따라서 백제 문명의 흔적을 그 발상지인 충청도 및 전라도에서는 거의 찾을 수 없고 오히려 우리나라 고대 문명 속에 찬연히 남아 있다. 이는 틀림없는 사실이다.

■ 그러나 백제 문명이 일본에 어떤 식으로 남아 있는지를 구체적으로 보려 해도 그 발상지인 백제의 유적은 지금은 멸망했고, 일본에 전해진 것은 여러 계통의 문명이 섞여서 존재하기 때문에 매우 어렵다.

■ 이 점은 양국 관계를 관찰하는 역사가가 모두 유감으로 생각하는 바이다. 동시에 연구에 힘을 기울일 필요가 있다 할 수 있다.

■ 그러나 백제 문명의 면영은 일본고대사 연구의 경전인 『일본서기』에 편입되어 있어 이를 유추해 볼 수 있다.

■ 『일본서기』는 도네리 친왕(舍人親王)이 편찬한 것인데, 내 연구에 의하면 이는 친왕 전래의 구비(口碑)를 자료로 하여 이를 정리 편찬한 것으로 절대 도네리 자신의 의견을 덧붙이지 않았다.

■ 이러한 태도는 역사가로서의 도네리 친왕에게 경의를 표해야 한다. 그렇기 때문에 이 책에 수록(蒐錄)된 사실은 개인의 의견을 절대 첨부

미(阿知使主)의 자손 야마토노후히토베(東史部)의 양대 세력이 있다.

하지 않고 있는 그대로여서 책 속의 백제에 관한 사항은 모두 양국 관계를 이야기해 주는 것으로 볼 수 있으며, 후세 연구가의 지보(至寶)로 삼을 만하다.

(1915년 6월 4일)

4회
국제사상 및 국가관념

■ 전술한 바와 같이, 백제는 신라에 공략을 당해 결국 망국의 비운을 만나 그 왕족은 우리나라에 몽진을 하기에 이르렀고 우리나라와 문화적 관계는 잠시 중단되었다.

■ 하지만 백제가 신라에 압박을 받으면서 늘 그 독립을 유지하려 한 동안에는 거국적으로 강렬한 적개심과 애국심을 불태우고 있었다.

■ 신라가 백제를 멸망시키고 조선에서 패권을 장악한 것은, 첫째로는 지나의 후원을 받은 덕분이고 이 관계로 인해 신라는 마치 지나의 조공국 같은 형세가 되었다.

■ 또한 조선의 북쪽에서 지나와 국경을 접하는 지역에 나라를 세운 고구려는 지나 문명의 감화를 가장 많이 받았음과 동시에 그 압박 역시 크게 받았다.

■ 조선에서 같은 경우에 있으면서 이웃나라 및 지나의 압박을 받아 애국적 적개심이 타오르고 있던 백제와 고구려는 모두 같은 기분이었다.

■ 그리하여 두 나라의 국민 상하에는 조선반도 내 이웃나라에 대해 자주의 관념이 배양되었고 외지나라에 대해서는 대외적 국제사상이 배양되기에 이르렀다.

■ 이에 반해 신라는 한토(韓土)에서는 패권을 잡았지만, 그것은 사대

사상으로 양성된 것으로 지나의 부용국(附庸國)으로서 패권을 잡은 것에 지나지 않기 때문에 국가사상은 매우 빈약하였다.

■ 백제와 우리나라는 교통이 밀접해지고 이어서 백제가 멸망을 하기에 이르러, 처음에는 그 문명을 수입하다가 차차 국가사상을 수입하여 고유의 정신과 강한 공명을 얻음으로써 진정 자각적, 의식적 국가 관념과 국사사상을 확립하게 되었다.

■ 즉 쇼토쿠 태자(聖德太子)가 공문서로 수왕(隨王)에게 보낸 국서(國書)에 '일출국(日出國)의 천자(天子) 일몰국(日沒國)의 천자에게 서한을 보낸다'라고 기록되어 있다.

■ 그 국서가 얼마나 당당했는지, 또 얼마나 수의 권위도 전혀 두려워하지 않고 독립국으로서 대등한 교통을 요망하였는지 엿볼 수 있어 통쾌하다.

■ 이 국서에도 국제 관념과 국가 사상이 역력하게 약동하고 있다. 그리고 이 국서는 우리나라 국제사상, 국가적 관념이 드러난 최초의 것이라 생각한다.

■ 그리고 단순히 조선과 일본 양국의 국교상에는 이러한 엄격한 국가적 의미가 포함된 일은 없었지만, 지나와 교통하기에 이르러 비로소 나타난 바이다.

■ 이로써 확실히 법리관념에서 비롯된 국가 사상 및 국제 관념은 백제에서 받은 사상이 우리 고유의 정신을 보다 한층 강하고 엄격하게 자각하게 한 것에서 비롯된 것이라고 단언할 수 있다.

■ 백제가 신라와 지나의 공격을 당해 망하고 여세가 확장되어 우리나라에 미치고자 할 때 당시의 영주(英主) 덴지 천황(天智天皇)은 기회가 있을 때마다 기민하게 퇴영주수(退嬰株守)와 화친하여 안전을 얻을 수 있었다.

■ 이는 물론 지리상 우월한 위치에 있다고는 해도 진정 천황이 정치가

로서 또 외교가로서 위인이었다는 점에서 마찬가지로 존경할 만하다.

■ 그 후 우리나라로부터 공식적으로 국서를 지나에 보내는 일은 폐지되고 서로 국사(國使)를 교환했는데, 덴지 천황은 지나의 국사를 불러다 놓고 장관(壯觀)의 관병식을 거행하여 우리의 무위를 크게 피력하였다.

■ 즉 일본은 강대하고 문명을 자랑하는 지나에 조금도 꿀리지 않는다는 자주적 국가 관념의 발로를 볼 수 있다.

(1915년 6월 5일)

5회
국가사상의 쇠퇴

■ 전(轉)하여 한토(韓土)에 있어 사상의 변천을 보건대, 가장 강렬한 적개심에 의해 양성된 국가사상을 가지고 있던 백제가 멸망하기에 이르러 혼자 패권을 완성하여 전 조선을 웅시(雄視)하게 된 것은 신라였다.

■ 그리고 신라는 상술한 바와 같이, 전 조선에서 패권을 장악하였지만, 지나의 부용국(附庸國)이 되는 일도 불사하는 사대주의로 사실상 지나의 일개 제후의 상태였다.

■ 그 경로를 보건데 처음에는 문화적으로 항복하고 물질상 그에 심취하였다. 이어 국제관계상 열자(劣者)의 지위에 굴복하고 그 보수로 지나의 원조 하에 한토를 통일하였다.

■ 원(元) 시대에 이르러서는 완전히 원의 속국이 되어 의례, 전장(典章)[7], 풍속까지 지나화하였다.

---

7) 제도와 문물.

■ 그 후 원이 멸망하고 명이 부흥하기에 이르러 조선에서는 이씨 왕조가 성립하였는데, 양국 관계는 전철을 반복하는데 머물지 않고 더 한층 예속적인 관계가 되었다.

■ 명이 지나를 통일하고 제위(帝位)를 잇자 스스로 중화(中華)라 칭하며 자랑하였는데, 이씨는 이를 본받아 소중화라 칭하며 득의만만해 했다. 이에 비추어 보아도 조선의 국가사상이 얼마나 쇠퇴하였는지 확실히 알 수 있지 않은가?

■ 백제가 멸망하고 나서 조선의 문화와 사상은 그 성쇠에 몇 번 변천이 있었지만 모두 신라의 흐름을 따랐기 때문에 그 국가사상의 흔적이 끊어진 채 현재에 이르게 된 것은 오히려 당연할 것이다.

■ 이를 정리하면 백제의 멸망은 조선의 국가사상의 쇠퇴를 의미하며 신라의 발흥은 영원히 조선독립의 근저를 공허하게 한 것이다.

■ 그 후 우리나라도 조선과 마찬가지로 승려, 학자 등이 직접 지나에 가서 배우고 그 문명을 직접, 간접적으로 수입하여 우리 문화를 조성하였다.

■ 제도와 문물도 지나를 본받아 그 면목을 일신한 적은 매우 많았다. 하지만 그 이유로 그에 심취하여 우리나라까지 잊은 일은 없었다.

■ 요컨대 우리나라는 고래로 다른 문명사상을 수입하여 이를 취하고 유화(類化)하고 동화하여 그 고유의 정신에 공명하지 않는 것은 버림으로써 확고부동한 일본적 문명을 형성한 것이다.

■ 그렇기 때문에 우리나라는 조선이 스스로 소중화라 칭하는 것 같은 몰국가적 사상은 흔적도 없다. 그 뿐만 아니라 때로는 조선을 배워 국가사상의 자각을 확립하였고 통일신라시대에 이르러 그 몰국가적 상태를 보고 다시 옛날처럼 깊은 교제를 하지 않게 되었다.

(1915년 6월 6일)

6회

미술, 공예의 전래

■ 조선에서 백제가 멸망한 후에는 우리나라에 호의를 갖지 않는 신라가 삼한을 통일했기 때문에 양국의 국교관계는 표면상 두절상태가 되었다. 그렇지만, 영명(英明)한 국주 덴지 천황(天智天皇)은 우리 문화를 발전시키기 위해 중국과의 교통을 더 성행하게 하였다.

■ 그러나 고대로부터 조선과 일본 양국민의 관계와 지리상의 편의는 이 표면상의 정치적 국제관계만으로는 완전히 끝낼 수 없는 깊은 관계가 지속되었다.

■ 우리나라 도기의 제법은 가마쿠라 시대(鎌倉時代)에 지나에서 전래된 것이라고 기재되어 있지만, 오늘날 발견되는 것으로 추측해 보면 이미 그 이전에 조선에서 전래된 것이 아닐까 한다.

■ 고래로 조선과의 교통상 관계가 가장 깊은 규슈 북부 연안지방의 흙속에서 종종 고려제 청자 조각이 발굴되는 일이 있다. 나도 후쿠오카 현(福岡縣) 어느 지방에서 실시된 경지정리 때 확실히 고려청자 조각이 발견된 것을 실제로 본 적이 있다.

■ 그 당시에는 오늘날처럼 고려청자라고 하여 골동품으로 귀히 여겨진 것이 아니라 보통의 그릇으로 취급되었다고 한다.

■ 이로써 보아도 규슈와 같이 조선과 교통하기 편한 지방에는 지나로부터 도기 제법을 전수받기 이전에, 고려자기 제법을 조선에서 습득하여 제조가 성행한 것으로 생각된다. 그러나 여전히 그 조각에 대해서는 고고학적 연구가 필요한 것은 물론이다.

■ 또한 우리나라 공예미술과 밀접한 관계가 있는 불교에 대해서 보면, 주고쿠(中國) 지방[8]의 오우치(大內)[9] 씨 같은 사람은 해인사의 대

---

8) 일본 혼슈(本州)의 서부에 해당하는 지역으로, 돗토리 현(鳥取縣), 시마네 현(島根縣),

장경을 얻기 위해 배를 특파한 경우도 있다.

■ 아시카가(足利) 씨 시대에 우리나라에 전래된 이 경본은 내가 아는 범위 내에서도 4부는 현존하는 것을 실제로 보았는데, 이는 우리나라 불교사상 특필할 만한 사항이다.

■ 이와 동시에 아시카가 씨 시대와 같은 난세에도 여전히 조선과 일본 양국에 비교적 운사(韻事)에 속하는 불전이 전래한 것을 보아도 양국 관계 및 문화상에 간과할 수 없는 사실이 있음을 알 수 있다.

■ 시대가 내려와서 도요토미 히데요시(豊臣秀吉)의 조선 정벌은 쾌거로서 장하게 여기기에 족하지만, 그 정벌전쟁에 의해 직접 얻은 바는 거의 없고 간접적으로 문화사상 얻은 바는 크다.

■ 즉 이 전쟁 때 목제활자가 조선에서 수입되어 분로쿠(文錄) 연간에는 이 활판법에 의해 『몽구(蒙求)』[10]가 출판되었다.

■ 또한 도쿠가와 이에야스(德川家康)[11]가 조선식으로 은제 활자를 주조한, 소위 게이초판(慶長版)은 간에이(寬永) 연간까지 사용되었다.

■ 이후 활자는 경제상 목판으로 찍혀져서 더 발달하지 못하고 소위 목판이 널리 사용되게 되었다. 하지만, 이 활자 인행본(印行本)이 에도문학 발흥의 남상이 된 공은 무시할 수 없다.

■ 이 편리한 활자의 발명이 응용된 바는 이조시대에는 제실(帝室)의

오카야마 현(岡山縣), 히로시마 현(廣島縣), 야마구치 현(山口縣)으로 구성된다.

9) 남북조 시대(南北朝時代)에서 센고쿠 시대(戰國時代)에 주고쿠 지방에서 세력을 떨친 호족. 백제 성명왕(聖明王)의 자손으로 쇼토쿠 태자(聖德太子)로부터 다타라(多々良)라는 성을 받았다.

10) 전통적인 중국의 초심자용 교과서. 일본에서는 헤이안 시대(平安時代) 이래 장기간에 걸쳐 사용되었다.

11) 도쿠가와 이에야스(德川家康, 1543~1616). 센고쿠 시대(戰國時代)에서 아즈치모모야마 시대(安土桃山時代)에 걸친 무장이자 다이묘(大名). 전국시대에 종지부를 찍고 에도 막부(江戶幕府)를 열어 초대 정이대장군(征夷大將軍)이 됨.

전기(傳記)로 한정되었을 뿐 일반 서적에는 그 예가 없었다. 또한 목제 활자나 구리 활자는 지금도 현존하고 있다.

■ 그것이 일본에 전래되어서 제일 처음 인행된 것이 국체의 연원을 알 수 있는 『일본서기(日本書紀)』로, 이는 대부분의 사람들이 연구 상 통독하는 바가 되었다. 메이지(明治)의 맹아는 이미 이곳에 배태되어 있다고 할 수 있으며, 양국 국민의 사상이 이와 같은 활자 응용 상에도 드러나 재미있는 대조를 이루고 있다. (끝)

(부기) 박사의 해박한 온축(蘊蓄)과 발표를 기술함에 있어 그 대략을 더듬는데 있어 글이 서툴러 뜻을 제대로 다 전달하지 못함을 박사와 독자에게 사과드린다. (후쿠로가와[袋川])

(1915년 6월 9일)

[김효순 역]

금강산 탐승담(金剛山探勝譚)

부산역장 호리이 기사쿠(堀井儀作) 담

상

부산역장 호리이 기사쿠(堀井儀作)는 사무 협의를 위해 일전에 용산 출장 중 여가를 얻어 이름도 유명한 금강산을 발섭(跋涉)하고 왔다 한 다. 아래는 동 씨의 담화이다.

▷금강산 탐승을 위해서는 경원선으로 원산으로 가서, 그곳에서 해로로 장전(長箭)으로 갈 수도 있고 해안의 육로를 따라 갈 수도 있다. 육로는 원산에서 온정리까지 자동차가 다니고 있지만, 그곳까지 270 리[1] 약 6시간이 소요된다. 나는 갈 때는 육로로 갔는데 비가 와서 다리가 무너진 곳이 많았고 그곳을 어쨌든 2톤 정도 중량이 나가는 자동차로 지나는 것이기 때문에 매우 위험했다. 자동차는 6인승으로 요금은 편도 6엔이다. 만약,

▷해로를 이용한다고 하면, 원산 장정 간 53해리[2]로, 조우(朝郵)의 함 흥마루(咸興丸朝), 황해마루(黃海丸) 등 약 800톤 내외의 배가 열흘에 한번 발착하는데, 그것으로는 배가 부족하여 별도로 60톤 정도 되는 배가 왕복하고 있다. 요금은 편도 80전 3리 정도이다. 어쨌든 20년 정도 전에 만들어진 배라서 별로 깨끗하지는 않다. 게다가 예인을 하여 도중에 통천(通川)에 들리므로 12시간 정도 걸린다.

▷공진회 개회 중에는 금강산으로 여행객을 많이 흡수하고자 하여, 요 시다(吉田) 회조점(回漕店)[3]과 철도국이 협상하여 3일에 한번 조쇼마

---

[1] 1리는 0.39km이므로 270리는 약 106km.
[2] 1해리는 1.852km이므로 53해리는 약 98km.

루(長承丸)를 왕복시키기로 했다고 한다. 이

▷장전항은 황해도에서 가장 좋은 항구로, 대개 어업지이므로 매년 10월 무렵부터 번성하는데, 요즘에는 금강산 등산객으로 인해 초여름부터 거의 1년 내내 의외의 발전을 보고 있다. 이곳에는 동양포경회사 근거지 및 창고나 가시이 겐타로(香椎源太郎) 씨의 어장이 있다. 재주 내지인은 목하 3백 명 내외이며 순사주재소, 우편소 외에 일본인 경영 여관도 3채, 요리집도 상당히 번성하고 있으며 예기와 작부도 두세 명 있다. 장전에서,

▷온정리까지는 약 20리로 폭이 3간(間)[4]이 되는 널찍한 도로가 있다. 인력거가 두 대 있는데 요금은 50전이다. 온정리는 목하 일본인이 100명 정도 있다. 헌병분견소, 우편소, 미쓰이 광산(三井鑛山) 출장소(광물로는 텅스텐이 나온다), 철도 호텔, 그리고 일본인 운영 여관이 3채, 하숙집이 1채, 조선인 운영 여관이 56채 있으며, 요리집도 건설 중이다. 온정리에서 약 10리 정도 되는 곳에 해안이 있어서 해수욕을 하기에 적당하다. 이곳은 3면이 금강산맥으로 둘러싸여 있고 남쪽만 트여 있어서 여름에는 시원하고 피서지로서도 적당하다. 또한 온정리에는 이름에 맞게 온천이 있는데 그 성분과 효능은 동래온천과 비슷하다.

(1915년 9월 3일)

하

▷금강산은 내금강, 외금강으로 나뉘어 있는데, 나는 내금강밖에 가

---

3) 해운업자와 하송인(荷送人) 사이에서 화물운송에 관한 일을 하는 상점.

4) 1간은 181cm이므로 3칸은 5.45m.

보지 못했다. 우선 24일 온정리를 출발하여 만물상으로 향했다. 그 동안 약 20리는 오르막길이었다. 계곡을 따라 올라갈수록 왼편에는 금강산 경치의 일부인 한하계(寒霞溪)의 절경이 전개된다.

▷전 산이 화강암으로 되어 있는 금강산 입구에 다가가자 기암괴석이 천태만상으로 우뚝우뚝 서서 하늘을 찌를 듯 계곡으로 면해 있는 것이 보인다. 바위와 바위 사이에는 풍류에 넘치는 소나무들이 산재해 있는 것이 마치 문인화와 같다. 당일에는 마침 빗발이 치는 바람에 흐르는 물이 모두,

▷수천, 수백의 폭포가 되어, 어떤 것은 굵게 어떤 것은 가늘게 또 어떤 것은 물보라를 일으키며 어떤 것은 은사(銀絲) 다발 같았다. 그 웅대한 절경은 라이 산요(賴山陽)⁵⁾의 야바케이(耶馬溪)⁶⁾에 소위 비가 내려 더 신비한 광경으로 보였다. 정상에 도달하여 다시 오른쪽으로 내려오기를 5, 6정(丁)⁷⁾, 계곡을 따라 바위를 기어오르니 그곳으로,

▷만물상에 도달하는 것이다. 마침 안개가 걷혀서 먼 곳은 톱처럼 보이고 가까운 곳은 어떤 곳은 사자처럼 어떤 곳은 코끼리처럼 보여서, 만물상이 왜 만물상인지 알 수 있었다. 다시 10리 정도 더 올라가서 신만물상(新萬物相)이라는 곳이 있다. 풍경은 더욱 더 진기하다. 27일, 나는 다시 구룡원(九龍園)을 탐방하기 위해 미쓰이 물산(三井物産)의 가사하라(笠原) 씨와 함께 조선인 한 명을 고용하여 출발하였다. 일찍이 데라다(寺田) 총독이 탐승했다고 하는 신계사(神溪寺)까지 갔는데,

---

5) 라이 산요(賴山陽, 1781~1832). 에도 시대(江戸時代) 후기의 역사가, 사상가, 한시인, 문인.

6) 오이타 현(大分縣) 야마쿠니가와(山國川)의 상, 중류 및 그 지류를 중심으로 한 계곡으로 라이 산요가 1818년 당시 야마쿠니다니(山國谷)라는 지명을 중국풍으로 불러 '야마케이는 천하에 없는 계곡이다(耶馬溪天下無谷)'라고 읊은 것이 계기가 되어 '야마케이'라는 명칭이 붙었다.

7) 1정은 약 109m이므로 5, 6정은 5, 600m.

비로 인해 앞에 있는 여덟 개의 다리가 모두 무너져 희망을 이루지 못하고 아쉽게도 헛되이 발걸음을 돌렸다. 중추(中秋)의 단풍 무렵에 가면 경치는 더 한층 아름다울 것이라 생각한다. 이번 공진회 관람객들은 돌아가는 길에 꼭 시간을 할애하여 해로의 이 금강산을 구경했으면 한다. (끝)

(1915년 9월 4일)

[김효순 역]

일요문단을 읽다(日曜文壇を讀む)

가에데(楓)

…마산심상 6학년의 손에 의해 작성…

◇ 마산심상고등소학교 심상과 6학년 생도는 얼마 전부터 각자가 작성한 작품을 모은 일요문단이라는 것을 매주 1회 발행하여 이를 각 생도의 부형에게 회람을 시키고 비판을 부탁하고 있습니다.

◇ 이는 아마 담임인 가토(加藤) 선생님의 발상에 의한 것이겠지만, 대단히 멋진 일로 나는 각 담임선생님들이 가토 선생님을 본받아 이렇게 고상하고 유익한 일을 하기를 절실히 희망하는 바입니다.

◇ 1월 8일에 발행된 일요문단이 15일 우리 집에 왔습니다. 이 방면으로는 다소 취미를 가지고 있으므로 일일이 훑어보았습니다.

◇ 대략적으로 말하자면, 우선 심상6학년 생도의 작품으로서는 우수합니다. 개중에는 노력이 부족한 것도 있고, 이것이 정말 심상6학년 생도의 작품인가 하고 좀 놀란 것도 있었습니다.

◇ 또한 개중에는 노력이 지나쳐서 고등과 생도도 모르는, 예를 들면 '안광지철(眼光紙徹)', '불평오뇌(不平懊惱)', '평생의 규잠(終生の規箴)'과 같은 문자를 사용하여 함부로 학자연하는 것도 눈에 띠었습니다.

◇ 나는 굳이 말하자면 심상 6학년생의 작품으로는 천진난만한 것을

환영합니다. 있는 그대로 작품에 나타나는 것을 환영합니다. 너무 어른 티를 내는 것은 좀 어떨까 싶습니다.

◇ 그 중에서 저는, 호리타 긴지로(堀田金次郎) 생의 「시골의 겨울(田舍の冬)」, 후지카와 도시히코(藤川利彦) 생의 「개(犬)」, 시미즈 야스오(淸水保男) 생의 「떡집 아주머니(餅屋さん)」, 다니구치 마사요시(谷口正義) 생의 「모닥불(たきび)」, 시노하라 시게오(篠原茂夫) 생의 「연말(年の暮れ)」, 도쿠시마 다미오(德島民雄) 생의 「공기총 주문의 글(空氣銃注文の文)」, 히사시게 마사오(久重正夫) 생의 「겨울 아침(冬の朝)」 등은 있는 그대로 잘 써서 정말 좋은 글이라고 생각했습니다. (가에데)

(1918년 2월 17일)

[김효순 역]

다쿠안 스님과 야규 주베에(澤庵和尙と柳生十兵衛)

이시야마 간파치로(石山寬八郎) 씨 이야기

(1)

도쿄(東京) 시나가와(品川)의 도카이지(東海寺)를 건립한 다쿠안 선사(澤庵禪師)[1]는 야규 다지마노카미(柳生但馬守)[2]에게 검법의 비결을 전수했다고 전해지는 위대한 분으로 도쿠가와(德川) 3대 쇼군(將軍)[3]께서 굳게 믿고 의지하셨던 고승이었습니다.

어느 날 쇼군의 거처를 나설 무렵 한 거한이 수심에 싸여 고개를 푹 수그리고 걸어오는 것을 보고 누구인가 싶어 다가오는 모습을 자세히 살피니 다름 아닌 자신의 제자 다지마노카미였습니다.

"이보게 단슈(但州)[4], 무슨 일인가. 퍽이나 근심이 깊어 보이는데 어디가 아프기라도 한 겐가."

라고 묻자, 다지마노카미는

"아아, 이거 선사님 아니십니까. 내심 염려를 품고 있으면 그것이

---

1) 다쿠안 소호(澤庵宗彭, 1573~1646): 에도 시대(江戶時代) 초기의 임제종(臨濟宗) 승려. 다지마(但馬) 출신. 법휘(法諱)는 소호(宗彭), 도호(道号)는 다쿠안(澤庵). 고미즈노오 천황(後水尾天皇)과 도쿠가와 이에미쓰(德川家光)의 두터운 지지를 받았으며, 이에미쓰의 명에 의하여 시나가와(品川)의 도카이지(東海寺)를 건립했다. 시가, 하이카이(俳諧), 서화(書畵), 다도에 통달한 풍류인이었다고 전한다.

2) 야규 무네노리(柳生宗矩, 1571~1646): 에도 시대 초기의 검술가. 야마토(大和) 출신. 무네요시(宗嚴)의 5남. 부친과 더불어 도쿠가와 이에야스(德川家康)를 섬기며 도쿠가와 히데타다(德川秀忠)에게 검술을 지도했다. 3대 쇼군(將軍) 이에미쓰의 두터운 신임을 받아 간에이(寬永) 6년(1629년) 3월, 종5위하(從五位下) 다지마노카미(但馬守)에 서임되었다.

3) 도쿠가와 이에미쓰(德川家光, 1604~1651): 에도 막부(江戶幕府)의 제3대 쇼군. 아명은 다케치요(竹千代). 조부 이에야스와 부친 히데타다의 유지를 이어 무가제법도(武家諸法度), 산킨코타이(參勤交代) 제도 등을 정비하여 막부 정치의 기초를 확립했다.

4) 현재의 효고 현(兵庫縣) 북부에 해당하는 다지마쿠니(但馬國)의 이칭. 본문에서는 다지마노카미 무네노리를 일컫는 호칭.

안색으로 드러난다고 하더니, 병인가 하는 질문을 받게 되니 정말이지 부끄러울 따름이외다. 소생 자신의 건강에 문제가 될 것은 없사오나 실은 나이를 먹어 감에 따라 자식의 일에 마음이 쓰여 절로 걱정을 품게 되었사옵니다."

"허어, 자제 분에게 무슨 일이라도."

"예, 다름이 아니오라 소생은 유년 시절부터 무도에 전념하는 한편 선사의 가르침을 받자와 이렇게 무예로 입신(立身)할 수 있게 되었사오나. 소인의 자식 중에는 제 후계자가 될 만한 녀석이 없사옵니다. 장남 주베에(十兵衛)[5]는 지나친 자만심에 광기를 일으켜 지금은 야마토(大和)[6]에서 정양하고 있으나 도무지 쾌유될 기미가 보이지 않고, 차남은 병약하여 쓸모가 없습니다. 애석하게도 야규 가문이 소인 1대로 막을 내리리라 생각하니 참으로 심란하기 짝이 없나이다."

라고 대답하자 선사가 이것저것 상세한 사정을 질문하시고는

"그것 참 딱한 일이군. 그러나 병약한 차남 쪽은 하는 수 없으나 장남 쪽의 광증이라면 이를 치료해 주는 것이 무엇보다도 우선이겠지. 광인이라 함은 마음이 상궤를 벗어난 것이요, 이 마음의 병을 치유하는 것이 불법(佛法)이므로 지금부터 소승이 그리로 찾아가서 그 광증을 고쳐 주겠소."

"이거 선사께서는 여느 때처럼 분에 넘치는 호의를 베풀어 주십니다. 선사의 설법을 청하면 아들놈도 미망의 꿈에서 깨어날 수 있을 것이지만, 먼 길인지라 지극히 송구스러울 뿐이옵니다." (계속)

(1915년 1월 7일)

---

5) 야규 주베에(柳生十兵衛, 1607~1650): 에도 시대 초기의 검술가. 야마토 출신. 무네노리의 장남. 본명은 미쓰요시(三嚴). 이에미쓰의 신뢰가 두터웠으며 일본 전국을 편력하며 다양한 일화를 남겼다.

6) 현재의 나라 현(奈良縣)에 해당한다.

(2)

"아니, 염려할 필요 없소. 소승이 가서 바로 치료해 주리다. 자만으로 인한 발광이라니 자만심이 떠나면 본래의 인품으로 돌아올 것이오. 소승이 그 자만심의 코를 꺾어 주겠소이다."

하고 바람처럼 야마토로 떠난 다쿠안 스님은 야규 주베에의 임시 거처를 찾아갔습니다.

"소승은 주베에의 병을 치료하러 온 길이오. 주베에에게 그 뜻을 전해 주시게나."

아닌 밤중에 홍두깨 격이니 객을 맞으러 나온 하인은 황당할 따름입니다. 행색을 살피니 체구가 장대한 떠돌이 승려에다 차림도 애당초 번듯하지 않았습니다. 일견 비렁뱅이 중처럼 보였기에 이거 난처한 녀석이 굴러들었구나 여겨

"스님의 성함은 무어라 부르시오며 어디서 오셨사옵니까."

하고 질문했습니다.

"정처 없이 떠돌며 운수 행각 중이라 어디서 왔다고 할 것도 없소."

"성함은?"

"운수."

보아하니 역시나 정신이 나간 중이구나, 광증을 고치겠다고 장담하지만 주인보다도 오히려 이 중의 상태가 심각해 보이니 미치광이와 미치광이를 만나게 하는 것도 나름대로 흥미로울 듯하다, 게다가 이 미치광이는 주인의 병을 고치겠다고 하니 필시 주인이 격노하여 단칼에 베어 버릴 터인데, 승려에게 칼을 휘두르는 것은 천하 어디서나 금지된 일이며 무사의 법도에도 어긋나는 바이지만 정신이 나간 데다 어디서 빌어먹던 자인지도 모르는 중 나부랭이는 죽여도 그다지 뒤탈이 없으리라 생각했기에, 일단 미치광이들의 만남을 성사시켜 볼까 해서 주인인 주베에에게 이 사정을 전했습니다.

주베에가 열화같이 분노하여

"내 병을 고치겠다는 당치도 않은 녀석에게는 면회를 허락지 않겠
으니 당장 내쫓아 돌려보내라."

하고 일갈하자 안내를 맡은 자는 다쿠안 선사에게

"주인께서는 면회를 허락지 않겠노라고 말씀하십니다."

라고 전달했습니다.

"흐음, 과연 듣던 것보다 병이 심한 모양이구나. 안쓰러운 일이야.
좋아 좋아, 만나지 않겠다면 만나지 않아도 상관없소. 소승은 어떻게
해서든 주인의 병을 고쳐 주리라 마음먹고 찾아왔으니 이대로 돌아갈
수는 없느니. 잠깐 자리를 빌려 주시게. 잠시만 쉬어 갈 테니."

하고 성큼성큼 올라와 객실로 들어가더니 종이쪽지에 노래를 한 수
적었습니다.

"이것을 주인께 전해 주었으면 하오. 소승은 여기서 한숨 쉬고 있으
리다."

(1915년 1월 9일)

(이후 결호로 인하여 내용 확인 불가능)

[이윤지 역]

단편 고단(讀切講談) 오토미 이사부로(お富伊三郎)

후카가와(深川)의 게이샤 거리(藝者町) 근처에 위치한 어느 골목, 바로 그곳의 고보유(弘法湯)에서 산스케(三助)가 손님의 등을 밀고 어깨를 토닥토닥 두드리는 소리가 활기차게 울리는 가운데 얼굴이 발그레 상기되어 탕에서 나온 여자가 있었는데, 고참 게이샤(姉藝者)[1] 혹은 요정의 여주인처럼 보였다.

그녀가 느릿한 걸음걸이로 지나간 이후 삿갓을 깊게 눌러 쓰고 샤미센(三味線)을 타는 걸립꾼이 한동안 이상하다는 듯 그쪽을 바라보다가 고개를 가볍게 끄덕이더니 여자의 뒤를 종종걸음으로 따라가,

"이보시오, 길 한복판에서 삿갓도 벗지 않고 정말이지 죄송하오나 당신은 혹시 기사라즈(木更津)의⋯⋯⋯⋯."

하고 말을 끝맺지 않은 채 삿갓 너머로 이쪽을 응시했다. 여자는 깜짝 놀라 눈을 동그랗게 뜨고 상대의 모습을 위아래로 훑어보았다.

"놀라는 것도 무리는 아니지. 나는 죽었다고 알고 있을 이사부로(伊三郎)라오. 묘한 곳에서 묘하게 만나게 되었군, 오토미(お富)."

이사부로는 그 말과 함께 삿갓 앞을 들어 올려 절반쯤 얼굴을 드러냈다. 이번에 오토미가 경악하는 모습이란 눈이 휘둥그레지는 정도로 그치지 않았다. 와들와들 두 다리를 떨며,

"어머나!"

"허나 나도 놀랐군. 올해 우란분재(盂蘭盆齋)[2]에는 적어도 제사라도 지내 혼을 위로해 주려 했던 그대가 예전과 다름없는 모습으로 저 고보유에서 나오다니. 오토미, 나와 당신은 기묘한 인연으로 엮였구면."

---

1) 마이코(舞妓), 즉 견습 게이샤(芸者)를 언니처럼 돌보며 육성을 책임지는 게이샤.
2) 음력 7월 15일을 중심으로 선조의 명복을 기원하는 불교 행사.

"어머 당신, 그 지경에서 어떻게 살아났어요. 나는 아직 꿈을 꾸고 있는 게 아닌지……………."

"아니 동감이야. 아까는 나도 꿈이 아닌가 하고 두 번이고 세 번이고 몸을 꼬집어 보았을 정도라네. 상처가 아문 흔적은 여기를 보게, 그때 베인 상처가 얼굴과 몸에 서른 네 군데이니 분명히 지옥 1번가까지는 갔을 텐데 숨을 돌이켜 보니 배 안이었지. 뱃사공에게 이야기를 들으니 웬 시체가 떠내려오기에 일단 끌어올려 놓고 보니 수명이 남아있었는지 호흡이 돌아왔다는 것밖에 모르겠다더군. 그야말로 난자를 당한 고통으로 숨이 끊어진 것을 그대로 바다에 처넣었겠지만 물을 삼키고 목숨을 건졌을 테지. 과거와 달라진 이런 얼굴의 이사를 이제 이사 님이라고는 불러 주지 않겠지."

"농담이라도 그런 말은 하지 말아요. 들어 주세요. 저는 그때 시달리고 시달리고 시달리며 들볶인 끝에 결국에는 숨을 거둔 당신의 모습까지 여봐란 듯이 보여주는 바람에 그 자리에서 기절하고 말았어요. 그 사이에 두목들은 안으로 들어가 기분 좋게 술이라도 마시고 있었는지 퍼뜩 정신을 차리고 보니 제 곁에는 아무도 없더군요. 몸의 고통이고 뭐고 전부 잊고 바닷가까지 달아나자 마침 운 좋게도 에도(江戸)로 향하는 배[3]가 있었지요. 그들의 도움을 받아 태어난 고향인 에도로 돌아왔지만 의지할 곳도 없고 당신의 넋에 미안하다고 생각하면서도 지금은 저런 사람들에 둘러싸여 이렇게 살고 있어요. 하지만 당신의 일은 한시도……"

오토미는 입으로 이렇게 말하면서도 내심 고약한 곳에서 고약한 사람과 맞닥뜨렸다고 생각했다.

(1917년 2월 10일)
[이윤지 역]

---

3) 원문 표기는 '오시오쿠리부네(押送船)'로 돛에 의존하지 않고 소수의 인원이 노를 저어 움직이는 배를 말한다. 특히 선어를 어시장에 신속히 운반하기 위하여 사용되었다.

단편 고단(讀切講談)
신젠코지 용마루의 유래(新善光寺棟木の由來)

고슈(甲州)[1]의 나카고리스지(中郡筋) 다카하타무라(高畑村), 현재 고슈 시(甲州市)의 일부에 해당하는 장소에 가산이 부유하고 넉넉한 백성이 살고 있었는데, 그 딸의 나이가 열여섯으로 촌구석에서는 보기 드문 미인이었다. 이미 나이가 찼으므로 바라는 곳도 많고 좋은 인연도 넘치고 넘칠 정도였지만 어찌 된 일인지 딸은 고개를 끄덕이지 않았다. 싫다는데 다짜고짜 시집을 보낼 수도 없는 일이라 그대로 두고 볼 수밖에 없었다.

그런데 이 아가씨가 혼담을 받아들이지 않는 까닭은 그녀의 처소에 도회지 출신으로 보이는 우아한 미모의 남자가 밤마다 은밀히 드나들고 있었으며, 이미 그 관계가 3년 가까이 이어지고 있었기 때문이었다.

어느 날 밤, 여느 때처럼 몰래 찾아온 남자는 기뻐하는 아가씨와 반대로 안색은 창백하고 풀이 죽어 속눈썹에는 눈물까지 반짝이고 있었다.

"저기, 그처럼 고민할 문제가 있다면 어째서 제게는……」
하고 열여섯 소녀라고는 생각되지 않을 만큼 사려 깊은 말씨로 남자의 대답을 재촉했다. 남자는 한동안 그녀의 얼굴을 바라보고 있었으나 뜨거운 눈물과 함께,

"우리가 알고 지낸 나날이 이미 3년이 되오. 비익연리(比翼連理)의 인연도 지금은 허무할 뿐이라, 이제 내일 밤부터는 이렇게 만나는 기쁨도……."

---

1) 현재의 야마나시 현(山梨縣)에 해당하는 가이노쿠니(甲斐國)의 이칭.

하고 말을 채 입 밖으로 내지 못했다.

"아니, 그건 또 무슨 연유인가요. 자, 사정을 이야기해 주세요. 이야기해 주세요."

하고 아가씨는 저도 모르게 그에게 매달렸다.

그대에게 이끌려 밤마다 만났던 것이 나니와(難波)[2]의 갈대를 베어낸 밑동[3], 잠깐의 선잠에 지나지 않았던가. 선잠에 불과한 하룻밤도 전세에 걸친 인연이라 들었거늘, 그렇다면 무정한 것은 그대의 마음인가, 소첩이 미욱하오나 기나긴 나날을 함께 보냈는데 이제 와서 헤어져 어찌하랴. 이렇게 된 이상 설령 범이 도사린 산야이든 고래가 밀려오는 포구이든 데려가 주소서.

인정이 있다면 도저히 거절할 수 없을 정도로 절절하게 애원하므로 남자도 이번에는 차마 숨길 도리가 없었다.

"나는 사실 인간이 아니오."

"네?"

하고 튕기듯 몸을 일으킨 아가씨를 바라보며 그는 자신의 신상에 대한 이야기를 하기 시작했다.

설명에 따르면 그녀를 몰래 찾아오던 남자는 본래 그 마을에서 수백 년의 세월을 지킨 늙은 버드나무의 정령이었는데, 이번에 다케다 신겐(武田信玄)[4]이 히가시야마나시 군(東山梨郡) 사토가키무라(里垣村)에 신

---

2) 현재의 오사카 시(大阪市) 부근의 옛 명칭으로, 와카(和歌) 등에서 갈대와 연관된 지명으로 사용된다.
3) 초목의 베어낸 밑동을 의미하는 일본어 '가리네(刈リ根)'는 선잠이라는 의미의 '가리네(仮寝)'와 발음이 동일하여, 와카 등에서 동음이의어를 이용하는 언어유희적 수사법인 가케코토바(掛詞)로 사용된다.
4) 다케다 신겐(武田信玄, 1521~1573): 센고쿠 시대(戰國時代)의 무장. 이름은 하루노

젠코지(新善光寺)[5]를 건립하면서 25간(間)[6]짜리 본당 마룻대를 물색하던 도중 우연히 눈에 들어온 것이 이 다카하타무라의 늙은 버드나무였다. 지금까지 수백 년 동안 뻗은 가지가 무성하게 우거진 나무였으나 이제 내일이면 다할 목숨이다. 그러나 이것도 초목국토실개성불(草木國土悉皆成佛)[7]이라는 말과 같이 해탈을 얻는 길이니 오로지 한탄하며 슬퍼할 일만은 아니리라. 그렇다고는 해도 애정과 집착은 쉽사리 끊어낼 수 있는 것이 아닌지라, 목재가 되어 실려 가는 날에는 그대가 앞장서 나무를 옮길 때 부르는 노래를 선창하여 이별을 안타깝게 여겨 달라는 말을 들었는가 싶었으나 어느새 이미 그 모습은 보이지 않았다.

아가씨는 경악과 공포로 온몸의 피가 얼어붙는 심정이었다. 그 다음 날 결국 늙은 버드나무는 벌채되었으나, 25간이나 되는 목재라 좀처럼 움직이지 않아 용이하게 운반하기 어려웠다. 아가씨가 이 사정을 듣고 부교(奉行)[8]인 야마모토 간스케(山本勘助)에게 청을 넣어 나무를 옮길 때 부르는 노래를 선창하자, 그 거대한 나무가 별반 어려움 없이 옮겨졌다고 한다.

(1917년 2월 15일)
[이윤지 역]

부(晴信). 신겐은 법명, 기잔(機山)은 법호. 부친 노부토라(信虎)를 폐하고 시나노노쿠니(信濃國) 일대를 장악하여 우에스기 겐신(上杉謙信)과 대립했다. 교토(京都) 진출을 목표로 미카타가하라(三方ヶ原)에서 도쿠가와 이에야스(德川家康)에게 승리를 거두고 미카와(三河)로 진입했으나 진중에서 병사했다.

5) 현재의 야마나시 현 고후 시(甲府市)에 위치한 정토종(淨土宗) 사찰. 1558년 다케다 신겐이 젠코지(善光寺)의 본존을 옮겨 건립했다고 한다. 고슈젠코지(甲州善光寺)라고도 한다.

6) 길이의 단위. 1간(間)은 6척에 해당하며 약 1.82m.

7) 초목이나 국토와 같이 비정(非情)한 존재도 모두 불성을 가지기 때문에 성불할 수 있다는 의미의 성어.

8) 무가(武家) 시대의 직명. 각 부처에서 정무를 담당하고 집행하는 역직.

횡재 뜻밖의 보물(大當 ほり出し物)

(상)

요즈음 세간에서는 서화 골동품에 대한 관심이 뜨거우니 '뜻밖의 보물'이라는 제목의 이야기를 한 자리 들려 드리겠습니다.

"주인아주머니. 벌써 새해가 가까운데 아직 의상도 준비하지 못했으니, 어떻게 해야 할까요."

여주인 "그래? 아직 설빔을 마련하지 못했어? 네코스케(猫助) 씨답지 않네요."

"네에. 아주머니, 그게 말이지요. 요전부터 한눈만 팔다가 단골을 꽤나 잃었어요. 지금은 그 어떤 한심한 작자도 불러 주는 사람이 없으니까요."

"그러면 이렇게 해 봐요. 저 골동품상 헤이스케(平助) 말이야, 그분이 요즈음 꽤나 경기가 좋다고 해요. 게다가 네코스케 씨에게 홀딱 반해서 열을 올리고 있으니까 그분의 말만 잘 들으면 내년 봄 의상 정도는 나서서 마련해 줄 거야."

"헤이스케 나리 말이군요. 어쩐지 저는 그분이 이유도 없이 싫지만 이렇게 궁핍해서야 다른 방법이 없겠네요. 봄옷은 무슨 수를 내서라도 준비해야 하니까. 주인아주머니, 어떻게든 아무쪼록 잘 부탁드립니다."

"댁이 허락만 한다면야 얼른 움직여 봐야지."

그렇게 이야기하는 도중에 하녀가 다가왔습니다.

하녀 "헤이스케 나리가 찾아오셨습니다. 어느 좌석으로 안내해 드릴까요?"

여주인 "어머나, 호랑이도 제 말 하면 온다더니 그거 마침 잘 되었네.

그렇지, 저 우메노마(梅の間)로 안내하려무나."

하녀 "알겠습니다."

"네코스케 씨도 운이 좋네. 나는 지금부터 그쪽에 가서 댁에 대하여 잘 이야기해 둘 테니까 잠시만 기다리고 있어요."

"네에, 부디 잘 부탁드려요."

"응, 알았어요."

여주인은 골동품상 헤이스케가 안내된 우메노마의 자리로 향했습니다. 헤이스케 군은 최근 뭇 다이묘(大名)를 비롯한 부호들이 앞을 다투어 서화를 구하고 있어 그때마다 몇 만이라는 중개료가 굴러들어오고 있었던 것입니다.

헤이스케 "주인, 오랜만입니다. 늘 번창하는 듯하니 다행이네요."

"어머나 나리, 어찌 된 일인지 전혀 들러 주시지 않았잖아요. 그렇게 발을 뚝 끊으실 이유가 없는데."

"오자마자 그렇게 공격하시니 죄송하군요. 굳이 이곳을 찾지 않는 이유는 아니지만, 주인이 좋은 상대를 주선해 주지 않으니 재미가 없어서."

"나리. 좋은 상대라고 하셨는데, 네코스케 씨가 늘 나리 이야기만 하고 있어요. 바로 지금 이쪽에 와 있으니까 전달해 드리지요."

"음, 지금 이곳에 네코스케가 와 있었나, 그거 잘 되었군. 어서 이리로 불러 주시게."

여주인 "마음에 드시나요? 그 사실을 알게 되면 얼마나 기뻐할는지 몰라요."

그렇게 말하며 손뼉을 치자 하녀가 들어왔습니다.

여주인 "저기 네코스케 씨에게 말이지, 나리께서 여기 좌석에 와 계시다고 전하도록 해라."

하녀가 물러가자 그와 엇갈리듯 네코스케가 들어와서 헤이스케 나

리의 곁에 앉더니,

네코스케 "나리, 격조했사와요."

하고 애교를 부리며 살짝 야릇한 시선을 보내니 헤이스케 나리는 몸이 부들부들 떨릴 정도로 흡족해서

헤이스케 "네코스케 씨, 오늘은 정말이지 재수가 좋은 날이구려. 이 집에 오자마자 당신 얼굴을 볼 수 있다니."

네코스케 "어머, 나리께서는 말도 참 듣기 좋게 하시네요. 그러니 이 쪽에서든 저쪽에서든 나리 나리 하면서 인기를 끌고 계신 것이겠지요. 오늘은 여기서 돌려보내지 않겠어요."

하고 등을 찰싹 때리자 헤이스케 나리는 완전히 넋이 나가고 말았습니다.

그러는 사이에 하녀는 술과 안주를 날라왔습니다. 헤이스케 나리는 네코스케를 곁에 끌어당기고 앉아 지극히 기분 좋은 모습입니다. 이쪽이 뭐라 부탁하든 응, 좋아, 응, 좋아 하고 거하게 벼락부자 특유의 위세를 부리고 있었습니다.

네코스케 "나리, 이제부터 매일 와 주시와요. 저는 하루라도 나리 얼굴을 뵙지 못하면 수척해진다니까요."

헤이스케 "알았어, 매일 오지. 집에 있는 마누라가 가공할 만한 질투의 달인이라 그 여자 눈치를 보느라 말야. 그 여자만 없었으면 정말이지 언제든 귀여운 네코스케 곁에서 떨어질 일이 없었을 텐데."

네코스케 "어머나, 그토록 마님이 무섭다니 나리도 기개가 없네요. 그럼 이렇게 해 보세요. 나리께서 하시는 일이 골동품상이니 제가 이제부터 매일 나리 댁에 전화를 걸지요. '이보게 뜻밖의 보물이 있네'라고 말이에요. 진귀한 물건이 발견되었으니 바로 와 달라는 말이지요. 이렇게 전화를 걸면 나리 댁이 골동품상인 이상 마님께서도 눈치를 채지 못하실 것 아니에요?"

헤이스케 "대단하군, 자네는 정말 총명하구먼. 훌륭한 계책을 생각해

냈어. 과연 그렇군. 진귀한 물건은 내 장사에서 가장 중요한 것이니 마누라도 투덜거리지 않을 게야. 이제부터 그 보물이나 진배없는 자네에게서 전화가 오면 바로 찾아오겠네."

네코스케 "아이 좋아라. 그럼 내일부터 진귀한 물건이 있다고 전화하겠어요."

이렇게 단단히 약속하고 그 자리에서 헤어졌습니다.

(하)

골동품상 헤이스케 군의 가게에는 매일 전화가 걸려 오게 되었습니다. 진귀한 물건이 나타났으니 감정해 달라, 또 그 다음날도 보물이 발견되었으니 방문해 주었으면 한다, 이렇게 전화가 올 때마다 헤이스케 나리는 아내를 속이고 외출했습니다.

아내의 이름은 오라쿠(お樂)라 했는데, 최근에는 남편이 매일 매일 진귀한 물건을 보러 가겠답시고 나가서 밤늦게 돌아오거나 아예 하룻밤을 묵고 오는 경우도 있었습니다. 오라쿠 씨의 심중은 결코 이름처럼 즐겁고 편안할 리 없었습니다. 진귀한 물건이 들어오는 것이야 당연히 흐뭇한 일이지만 소중한 바깥주인이 이렇게 매일 밤 나돌아서야 곤란하고, 이래서야 보물도 반갑지 않다고 푸념하고 있었습니다. 게다가 물건 수집을 시작한 이래 주인의 거동이 어딘가 수상쩍으니, 여기에는 무언가 까닭이 있음에 틀림없다 여겼습니다. 기회만 있으면 남편이 외출할 때 뒤를 밟아 보고자 마음먹고 기다리고 있던 중에, 또다시 진기한 보물이 나타났으니 주인에게 즉시 왕림을 부탁한다는 전화 연락이 들어왔습니다.

헤이스케 나리는 싱글벙글 웃는 얼굴로 집을 나섰고, 오라쿠 씨가 보일락 말락 은밀히 뒤를 밟으며 따라가고 있었습니다. 어느 골동품상으로 가려나 했더니 와카우메(若梅)라고 씌어진 문등(門燈)이 내걸린 쓰키지(築地)의 요정으로 들어가는 것이었습니다. 안에서는 주인으로 보이는 여자가 뛰어나와 그를 맞아들였습니다.

"어머나 나리, 빠르기도 하셔라. 아까부터 네코 짱이 기다리고 있어요."

헤이스케 "음 그래, 아무래도 보물 운운이 도가 지나쳐서 마누라에게 발각되는 것은 아닌지 가슴이 철렁하다니까."

"그렇겠지요, 애당초 밖으로 나도는 것도 마음고생이라니까요."

좌석으로 안내되니 네코스케가 기다리고 있었습니다.

"어머나 나리, 늦었잖아요. 제 마음도 몰라주시고 정말 우리 나리는 죄 많은 분이야."

헤이스케 "죄가 많은 건 자네 쪽이야. 내가 여기 오느라 얼마나 고심해서 마누라 눈을 피해 다녔는지 알 리가 없지. 이것도 전부 자네 때문이야."

여주인 "두 분 모두 얼굴을 맞대자마자 사랑싸움은 그만두세요. 네코스케 씨, 그보다 나리께 예의 일이나 부탁드려요."

헤이스케 "응, 알았네. 어차피 봄옷 이야기겠지. 충분히 생각해서 미쓰코시(三越)[1]에 전화를 걸고 왔으니까 이제 얼마 있지 않으면 물건을 가지고 올 게야. 무엇이든 마음에 드는 것을 골라서 주문하면 돼."

네코스케 "어머, 나리는 눈치도 빠르셔라. 이러니 제가 반할 수밖에 없사와요. 주인아주머니, 듣던 대로라 기쁘네요."

때마침 와카우메 바깥에서 따르릉 따르릉 하고 미쓰코시의 마차가

---

1) 일본 최초의 백화점. 그 전신은 에도 시대(江戸時代)를 대표하는 상인 가문인 미쓰이가(三井家)가 1673년 창업한 포목점 '에치고야(越後屋)'로, 기존의 관행에서 벗어나 정찰제 등의 혁신적인 판매 기법을 도입하여 막대한 부를 축적했다. 근대 이후인 1904년 '미쓰이'와 '에치고야'의 머리글자를 합쳐 회사명을 '미쓰코시 포목점(三越吳服店)'으로 개칭했고, 백화점으로의 전환을 선언했다.

도착했음을 알렸습니다. 점원이

"이것 참 매번 감사합니다. 주문하신 물건을 가져왔습니다."

하고 말하면서 마차에 쌓여 있는 포목류를 안으로 옮겼습니다. 하녀가 물품을 방으로 가지고 들어오자 자리에 앉아 있던 세 사람은 이게 좋다 저게 좋다 하며 옷감을 고르기 시작했습니다.

이 광경을 밖에 숨어서 들여다보고 있던 본처 오라쿠 씨는 실로 엄청나게 분노했습니다. 진귀한 물건이 나타났다는 전화를 받았으니 당연히 사업 건이라고 생각했는데 매일 낮 매일 밤을 이런 요정에 드나들며 한눈을 팔고 있었던 것입니다. 게다가 지금 도착한 미쓰코시 포목점 점원의 태도를 보아하니 저 여자에게 상당한 선물 공세를 펼치고 있는 것이 확실했습니다. 아내에게는 아직 설빔으로 아무 것도 마련해 주지 않고 다른 여자 선물에 정신이 팔려 있다니 아아 화가 치밀어 이제는 도저히 그대로 참고 있을 수가 없었습니다. 머리에서 커다란 두 개의 뿔이 삐죽이 돋는 기분으로 요정 안으로 뛰어들었습니다.

아무 말 없이 내부로 들어가니 안쪽 좌석에 세 사람이 앉아 유행하는 긴샤치리멘(金紗縮緬)[2]이니 오메시(お召)[3]니 하는 형형색색의 옷감을 자리 가득히 펼쳐 놓고 고르는 중이었습니다. 그 방의 장지문을 벌컥 열어젖히고 뛰어드니 그 형상이 차마 말할 수 없을 지경입니다. 입은 귀까지 찢어지고 눈은 치켜 올라가 무시무시하기 짝이 없으니[4], 보자마자 놀라서 엉덩방아를 찧은 헤이스케 나리는 와들와들 떨고 있

---

2) 일반적인 지리멘(縮緬; 견직물의 일종으로 바탕이 오글쪼글한 비단)보다 한층 가는 생사를 사용하여 얇게 직조한 견직물. 주름이 미세하고 광택이 많다. 주로 여성용 옷감이나 일용품 등에 사용된다.
3) 오메시치리멘(御召縮緬)의 약칭. 과거 신분이 높은 사람들이 입었던 고급 지리멘.
4) 일본의 전통극 노(能)에서 사용되는 한냐(般若)의 특징을 언급하고 있다. 두 개의 뿔, 크게 찢어진 입을 지닌 귀녀의 형상을 묘사한 가면으로, 여인의 분노와 질투를 표현한다.

습니다. 오라쿠 씨는 목청을 높여

　오라쿠 "여보, 진귀한 물건은 어디 있나요? 뭐가 보물인가요?"

하고 노성(怒聲)을 질렀습니다. 이 모습을 지켜보고 있던 네코스케가 하아, 이게 여편네의 질투로구나, 그대로 내버려 둘 수는 없겠다 싶어 도코노마(床の間)[5]를 보니 그 방의 도코노마에는 바다의 해돋이와 노송(老松)을 그린 족자가 걸려 있었습니다. 이거 잘 되었다 하고 급히 그 족자를 떼어 본처의 앞에 내밀었습니다.

　네코스케 "보시죠, 이것이 그 보물이랍니다."

(1918년 1월 1일)

[이윤지 역]

---

5) 일본 건축에서 바닥을 한 단 높여 만든 곳. 벽에는 족자를 걸고, 화병 등을 두어 장식한다.

작품 해제

【『부산일보(釜山日報)』시가 문학】

일본 전통시가 해제

　『부산일보』에서는 다양한 구 모임을 찾아볼 수 있는데, 그 중 「진기거처 구연(尋蟻居句莚)」이 가장 이른 1914년 12월 16일 첫 지면에 등장한 것을 확인할 수 있다. '유자 된장', '겨울나무'를 구제(句題)로 12월 25일까지 활동하였던 이 회는 호선(互選) 즉, 참가자들이 구를 평하고 점수를 매겨 싣고 있는 것이 특색이다. 다음으로 대구를 기반으로 한 「사사나기카이(笹鳴會)」는 1915년 1월 19일, 그 첫 회에 구 모임의 명칭을 밝히고 참가자 9인도 함께 거명하고 있다. 번역서에는 첫 회의 겸제(兼題)였던 '눈(雪)'과 그 자리에서 즉흥적으로 읊은 '고래', '휘파람새 울음소리'의 구를 번역하여 소개하였다. 이외에도 『부산일보』에는 「안동 도에이카이(安東塔映會)」, 「통영 도에이샤(統營塔影社)」, 「옥천 쓰키나미카이(沃川月並會)」, 「후토카이(不倒會)」를 비롯하여 본 번역서에서는 모두 소개하지 못하였으나, 약 20개에 가까운 다양한 지역의 구회 작품이 실려있어 부산뿐만 아니라 한반도 전체의 하이쿠 회의 규모까지도 가늠해 볼 수 있다. 특히 1915년 10월 12일, '내지'의 유명 하이진 가와히가시 헤키고토(河東碧梧桐)의 부산 방문 환영 구회는 당시 조선 하이단과 중앙 하이단의 교류를 보여주는 중요한 자료라 할 수 있다. 또한 삼랑진 공립소학교 학생들의 구는 눈에 보이는 주변의 풍경을 솔직하게 읊고 있어 눈길을 끌고 있다. 한편 단카의 경우 초반 『부산일보』의 기념일이나 시정 5년을 축하하는 노래들이 다수 있어 신문의 공적인 목적으로 기능하고 있었던 이색적인 일면도 찾아볼 수 있다. 단카 모임은 하이쿠와 같이 다수 존재하지 않았으나 후반 1918년 2월 21일 발회한 「곳코카이(國光會)」의 활동이 두각을 나타내고 있다. 이외 「부산 단카계의 다섯 재원(釜山短歌界の五才媛)」, 「김해영조(金海詠藻)」를 통해 신문을 기반으로 활동하였던 다양한 가인들의 단카 세계를 느껴 볼 수 있다.

(김보현)

근대시 해제

「부산항을 떠나는 노래(釜山港を去るの歌)」 1915년 4월 14일

관부연락선에 몸을 싣고 7, 8년 이상 정들었던 조선에서 '내지' 일본으로 돌아가는 심정을 그려낸 것이다. 일본에 의해 병합되기 이전 시기에 도한했던 사내대장부의 포부가 결국 아쉬움과 회한, 원망이라는 일종의 환멸로 변모한 것을 토로한다. 흥미로운 점은 '자유'와 '자치'를 구하고 희망과 번영을 바랐던 것인데, '자유'과 '자치'의 주체를 어떻게 읽을 수 있을지가 이 시의 해석에 중요한 지점으로 보인다. 시를 쓴 사람은 가와시마 유이지로(川島唯次郎)인데 이 인물에 대해서는 광무 9년인 1905년 12월 동래(東萊) 감리(監理) 앞으로 보고된 기록에 최감득이라는 사람에게서 철도용지 관련으로 땅을 산 일본인임을 알 수 있는데, 이에 따르면 시에서 말하는 7,8년보다는 부산 재주 기간이 길었던 것으로 보인다. 또한 일본에서 1938년『고 신도와 기독교의 관계(古神道と基督教との關係)』를 저술하여 출판한 책이 확인되므로, 일본으로 돌아간 이후에는 종교사상 관련에 종사하거나 연구를 진행했던 것으로 추측된다.

「부두의 새해(埠頭の新年)」 1916년 1월 1일

가라스, 즉 까마귀라는 인물에 의한 신년 첫호에 수록된 이 시는 새해의 일출을 맞는 부산 앞의 드넓은 바다의 모습을 배경으로 하고 있다. '민둥산'으로 대표되는 조선의 자연과 산하가 천황의 위광으로 몇 만 백성의 화락을 기원하는 전형적 신년의 축하 메시지가 담겨 있다.

「고성 근처(古城のほとり)」 1916년 1월 17일

각 6행의 3련으로 구성된 이 시는, 1련에서 옛 전투의 흔적을 가진 어느 고성에서 달빛이 불러일으키는 회고의 정을 다루었다. 시인인 교무세이(曉霧生)와 더불어 어떠한 인물인지 알기 어렵지만, 에이지(英兒)라는 전사한 인물의 혼백을 그리고 있다. 2련에서는 현해탄의 파도와 왜관을 배경으로 '도요토미 공'을 호명함으로써 임진왜란의 전쟁 기억을 상기시키고 있다. 마지막 3련에서는 달빛은 그대로이지만 세월의 경과로 인한 사람의 변천과 변화에 초점을 맞춘 다소 상투적이며 영탄적 술회로 맺고 있다.

「현해탄을(玄海を)」 1916년 2월 7일

현해탄을 오간 고마마루라는 관부연락선을 탄 사람이 전송 나온 사람 중에 단 한 사람의 나에게 의미 있는 모습을 쫓는 정경이 간단히 묘사되어 있다. ②의 시에서 등장한 까마귀(가라스)와 이 시를 발표한 새끼 까마귀(가라스노코)가 동일 인물인지 관련성 높은 인물인지 궁금하다.

「삼천 호(三千號)」 1916년 2월 13일

제목대로 『부산일보』 삼천 호를 기념하여 지속된 간행을 축하할 목적으로 수록된 시이며 『부산일보』 내부에서 신문을 만든 사람들의 노력과 공적을 치하하는 내용이다. 컬러풀한 사기(社旗)가 펄럭이는 모습이 눈에 보일 듯하며, 그 깃발 아래 부산의 양복입은 사람들과 지게꾼, 가리개를 쓴 사람들과 안경을 긴 사람 등 조선 고유의 복장과 양풍의 신식 외관의 사람들이 섞여 있는 혼종적인 부산 독자들에 대한 묘사가 흥미롭다. 『부산일보』 신문사가 용두산 산자락에 위치했음을 알 수 있으며, 삼천 호를 넘어 향후의 번영을 구가하고 있다.　　　　　　　　　　　　　　(엄인경)

【『부산일보(釜山日報)』 산문 문학】

「남자 접근 금지(男きんせい)」

「남자 접근 금지」는 1915년 9월 13일부터 1916년 2월 26일까지 총 100회에 걸쳐『부산일보』에 실린 신문연재소설로 저자는 에미 스이인(江見水蔭)이다. 당시 식민지 조선에서 발행된『부산일보』에 실린 「남자 접근 금지」는 소설가이자『硯友社』,『江水社』,『博文館』등 일본 굴지의 잡지 발행에 관여하였으며,『부인죽이기(女房殺し)』(『文芸倶樂部』1895),『땅속 탐험기(地底探檢記)』(『博文館』1907)의 작자로도 잘 알려진 에이 스이인의 소설인 만큼 내용 설명을 위한 지면 할애에도 공을 들인 모습이 역력하다.

소설은 근대 초기를 살던 스미코(純子)와 교(京)라는 여성이 마치 새끼줄 엮이듯 꼬였다 풀어지기를 반복하는 교차점에서 삶의 역경을 헤쳐나가는 모습을 보여준다. 생계가 어려운 하기우치(萩內) 집안의 스미코는 몸이 아픈 언니 요시에(芳枝)가 버젓이 살아 있는데도 형부의 후처로 야스키(保木) 집안에 들어가야 할 처지에 놓인다. 한편 지나(중국)에서 태어난 교는 어머니가 젖먹이인 교를 두고 죽자 아버지가 그녀를 일본에 있는 친척에게 맡기고는 중국으로 돌아간 이후 행방불명인 채로 남의집살이, 여공, 온천장 심부름꾼으로 전전긍긍하며 홀로 힘겨운 삶을 살아간다.

이러한 두 여성의 만남은 교가 거짓 승려 행세를 하는 진파치(甚八)로부터 스미코를 구해내면서 시작된다. 그러나 교가 동반자살을 요구하며 그녀들은 헤어지게 되고 다시 젠코지(善光寺) 근처 여관에서 우연히 만난다. 이때 살인미수 용의자인 괴소녀 교는 스미코가 자신의 마음을 받아주지 않자 그녀의 팔을 깨물고는 도망친다. 스미코의 이어지는 진파치로부터의 도망에서 또다시 교가 그녀를 구해냄으로써 그녀들은 재회하지만, '폭력을 행사하는 폼으로 봐서 교는 사내'로 느껴질 정도로 스미코를 희롱하기도 하고 사촌인 게이이치(桂一)를 따라나선 스미코를 맨발로 쫓아와서는 거금 100엔 지폐를 몰래 스미코의 품속에 넣고 도망치기도 하는 등 기이한 행동을 보인다. 결국 그녀들의 되풀이되는 조우는 독일인 셴벨의 집에서 탈출하는 스미코가 도쿄로 가는 길에 칭다오로 향하는 교와 엇갈리면서 끝을 맺는다.

이러한 스미코와 교의 인물상은 조력자가 있고 없는 차이로 갈린다. 이야기 전반부에서 스미코를 도와주는 남자는 이오리(伊織)로 진파치로부터 처음 보는 그녀를 구하려다 크게 다치기도 하고 갈 곳 없는 스미코에게 안식처를 마련해주고자 이리저리 애쓰며, 중반부에 등장하는 게이이치는 스미코의 보호자 역할을 자청하고 나선다. 소설에서 스미코는 교와 교차하면서 ○○의 집안사람에서 여자의 몸으로 세상에 맞서는 인물로 거듭남으로써 근대 초기 중국대륙과 한반도 그리고 일본열도를 가로지르는 일본인 여성의 삶을 보여준다. (이민희)

....

「옛날이야기 두 자루의 단도(二口の短刀)」

1915년 11월 10일 『부산일보』에 게재된 동화로, 집필자 후쿠로카와(袋川)는 다른 민간신문에서도 옛날이야기를 주로 게재했던 인물이다. 단도를 의인화한 우화 형식으로 교훈적인 성격이 강하지만 기승전결이 뚜렷하고, 창작적 요소가 강한 줄거리가 특징이다. 골동품 가게에 있던 두 자루의 단도는 하나는 칼집이나 칼자루 같은 외형상으로 빼어난 '반짝이'이고, 다른 하나는 더럽고 녹이 슨 '녹슬이'로 불리고 있다. 두 자루의 단도가 각각 아들과 아버지가 구매하여 한 집으로 가게 되는데, 사실은 업신여김을 당하던 '녹슬이'가 명검이었고, 외모에 자신감을 갖던 '반짝이'가 평범한 칼이었다는 사실이 밝혀져서, 겉모습만으로 평가해서는 안 된다는 메시지를 던지고 있다. 이 작품이 발표된 시점이 일본어 민간신문의 지면에 아동과 관련된 기사가 증가되는 가운데도, 작품의 완성도가 높고 어른을 위한 동화와 같은 성격을 지녔다는 점에서 이채를 발하는 작품이다.

(이승신)

「해변의 소나무(海邊松)」

「해변의 소나무」는 1918년 1월 1일 『부산일보』에 실린 소설로 저자는 「남자 접근 금지」의 저자이기도 한 에미 스이인이다. 소설은 도시히코(敏彦)가 새해 아침 해돋이 장소로 유명한 유가오칸논(夕顔觀音) 근처 노송 한 그루를 도쿄로 가져오라는 부친 하마나카(濱中) 자작의 명령을 받고 마쓰가와우라(松川浦)로 향하면서 시작한다. 그곳에서 우연히 만난 수상한 행색을 한 아가씨를 따라나선 도시히코는 쓰쓰미(津々見) 가문 대대로 내려오는 소나무에 관한 옛 풍습을 전해 듣는다. 도시히코는 쓰쓰미 집안으로서는 유서 깊은 소나무인 까닭에 팔 수 없다는 말에 대신 소나무를 그려가기로 하고 하룻밤 묵기로 한다. 그러나 사생 작업은 생각보다 길어지고 그러는 사이 도시히코와 쓰쓰미 가문의 풍습을 따르려 예스러운 행색을 한 지요코(千代子)는 가까워진다. 지체 높은 화족이 옛 풍습을 지키고 금전을 얻고자 의지를 굳히는 법 없는 토족 가문에 경의를 표한다는 내용은 정월 초하룻날 신문에 어울릴 법한 내용인 동시에 근대 초기 한반도에서 중요시되는 가치관을 읽어낼 수 있는 자료라 하겠다.

(이민희)

「검은 가면을 쓴 괴인(黑面の怪人)」

「검은 가면을 쓴 괴인」은 1918년 4월 21일부터 동년 5월 10일까지 『부산일보』에 실린 번역물로 번역자는 다자이세이(太宰生)를 필명으로 쓰는 자이다. 원작과 번역자를 확인할 길은 없지만, 〈수상한 여관〉을 시작으로 〈두 개의 그림자〉, 〈범죄? 범죄!〉, 〈의문의 혈흔〉, 〈무참히 살해당한 사람〉, 〈서장과 부인〉, 〈의문의 신사〉, 〈예리한 심문〉, 〈나체의 부인〉, 〈서장의 진심〉, 〈야차와 같은 사나운 본심?〉, 〈의문의 금화〉 이렇게 총 12편의 소제목으로 구성된 「검은 가면을 쓴 괴인」은 흥미를 유발하며 다소 선정적이기도 한 이야기 세계로 독자를 끌어들인다.

이야기는 〈수상한 여관〉 중 〈글머리〉에서 "이 글은 블라디보스토크에 사는 미쓰이양행에 다니는 지인이 보낸 러시아사람의 비밀기록 가운데 일부분을 번역한 사실담"이라는 사실을 밝히면서 시작되는데, 러시아에서 일어난 살인 사건을 다루고 있다. 마르츠이노프에서 7마일이나 떨어진 외딴 마을에서 집주인 에골과 하녀 두 사람이 '검은 두 개의 그림자'로 인해 무참히 살해된다. 처음부터 에골의 부인을 의심한 담당 경찰서장은 추궁 끝에 그녀의 자백 아닌 자백을 받아내는 데 성공하지만, 반전은 그러한 경찰서장과 에골 부인 간의 수상쩍은 관계에 있다. 무정부 상태에 놓인 러시아에서 살인 사건이 발생하는 과정을 세밀히 묘사할 뿐만 아니라 사건에 연루된 인물들의 심리상태를 조명하는 「검은 가면을 쓴 괴인」은, 근대 초기 한반도에서 동아시아 국제 정세에 대한 관심사를 파악할 수 있는 자료를 제공해준다. (이민희)

「부산의 하이쿠(釜山の俳句)」

부산의 배성(俳星) 전체를 망라하는 하이쿠 모임인 심의암구회(尋蟻庵句會)의 하이쿠가 부산하이쿠를 대표한다고 하며, 한 편 한 편 하이쿠에 대해 논평을 한 글이다. 논자는 심의암구회의 하이쿠 작가들의 태도를 '연구적이라기보다 오히려 한량 하이쿠'라 비판하고 있으며 같은 하이쿠 모임인 구다라노카이(朽野會) 시대에 비해 진전이 없다고도 하고 있다. 당시 부산 혹은 조선 하이쿠 서적의 유통 상황, 하이쿠가 추구하는 가치, 외지 하이쿠의 한계 등을 엿볼 수 있는 하이쿠 비평이다.　　　(김효순)

「대구의 하이쿠계(大邱の俳句界)」

1914년 12월 20,22일 2회에 걸쳐 대구의 하이쿠계를 소개한 글이다. 특히 개구리회를 중심으로 그 대구 하이쿠계를 이끌었던 인물들은 물론 대구 하이쿠계의 혼란스런 양상을 소개하고 있으며, 민간인 하이쿠에 대해서도 부연 설명하고 있다.　　　(김효순)

「조선어와 국어(朝鮮語と國語)」

김해보통학교장 이노우에 가로쿠(井上嘉六)의 글. 보통학교의 교과목 중 피교육자인 아동의 입장에서 국어 교육이 왜 필요한지 앙케이트 한 내용을 소개하고, 아동들의 정신과 열성을 활용한다면 국어의 보급, 발달 역시 어렵지 않을 것이라 방안을 제시하고 있다. 한일 강제 병합 직후 초등교육기관에서 일본어를 국어로 보급하기 위해 취한 정책의 일면을 엿볼 수 있는 글이다.　　　(김효순)

「문화사로 본 일본과 조선의 관계(文化史より觀たる日鮮關係)」

1915년 6월 2일부터 6월 9일까지 6회에 걸쳐 제국대학 문과대학 조교수 문학박사 구로이타 가쓰미(黒板勝美) 씨의 강연 내용을 소개한 글이다. 그는 조선고대사 연구를 위해 조선에 건너온 이래로 조선 각지의 고적을 실지답사하는 중에 부산 교육회의 요청으로 구민단사무소에서 강연을 한 것이다. 그는 '지금 신화 상에 나타난 사실을 보고 조선과 일본 양국의 조상이 어떤 관계를 맺고 있었는지를 연구하는 것은 매우 흥미로운 일임과 동시에 양국―이미 합병을 한 오늘날 그 장래에 융화, 동화하는데 있어 현명한 판단을 내리게 하는 데 그 목적이 있는 것이 아닐까 한다.' 하며, 『일본서기(日本書紀)』와 『고지키(古事記)』를 근거로 조선, 일본의 역사적 관계를 설명한다. 조선과 일본의 지리적 관계는 고대 그리이스와 소아시아의 관계에 비견하여 위치지으며 신공황후의 임나일본부 설치를 정당화하고, 이를 '우리나라가 조선과 같은 민족, 같은 종족이라고 믿은 결과로 그 교통이 더 원활하게 왕성하게 이루어진 것'이라고 해석한다. 이와 같은 논조로, 신라문명은 중국에 대한 사대주의로 자주적이지 못하고, 백제문명은 그와 달리 자주성을 견지 일본 문명의 원천이 되었다는 이분법적 사고 위에서 국제관계, 미술, 공예의 전래 등을 설명하고 있다. 식민사관의 원천이 되고 있는 전형적인 역사 인식을 엿볼 수 있다.

(김효순)

....

「금강산 탐승담(金剛山探勝譚)」

1915년 9월 3일과 4일 2회에 걸쳐 부산역장 호리이 기사쿠(堀井儀作)가 업무 차 용산 출장 중 여가를 얻어 탐승한 금강산 안내기로, 경성에서의 교통편, 요금, 여관, 식당, 탐방로, 경관 등을 소개하고 있다. 일본의 식민지 지배 초기 금강산에 대한 여행 정보뿐만 아니라 관광 대상으로서 얼마나 관심의 대상이 되고 있었는지 알 수 있는 글이다.　　　　(김효순)

「일요문단을 읽다(日曜文壇を讀む)」

가토(加藤) 라는 교사의 지도로 마산심상 6학년의 손에 의해 발행되는 『일요문단』에 실린 학생들의 작품에 대한 비평문이다. 학생은 학생답게 알기 쉬운 글로 자신의 생각을 표현하는 것이 중요하다고 비평하고 있다.

(김효순)

「다쿠안 스님과 야규 주베에(澤庵和尚と柳生十兵衛)」・
「단편 고단 오토미 이사부로(讀切講談 お富伊三郎)」・
「단편 고단 신젠코지 용마루의 유래(讀切講談
新善光寺棟木の由來)」・「횡재 뜻밖의 보물(大當ほり出し物)」

　1907년 창간되어 일본이 패전을 맞는 1945년 8월까지 발행된『부산일보』는 경남 지역을 대표하는 신문이자 식민지 시기 한반도에서 발행된 3대 일본어 신문 중 하나로 꼽힌다. 그에 걸맞게 방대한 양의 자료가 남아 있으나 공교롭게도 결호 또한 많아,『조선시보』등과 마찬가지로 100회 이상 연재되는 경우도 적지 않은 고단(講談) 연재 전편의 원지(原紙)가 전부 갖추어진 경우는 드물었다.

　따라서 수 회 이내, 혹은 1회 게재로 완결되는 단편 고단 세 작품과 1918년 신년호에 실린 라쿠고(落語) 한 편을 번역 소개하는 것으로 갈음하고자 한다. 부산일보가 실업 신문을 지향하는 편집 지침을 표방했던 것에서 연유하는지도 모르겠으나 타 신문에 수록된 고단이나 라쿠고 등에 비하여 이들 작품은 상대적으로 내용이 부실하고 구연자(口演者)조차도 제대로 명시되어 있지 않은 것이 특징이다.
　　　　　　　　　　　　　　　　　　　　　　　　　　　　(이윤지)

역자 소개

김보현(金寶賢)

고려대학교 글로벌일본연구원 연구교수. 식민지 일본어문학·일본전통시가 연구.

주요 논고에 「일제강점기 대만 하이쿠(俳句)와 원주민—『화련항 하이쿠집(花蓮港俳句集)』(1939)을 중심으로—」(『비교일본학』 제36집, 2016), 「1910년 전후 조선의 가루타계(カルタ界)—『경성신보』의 가루타 기사를 중심으로—」(『일본언어문화』 제42집, 2018), 역서에 공역 『단카(短歌)로 보는 경성 풍경』(역락, 2016) 등.

김효순(金孝順)

고려대학교 글로벌일본연구원 교수. 일본 근현대문학·식민지 조선 문예물의 일본어 번역 양상 연구.

주요 논고에 「1930년대 일본어잡지의 재조일본인여성표상—『조선과 만주』의 여급소설을 중심으로—」(『일본문화연구』 제45집, 2013), 「한반도 간행 일본어잡지에 나타난 조선문예물 번역에 관한 연구」(중앙대학교 『일본연구』 제33집, 2012), 저서에 공저 『동아시아문학의 실상과 허상』(보고사, 2013), 공저 『제국의 이동과 식민지 조선의 일본인들』(도서출판 문, 2010), 역서에 공역 『완역 일본어잡지 『조선』 문예란(1910.3~1911.2)』(제이앤씨, 2013), 공역 『조선 속 일본인의 에로경성조감도(여성직업편)』(도서출판 문, 2012) 등.

송호빈(宋好彬)

계명대학교 사범대학 한문교육과 조교수. 조선 후기 한문산문·한문문헌 연구.

주요 논고에 「『華東唱酬集』成冊과 再生의 一面: 日本 東洋文庫 所藏本 所收 海隣圖卷十種「海客琴尊第二圖題辭」를 통해」(『震檀學報』 제123호, 2015), 「日本 東洋文庫 漢籍 整理 事業의 展開와 現況」(『민족문화연구』 제71호, 2016) 등.

엄인경(嚴仁卿)

고려대학교 글로벌일본연구원 부교수. 식민지 일본어 시가문학·한일비교문화론 연구.

주요 논고에 「『京城日報』의 三行詩と啄木」(『일본언어문화』 제47집, 2019), 「Changes to Literary Ethics of Tanka Poets on the Korean Peninsula during the Japanese Colonial Era」(『FORUM FOR WORLD LITERATURE STUDIES』 vol.10 no.4, 2018), 저서에 『한반도와 일본어 시가 문학』(고려대학교출판문화원, 2018), 『문학잡지 国民詩歌와 한반도의 일본어 시가문학』(역락, 2015), 역서에 『염소의 노래』(필요한책, 2019), 『요시노 구즈』(민음사, 2018), 『한 줌의 모래』(필요한책, 2017) 등.

이민희(李敏姬)

고려대학교 BK21PLUS 중일언어문화교육연구단 연구교수. 일본 근대문학 연구.
주요 논고에 「근대 연애에 관한 '문화 지형도' 구축Ⅱ」(『비교문학』 제76집, 2018), 「일본어 잡지 『京城雜筆』로 본 식민 담론」(『한림일본학』 제29집, 2016), 저서에 공저 『재조일본인 일본어문학사 서설』(역락, 2017) 등.

이승신(李承信)

배재대학교 인문과학연구소 학술교수. 식민지 일본어문학·근대여성문학 연구.
주요 논고에 「'이단(異端)문학'으로서의 야마자키 도시오 문학 연구」(『인문사회21』 10집 3호, 2019), 「일본과 한국의 '독부물(毒婦物)' 연구—히라바야시 다이코(平林たい子)와 백신애 소설을 중심으로—」(『인문사회21』 7집 1호, 2016), 공저 『백신애 문학의 안과 밖』(전망, 2018), 역서에 공역 『백신애, 소문 속에서 진실 찾기』(한티재, 2017) 등.

이윤지(李允智)

고려대학교 글로벌일본연구원 연구교수. 일본 고전문학·중세 극문학 연구.
주요 논고에 「근대의 우타카이하지메(歌会始)와 칙제(勅題) 문예—일제강점기 일본인 발행 신문을 중심으로—」(중앙대학교 『일본연구』 제51집, 2019), 「노(能) 〈하시벤케이(橋弁慶)〉의 인물상 연구」(고려대학교 『일본연구』 제20집, 2013), 역서에 『국민시가집』(역락, 2015), 공역 『조선 민요의 연구』(역락, 2016) 등.

일본학 총서 42
일제강점 초기 한반도 간행 일본어 민간신문의 문예물 연구 7

일제강점 초기 일본어 민간신문 문예물 번역집 4 〈부산 편(下)〉

2020년 5월 22일 초판 1쇄 펴냄

집필진 고려대학교 글로벌일본연구원
일제강점 초기 한반도 간행 일본어 민간신문의 문예물 연구 사업팀
발행인 김흥국
발행처 보고사

책임편집 황효은·이경민
표지디자인 손정자

등록 1990년 12월 13일 제6-0429호
주소 경기도 파주시 회동길 337-15 보고사
전화 031-955-9797(대표), 02-922-5120~1(편집), 02-922-2246(영업)
팩스 02-922-6990
메일 kanapub3@naver.com / bogosabooks@naver.com
http://www.bogosabooks.co.kr

ISBN 979-11-6587-008-9 94800
　　　979-11-6587-001-0 (세트)

정가 28,000원

이 저서는 2016년 대한민국 교육부와 한국연구재단의 지원을 받아 수행된 연구임.
(NRF-2016S1A5A2A03926907)